ILÍADA

HOMERO

ILÍADA

TRADUÇÃO
ODORICO MENDES

Principis

Esta é uma publicação Principis, selo exclusivo da Ciranda Cultural Editora e Distribuidora Ltda.

Texto
Homero

Tradução
Odorico Mendes

Cotejo da tradução
Ibraíma Dafonte Tavares e Shirley Gomes

Preparação
Ibraíma Dafonte Tavares

Revisão
Fernanda R. Braga Simon

Diagramação
Linea Editora

Capa
Laerte Silvino

Texto fixado a partir de: Homero, Ilíada, *tradução de Manuel Odorico Mendes, São Paulo/Campinas, Ateliê Editorial/Editora Unicamp, 2008.*

Dados Internacionais de Catalogação na Publicação (CIP) de acordo com ISBD

H766i Homero.

Ilíada / Homero ; traduzido por Odorico Mendes. - Jandira, SP : Principis, 2025.
432 p. : 15,50cm x 22,60cm. - (Clássicos da literatura mundial - Superluxo).

ISBN: 978-65-5097-310-0

1. Literatura grega. 2. Guerra. 3. Conflitos. 4. Leitura. 5. Medieval. I. Mendes, Odorico. II. Título. III. Série.

CDD 880
2024-2327 CDU 821.14

Elaborada por Lucio Feitosa - CRB-8/8803

Índice para catálogo sistemático:
1. Literatura grega 880
2. Literatura grega 821.14

1ª edição em 2025
www.cirandacultural.com.br

SUMÁRIO

LIVRO I

Canta-me, ó deusa, do Peleio Aquiles
A ira tenaz, que, lutuosa aos Gregos,
Verdes no Orco lançou mil fortes almas,
Corpos de heróis a cães e abutres pasto:
Lei foi de Jove, em rixa ao discordarem
O de homens chefe e o Mirmidon divino.
Nume há que os malquistasse? O que o Supremo
Teve em Latona. Infenso um letal morbo
No campo ateia; o povo perecia,
Só porque o rei desacatara a Crises.
Com ricos dons remir viera a filha
Aos alados baixéis, nas mãos o cetro
E a do certeiro Apolo ínfula sacra.
Ora e aos irmãos potentes mais se humilha:
"Atridas, vós Aqueus de fina greva,
Raso o muro Priâmeo, assim regresso
Vos deem feliz do Olimpo os moradores!
Peço a minha Criseida, eis seu resgate;
Reverentes à prole do Tonante,
Ao Longe-vibrador, soltai-me a filha".
Que, aceito o preço esplêndido, se acate
O sacerdote murmuraram todos;
Mas desprouve a Agamêmnon, que o doesta
E expele duro: "Em cerco às naus bojudas
Não me apareças mais, quer ouses, velho,
Deter-te ou retornar; nem áureo cetro,

Nem ínfula do deus quiçá te valha.
Nunca a libertarei, té que envelheça
Fora da pátria, em meu palácio de Argos
A urdir-me teias e a compor meu leito.
Sai, não me irrites, se te queres salvo".
    Taciturno o ancião treme e obedece,
Busca as do mar flutissonantes praias.
Ao que pariu pulcrícoma Latona
Afastando-se impreca: "Arcitenente,
Ouve, Esminteu, que Tênedos enfreias,
Crisa proteges e a divina Cila,
Se de festões colguei teu santuário,
Se de cabras e touros coxas pingues
Te hei queimado, compraze-me os desejos,
A tiros teus meu choro os Dânaos paguem".
    Febo, a tais preces, arco e aljava cruza,
Do vértice do céu baixa iracundo;
Vem semelhante à noite, e a cada passo
Tinem-lhe ao ombro as frechas. Ante a frota
Suspenso, a farpa do carcás descaixa,
Terrível o arco argênteo estala e zune:
Moles primeiramente a cães e a mulos,
Depois com vira acerba ataca os homens,
De cadáveres sempre a arder fogueiras.
As tropas dias nove asseteadas,
Ao décimo as convida e ajunta Aquiles;
Inspiração da bracinívea Juno,
Que seus Dânaos morrer cuidosa via.
Ele, em pinha o congresso, velocípede
Se alça e diz: "A escaparmos, julgo, Atrida,
Retrocedermos errabundos cabe:
Peste os nossos consome e os ceifa a guerra.
Eia, adivinho, arúspice, ou de sonhos
(Jove os envia) conjector se inquira,

Que explique a ofensa do agastado Febo:
Se a votos e hecatombes lhe faltamos;
Se, para desarmar-se, olor de assados
Cordeiros nos reclama e nédias cabras".
A seu lugar tornou. De áugures mestre,
No passado e presente e porvir sábio,
Surgiu Calcas Testórides, que a Troia
Por influxos de Apolo as naus guiara,
E concionando exordiou prudente:
"Mandas-me, ó caro a Júpiter, o agravo
Do grão frecheiro expor. Aqui prometas
Com braço e voz cobrir-me: o fel eu temo
Do amplo-reinante que domina os Graios;
E ao fraco se um monarca ódio concebe,
Cose-o e concentra, enquanto o não sacia.
Tu me assegura". — "Afouto, brada Aquiles,
Vaticina. Por Febo, a Jove grato,
A quem rogas e oráculos te ensina,
Nenhum, desfrute eu vivo o térreo aspecto,
Nenhum violentas mãos te porá, Calcas;
Nem que seja Agamêmnon, que entre Aquivos
De mais prestante e augusto se ufaneia."
Anima-se o bom velho: "Sacrifícios
Nem votos pede Apolo; em nós o ultraje
Punindo vai do Atrida, que ao ministro
O livramento rejeitou da filha;
Nem grave a destra poupará castigos,
Se não reverte a jovem de olhos pretos,
Sem resgate ou presente, ao pai querido,
Remetendo-se a Crisa uma hecatombe.
Com isto por ventura o deus se aplaque".
O áugur mal se abancava, o rei soberbo,
Senhor pujante, merencório ergueu-se:
Raiva as entranhas lhe intumesce e afuma,

Cintila a vista em brasa; esguelha a Calcas
Tétrico cenho: “Desastroso vate,
Nunca essa boca aprouve-me: o teu ponto
É pregoar desditas; nem palavra
Nem obra tens que preste. Agora os Dânaos,
Pena-os Febo em vingança da retida
Criseida em quem me inflamo, a quem pospunha
Clitemnestra gentil que esposei virgem,
Que não lhe cede em garbo, engenho e prendas.
Pois mais convêm, liberta a restituo;
Sadio o anseio, não padeça o povo.
Mas preparai-me um prêmio; eu só dos Gregos
Dele excluído ser não me é decente;
O meu, testemunhais, me foi roubado”.
Controverte o Peleio: “Vanglorioso
Avidíssimo Atrida, que outra paga
Exiges dos magnânimos Aquivos?
Por dividir ignoro onde haja espólio;
Partiu-se o das cidades saqueadas;
Hoje um novo sorteio é repugnante.
Ao deus concede-a; recompensa triple,
E quádrupla terás, quando o Satúrnio
Derrocar nos outorgue a excelsa Troia”.
Retorque o rei: “Se és bravo ó divo Aquiles,
Com dolo e subterfúgios não me enganes:
Possuis tua cativa, eu perco a minha;
E impões que de perdê-la me contente?
Meu peito satisfaçam de igual prenda
Os liberais Aqueus; senão, teu prêmio,
De Ulisses ou de Ajax, trarei comigo:
Amargará quem for. Sobrestejamos
Nisto por ora. Ao pélago deitemos
Negra nau bem remada, que transporte
A hecatombe e Criseida esbelta e linda.
Um dos cabos, Ajax, o egrégio Ulisses,

Idomeneu comande-a, ou tu Pelides,
Tremendíssimo herói, para que Apolo
Nos tentes granjear com sacrifícios".
"Ah! Como, o vulto fecha e estronda Aquiles,
Vulpina alma sem pejo, a teus acenos
Há quem marche a conflitos e emboscadas?
Não vim bater os valorosos Teucros
Por queixa pessoal: corcéis nem reses
Me furtaram, nem agros destruíram
Da altriz guerreira Ftia; entre nós muita
Serra medeia opaca e o mar sonoro.
Viemos, cão protervo, para em Troia
A Menelau e a ti lavar a nódoa.
Alardeias, ingrato, e nos desprezas;
Audaz cominas arrancar-me a escrava,
A dádiva de Aqueus por tantas lidas.
Caia Ílion famosa: embora o peso
Da guerra em mim carregue, o mais opimo
Quinhão terás; com pouco eu volte a bordo
Sem boquejar, de choques fatigado.
A Ftia me recolho e os meus navios,
Já que aviltas a mão que de tesouros
A fome te fartava: eu te abandono.
"Foge", Agamêmnon replicou-lhe, "foge,
Se é teu prazer; que fiques não te imploro:
Honram-me outros, e em Júpiter confio.
Dos reis alunos dele és quem detesto;
Só respiras discórdias, rixas, pugnas.
Tens valor? agradece-lho. Os navios
Recolhe e os teus; nos Mirmidões impera:
Não te demoro; esse rancor desdenho.
Priva-me de Criseida Febo Apolo:
Em nau minha esquipada vou mandá-la.
À tenda hei de ir-te mesmo, eu to previno,
Tomar-te a elegantíssima Briseida;

Sentirás em poder como te excedo,
E outrem se me antepor e ombrear trema".
Chameja o herói, no hirsuto peito volve
Se de ante o fêmur desbainhe o estoque
E por entre os Aqueus lho embeba todo,
Ou se o furor no coração reprima.
Já meia espada a cogitar sacava:
Eis da alva Juno, que os escuda e preza,
Por ordem Palas desce, e aos mais invisa,
Atrás o aferra pela flava coma.
Volta-se ele espantado e a reconhece
Pelo medonho olhar, e sem demora:
"A que vens ó do Egífero progênie?
A assistir aos convícios de Agamêmnon?
Pois to declaro, e conto já fazê-lo,
Tem de acabar a vida esse orgulhoso".
E a deia olhicerúlea: "Vim, de acordo
Com Juno albinitente, amiga de ambos,
Comedir-te e amansar. Anda, em palavras
Tu desabafa, a lâmina embainha.
Por esta injúria, to predigo certo,
Inda haverás em triplo insignes prêmios.
Sê-nos pois dócil, a paixão modera".
"Cumpre", o fogoso torna-lhe, "é cordura
Mesmo irado curvar-me a tais preceitos:
Quem se submete, os deuses mais o escutam".
Logo a pesada mão no argênteo punho
Conteve, encasa e esconde o gládio horrendo.
Ela a Júpiter se ala e às mais deidades.
Não deposto o furor, contra Agamêmnon:
"Ébrio", acérrimo Aquiles vocifera,
"Cara de perro e coração de cervo,
Nunca te armas e à liça te abalanças,
Nunca às ciladas os homens acompanhas:

Isto te é morte. Em vasto acampamento,
Sim, mais vale esbulhar os que te arrostam:
Cobardes reges, vorador do povo;
Senão, tanta insolência aqui findara.
Por este cetro juro, que estroncado
Jamais rebentará, pois na montanha
Folhas e casca cerceou-lhe o gume;
Por este, que os Grajúgenas arvoram
Do justo guarda e das leis divinas,
Juro, Atrida, é solene o juramento,
Suspirarão sem falta por Aquiles;
Nem lhes serás de auxílio, quando em barda
Esse Heitor homicida os vá segando.
Então de raiva e nojo hás de comer-te,
Porque o maior dos Gregos rebaixaste".
    Nisto, arrojando o cetro auricravado,
Sentou-se. O Atrida em cólera abafava.
Nestor Pílio intervém, de cuja língua
Doce eloquência mais que o mel fluía.
Dos falantes que, nados na alma Pilos,
Criaram-se com ele, idades duas
Decorridas, reinava na terceira.
Discreto e afável, o discurso tece:
"Numes eternos, oh! que luto à Grécia!
Oh, que júbilo a Príamo e seus filhos!
Folgue Ílio à nova de que assim litigam
Os de mor pulso e tino. Obedecei-me,
Sou velho, ó moços. Tido em boa conta
Com melhor que vós me dava outrora.
Varões vi nunca, nem verei, qual Drias
Das gentes regedor, Ceneu e Exádio,
Um Pirítoo, um divo Polifemo,
Teseu Egides a imortais parelho.
Outros como estes não nutria a terra:

Feros pugnaram trucidando a feros
Montícolas Centauros. Lá de Pilos,
Da Ápia eu vinha rogado; conversava-os,
Quanto era em mim nas lutas me exercia.
Ninguém dos vivos de hoje os contrastara;
Atendiam contudo os meus conselhos:
Atendê-los vos praza. Ao mais estrênuo
Tu não tomes dos nossos a só paga;
Nem de ao rei contravir, Pelides, cures;
Dos eleitos que Júpiter estima,
Cetrígero nenhum se lhe equipara:
Mãe deusa te gerou, valor te sobra;
Tem ele mais poder, que impera em muitos.
Eu to suplico, Atrida, a fúria amaina,
Sê brando para quem nesta árdua empresa
É baluarte e escudo aos Gregos todos".
    E Agamêmnon: "Com tento nos falaste,
Reto ancião. Primar quer sempre esse homem,
Poderio se arroga, e eu não lho sofro.
Se os imortais invicto o constituíram,
Permitem-lhe por isso os impropérios?"
    "Fraco eu seria e vil", o atalha Aquiles,
"Se inda me sujeitasse: os mais o aturem;
Cesse em mim teu domínio, eu to recuso.
Digo, e na mente o grava: ao retomardes
Meu galardão, contigo nem com outrem
Pendência travarei; mas não me toques
Al do que encerro em leve bojo escuro.
Ousa-o; que saberão como o defendo
Como em teu sangue impuro ensopo a lança".
    Finda a rixa, o congresso Aqueu dissolvem.
O herói para seu bordo retirou-se,
A escolta e o seu Menécio. Ao mar o Atrida
Baixel deita, e remeiros vinte elege;
Conduz no embarque a nítida Criseida,

Mais a hecatombe: sob o cauto Ulisses
Fendem rápido as úmidas campinas.
Com lustrações o exército Agamêmnon
Expurga e n'água a lavadura atiram;
Cabras e touros cento a Febo ao longo
Do inesgotável pego sacrificam:
Monta ao céu pingue cheiro envolto em fumo.
    Ali mesmo efeitua o chefe Argivo
Sua ameaça; dous arautos chama,
Taltíbio e Euríbate, expeditos servos:
"Ide ao Pelides e agarrai-me a escrava;
Aliás, mais agro transe, à força aberta
A formosa Briseida eu vou tirar-lha".
E com ríspidas ordens os despede.
    O infrugífero mar cercando invitos,
Junto ao real e à capitânia quedo,
Entre os seus Mirmidões na praia o acharam:
Por certo não gostou de os ver Aquiles.
De assombro estacam, nem tugir se atrevem
Ante o herói formidável, que o percebe:
"Salve, núncios de Jove e dos guerreiros;
Sus, não vos culpo, arautos. Agamêmnon
Vo-lo ordenou. Vai tu, celeste aluno,
Vai por ela, Patroclo, e a moça levem.
Aos mortais, ao rei sevo, às divindades,
Vós mo atesteis, se for mister meu braço
A desviar dos outros a vergonha…
Que furor cego! Alheio do presente,
O porvir não prevê, nem como os Dânaos
Das naus sem risco em derredor pelejem".
    Da tenda, à voz do amigo, traz Patroclo
E entrega-lhes Briseida fresca e bela,
Que os seguiu pesarosa à esquadra Argiva.
Só, carpindo-se, Aquiles na espumante
Beira ficou-se; o ponto azul esguarda,

As palmas tende e à boa mãe recorre:
"De curta vida, ó Tétis, me pariste;
Sequer me engrandecesse o Altipotente;
Mas ele não me outorga a menor glória.
Em meu despeito o soberano Atrida
Arrebatou-me o prêmio e dele goza".
Ao pé do anoso pai, lá no áqueo fundo
Sentiu-lhe o pranto a veneranda ninfa:
Da salsa espuma, como névoa, surde;
Conchegada ao Pelides lamentoso,
Com mão fagueira consolando o anima:
"Choras? que ânsia te aflige? Nada encubras,
Comunica-me, filho, as penas tuas".
Do íntimo o celerípede suspira:
"Sabes; que val dizer-to? A sacra Tebas
De Eetion depredada, o espólio todo
Arrecadou-se, e em regra o dividimos:
Teve o Atrida a pulquérrima Criseida.
Remir a filha com riqueza imensa
Do Longe-vibrador veio o ministro
Às lestes naus de cobre encouraçadas;
Nas mãos faixa Apolínea e o cetro de ouro,
Roga e aos dous potentados mais se abate:
Que, em reverência ao cargo, se receba
O esplêndido resgate, áfio aprovam;
Menos o Atrida, que o repulsa e afronta.
Parte o velho indignado; e o deus que o ama,
Dele a instâncias, vibrou feral contágio,
De que a gente em cardumes fenecia,
Pestíferas as setas rechinando
Por todo o exército. Eminente vate
O oráculo solveu-nos; e eu primeiro
A apaziguar o nume exorto os sócios.
Furente ergue-se o rei, minaz fulmina,
E não debalde; que olhiespertos Gregos

Em ágil nau Criseida reconduzem
Com pios dons, e arautos mesmo agora
Do pavilhão transferem-me a donzela
Que os Dânaos me doaram. Tu, que o podes,
Socorre o filho, ao grão Tonante ascende;
Se o já serviste com palavras e obras,
Hoje o depreca. A mim no pátrio alvergue,
De única blasonavas que entre os deuses
Preservaste o nubícogo Satúrnio
Do feio opróbrio, quando, à frente a esposa
E Minerva e Netuno, o encadearam:
Mas tu, madre, lhe acorres e o desprendes,
Convocas em auxílio o Centimano,
Que é nos céus Briareu, na terra Egéon.
Mais robusto que o pai, da honra altivo,
De Jove a par se teve, e de assustados
Os imortais do empenho desistiram.
Recorda-lhe isto, abraça-lhe os joelhos:
Que ajudar queira os Troas; que os Aquivos,
Té às popas e ao mar cerrados, paguem
Por seu tirano e a maldizê-lo expirem.
O amplo-dominador confesse a culpa
De insultar o fortíssimo dos Gregos".

E em lágrimas a deia: "Ai! Filho, como
Te amamentei gerado em hora infausta?
Oh! Se de mágoa ileso a bordo fosses!
Urge-te a Parca, e mais que todos penas:
Malfadado nasceste em régios paços.
Em paz, nas prestes naus, teu ódio ceves;
Que hei de ao nevoso Olimpo ir ver se dobro
Quem se deleita com trovões e raios.
Ele e sua corte, às abas do Oceano,
De inocentes Etíopes desd'ontem
A mesa logram. No dozeno dia,
Ao voltar à mansão de aênea base,

Revolvida a seus pés tocá-lo espero".
Nisto, sumiu-se-lhe e o deixou raivando
De o desfalcarem da mulher garbosa.
De Crisa em funda barra entrava Ulisses.
Ferram-se as velas, no atro bojo as metem;
Enxárcias afrouxando, o mastro arreiam;
A remo aportam, a âncora seguram,
E atadas as rajeiras, desembarcam;
Pós a hecatombe do arciargênteo Febo,
Da sulcadora nau saiu Criseida.
No altar o sábio Ulisses a apresenta,
Vira-se ao pai querido: "Aqui mandou-me,
Crises, o rei dos reis trazer-te a virgem
E estas cem reses com que o deus mitigues
Que em dores nos soçobra". Alvoroçado
O velho ao peito ansioso aperta a filha.
A perfeita hecatombe então colocam
Em torno da ara; e, os dedos já lavados,
Pegam do salso bolo. O sacerdote
Orando eleva as palmas: "Se a meus rogos,
De Tênedos Senhor, ó tu que amparas
Crisa e a divina Cila, em desagravo
O campo Argeu feriste, hoje me escuta,
Remove a peste que devora os Dânaos".
Febo o escutou. Completa a rogativa,
Esparso o farro, à vítima o pescoço
Vergam atrás, e degolada a esfolam;
Cérceas as coxas, no redenho envoltas,
Cobrem-nas vivas postas. Ao tostá-las
Crises na lenha tinto baco asperge:
Quinquedentado espeto lhe sustinha
Cada servente. Provam-se as fressuras,
Já combustas as coxas, e em tassalhos
A mais carne enroscada assam peritos,

E a obra é feita. Apronta-se o convívio:
Ninguém do seu quinhão queixar-se pôde.
Exausta a sede e a fome, das crateras
Coroadas almo vinho os moços vertem;
Cada qual auspicando os copos liba.
Por captarem favor, o dia inteiro
Jovens Dânaos entoam ledo péan,
E seus cantos o deus regozijavam.
    Cedendo o sol à treva, ao pé repousam
Do amarrado navio, e assim que alveja
A aurora dedirrósea, o porto largam.
Ereto o mastro, as pandas brancas velas
A brisa enfuna que o certeiro Apolo
Bafeja, e a ressoar cerúlea vaga
Do buco em derredor, cortava a quilha
O páramo salobre. No abordarem
O arraial dos Aqueus, varado em seco
Sobre longos rolhões o bruno casco,
Por tendas e outras naus se repartiram.
    Sempre enfadado nos baixéis, o ardente
Generoso Pelides na assembleia
De heróis não comparece ou nas batalhas;
Do ócio porém seu coração ralado,
Almeja o alarma e pela guerra brame.
    Ao duodécimo dia, à casa etérea,
Em testa Jove, os numes se encaminham.
Dos mares Tétis, sem que olvide o filho,
Surgindo matutina, ali se alteia;
Semoto encontra o providente Padre
No fastígio do Olimpo cumioso;
Para, da sestra prende-lhe os joelhos,
Da destra o mento afaga, e assim lhe implora:
"Se entre imortais, senhor, te fui profícua
Por dito e ação, preenche-me este voto:
Orna a meu filho a vida, já que é breve;

Que o rei possante o assoberbou de insultos
E retém-lhe o só prêmio. Glorifica-o,
Ó pai celeste; aos Frígios dá vitória,
Té que de honras os Dânaos o acumulem".
O anuviador calou-se, e ela mais insta:
"Pois que receias? Ou concede ou nega;
Que a deusa ínfima sou prove-se agora".
    Do imo geme o Tonante: "É mau que incites
A com seus ralhos molestar-me Juno,
Que, assídua em me aturdir perante os numes,
Desses Troianos parcial me acusa.
Vai-te, ela não te enxergue. A mim o tomo:
Do certíssimo aceno entre as deidades,
Selo à minha promessa irrevogável".
Então franze as cerúleas sobrancelhas,
Da cabeça imortal sacode a coma,
E estremece abalado o imenso Olimpo.
    Obtido o fim, do éter puro Tétis
Pula ao mar, e o Satúrnio à régia passa.
Nenhum dos deuses o esperou sentado;
Vão respeitosos cortejá-lo todos.
Ele entronou-se; e Juno, que aventara
Da Nereida argentípede o segredo,
Assaltando o invectiva: "Quem, doloso,
Fora de mim se conluiou contigo?
Sempre agradam-te ajustes clandestinos;
Nunca um só pensamento me descobres".
    E o rei supremo: "Em penetrar não cuides
Arcanos meus; esposa embora sejas,
Penosos te serão. Nem deus nem homem
Quanto ouvir devas me ouvirá primeiro:
Mas o que a parte no ânimo concebo,
Não mo perguntes, nem mo inquiras, Juno".
    A augusta irmã contesta: "Que proferes?
Jamais pergunto nem te inquiro nada;

A teu sabor tranquilo deliberas.
Mas temo te seduza, ó cru Satúrnio,
A branca filha do marinho velho:
Madrugou-te abraçando-te os joelhos;
E suspeito anuíste a que ante a frota
Sucumbam Dânaos por amor de Aquiles".
Redargui o que as nuvens amontoa:
"Ruim maliciosa, eu não te escapo;
No desagrado meu com isso incorres.
Trago pior terás; que lucro esperas?
Se é verdade o que dizes, foi meu gosto.
Não mais, submissa em teu lugar sossega:
Se as mãos te calmo invictas, pouco importa
Que te acudam do polo os moradores".
A olhitáurea, tremente e silenciosa,
Volve a seu posto, na alma a dor sopeia;
Os demais carregaram-se tristonhos.
Por consolar a bracinívea madre,
Vulcano ínclito fabro assim começa:
"É praga intolerável que aos Supremos
Questões humanas alvoroto excitem;
Se o mal grassa, os festins seu preço perdem.
À mãe discreta aviso a que amacie
Meu pai dileto; a repreensão de novo
Não nos turbe as delícias do banquete:
Pois, se tal se lhe antoja, o Onipotente
Destes assentos nos derriba a todos.
Sim, com ternos obséquios o acarinhes:
Plácido ele nos seja". E em tom mais baixo;
Duplicôncava taça, erguido, oferta:
"Paciente, cara mãe, sufoca o anojo;
Estes olhos batida ah! não te vejam.
Meu zelo e meu pesar que prestariam?
Contra o fulminador árduo é lutarmos.
No acorrer-te uma vez, do pé travado,

Precipitou-me do limiar divino.
Toda a noite rolei na imensidade;
A Lemnos, posto o Sol, fui ter exânime,
E os Síntios ao cair me agasalharam".
Sorrindo, a clara deia o copo aceita.
Pela destra, em redor, seu filho aos numes
Da cratera entornava o doce néctar.
Os beatos celícolas romperam
Numa infinita cachinada, quando
Vulcano a escancear se azafamava.
É já tarde, e regalam-se os convivas
De iguais porções de opíparos manjares.
Tange na lira Apolo, e as Musas cantam
Com suave cadência e melodia.
Dês que a diurna luz desaparece,
Desencostados, cada qual procura
Seu domicílio no esplendente alcáçar,
Do coxo mestre fábrica estupenda.
O fulgurante Olímpio ao toro sobe,
Onde usa o meigo sono acometê-lo;
Dorme-lhe em braços a auritrônia Juno.

LIVRO II

Deuses e campeões a noite os lia;
Só vela o Padre, a ruminar de que arte
Levante Aquiles e escarmente os Gregos.
A Agamêmnon soltar por fim resolve
Um maléfico Sonho, e o chama e apressa:
"Voa, Sonho falaz, do Atrida às popas;
Quanto prescrevo, exato lho anuncia:
Que arme os crinitos Graios e as falanges,
De extensas ruas a cidade expugne;

Que, intercedendo Juno, o Céu concorde
Ameaça de ruína a excelsa Troia”.
De cor este recado, o Sonho parte
Às naus ligeiras, e acha o Atrida preso
Do sono, que lhe cerca e embebe a tenda.
À cabeceira, os traços do Nelides
Nestor vestindo, a quem o Argeu potente
Mais do que a todos venerava, o argui:
“Dormes, de Atreu guerreiro ó nobre filho?
E dorme em cheio o próprio em quem descansa,
A quem do exército o cuidado incumbe?
Escuta; mensageiro eu sou de Jove,
Que de longe em ti pensa e te lastima:
Arma os crinitos Graios e as falanges,
De extensas ruas a cidade expugna;
Por Juno o Céu concorde, a mão suprema
De iminente ruína ameaça Troia.
Estas expressas ordens não te esqueçam,
Do melífico sono ao despertares”.
Eis some-se, e o rei fica em devaneios
De ir assolar de Príamo a cidade;
Ignora o que o Satúrnio lhe maquina,
Suspiros e aflições que em duros transes
A Troianos e Aquivos se aparelham.
Acorda, e em torno inda a visão lhe soa:
Sentado, a nova túnica luzente
Mórbida enfia, embrulha-se no manto,
Liga as sandálias que nos pés lhe fulgem,
Do ombro suspende a claviargêntea espada,
Cetro paterno empunha incorruptível;
Passa da tenda aos bronzeados bucos.
Do Sol embaixatriz à corte Olímpia,
A Aurora abria; com pregões o Atrida
Os comados Grajúgenas convoca,
E à voz canora dos arautos correm.

Primeiro, ante o baixel do rei de Pilos,
Os príncipes longânimos consulta:
"Sócios, visão divina eu tive à noite;
Era Nestor em talhe, em gesto e porte.
À minha cabeceira, assim me increpa:
— Dormes, de Atreu guerreiro ó nobre filho?
E dorme em cheio o próprio em quem descansa,
A quem do exército o cuidado incumbe?
Escuta; mensageiro eu sou de Jove,
Que de longe em ti pensa e te lastima:
Arma os crinitos Graios e as falanges,
De extensas ruas a cidade expugna;
Por Juno o Céu concorde, a mão suprema
Em Troia pesa. O mando não deslembres. —
E evolou-se a visão, deixou-me o sono.
De armar a gente o meio imaginemos.
Quero apalpá-la, intimarei que fujam
Nossas naus; de propósito espalhadas,
Persuadi vós outros o contrário".
        Ei-lo assentou-se, e da arenosa Pilos
O cordato reinante em pé discorre:
"Da Grécia esteios, príncipes e amigos.
Se outrem, que não do exército o cabeça,
Tal sonho referisse, de mentira
O tacháramos todos impugnando:
Grave é seu testemunho e irresistível.
Arme-se a gente; examinemos como".
        Larga o velho o conselho, e o mesmo fazem,
Obsequiando ao maioral dos povos,
Cetrados reis. A multidão fervia:
Quais de oca pedra, em sucessivos bandos,
Brotam nações de abelhas, pressurosas
No multíplice adejo, e em cachos pousam
Do verão sobre as flores; tais, brotando
De naus e tendas, sobre a vasta praia

Grupos e grupos à assembleia afluem.
Pica-os a Fama, que enviara Jove;
Cresce a balbúrdia, arengam, tumultuam.
Do tropel freme a terra, o estrondo ecoa.
De arautos nove a brados, o alarido
Lá cede à voz dos reis, do Olimpo alunos.
Cala a turba e se abanca; alçou-se o Atrida.
O seu cetro esculpiu Vulcano a Jove,
Que ao de Argos matador brindou com ele,
E ao cavaleiro Pélope Mercúrio;
Atreu régio pastor houve-o de herança:
Depois coube a Tiestes pecoroso;
A Agamêmnon Tiestes o transmite,
Com a Argólida inteira e bastas ilhas.
Neste se apoia, e rápido se explica:
"Ó fâmulos de Marte, amigos Dânaos,
Enreda-me o Satúrnio em lance infesto:
Selou que, Ílio extirpada, eu regressasse;
Hoje enganoso, tanta vida extinta,
À pátria exige que eu reverta inglório.
Do prepotente é gosto, cujo braço
Pujante há mil cidades derrocado,
E mil derrocará. Mancha indelével!
Ressoe no porvir que inumeráveis,
Sem êxito nenhum, travamos guerra
Com tão poucos varões; pois, lealmente
Ferida a paz, e os Troas computados
E em decúrias os Gregos, vinho um Troa
Vertesse a cada Grego, faltariam
Escanções a muitas decúrias:
Tanto julgo aos de Troia sobejamos.
Porém grandes cidades a auxiliam,
Bravas lanças brandindo, que, mau grado,
Reparos seus desmoronar me tolhem.
De Júpiter nove anos decorreram,

Lenhos já podres, cabos já delidos;
E em casa à espera esposas e filhinhos
Talvez estão. Da empresa desistimos;
Assim nos é forçoso: velas dadas,
Volte-se ao ninho pátrio; não podemos
Ílio soberba conquistar; fujamos".
Isto comove os corações estranhos
Ao privado conselho, e se afervoram,
Quais do Icário as maretas que Euro e Noto,
Fendendo a Jove as nuvens, encapelam.
Como ao volúvel Zéfiro a seara
Cicia em ondas, a assembleia toda
Se atira às naus com militar celeuma,
E à marcha o pó se enrola e o céu remuge.
Da volta ansiosos, em limpar caneiros
E em deitá-las ao pélago porfiam.
As quilhas, dos rolhões desimpedidas,
Iam partir, contra a fatal vontade
Se não se dirigisse a Palas Juno:
"Quê! Do Egíaco prole, em fuga os nossos
Traçam por entre o equóreo dorso imano
Rever a pátria, a Príamo o triunfo
E aos dele abandonando Helena Argiva,
Por quem tantos em Troia hão perecido
Longe da mesma pátria? Ah! Com doçura
Os Dânaos suadindo eriarnesados,
Coíbe homem por homem, que não desçam
Ao mar nenhum baixel que a remo vogue".
A olhigázea Minerva incontinente
Lá do pino do Olimpo se despenha;
Baixa à frota veloz, de Ulisses perto:
Sisudo como Jove, em dor imerso,
Na embarcação, de apelamento pronta,
Pausado nem tocava; e a deusa o aborda:
"Generoso Laércio, astuto Ulisses,

Em bem providas naus fugis, a palma
A Príamo deixando e em Troia Helena,
Por quem já pereceram tantos Gregos
Longe da pátria? Sem tecer demoras,
Revista o exército, e com brandas vozes
Coíbe homem por homem, que não desçam
Ao mar nenhum baixel que a remo vogue".
Ele a compreende, e arremessando a capa,
Que, Ítaco e arauto seu, lhe apanha Euríbate,
Ao quartel se encaminha de Agamêmnon;
Toma-lhe o cetro avito. As naus perlustra
E Aqueus de ênea loriga; e, se encontrava
Magnata ou rei, dulcíloquo o detinha:
"Quê! Trepidas, varão? Teu posto guarda,
Sossega as tropas. O ânimo do Atrida
Sondaste acaso? Agora os Gregos tenta,
E breve os punirá. Nem tudo ouvimos
Do que expôs no conselho. Contra os nossos
A cólera do rei quiçá dispare.
Jove ao trono o moldou, Jove o protege".
Mas, se topa um plebeu vociferando,
Lhe imprime o cetro e grita: "Ímprobo, cal-te;
Atende aos superiores. Néscio e ignavo,
No alvitre és nulo, és nulo nas pelejas.
Pois tantos reinaremos? Dana e empece
De muitos o primado: um rei domine,
Que houve este cetro e o jus do deus supremo".
E assim refreia a chusma. A congregar-se
De naus e tendas outra vez ruíam
Estrepitosos, qual batendo as praias
Muge horríssima vaga e o mar reboa.
Quietos já, Tersites inda gane,
Petulante motino que, de inépcias
Pleno o bestunto, contra os reis verboso
Alterca e à soldadesca excita o riso:

Dos cercantes feiíssimo, era manco,
Vesgo e giboso, e tinha o peito arcado
E em pontuda cabeça umas falripas;
Mordia sempre a Ulisses e o Pelides,
Cego de inveja; estruge então com ladros
O rei dos reis e a todos afeleia,
E quanto mais se indignam mais braveja:
"Atrida, que te falta? A rodo os bronzes,
Tens contigo mulheres que, ao rendermos
Qualquer cidade, escolhes o primeiro.
Que inda cobiças? Ouro que te oferte
Équite Frígio em remissão do filho,
Quer o eu traga em prisões, quer outro Grego?
Ou moça que se mescle em teus amores
E apartada retenhas? É miséria
Ser escândalo aos súditos. Voguemos,
Gregas, não Gregos, raça mole e inerte:
Cá permaneça e o que tragou digira;
Aprenda se de ajuda ou não lhe somos
Quem, de baldões coberto o mais valente,
A escrava arrebatou-lhe. Ah! Se o Pelides
Não remitisse a cólera e afrouxasse,
O teu descoco, Atrida, último fora".
    Assim contra Agamêmnon blasfemava.
Carregado no vulto, o assalta Ulisses:
"Pare a cantiga, charlator Tersites,
Abarbar-te com reis tu só não queiras:
Escória dos sectários dos Atridas,
Na língua os teus balofa e audaz censuras?
Vil pela fuga opinas: duvidamos
Se é bem, se é mal, que efeito isso produza;
Mas porque vituperas Agamêmnon,
O maior potentado, nos é claro:
De heróis te pesa dádivas receba.
Guar-te que eu te inda veja em tais loucuras:

Fora mesmo a cabeça tenha Ulisses,
Nem pai do meu Telêmaco me chamem,
Se não te agarro e dispo-te os vestidos,
Capa, túnica e o mais que o pudor vela,
Se, da assembleia expulso e azorragado,
Choramingando às naus te não remeto".
Na espádua eis o fustiga: ele se encolhe
E lagrimeja à dor; sangrento as costas
Lhe incha o vergão do cetro; indo sentar-se,
Pávido e oblíquo olhando, enxuga as faces;
Do afogo em meio espraia-se a risada.
Um virou-se ao vizinho: "À fé, que o douto
Conselheiro sagaz, na guerra instruto,
Nunca entre Aqueus obrou com tanto acerto,
Como açaimando agora esse palreiro,
Que os reis há de poupar de escarmentado".
Sussurra o vulgo, e em pé de cetro acena
O de cidades vastador Ulisses;
De arauto em forma a deusa olhicerúlea
Impõe silêncio nas fileiras todas,
Para que simultâneo o sábio aviso
Do eloquente orador nos Dânaos cale:
"Querem-te, ó rei dos reis, que o labéu sejas
Dos falantes mortais, os que a ti mesmo
Juraram não rever da Grécia os campos,
Sem que de Ílio as muralhas destruíssem:
Qual ou pobre viúva ou criancinha,
Da casa estão chorando com saudades.
Após fadigas tais, regresso triste!
Longe um mês da mulher definha o esposo
Em nau remeira, de invernais marulhos
Retardada: nove anos devolvidos,
Como estranhar ao povo a impaciência?
Porém se é torpe, amigos, a demora,
Não o é menos tornarmos de vazio.

Constância um pouco mais, e averiguemos
As predições de Calcas: bem nos lembram;
Testemunhai-me, todos vós da Parca
Redimidos fatal. Inda ontem, Gregos,
Não foi que em Áulis congregou-se a frota
Contra Príamo e Troia? Ante uma fonte,
No imolarmos completas hecatombes,
De um plátano frondoso, donde mana
Límpida veia, surge grão prodígio:
Drago horrendo, malhado em sangue o lombo,
(À luz o Olímpio sumo o expediu mesmo)
Do supedâneo da ara deslizando,
Ao plátano rojou. Nele acoutadas
Sob a rama oito implumes avezinhas,
Novena a mãe fagueira as aninhava.
Pipitando era dó se debaterem,
Quando ele as engolia, e a mãe carpindo
Em torno revoar; última o drago
Da asa lhe trava e súbito a devora.
Mas, durante o holocausto, em pedra o muda
Quem o mandara; e a nós, emudecidos
E extáticos do horrífico portento,
Calcas vaticinou: — Comantes Graios,
Estupefatos sois? Previsto Jove
Daqui nos prognostica um tardo evento,
Se bem de glória eterna. As oito implumes,
E nona a mãe, tragou-as a serpente:
Forçoso é pelejar por tantos anos,
Mas ao dezeno cairá Dardânia. —
A profecia é tal, cumprir-se deve.
Eia, grevados sócios, persistamos,
Té sucumbir a soberana Troia".

Um geral grito, horrendo retumbando
Pelas côncavas naus divino o aclama.
Presto o Gerênio: "Discursais, oh! pejo,

Fracos meninos da milícia alheios.
Onde a jurada fé? Tem gasto o fogo
Viris projetos e consultas, pactos
Que as libações e as destras consagraram?
Disputas vãs! O tempo aqui perdemos.
Cessem palavras: como sempre, Atrida,
Rege firme os combates. Apodreçam
Em ócio os raros díscolos; mas nunca
Tornar conseguirão, sem deslindarmos
Se nos falseia o egífero Satúrnio:
Ele anuiu, no dia em que embarcamos
De Ílio trazendo o fado em naus veleiras,
E à destra fulgurou, propício agouro.
Com a esposa de um Teucro antes que durma,
Rapto e mágoas de Helena assim vingando,
Nenhum se apresse; e quem, da fuga amigo,
De crenado baixel tocar nos bancos,
O mortal trago provará primeiro.
Agamêmnon, reflete e os bons escuta,
Nem este meu alvitre, ó rei, desdenhes:
Divisa em tribos toda a gente e em cúrias,
Socorra cúria a cúria e tribo a tribo.
Coadjuvem-te os Dânaos; que, seu braço
Na ação mostrando cada qual, o esforço
Distinguirás do chefe ou do soldado;
Se obstam os deuses a que expugnes Troia,
Ou dos teus a imperícia e cobardia".
Respondeu-lhe Agamêmnon: "Consumado
Na eloquência, ó Nestor, superas todos.
Júpiter, Palas, Febo, quem me dera
Dez conselheiros tais! Breve arrasadas
As muralhas de Príamo seriam.
De pesares transbordo! Em lide amarga
Pelo Satúrnio imersos eu e Aquiles,
Acres sobre a donzela contendemos;

Primeiro eu me irritei. Se inda o congraço,
Num só momento acabará Dardânia.
Ide comer, que pelejar nos cumpre:
Afilem-se hastas, lustrem-se rodelas;
Bem fartos os sonípedes, os coches
Bem revistados, cuide-se na guerra;
É sacro o dia todo a Marte sevo.
Depois, nem trégua nem repouso, enquanto
A noite resfriar o ardor não venha:
Quente o suor do escudo a soga banhe,
Pulsos fatigue o menear da lança,
Ao carro terso o corredor espume.
Porém se algum, para fugir à pugna,
Eu souber se desleixa em nau rostrada,
Aos abutres e cães fugir não conte".
    Alteia-se um clamor, qual de onda equórea
Que arroja Noto sobre aguda penha,
Sempre de opostos ventos combatida:
Já se levantam; pelas tendas lume
Acendem logo, a refeição preparam;
Cada Argivo a seu nume ofrenda, roga
Livre-o da morte e bélicos perigos.
Ao pai sumo Agamêmnon sacrifica
Pingue touro quinquene; os mais conspícuos,
Nestor em frente e Idomeneu, convida;
Um e outro Ajax, Diomedes; sexto Ulisses,
No siso igual a Jove: per si mesmo
Vem Menelau guerreador, ciente
Dos generosos fraternais cuidados.
Com seus bolos nas mãos, a rês circundam,
E ora o chefe de heróis: "Senhor etéreo
Das cerrações, glorioso onipotente,
Antes que o sol transmonte e assome a treva,
Dá-me o esplêndido paço, em brasa as portas,
A Príamo assolar; de Heitor ao seio

Romper a brônzea túnica, e de rastos
Os seus em torno dele a terra mordam".
    Sem que anua, lhe aceita a oferta Jove,
E aumenta o afã. Perfeita a rogativa,
Esparso o farro, à vítima o pescoço
Vergam atrás, e degolada a esfolam;
Cérceas as coxas, no redenho envoltas,
Vivas postas em cima, esgalhos secos
As vão tostando. As vísceras ao fogo
No espeto enroscam; mas, provadas estas,
Já combustas as coxas, em tassalhos
A mais carne enfiada assam peritos.
Finda a obra, adereça-se o banquete,
E das iguais porções nenhum se queixa.
Exausta a sede e a fome, assim perora
O picador Gerênio: "Ó rei sublime,
Augustíssimo Atrida, ócios quebremos,
Urge a façanha que nos fia o Padre:
Os arautos na praia, eia, arrebanhem
Emalhados Aqueus; pelo amplo exército
Vamos nós despertar mavórcios brios".
    Agamêmnon concorda, e arautos manda
O assalto apregoar: crinita gente
Convocada referve; os circunstantes
Reis da escolha de Jove as linhas formam;
A gázea Palas a imortal embraça
Égide incorruptível, donde pendem
Cem franjas de áurea tela, cada franja
Do preço de cem bois: de fila em fila
A vibrá-la, os Aquivos apressura
A pugnar valorosos e incessantes;
E combater então lhes foi mais doce
Que à pátria regressar. Como edaz fogo,
Selva imensa abrasando em serranias,
Longe fulgura; a hoste assim marchava

Entre aêneo esplendor, que inflama os ares.
Como, aleando em batalhões volúveis,
Por Ásio pasto, em cerco do Caístro,
Ora uns, ora outros a avançar, exultam
Gansos ou grous ou colilongos cisnes,
E o grasnido confuso atroa o prado;
Assim da frota e pavilhões as turbas
Ali se esparzem, do tropel medonho
De homens e de corcéis rebrama a terra;
Tantos as veigas do Escamandro pisam.
Quantas folhas vernais ou flores brotam.
Quais erram moscas pelo estio, quando
Nos tarros do pastor esguicha o leite;
É tal no plaino a soma desses Dânaos,
Do sanguíneo triunfo ambiciosos.
Mas, de inúmeros fatos nos pastios
Se o cabreiro separa as notas crias,
Seus soldados na ação discerne e alinha
Cada chefe. Exalçava-se Agamêmnon:
O Tonante emprestou-lhe o porte e os olhos,
Netuno os peitos, a cintura Marte.
Entre novilhas armental o touro
A fronte eleva: Júpiter não menos
Fez que o primaz Atrida aquele dia
Entre celsos varões se abalizasse.
    Oh! Celícolas Musas, inspirai-me;
Sois deusas e na mente abrangeis tudo:
Roçou-nos único o rumor da fama.
Nem que dez bocas, línguas dez houvesse,
Voz infrangível, coração de bronze,
Pudera eu memorar quantia e nomes
Dos que às plagas Ilíacas vieram:
Isso às filhas do Egífero compete.
Vou pois enumerar as naus e os cabos.
    Os Beócios governa Peneleu,
Protenor, Clônio, Leuto e Arcesilau:

De Aulide pétrea, Esqueno, Téspia, Escolo,
Da Serrana Eteone íncolas eram,
De Híria, Graia e espaçosa Micalesso;
Ou de Hile, Harma, Elíola, Hésio, Eritas,
Péteon, Ocaleia, Eutresis, Copas,
Da columbosa Tisbe e torreada
Medeona; ou de Glissa e Coroneia,
Da virente Haliarto e de Plateias,
Ou de Hipotebas de edifícios nobres;
Mais do aprazível Netunino luco,
Ou de Mideia e de Arne pampinosa,
Da augusta Nissa, Antédona postrema.
Cada Beócia nau, de umas cinquenta,
Guerreiros tripulavam cento e vinte.
Os da Minieia Orcómeno e de Aspledon
São com Iálmeno e Ascálafo, que a Marte
Pariu de Actor Azida em casa Astíoque:
À interna alcova da pudica virgem
O deus subiu furtivo e entrou com ela.
Naus destes filhos abordaram trinta.
    Sob Epístrofo e Esquédio, nado insigne
De Ífito Naubolides, os Focenses,
Quer de Píton fragosa e augusta Crissa,
Dáulida, Ciparisso e Panopeia,
De arredores de Hiâmpole e Anemória,
Quer do ilustre Cefisso, ou de Lilaia
Dele matriz, em galeões quarenta,
Dos Beócios à esquerda os colocaram.
    Não como o Telamônio alto e membrudo,
Pequeno em corpo e o seu jubão de linho,
Mas no dardo excedendo Aqueus e Helenos,
O lesto Ajax de Oileu movia os Lócrios,
De Cino, Escarfe, Opóente e Caliaro,
De Bessa a Angeia amena habitadores,
De Tarfe e Trônio, às abas do Boágrio:

Dos que d'além da sacra Eubeia moram,
Seguem-lhe a voz quarenta escuros vasos.
Eubeia expede Abantes alentados:
São de Estira e Caristo, Erétria e Cálcis,
De Histieia racimosa, Dio alpestre
E litoral Cerinto. O Calcodôncio
Príncipe Elefenor, de márcia estirpe,
Em quarenta galés os petrechara;
Ágeis, forçosos, de comada nuca,
Destros na hasta fraxínea e aos tresdobrados
Peitos hostis em desfazer couraças.
    Os da orgulhosa Atenas (corte egrégia
De Erecteu magno, da alma Télus parto,
A quem Palas Dial, que o educara,
Deu sede em ricas aras, onde o povo
De lustro em lustro imola e de ano em ano
Cordeirinhos e bois que a deusa abrandem)
Capitaneia-os Menesteu Petides.
Homem nenhum como ele ordenar soube
Jungidos carros e adargadas hostes,
Salvo o experto Nestor por mais longevo.
Cinquenta embarcações lhe obedeciam.
    De Salamina as doze, reuniu-as
O Telamônio às Áticas falanges.
    De Tirinto munida, Argos, Trezene,
Lá do golfo de Hermíone e de Asine,
De Eiona e da vitífera Epidauro,
E de Egina e Masete a flor guerreira,
Tidides fero, Estênelo do exímio
Capaneu filho amado, os reprimiam;
Mais o divino Euríalo, do régio
Talaionides Mecisteu progênie:
Diomedes belicoso o máximo era.
Bojos negros oitenta os encerravam.
    Os de Órnias, da magnífica Micenas,
Da altaneira Cleona, áurea Corinto,

Sicíone em que reinou primeiro Adrasto;
Os da fresca Aretírea, os que Hiperésia,
Agros de Hélice extensa e a costa habitam,
E Gonoessa altiva, Égion, Pelena:
Todos em cascos cem trouxe Agamêmnon.
Tropa extremada e imensa o rei mantinha;
Em bronze reluzindo, galhardeia
De ser entre os Aqueus o assinalado,
Em forças o maior e o mais possante.
    Os do vale da grã Lacedemônia,
Fáris e Esparta, Messa altriz de pombas,
De Amiclas, Lãa, Brísea e leda Augia;
De Helos marinha, de Étilo e contornos:
O estrênuo Menelau, segundo Atrida,
A parte armou-os em galés sessenta.
Afouto os acorçoa, ardido anela
Desagravar o rapto e ais da esposa.
    Nestor o velho de Gerena, em cavos
Baixéis noventa, presidia os Pílios,
Os de Épi encastelada e Arena aprica,
De Trio vau do Alfeu, Ciparessenta,
Ptéleon e Anfigênia, de Helos, Dórion,
Onde ufanoso, ao vir de Eurito e Ecália,
A cantar provocou Tamires Trácio
As do Egíaco filhas doutas Musas,
Que o tino e a vista irosas lhe apagaram:
Da alma a poesia lhe fugiu celeste,
Nem na cítara mais dedilhar soube.
    Os de perto pugnazes, das da Arcádia
Cilênias faldas, junto à Epítia campa,
De Feneu, Ripe e Orcômeno armentosa,
Tégea, Estrátia e risonha Mantineia,
Ventosa Enispe, Estínfalo e Parrásia,
Práticos na milícia, os acaudilha
Em naus sessenta, cada qual mais cheia,

O Anceides Agapénor. Para o ponto
Cérulo transfretano atravessarem,
Pois que eles da marinha careciam,
Deu-lhas aparelhadas Agamêmnon.
Os de Hirmine e Buprásio, Elide santa,
Mírcino extrema, Alísio, Olênia sáxea,
Em dez quadripartida ocupam frota
Que Epeus esquipam. De Cteato filho,
Os manda Anfímaco; após ele Tálpio,
Do Actoriônio Eurito; o Amarineides
Belaz Diores é terceiro; é quarto
O divinal formoso Polixino,
Do Augeiada Agastenes procriado.
Os Dulíquios e os mais das ilhas sacras
Equínades, ao mar de Elide sitas,
Em quarenta baixéis com márcio arrojo
Meges dirige: a vida a Fileu deve,
Équite a Jove grato, que em Dulíquio
Emigrando esquivou paternas iras.
Os Cefalenses e Ítacos briosos,
Os da áspera Egilipe e de Crocílio,
Zacinto, Samos, Nérito sombria,
E os do Epiro e fronteiro continente,
Ao divo prudentíssimo Laércio
Em doze rubros galeões seguiam.
Em quarenta os Etólios velejaram,
De Olenos, de Pleurona e de Pilene,
Cálcis marinha e Cálidon fragosa,
Sob o Andremônio Toas, que imperava;
Eneu já sendo e a boa prole extintos,
Pois nem restava o louro Meleagro.
Fuscos oitenta cascos, das famosas
Licto, Mileto, Rício, Festo e Cnosso,
Da murada Gortina, alva Licasto,
Na hecatômpola Creta abastecidos,

Anima Idomeneu de invicta lança,
E o de Belona Merion querido.
    Nove outros forneceu dos Ródios feros,
Entre Jalisso, Linde e a branquejante
Camiro tripartidos, grande e forte
O hábil hasteiro Tlepolemo, estirpe
De Astioqueia e de Hércules, que a trouxe
De Efírio e do Seleis, cidades várias
Tendo a alunos de Jove derruído.
Crescendo em casa, ele matou Licinos,
Idoso de seu pai materno tio,
Renovo do Gradivo. Esquadra a furto
Forma e guarnece, e escapa-se dos netos
E outros filhos de Alcides à vingança.
Flutua e a Rodes, pesaroso, arriba:
Em tribos três seu povo ali segrega,
Povo benquisto ao nume soberano,
Que largueou-lhe pródigas riquezas.
    Nireu três naus irmãs de Sine ostende,
Nireu do rei Caropo e Aglaia prole,
O Grego mais gentil que veio a Troia,
Depois do em tudo sem senão Pelides;
Mas, pusilânime, arrebanha poucos.
    Fídipo e Antifos trinta bucos enchem
(Tessalo Heráclida é seu pai) de quantos
Cultivam Cason, Crápato e Nisiro,
E Cós ilha de Eurípilo e as Calidnas.
De Álope, Argos Pelasga, Álon, Trequina,
De Ftia e de Hélade em beldades fértil,
Os Mirmidões e Aqueus e Helenos ditos,
Aquiles em cinquenta os refreava.
De horríssonas contendas se deslembram,
Falta-lhes capitão; que, ausente a jovem
Crinipulcra Briseida, o herói a bordo
Irado jaz. Tomou-a de Lirnesso,

Que ele a bem custo soverteu com Tebas,
Mortos Mínete e Epístrofo belazes,
De Eveno Selepíada nascidos.
Mas do ócio ainda surgirá terrível.
  Os de Fílace e Itone mãe de ovelhas,
Do Pirrásio de Ceres flóreo parque,
De Ptélon pascigosa e Ântron costeira,
Denodado os juntara em naus quarenta
Protesilau, que a terra já cobria:
Primeiro no saltar, um Teucro o mata;
No inacabado alvergue as faces rasga
Em Fílace a mulher. Saudosos dele,
Do em rebanhos ali possante Ificlo
Nado menor, Podarces ordenava-os;
Tão prestante não era e apessoado,
Mas dignamente pelo irmão supria.
  Dos de Glafire e altíssima Iaolcos,
Beba e Feres ao pé do lago Bébis,
Tem galés onze Eumelo, prenda cara
De Admeto e Alceste, exemplo de matronas,
Das que Pélias gerara a mais formosa.
  Das sete em que os Metônios e os Taumácios,
Os da tosca Olizona e Melibeia,
Continha o magno archeiro Filoctetes,
Remavam sagitíferos cinquenta
Cada bélica popa. Em Lemnos sacra
Dos seus desamparado, ele agras dores
Da úlcera de tetra e feroz hidra
Mestíssimo curtia. Os próprios Gregos
Se hão de amiúde lembrar de Filoctetes;
Mas, bem que tarde por seu rei suspirem,
Submetem-se a Medon, que em Rena espúrio
Houve o urbífrago Oileu. — Tem Podalírio
E Macaon, herdeiros de Esculápio,
Trinta vasos de Trica e bronca Itone,
Também de Ecália capital de Eurito.

De Evemon garfo ilustre, manda Eurípilo,
Da alva serra Titane, Hipéria fonte,
Ormênio e Astério, embarcações quarenta.
Noutras tantas os de Orte, Elon, Gírtone,
Da branca Oloossona e Argissa, o firme
Campeador Polipetes sujeitava-os.
Do rebentão de Jove Pirítoo
Bela Hipodame o concebeu, do Pélion
Nesse dia em que às Étices montanhas
Ultriz lançara os híspidos Centauros.
Leonteu se lhe agregou de márcio esforço,
Digna vergôntea de Coron Cenides.
Em vinte duas traz Guneu de Cifo
Aguerridos Perebus e Enienes,
Os da fria Dodona, os que residem
Nas lavras do suave Titarésio,
Que sem mesclar-se no Peneu deságua
De vórtices de argento e pulcra a veia
Como óleo sobrenada; pois da Estige,
Grave para jurar-se, ele dimana.
Em quarenta os Magnetes, do frondoso
Pélion e margens de Peneu, vogaram
Sob o veloz Protoo Tentredônio.
Tais são da Grécia os cabos. Lembra, ó Musa,
Qual o mais forte assecla dos Atridas,
Quais dos ginetes os melhores eram.
De um livel, pelo e dorso, equevas ambas,
Éguas de Feres que maneja Eumelo,
Alípedes que Apolo arco de prata
Na Piéria nutrira, muito excelem,
Fêmeas de ímpeto e fogo e as mais tremendas.
O Telamônio Ajax vencia a todos,
Enquanto Aquiles, que sem par sofreia
Os mais guapos frisões, raivoso estava
Nos bicudos baixéis contra Agamêmnon.

Nas tendas a coberto, junto aos carros,
Aipo os corcéis palustre e loto pascem.
Pela praia os soldados se divertem
Ao disco, ao dardo e seta; ou, desgostosos
Da inação, na peleja o herói ver querem,
Nos arraiais aqui e ali vagueiam.
Os demais Graios fervem, qual se a flama
Vorasse a terra; e a terra do estrupido
Muge e calcada geme, como quando
Em cólera o Tonante o chão verbera
De Arima, em que Tifeu se diz repousa.
Eles transpunham rápido a campina.
Mais que o vento ligeira, aos Teucros Íris
Do Egífero desceu com triste anúncio:
Mistos velhos e moços discutiam
Aos pórticos reais; com rosto e fala
Do Priâmeo Polites, sentinela
De Esiete no túmulo vetusto,
Que, em pés fiado, a ponto vigiava
Se do recinto os Gregos se buliam,
Acomete a celeste mensageira:
"Como em dias de paz, senhor, debates,
E a guerra hoje rebenta inelutável.
Afeito a pugnas, tropas tais e tantas
Nunca vi: da cidade assaltadores
Iguais às folhas e às areias marcham.
Heitor, ouve-me agora. Auxiliares
De vária casta e língua em Troia abundam.
Cada príncipe os seus, tu firma os nossos;
Mas a suma ordenança a ti pertença".
Heitor, apenas reconhece a deusa,
Despede o parlamento; o al'arma soa.
Abertas, precipitam-se das portas
Em burburinho equestres e pedestres.
Ante Ílio na planície avulta um cole,
De caminhos cercado, que os humanos

Batícia, imortais sepulcro chamam
De Mirina agilíssima: distintos
Aí perfilam Teucros e aliados.
Dos Troianos à testa, o Priamides
Cristado exímio Heitor em cópia armara
Seletos belacíssimos hastatos.
Os Dardânios alenta o grande Eneias:
A deusa Vênus do mortal Anquises
Teve-o no cume Ideu. Com ele Acamas
E Arquíloco Antenóridas comandam,
Em omnígeno prélio examinados.
Aos que às raízes do Ida em Zélia bebem
Água do fundo Esepo, venturosos,
De Licaon precede o claro filho
Pândaro, a quem doou seu arco Apolo.
Nos de Pitieia, Adéstria, Apeso e Téries,
Alto monte, imperava Adrasto e Ânfio
De couraça de linho; irmãos que o padre
Percóssio Méropo, adivinho e cauto,
Vedou que entrassem na homicida guerra:
Surdos a nera Parca os atraía.
Os varões de Percote, Sesto e Abido,
Prátio e Arisba divina, desta o Hirtácio
Príncipe Ásio os viera estimulando;
Ásio que doma férvidos cavalos,
Das ribas do Seleis famosas crias.
Das Larisseias glebas os Pelasgos
Lanceiros com Pileu manda de Hipótoo,
Do Teutâmides Lito márcios filhos.
Do estuoso Helesponto rege Acamas
E herói Piroo os Traces. — Rege Eufemo
Sagitários Cicones, de Trezênio
Ceades geração, dileta a Jove.
Tem Pirecme os Peônios de arco e amentos,
Lá de Amídone, do Áxio largo à margem,
Do Áxio que inunda límpido a campanha.

Pilemeneu veloso os Paflagônios
De Enete move, altriz de agrestes mulas,
Os que o Cítoro e Sésamo possuem,
As lindas várzeas do Partênio rio,
Comna e Egíalo e os celsos Eritinos.
Da longe Aliba vêm de argênteas minas,
Sob Epistrofo e Hódio, os Halisones.
Os Mísios Crómis guia, e o vate Enono,
A quem da morte agouros não livraram:
Furente o Eácida o prostou no rio,
Que rubro intumesceu de humano sangue.
Acesos Fórcis e o deiforme Ascânio
Da Ascânia os Frígios à batalha impelem.
Das Tmólias faldas os Meônios seguem
A Antifo e Mestles, Pilemênios ambos,
Da Gigeia lagoa produzidos.
Os Cares de Mileto e Ftiro umbroso,
Do Meandro e Micale de árduos picos,
De linguagem barbárica, os sopeiam
Os filhos dois de Nômion preclaro,
Nastes e Anfímaco. Este, qual donzela
De ouro enfeitado, insano floreava:
O enfeite o não salvou; que às mãos de Aquiles
Tem de haurir no Escamandro o gole amaro,
Será do vencedor esse ouro presa.
Os Lícios lá do Xanto vorticoso
Conduz Sarpédon, e o sem mancha Glauco.

LIVRO III

Os Teucros em batalha, após seus cabos,
Gritando avançam: tal se eleva às nuvens
Dos grous o grasno, que em aéreas turmas,

Da invernada e friagens desertores,
Contra o povo Pigmeu com ruína e morte,
O Oceano transvoam. Desejosos
De entreajudar-se, tácitos os Gregos,
Força e coragem respirando, marcham.
Qual se, ingrato ao pastor, Noto enche os cumes
De névoa, mais que a noite ao furto asada,
Pois que a tiro de pedra mal se enxerga;
Aos pés túrbido pó não menos surge
Dos que iam pelo campo acelerados.
Perto eles já, da prima Troica fila
Páris nítido sai: com arco e espada,
Pele de um pardo enverga; de ênea ponta
A vibrar dois hastis, os mais valentes
Um por um desafia. Em grave passo
Vendo-o vir Menelau, como esfaimado
Leão exulta que, ao topar fornido
Galheiro cervo ou corpulenta corça,
Ferra-o voraz, embora em cerco o apertem
Viçosos moços, vívidos sabujos.
Do coche em armas vingativo salta;
Mas Alexandre, que na frente o avista,
Para os seus retraiu-se estremecendo.
Se alguém no serro ou brenha encontra serpe,
Trépido recuando empalidece:
O deiforme elegante assim do Atrida
Aos soberbos Troianos retrocede.
Agro o invectiva Heitor: "Funesto Páris,
Mulherengo falaz, nunca nasceras,
Ou solteiro acabar melhor te fora
Que escárnio a todos ser. És sim bonito;
O Argeu comado, que pugnaz te cria,
Ri de que alma tão vil teu corpo aloje.
A navegar, poltrão, forçaste amigos,
Da Ápia ousando a beleza peregrina,

Consorte e irmã de heróis, trazer contigo?
E és a teu pai flagelo, aos teus e à pátria,
Mofa de estranhos, de ti mesmo opróbrio?
Fugiste a Menelau? Provaras que homem
Houve as primícias da mulher que usurpas:
Cítara, nem madeixas, nem beldade,
Nem Vênus com seus mimos te valera,
No pó submerso. Por devida paga,
Se os nossos Teucros tímidos não fossem,
Tu já vestiras túnica de seixos".
    E o formoso Alexandre: "Essa fraterna
Mereço, Heitor; mas no âmago tens rijo
Coração, qual secure que, aumentando
Ao pulso a robustez, penetra o lenho,
Talha e em navais aprestos o afeiçoa.
Da áurea Vênus os prêmios não me exprobres;
Nem são de recusar os dons celestes,
Nem alvedrio é nosso o consegui-los.
Se me queres na liça, Aqueus e Troas
Sossega: eu só com Menelau a braços
Dispute Helena; o vencedor aceite
E reconduza a dama e os seus tesouros.
Ferido o pacto, em sólida amizade
Neste pingue torrão fiquem-se os nossos;
De cavalos fecunda aqueles Argos
E Acaia busquem de gentis mulheres".
    Folga Heitor, e hasta em punho, os seus retendo,
Se adianta; mas alvo era de pedras,
Frechas e lanças, té bradar o Atrida:
"Basta, Aquivos, cessai, crinita gente;
Que acena o galeato herói Priâmeo".
    Ei-los subitamente se aquietam,
E chama Heitor: "Sabei de mim, Dardânios
E Aqueus de fina greva, o que Alexandre
Propõe, da guerra autor. De parte a parte

Largadas no almo chão fulgúreas armas,
Menelau marcial a sós com ele
Dispute Helena; o vencedor aceite
E reconduza a dama e os seus tesouros;
Nós outros aliança e paz firamos".
Calam-se, e Menelau sonoro troa:
"Sede-me atentos; esta angústia é minha.
Atormenta-me a guerra: Aqueus e Troas
Por mim, por Alexandre origem dela,
Nímio têm padecido! Os mais pactuem;
Morra qualquer um dos dous que a Parca assine.
Preta imole-se à Terra uma cordeira,
Cordeiro branco ao sol, branco ao Satúrnio.
Mas Príamo o tratado ratifique;
Seus filhos com perfídia os juramentos
Podem quebrar, sem pejo do Supremo.
Dos mancebos a mente é sempre instável:
O ancião, reportando-se ao passado,
Olha ao futuro, concilia todos".
Alegram-se os Trojúgenas e Aquivos,
Terminar concebendo a luta infausta.
Dos coches apeando, os enfileiram;
As armas despem, que ante si descansam:
Breve espaço medeia. Dois arautos
Expede logo Heitor, que as reses tragam,
E a Príamo convida. A rês terceira
Manda vir Agamêmnon por Taltíbio,
Que ao rei submisso para as naus caminha.
A Helena bracicândida vem Íris,
Nas feições de Laódice, do Antenório
Príncipe Helicaon dileta esposa,
E a mais bela de Príamo gerada.
Acha-a tecendo em casa dupla trama,
Luzida e larga, onde as ações bordava
Que arnesados Aqueus e équites Frígios

Sustentavam por ela encruecidos.
Chega a núncia veloz: “Sus, ninfa amada,
Contempla e admira os Graios e os Troianos:
Não há muito, em combates lagrimosos
Ardiam por matanças; quedos ora,
Sem contenda, arrimados aos escudos,
Os longos piques junto a si pregaram.
Só lança a lança Menelau com Páris
Vai duelar: do que vencer o nome
Terás de queridíssima consorte”.
Assim na alma a saudade se lhe estampa
Do marido e dos lares e parentes.
De véu cândido ao rosto, água nos olhos,
Saiu do gineceu; não vai sozinha,
Vai com fâmulas duas, a Piteia
Etra e Climene de bovinos lumes.
Às portas Ceias já de assento encontra
A Príamo na torre, e Panto e Clício,
Hiceteon belaz, Timetes, Lampo,
Mais Antenor e Ucalegon sisudos,
Que por velhos abstinham-se da guerra;
Porém, bons oradores, semelhavam
A cigarras que, n’árvore pousadas,
A selva adoçam com suave canto.
À torre vendo aproximar-se Helena,
Dizem baixo entre si: “Não sem motivo
Povos rivais aturam tantos males!
Que porte e garbo! Efígie é das deidades.
Mas, tal qual seja, embarque; a nós de exício
Não continue a ser e a nossos filhos”.
Então chamou-a Príamo: “Anda, ó cara,
Teu cônjuge primeiro e afins e amigos
Atenta ao pé de mim. Não és culpada;
Guerra tão crua, os deuses ma enviaram.
Aquele Argeu quem é, bizarro e esbelto?

Outros se lhe avantajam na estatura;
Mas nunca os olhos meus tamanho viram
Decoro e majestade: um rei parece".
Respondeu-lhe a mais nobre das mulheres:
"Amado sogro, temo-te e venero;
Oh! Morte eu padecera, antes que o toro
Por teu Páris tivesse abandonado,
E os irmãos e a só filha e as companheiras!
Eu vivo e em mesto pranto me definho.
Mas vou satisfazer-te: o herói que apontas
É rei sublime e campeão tremendo,
O pujante Agamêmnon; que vergonha!
Se um dia o mereci, foi meu cunhado".
Pasma e exclama o ancião: "Feliz Atrida!
Mimoso da fortuna, que em florentes
Graios dominas! Muitos vi peritos
Cavaleiros da Frígia pampinosa,
E as de Migdon divino e Otreu falanges,
Que do Sangário às bordas acampavam;
Lá como auxiliar no ataque estive
Das viris Amazonas: mor quantia
De olhinegros Aquivos se apresentam".
Prossegue a interrogá-la: "A quem do Atrida
Sobrepuja a cabeça, dize ó filha,
E é dos peitos mais largo e das espáduas?
Em terra as armas, as fileiras corre:
De espessa lã guieiro se me antolha
Que entre infindo passeia alvo rebanho".
Torna a Dial vergôntea: "Esse o prudente
Laércio Ulisses é, de Ítaca rude,
Em todo estratagema e ardis sabido".
E Antenor: "A verdade, ó mulher, falas.
Por teu respeito aqui já veio Ulisses
De embaixador com Menelau: prestei-lhes
Uma franca e amigável hospedagem.

Discerni a cordura e o gênio de ambos.
Eles em pé, dos Teucros no conselho,
Menelau sobranceiros tinha os ombros;
Sentados, o Laércio mais nobreza.
Não multíloquo e vago, embora jovem,
Sim conciso os discursos bem tecendo,
Razões argutas Menelau volvia.
Mas, se o Ítaco a orar se levantava,
No chão pregada a vista, o cetro imóvel,
Direito e sem pender, o creras homem
Inexperto, iracundo, ou quase louco;
Do imo ao soltar a voz, qual neve hiberna
As palavras em flocos lhe choviam:
Com ele então ninguém se comparasse;
Na facúndia e no gesto era um portento".
"Quem é, pergunta Príamo, o guerreiro
Que, espadaúdo e grande, a fronte acima
Dos Dânaos assoberba?" — "É", disse a nora,
"Ajax, dos Gregos fortaleza e muro.
Idomeneu Cretense ali dos cabos,
Como um deus, se rodeia: ao vir de Creta,
De Menelau nos paços o acolhíamos.
Outros vejo daqui de negros olhos,
Que eu fácil nomeara; mas não vejo
Castor na picaria, insigne Pólux
No pugilato, príncipes das gentes,
Maternos meus irmãos: ou não largaram
Da leda Esparta, ou nos baixéis detidos,
Pejam-se de empenhar-se nas pelejas
Que, por meu vitupério, se prolongam".
Oculto lhe era que ambos já na doce
Pátria Lacedemônia descansavam.
Traziam da cidade os mensageiros
As hóstias e odre cheio de jucundo
Bom licor de natio; Ideu cratera

Também traz luzidia e copos de ouro,
E assim convida o rei: "Sus, Laomedôncio;
Magnatas Frígios e emalhados Gregos
Rogam desças e o pacto nos confirmes.
De hastas com Menelau contenda Páris:
Quem vencer haja Helena e seus tesouros.
Ferida a paz, em Troia ficaremos;
De cavalos fecunda aqueles Argos
E Acaia busquem de gentis mulheres".
    Manda o coche arrear trêmulo o velho:
Obedecem-lhe; sobe e os loros tira;
Sobe Antenor com ele; os corredores,
Das portas Ceias despedidos, param.
Já do assento vistoso desmontados,
Entre Aqueus e Troianos caminhavam;
Ergue-se o mor Atrida e o cauto Ulisses.
Prestes as reses, na cratera o vinho
Os arautos resplêndidos misturam,
Água às mãos régias cristalina vertem.
Puxa Agamêmnon do cutelo, apenso
Da bainha da espada formidável,
Raspa a moleira às vítimas, e o pelo
Os arautos aos próceres dividem;
Ele alça deprecando a voz e as palmas:
"Do Ida augusto senhor, máximo padre,
Sol que vês e ouves tudo, rios, Terra,
Vós que no inferno castigais perjuros,
Desta aliança fiadores sede.
Se Páris vence a Menelau, conserve
Toda a riqueza e a dama, e nós voguemos;
Se o vence o louro Atrida, aqui nos rendam
Helena e o seu tesouro, e por memória
Multa condigna paguem: morto Páris,
Se Príamo e seus filhos ma refusam,
Té que os force ao dever, não largo as armas".

Nisto, as gargantas aos cordeiros sangra:
Exânimes no solo e palpitantes,
Do éreo instrumento ao gume a vida perdem.
Rasos os copos, a cratera esgotam,
E ao Supremo libando o voto expressam,
Ou cada Argivo ou Teucro: "Jove eterno
E mais deuses, no chão, como este vinho,
Dos que primeiro o pacto violarem
Esparjam-se os miolos e os dos filhos,
Sejam dos outros as mulheres suas".
Nada firma o Satúrnio, e o rei Dardânio:
"Ó Troas, balbucia, Aqueus, ouvi-me:
Volto a Ílion ventosa; que estes olhos
Entre o rival belígero e o meu Páris
O duelo cruel suster não podem.
Júpiter sabe e os imortais qual deles
Chamam seus fados". — O varão divino
Monta, no coche as vítimas coloca;
Tem consigo Antenor, e as rédeas bate:
Ambos à desfilada se recolhem.
Eis Ulisses e Heitor o espaço medem,
Eis num elmo sorteiam quem da lança
Aênea encete o bote. Frígio ou Graio,
Súplice as mãos estende e aos céus implora:
"Do Ida augusto senhor, máximo padre,
Quem quer que o mal causasse, a Dite o entregues;
Nós de amizade o pacto mantenhamos".
Sacode o elmo Heitor, e o rosto vira;
Sai o nome de Páris. Em fieira,
Têm seus donos ao pé cavalos e armas.
Arnesa-se Alexandre, o pulcro esposo
Da emadeixada Helena: as caneleiras
Com prata afivelando, ao peito a coura
Do irmão seu Licaon, que bem lhe quadra,
Lâmina aênea claviargêntea ombreia,

De grande escudo sólido se adarga;
Flutua-lhe à cabeça o capacete,
De crina e hórrida crista, primoroso;
Pique válido empunha. De iguais armas
Galhardo Menelau se adorna e veste.
De ponto em branco, ao meio avançam torvos:
Frio estupor, a tal conspecto, assalta
Bem grevados Aqueus e équites Frígios.
Sanhudos no recinto se acometem,
Hastas brandindo. A sua arroja Páris;
Rasca o broquel do Atrida sem rompê-lo,
Na brônzea rigidez se amolga a ponta.
Menelau, por seu turno, impreca: "Ó Jove,
Dá-me a injúria anular que hauri primeira;
No sacrílego autor meu braço a puna.
De atraiçoar vindouros estremeçam
O hóspede lhano que os receba amigo".
A lança aqui desfere, que no instante
Ao Priâmeo entra aguda o reforçado
Fúlgido escudo, rasga-lhe a excelente
Loriga e malha, a túnica penetra
No quadril: curva-se ele e a morte esquiva.
De argênteos cravos puxa o Atrida o gládio,
Que na cimeira voa-lhe em pedaços;
Fitando os céus então, suspira e geme:
"És o mais sevo nume, ó tu Satúrnio,
Cuidei nesse traidor vingar a afronta:
Estalou-me nas mãos, oh! raiva, a espada,
E arremessei frustrâneo um tiro cego".
Nisto, pelo cocar o aferra e empuxa
Para os Aqueus: o pespontado loro
Que ao mento o elmo liga, a mole goela
Cerra e o sufoca; eterna glória obtendo,
Firme o arrastara, se a Dial Ciprina
Rapidamente não quebrasse o atilho,

De hóstia bovina espólio. O herói, sacado
O elmo vazio, a revoltões remete-o
Aos contentes consócios, que o recadam.
Por matá-lo inda enrista acesa lança;
Mas fácil, como deusa, em névoa grossa
Vênus o leva ao tálamo fragrante.
    À torre mesma corre, onde acha Helena
Entre as Dardânias: unectário peplo
Abanando-lhe, o vulto imita e as rugas
Da fiel cardadeira que na Esparta
As lãs curava e as boas lhe escolhia;
Disfarçada comete-a: "Vem, que Páris
No toro conjugal te aguarda, filha:
Enfeitado e gentil, não de um combate
Livre o julgaras, sim que a dança o espera,
E que já de um folguedo refocila".
    A Helena isto comove; mas, donoso
Vendo-lhe o seio, o colo de alabastro,
Dos olhos o fulgor, pávida exclama:
"Bárbara, em fascinar-me assim prossegues?
Rojar-me intentas à Meônia ou Frígia?
Lá tens algum mimoso entre esses povos?
Quando, o guapo Alexandre hoje abatido,
Ré Menelau me aceita e me perdoa,
Traças com teus enganos empecer-nos?
Vai tu própria; não ponhas pés no Olimpo.
Esquece os deuses, dele sempre ao lado,
Suporta-lhe o desdém, até que esposa
Tu sejas de um mortal, ou sua escrava.
Não mais, desse cobarde o leito ornando
Quero a fábula ser das Teucras damas,
Curtir nova desonra e mágoas novas".
    E a deusa irada: "Não me apures, teme
Que eu te persiga, mísera, e aborreça
Quanto hoje te amo: excitarei discórdia,

Que os Dardânios e os Gregos exaspere,
E vítima serás de horrendos fados".
Estremece a Ledeia, e silenciosa,
Do peplo candidíssimo velada,
Às Troadas se furta, e a guia Vênus.
No palácio elegante apenas entram,
As servas todas no lavor se apressam;
Monta à câmara sua Helena bela.
Numa sede a coloca a mãe dos risos
Em face de Alexandre; aversa olhando
A do Egífero neta o argui severa:
"Pois te salvaste? Aos golpes sucumbisses
Do meu primeiro esposo! Em destra lança
E em força te gabavas de excedê-lo:
Anda, provoca a Menelau brioso,
Torna ao duelo agora. Estulto, crê-me,
O louro Menelau nem mais encares,
Que da hasta e forte mão serás prostrado".
Brando se escusa Páris: "Doce Helena,
Com essas lancetadas não me punjas:
Venceu-me o Atrida por favor de Palas;
Deuses mais faustos me farão vencê-lo.
Vamos em nossa cama congraçar-nos:
Tal ardor nunca tive e tais desejos;
Nem quando, arrebatada à meiga Esparta,
Velejava contigo, e a vez primeira
Na ilha Cranaé do amor gozamos;
Hoje mais te apeteço e mais te anelo".
Então sobe adiante, e o segue a esposa;
No entalhado seu leito adormeceram.
Menelau, como fera, escuma e vaga
Em busca do formoso e divo Páris:
Nem Troa algum, nem ínclito aliado
Ao valente rival mostrá-lo pôde;
Que nenhum o escondera, a todos sendo

Ódio mortal. — Bradou-lhes Agamêmnon:
"Teucros e auxiliares, atendei-me:
Claro a vitória a Menelau pertence;
Rendei pois a riqueza e Helena Argiva,
Multa pagai-nos que o porvir memore".
Dos seus o aplauso unânime retumba.

LIVRO IV

Em consulta com Jove recostados,
Néctar Hebe louçã tempera aos deuses
Na régia de áureo solho, e de áureas taças
Mutuam brindes a atentar em Troia.
Eis, com mordaz cotejo, a irmã Satúrnio
Remoca: "A Menelau protegem duas,
Juno Argiva e Minerva Alalcomênia,
Que de olhá-lo tranquilas se comprazem;
De Páris guarda assídua, a mãe dos risos
Da Parca o subtraiu, tem-no em seguro.
Ao bravo Menelau coube a vitória.
Deliberemos se é melhor de novo
Encarniçar a guerra, ou congraçá-los.
A ser a paz jucunda às partes ambas,
Habite-se de Príamo a cidade,
O Atrida reconduza a Grega Helena".
　　Contíguas, gemem comprimindo os lábios
Juno e Minerva, e dano aos Teucros urdem.
Cala e a seu pai Minerva oculta a raiva;
Mas Juno estoura: "Atroz Satúrnio, como!
Corcéis tenho estafado em colher tropas
Contra Príamo e os seus; e frustrar queres
Meu suor, meu trabalho? Embora o faças;
Nunca os deuses porém to aprovaremos".

O anuviador se indigna: "Endiabrada,
Em que Príamo e os filhos te pecaram,
Para afanares sempre arrasar Troia?
Só fartarás esse ódio quando, as portas
E os muros conquistados, cru devores
Príamo e os Priamidas e o seu povo.
Bem; não seja entre nós de briga acerba
Este o motivo. Mas na mente o grava:
Se extirpar me aprouver cidade que ames,
Não me embargues a cólera; que à tua,
A meu pesar, entrego Ílio sagrada;
Que eu, sob o pólo e o sol, nenhuma honrava
Tanto como essa, nem terrestres homens
Como ao bélico Príamo e os Troianos:
Recendiam-me sempre as aras pingues,
Nunca a nós outros libações faltavam".

E a de olhos majestosa: "Três cidades
Às mais prefiro, Esparta, Argos, Micenas
De amplas ruas: soverte-as, se as odeias,
Que não to levo a mal: e, se o levasse,
Que lucrava em me opor, se és mais potente?
Convém não malograres meus desígnios,
Nasci também do perspicaz Saturno,
E às deidades precedo, irmã e esposa
Do rei dos imortais: guardemos ambos
Mútuo respeito para exemplo deles.
Manda já Palas excitar a pugna;
Trace o como Trojúgenas infrinjam,
Não triunfantes Gregos, a aliança".

Concorda o pai supremo, e volto a Palas:
"Já, passa aos dois exércitos, sem mora
Traça o como Trojúgenas infrinjam,
Não triunfantes Gregos, a aliança".

Propensa a deusa, incontinente voa
Lá do empinado Olimpo. Qual estrela,

Se, ao nauta e às hostes portentosa, a envia
O alto Satúrnio, fulgurante brilha;
Tal desliza na arena e ali se ostende.
Pasmam da aparição e entre si rosnam
Grevados Gregos, picadores Teucros:
"Quer o árbitro da guerra a paz firmar-nos,
Ou da matança renovar as cenas".
Ei-la, entre a chusma Teucra, simulada
No Antenórida impávido Laodoco,
Pós o robusto Pândaro deiforme,
Que em meio estava das do rio Esepo
Tropas abroqueladas que o seguiram.
Chega e de golpe: "Queres-me um conselho,
Ínclito Licaônio? Expedir ousas
Ligeira seta a Menelau? Ganharas
Honra e o Teucro louvor, e o régio Páris
De bens te enriquecera, ao ver domado
Por ti, na triste pira, o márcio Atrida.
Eia, abaixa-lhe o entono; ao de arco exímio
Lício Apolo hecatombe de cordeiros
Primogênitos vota que lhe imoles,
Teu palácio ao rever na santa Zélia".
Néscio desta arte o suadiu Minerva,
E ele o seu arco destojou brunido.
Espreitando a lascivo agreste capro
Ao pular de um rochedo, roto o peito,
O estirava supino: artífice hábil
De palmos dezesseis lhe engenha os cornos,
E lhos alisa e de ouro os encastoa.
Apoia em terra este arco, e o tende e ajusta;
Escudam-se os intrépidos consócios,
Temendo o assaltem marciais Aquivos,
Primeiro que seu rei ferido seja.
Destapando o carcás, tira empenada
Intacta frecha, de atras dores fonte,

Que ao nervo adapta: e a Febo arcipotente
Cem anhos primogênitos promete,
Para quando voltar a santa Zélia.
Puxa o extremo chanfrado e a táurea corda;
A corda à mama encosta e o ferro ao arco;
O arco arredonda-se e desarma o estalo;
O estalo zune, e voa a seta aguda,
De abrevar-se no sangue impaciente.
    Houve o Céu, Menelau, de ti cuidado:
Palas depredadora ocorre e a frecha
Desvia-te empezada, qual de leve
A mosca enxota a mãe da criancinha
Sopita em meigo sono; a ponta mesma
Dirige aonde fechos de ouro atacam
Talim que ao peitoral duplica a força.
Pelos dedáleos cinturão e coura,
Ela perfura a malha tão provada,
Reparo derradeiro, e a pele esflora:
Cruor escuro da ferida mana.
Quando o marfim mulher Meônia ou Cária
Para cãibas equinas purpureia,
Na casa exposto, o invejam cavaleiros;
Mas tem só de arrear ginete régio:
Tal, Menelau, tingiram-se-te as rijas
Coxas, pernas, luzidos tornozelos.
    Ao roxear do sangue, o rei dos homens
Horrorizou-se, e Menelau com ele;
Mas, fora vendo a seta e o nervo e as barbas,
Alento cobra o generoso peito.
Com mágoas dos consócios, Agamêmnon
Tem-no e grave suspira: "Irmão dest'alma,
Sagrei-te à morte com selar por todos
Pugnasses tu. Feriram-te e calcaram
Os Troianos a fé; mas vãs não foram
Hóstias, nem libações, nem destras dadas:

Se do Olimpo o senhor hoje os não pune,
Há de os punir; com suas vidas próprias,
De esposas, filhos, pagarão de sobra.
Cuido próximo o dia em que Ílio sacra
E o rei beloso e o povo seu pereçam:
Lá das alturas, da perfídia em ódio,
A égide horrenda agitará Satúrnio;
Nem fútil é seu ódio. Mas, se a Parca
Tronca-te a vida, ó Menelau, que luto!
A Argos sequiosa voltarei, de infame
Labéu marcado; que, na pátria os Graios
Só tendo a mente, a Príamo e aos Priâmeos
Deixaremos a palma e Helena Argiva.
Podres em Troia jazerão teus ossos,
Sem concluir-se a empresa; e um desses feros,
Do claro Menelau sobre o sepulcro
Motejará: — Sacie o rancor sempre
Deste modo Agamêmnon, que infinitas
Falanges trouxe embalde às nossas plagas:
Abandonando a Menelau valente,
Já vogou sem despojo ao doce ninho. —
Antes que eu ouça tal, me engula a terra!"
    O herói flavo o assegura: "Nem te assustes,
Nem aterres o exército; que a seta
Letal não foi: meu boldrié salvou-me,
E o cinturão e a malha, obra de mestre".
    E inda Agamêmnon: "Oxalá, dileto;
Mas adestrada mão tenteie o golpe,
Com bálsamos te aplaque as tetras dores".
Nisto, virando-se ao divino arauto:
"Já já, Taltíbio, a Macaon procures,
Peritíssimo filho de Esculápio;
Que presto acuda a Menelau, que um Lício
Ou Troico archeiro de frechá-lo acaba,
Por glória sua e pesadume nosso".

O arauto logo, às lorigadas linhas
Lustrando, o heroico Macaon procura:
No meio estava de escudadas hostes,
Que o seguiram de Trica em poldros fértil.
Aproxima-se, e rápido: "Agamêmnon
Chama-te, Esculapíada; não tardes,
Acode, acode a Menelau, que um Lício
Ou Troico archeiro de frechá-lo acaba,
Por glória sua e pesadume nosso".
Sobressalta-se o médico; atravessam
O exército, e em redor acham do louro
Maioral vulnerado os chefes Dânaos.
Extrai da parte Macaon a seta,
E no extrair as farpas reviraram:
Saca o bálteo listado, a cinta, a malha
De primor, e à ferida já patente
Chupa o sangue, e lhe asperge os linimentos
Que ensinara a seu pai Quiron amigo.
De Menelau enquanto se ocupavam,
Rompe arnesada e em forma a Teucra gente;
Lembra aos Gregos a lide, as armas vestem.
Dormir, tremer, não viras Agamêmnon,
Ou recusar peleja, sim o honroso
Conflito apressurando. O eri-incrustrado
Coche e os cavalos anelantes larga:
Tem-nos o auriga Eurímedon, rebento
De Ptolomeu Piraide, a quem prescreve
Atrás venha de passo, a fim que o tome,
Quando o girar os membros lhe afadigue.
O Atrida a pé de fila em fila ordena,
Os mais zelosos eloquente inflama:
"Nada afrouxeis, que Júpiter, Aquivos,
Traidores não defende: os que infringiram
O pacto e a fé, serão de abutres cevo;
Ílio assolada, filhos seus e esposas

Breve em nossos baixéis transportaremos”.
E os que titubam repreende amargo:
“Valentões de balhesta, oh! pejo e opróbrio!
Sois corçozinhos tímidos, que lassos
De correr a campina, esmorecidos
Param sem ânimo? Aguardais que altivas
Popas abordem na alva praia os Teucros,
Para saber se a mão vos dá Satúrnio?”
        Por entre a chusma, em tudo pondo cobro,
Chega-se aos Créssios, que na frente armados
O militar Idomeneu já tinham,
Em vigor javali; na retaguarda
Os incitava Merion. De vê-los
Exulta o rei dos reis, contente e afável:
“Nos feitos, Créssio herói, prezo-te acima
Dos crinitos varões, té quando à mesa
Misturam na cratera o vinho de honra:
Bebem regrado os mais; teu copo sempre,
Qual o meu transbordando, a gosto empinas.
Vai combater, e teu renome iguala”.
        Idomeneu responde: “Camarada
Jurei ser-te leal; não falto. Inspira
Denodo aos outros, acelera a pugna:
Infratores do pacto, a morte, o exício
Recairá sobre infiéis Troianos”.
        Alegre o Atrida progredindo, encontra
Os dois Ajax de ponto em branco, e em torno
Um negrume de espessa infantaria.
Do oeste às vezes bruna pícea nuvem
Traz pelas vagas túrbida procela;
O pastor, que a divisa do penedo,
Freme e à gruta recolhe a grei balante:
Assim um e outro Ajax movia ao prélio
Aguerridas intrépidas falanges,
De enfuscados broquéis e horrentes piques.

Gostoso o Atrida, rápido lhes fala:
"Ajax, cabos de Argivos lorigados,
Fora ultraje animar-vos; que vós mesmos
Forte a bater-se estimulais o povo.
Oh! Jove, Palas, Febo, em todo peito
Soprassem vosso ardor! Presto, às mãos nossas,
Desabaria a Priameia Troia".
Prossegue, e topa o arguto orador Pílio,
Que os seus alinha, férvido acorçoa
O grande Pelagon, Alastor, Crômio,
E Hémon e Bias príncipes das gentes;
Atrás bastos peões, da guerra esteios,
E na vanguarda os équites e os carros,
Entremete os poltrões, que à força pugnem.
A conter seus corcéis avisa os donos,
Por que as alas não turbem: "Confiado
No manejo e valor, sôfregos Teucros
Ninguém ataque só, nem retroceda;
Que mais débeis sereis. Do próprio carro
Quando alguém desça e a carro hostil afronte,
Enreste a lança, que é melhor partido.
Assim nossos avós, com força e manha,
Derrocavam muralhas e castelos".
Tal o decano tático procede;
O grão rei jubiloso o exalta e gaba:
"Conforme o coração, robustos fossem
Teus joelhos, teu corpo! Inexorável
Te consome velhice: oh! se ela em outrem
Já carregasse, e remoçar pudesses!"
E Nestor: "Não ser eu como antes era,
Quando Ereutalion matei famoso!
O Céu nunca aos mortais confere tudo,
Moço então, hoje a idade me acabrunha.
Mas, tal qual sou, no prélio os cavaleiros
Ajudarei de alvitres e conselhos,

Dos provectos ofício: os que eu mais ágeis
Dardem, gladeiem, no verdor fiados".
Avante, passa ao campeão Petides,
A quem Cecrópios adestrados cercam;
Sem lhes dar inda o al'arma, o fino Ulisses
Perto forma os não lerdos Cefalenses;
Pois, começando apenas o alvoroto,
Aguardam que remeta aos inimigos
Outra falange Aquiva e estreie a pugna.
Olha-os o rei dos reis acrimonioso:
"Menesteu cujo pai Jove alentava,
E tu poço de ardis e estratagemas,
Tardios trepidais? Com ígnea força
Combater vos cumpria antessignanos;
Que sois nos meus convites os primeiros,
Quando os chefes Aqueus se banqueteiam:
Regalai-vos de assados saborosos,
E dulcíssimos copos vos saciam;
E ora esperais que em menear o bronze
Dez Graios batalhões vos antecedam?"
Rude Ulisses contesta: "Que te escapa
Do encerro destes dentes? Nós remissos!
Nós que atroz morte aos picadores Teucros
Já movemos? Se o tens a peito e o queres,
De Telêmaco o pai ante as bandeiras
Verás, Atrida, e vãos discursos bastem".
O rei sente-lhe o enfado, e a sorrir torna:
"Sublime solertíssimo Laércio,
Não te arguo excessivo. Sim, de acordo
Comigo sempre vai tua alma grande.
Eia, rompe a tardança: eu me retrato;
E o Céu risque a lembrança desta ofensa".
Finda a revista no pugnaz Tidides,
Que entre os corcéis estava e unidos carros,
Mais a de Capaneu briosa estirpe.

Tal observa Agamêmnon e o censura:
"Tremes, Diomedes, o êxito receias?
Ah! Teu pai de tremer não se aprazia;
Sempre entre os seus maior se abalizava:
Nunca vi, mas o afirmam testemunhas.
A Micenas contudo hóspede veio,
Quando, com Polinice igual aos deuses,
De Tebas sitiava os sacros muros,
E ambos gente e socorro nos pediram.
Quisemo-lo servir, porém vedou-nos
Dial prodígio infausto; e na tornada,
Ao juncoso arribaram verde Asopo.
De Etéocles no paço, num convívio
Tideu, como legado, imensos topa:
Sozinho entre os Cadmeios, destemido
Muitos então a duelo desafia,
E de Palas por graça a todos vence.
De emboscada, ao regresso, despeitosos
O acometem cinquenta cavaleiros,
Com chefes dois, Meon divo Hemonides,
O inconcusso Antofônio Licofonte.
Ele os castiga, e por celeste auspício
Poupa a Meon, que núncio envia a Tebas.
Tal foi Tideu Etólio, pai de um filho
Melhor de língua e de valor somenos".
Sofre-o Diomedes respeitoso e mudo,
E Estênelo é quem fala: "Atrida, mentes;
Sabe que de mais fortes blasonamos
Que nossos pais: com Jove e o Céu propício,
Bem poucos, derruindo-lhe as muralhas,
Tomamos Tebas a de sete portas;
Eles, ímpios e insanos, pereceram.
Nossos avós conosco não compares".
Sério o encarou Tidides: "Cala e atende.
Fogoso o grande rei não culpo, amigo,

De grevados Aqueus urgir ao prélio:
Se destrói Ílio santa, a glória é sua,
E ingente o luto, se nos falha a empresa.
No ímpeto nosso intrepidez provemos".
Do carro em armas salta; o bronze aos peitos
Do furibundo campeão remuge,
Pondo nos corações gelado medo.

Antes que rolem na sonora praia,
No alto encapela Zéfiro as maretas,
Que na terra a fremir túmidas quebram,
Té que no promontório em cerco espumam:
Tais, sob os cabos seus, vão-se adensando
Graias falanges em fervor contínuo.
Tácito ia o soldado e atento às ordens;
Creras a turba toda emudecida:
Na marcha o vário arnês lampeja e fulge.

Qual a miúdo inúmeras ovelhas,
Ao mungi-las do leite o rico dono,
Balam, gemer ouvindo os cordeirinhos;
Assim clamava o exército contrário:
Misto confuso de nações remotas,
Não tinha o mesmo grito, acento ou língua.

Uns Gradivo, outros insta a gázea Palas,
Fuga, Terror, Discórdia sitibunda,
Parenta e amiga do sanguíneo Marte;
Que, tímida ao princípio, aos Céus remonta,
No chão caminha e a fronte enubla e esconde.
Esta, ao passar, aqui e ali semeia
Raiva homicida, mestos ais dobrando.

Juntos os campos, já de escudos e hastas
E de éreas malhas chocam-se os guerreiros;
Os copados broquéis do embate rugem;
Gloria o vencedor; soluça arcando
O moribundo; o sangue alaga a terra.
Qual, inchados jorrando estrepitosos

Do monte ao vale, rios dois volteiam
Num mesmo abismo, e longe o estrondo escuta
Espantado o pastor: assim, por todos
Lavra o susto, baralha-se o estampido.
Antíloco encetou num da vanguarda,
No Teucro Talisíada Ecepolo,
A quem fura o morrião de basta coma,
E brônzea cúspide o frontal penetra:
Enoita-se-lhe a vista, e como torre
Baqueou. Por despi-lo, o Calcodôncio
Digno rei dos Abantes, pretendendo
Isentar-se dos tiros, debruçado
Agarrando-lhe os pés, desvia a tarja:
Magnânimo Agenor com ênea ponta
Lhe vulnera o vazio e os órgãos laxa;
A alma o corpo deserta, e em acre pugna
Sobre ele Argeus e Troas rosto a rosto,
Quais lobos carniceiros, se abalroam.
Lanceia o Telamônio a Simoésio,
Filho de Antemion, solteiro e imberbe:
No Ida, os gados a ver baixando às margens
Do Símois com seus pais, a mãe o teve;
Donde vinha-lhe o nome. Aos que o geraram
Em frutos não pagou ternura tanta,
Pelo bronze de Ajax em flor cortado:
A destra mama atinge e lhe atravessa
O ombro a lançada, que o rebolca e estende.
Ao pé de úmido lago o choupo liso,
Que a rama e o cimo exalta, o carpinteiro
Talha a ferro aceirado, por que em rodas
Curve-o de belo coche, e à beira o tronco
Jaz do rio a secar; destarte o jovem,
A quem despoja o herói, murchece e tomba.
A Ajax, na chusma, o Priameio Antifo
De arnês betado aponta: a Leuco, assecla

De Ulisses, na virilha o dardo alcança;
E Leuco, indo arrastando a Simoésio,
Larga-o das mãos e dele a par descamba.
Raivoso pelo amigo, em brilho aêneo,
Se envia Ulisses às primeiras filas;
Tem-se, os lumes rodeia, a lança brande.
Afastaram-se os Teucros; mas o tiro
Não se esgarrou, que a Democoonte fere,
De Príamo bastardo, o qual de Abido
Frisões árdegos trouxe: a letal choupa
As fontes passa; a vista se lhe entreva,
Soam-lhe com fragor na terra as armas.
A vanguarda, Heitor mesmo é rechaçado.
Recolhendo os cadáveres e em grita,
Com mor ímpeto os Gregos acometem.
De Pérgamo olha Febo e iroso brama:
"Constância, forte gente, ânimo, Teucros.
Não têm corpos de pedra ou ferro os Dânaos,
Que brônzeo gume expilam; nem de Tétis
Crinipulcra os protege agora o filho,
Que mesto em seus baixéis recoze a bílis".
De alto assim troa o deus; mas a Tritônia,
De Jove augusta prole, de ala em ala,
Onde os vê tíbios, acalora os Dânaos.
Diores de Amarinceu do fado é preia:
Um calhau de enche-mão, que joga o de Enos
Dos Traces condutor Piso Imbrasides,
No tornozelo destro o aleija; o canto
Os tendões ambos e ossos lhe esmigalha:
A alma exalando, a bracejar aos Gregos,
De costas cai; no umbigo a lança Piso
Mete-lhe; os intestinos se derramam,
Eterna escuridão lhe cobre os olhos.
Toas Etólio ao matador se atira,
Pela mama ao pulmão lhe enterra o bronze;

Aproxima-se dele, e a válida hasta
Lhe extrai dos peitos, puxa logo a espada,
Que lhe traspassa o ventre e a vida rouba.
Desarmá-lo não pôde, que em redondo
Hastatos sócios de topete hirsuto,
Beloso embora, a Toas repeliram.
Assim, dois capitães ali ficaram,
Um Trácio, um dos Epeus eriarnesados,
E outros bravos com eles pereceram.
Quem, de golpes ileso ao longe e ao perto,
Guiando-o Palas, pelo campo andasse,
A nenhum dos guerreiros acusara.
Muitos naquele dia Aqueus e Frígios,
Em pó submersos, prosternados foram.

LIVRO V

A Diomedes robora e esforça Palas,
Para que ele se exalce e em fama cresça.
Indefesso arde-lhe o elmo, arde-lhe o escudo:
Como a estrela outonal que mais cintila
Banhada no Oceano, áscuas de fogo
Da cabeça e dos ombros lhe flamejam.
Ao denso do tumulto o impele a deusa.
Vulcâneo antiste, o probo e rico Dares
Com filhos dois, Fegeu e Ideu, vivia,
Teucros pujantes, que das linhas partem
Em seus ginetes; mas a pé, Tidides.
Propínquos já, Fegeu primeiro atira;
Por sobre o esquerdo braço a tremente hasta
Roça apenas o herói, que a sua esgrime,
Nem a desprega em vão: rasga-lhe os peitos,
Rola-o do carro, donde o irmão saltando,

Sem defendê-lo, a nera morte evita
Num nevoeiro, em que do luto parte
Forrou Vulcano ao velho. O nado egrégio
De Tideu belacíssimo os cavalos
Empolga e entrega aos seus, que a bordo os ponham.
A Dares morto um filho, um subtraído,
Turbam-se os Teucros. E a de garços olhos,
A mão tomando a Marte: "Ó Marte", exclama,
"Flagelo de homens e eversor de muros,
A quem quer que a vitória assine Jove,
Teucros e Aqueus não deixaremos livres,
Para de Jove a cólera atalharmos?"
Assim Palas arreda o sevo nume,
E a ir o induz às veigas do Escamandro.
Cada Argeu cabo, os Frígios em destroço,
Prostra um fugido. O rei dos reis precede:
Às costas entre as pás, de um bote, enfia
O celso Hódio Halison, da biga o deita;
Rumor na queda horrendo as armas deram.
Festo, renovo do Meônio Boros,
Da pingue Tarne vindo, ao montar, presto
Lanceiro Idomeneu famigerado
A destra espádua lhe varou: do carro
Veio abaixo, e o toldou feral caligem;
Dos fâmulos do herói foi despojado.
Ao bom monteiro Estrófida Escamândrio
Não valeu sagitícola Diana,
Que de longe a tirar e a caçar feras,
Quantas geram-se em brenhas, o ensinara:
O pique Menelau do tergo aos peitos
Lhe enterra, e ao baquear as armas toam.
Fereclo tomba, do Harmonides garfo,
Do Harmonides prendado por Minerva,
Que tudo com mão prima fabricava;
Que autor foi, dos oráculos ignaro,

Das naus irmãs em que Alexandre a ruína
Trouxe de Ílio e do artífice a tristeza:
Merion, após o filho seu, na destra
Nádega o fere, e a ponta por debaixo
Do osso alcança a bexiga; os joelhos frouxam,
Cai lamentoso, e véu letal o cobre.
Meges mata a Pedeu, bastarda prole
De Antenor, que entre os seus criou Teano,
Comprazendo ao marido e compassiva:
Destro o Filides no toutiço a lança
Prega, os dentes lhe passa e a língua tronca;
De rijo o metal frio agudo morde.
Hipsenor, divo ramo do veemente
Dolópion, do Escamandro sacerdote,
Por nume venerado, ao gládio escoa-se
De Eurípilo Evemônides preclaro:
Este, à carreira, de um fendente no ombro,
Cerce cortou-lhe o braço, que de chofre
Sanguíneo jaz no campo; urgente fado
Lhe ocupa os olhos de purpúrea morte.
Enquanto acres pelejam, mal discernes
Se é dos Graios Diomedes, se é dos Frígios:
Sanhoso andava, qual voraz corrente
Por chuveiros de Jove intumescida,
Que inunda e as pontes arrebata, e os valos
Dos vergéis, esperança dos colonos;
Ia arrasando os batalhões Troianos,
À vastadora fúria não bastantes.
O Licaônio, que na arena o adverte
A derrotar falanges, o arco atesa;
O armo direito, no ímpeto, lhe frecha
Pelo cavo da coura, do volúvel
Passador cruentada, e ledo grita:
"Eia, avante os corcéis, bizarros Troas;
Que o mais tremendo Aquivo está frechado,

Nem longo a dor suportará violenta,
Se da Lícia em verdade urgiu-me Febo".
Foi jactância: Diomedes não sucumbe;
Recua até seu coche, e ao Capaneio:
"Desce, a vira cruel me arranca, amigo".
Pula Estênelo, e do ombro a extrai ligeiro;
Pelas orlas da malha o sangue bolha.
Diomedes ora então: "Meu voto acolhe,
Palas, filha do Egífero indomada:
Se hás a mim e a meu pai na acesa pugna
Favorecido, assiste-me de novo;
A meu dardo se afronte, e eu puna aquele
Que asseteou-me, e gaba-se que em breve
Nem mais verei do Sol a claridade".
A preces tais, Minerva o enrija e alesta,
Reforçando-lhe o braço, e perto fala:
"Peleja afouto; que te pus, Diomedes,
No peito o coração do vibra-escudo
Bravo Tideu. Rasguei-te a venda e névoa,
Para os mortais e os numes distinguires:
A qualquer deus respeita e não resistas;
Mas, se Vênus Dial sair a campo,
Com érea choupa vulnerá-la podes".
E aqui desaparece a gázea Palas.
Torna ao conflito o herói; se à frente há pouco
Era atroz, o furor se lhe triplica.
Quando o leão, que assalta agreste bardo,
Sem rendê-lo o pastor golpeia e assanha,
Foge e a grei desampara; a pulo a fera
Trepa, amedronta o ermo, umas sobre outras
Atropela as lanígeras ovelhas,
Do redil sai ovante e ensanguentado:
Anda assim na baralha o cru Tidides.
Na mama, de ênea ponta, encrava Astino;
Do caudilho Hipenor descose à espada

Pelo úmero a clavícula, e o despega
Do pescoço e da pá. Deixa-os morrendo,
E atrás corre de Abante e Polieido,
Filhos do antigo intérprete Euridamas,
Que os despediu sem consultar os sonhos;
Derriba-os Diomedes e os despoja.
Envia-se a Foon e a Xanto, arrimos
De Fenopo dos anos consumido:
As almas lhes arranca, e ao pai coitado,
Órfão de prole, afunde em nojo e penas;
Que os não recebe incólumes, e é força
Com outros partilhar a sua herança.
Dois Priamidas num só carro topa,
Crômio e Equemon: do assento os precipita,
Ao teor do leão que, em prado ou monte,
Da novilha ou do touro a cerviz quebra;
Desarma-os, e a parelha os seus transportam.
    Da derrota cuidoso, busca Eneias
A Pândaro entre o estrépido dos dardos,
E acha e instiga o divino Licaônio:
"Que é do teu arco, singular frecheiro?
A glória esqueces? Há na Lícia acaso
Quem ta pleiteie? Erguendo a Jove as palmas,
Seta joga ao varão que, em mal dos Frígios,
Rompe, ajoelha, esmorece a tantos fortes.
Será deus que furente exija ofertas,
E de um deus o furor é pernicioso".
    E o Licaônio: "Em tudo se me antolha,
Ó conselheiro de arnesados povos,
Tidides coraçudo; seus ginetes
E a rodela conheço e o casco oblongo.
Se um deus será, não sei; mas, se é quem digo,
Não guerreia sem nume: algum de perto,
Cosido em névoa, lhe desvia os tiros.
Entre a coura frechado no ombro destro,

Cuidei mandá-lo a Dite, e vivo surde:
Certo é-me hostil um deus. Nem biga tenho;
Em casa novos, de louçãs cortinas,
Onze carros deixei, parelhas onze,
A quem limpo centeio e espelta nutrem.
Veterano meu pai, no alcáçar nosso
Ao partir instruindo-me, insistia
Que do meu coche estimulasse os Frígios:
O sábio aviso desprezei, temendo
Que, afeitos a bom pasto, os corredores
No estreito assédio padecessem míngua.
A pé vim, no arco afouto, que a Tidides
E a Menelau já disparei sem fruto;
Ensanguentados, lhes irrito a sanha.
Desprendi-o em má hora do cabide,
No momento em que chefe a Ílio amena,
Por agradar ao divo Heitor, marchava;
Mas, a rever a pátria, o lar, a esposa,
O excelso meu palácio, destra infensa
A cabeça me corte, se em migalhas
Não queimo a fogo ardente os arcos todos,
Meus desleais e inúteis companheiros".
"De arengas basta", replicou-lhe Eneias;
"Anda, varão, tentemos a fortuna.
Sobe-te ao coche, por que saibas como
Dos cavalos de Troe os meus provindos,
Pelo campo trotando, acossam, fogem:
Hão de aceleradíssimos salvar-nos,
Se a Tidides reserva a palma Jove.
Sus, toma o látego e as brunidas rédeas,
E apeado contendo; ou, se o preferes,
A arrostá-lo te apresta, e eu reja a biga".
E Pândaro: "Os cavalos com mor tino,
Auriga tu, governarás, Eneias,
Se à retirada nos forçar Diomedes:

Estranhando-me a voz, da liça podem
Não se apartar vagantes e espantados;
E ele talvez, no alcance impetuoso,
Nos prosterne e os solípedes te roube.
Tu pois menea-os, que de lança invisto".
Ao coche então variegado ascendem;
E o claro Capaneio, que os divisa
Na desfilada, pressuroso amoesta:
"A ti vejo, amicíssimo Tidides,
Vir dois varões de pulso, o grande archeiro
Que Licaônio se intitula e aquele
Que de Vênus se abona e Anquises nado.
Retrocedamos nós; se a vida prezas,
Com fúria tanta avante não discorras".
O sócio o mira: "À fuga em vão suades;
Não sou dos que trepidam nem recuam.
Tenho inda o meu vigor: montar me peja,
Remeto a pé; que eu trema o veda Palas.
Quando um na veloz biga nos escape,
Os dois por certo não. Se a douta deusa,
N'alma te fique, me outorgar matá-los,
Contém, das pinas suspendendo as rédeas,
Esses corcéis, atira-te aos de Eneias,
Leva-os dos Teucros aos grevados Gregos.
São raça dos que ao pai de Ganimedes
Em troco dera o Altíssono, os melhores
Que o Sol viu respirar e a ruiva Aurora:
De Laomedonte a furto, o régio Anquises
Lhes submeteu seis éguas; dos que obteve,
Quatro poldros cevando à manjedoura,
Árdegos dois belazes doa ao filho.
Preá-los nos será de ingente glória".
Entanto, aqueles o ágil tiro incitam,
E apropinquados, Pândaro começa:
"Ó do márcio Tideu vergôntea nobre,

Da seta escarneceste; ora experimenta
Se mais serve esta lança". E a lança expede:
A érea ponta, acertando-lhe no escudo,
Penetra a coura, e troa o Licaônio:
"Traspassado na ilharga, em breve expiras;
Penso ter conseguido honra perene".
    Imperturbado o herói: "Falhou-te o bote;
Se repousardes, um de vós ao menos
Saciará com seu sangue o fero Marte".
Ei-lo dardeja, e ao rés das sobrancelhas
De Pândaro ao nariz dirige Palas
O êneo farpão, que os alvos dentes parte,
A língua fende e a barba lhe atravessa:
Do assento cai, e estruge o arnês lustroso:
Os sonípedes fogem de assustados;
Ele, exangue e esvaído, arqueja e morre.
    Protegendo o cadáver, insta Eneias,
Que em derredor como um leão peleja;
De hasta longa e rodela, a quem se oponha
A imolar decidido, horrendo ruge.
A dois varões dagora pedra enorme,
Que Tidides agarra e só maneja,
Dá na perna ao Troiano, onde encaixado
O fêmur gira, e a pele e os tendões ambos
Lacerando, o acetábulo fratura:
De joelhos tomba, a forte mão se estriba,
Enoita-se-lhe a vista; e fenecera
O de homens regedor, se não lhe acode
Vênus, que o teve do boieiro Anquises.
Trêmula a deia o cinge ao branco seio,
E as dobras lhe antepõe de níveo peplo,
A resguardá-lo de inimigo dardo,
Que nos peitos profunde e à morte o envie;
Safa à pressa do campo o seu querido.
    A Estênelo do amigo as ordens lembram:
Contém, das pinas suspendendo as rédeas,

Os seus corcéis, que do tumulto afasta;
Corre aos de Eneias de vistosas crinas,
Leva-os dos Teucros aos grevados Gregos;
Entrega-os a Deipilo, que os embarque,
Seu camarada com quem mais conforma.
O Capaneio das nitentes bridas
Pega e os seus afervora unguissonantes;
Vai com Diomedes encontrar-se alegre.
    De atroz bronze este segue a inerme Cípria,
Que os prélios não domina, qual Minerva
Ou de muros Belona assoladora;
Sacrílego, entre a chusma, de hasta aguda
Num salto esflora a tenra mão celeste,
Roto o fragrante véu lavor das Graças:
Pela palma lhe escorre o ambrósio fluido,
O icor dos imortais: que nem pão comem,
Nem bebem roxo vinho, e assim beatos
Sangue não têm. Em gritos larga o filho;
Febo o arrebata e esconde em atra nuvem,
Que de hostis remessões o ampare e salve.
"Cede", o audaz vozeou, "de Jove ó garfo;
Não te basta embair mulheres frágeis?
Provaste a guerra; eu fio que ao diante
Só deste nome guerra te horrorizes".
    Mesta a afligida, lívida a mimosa
Cútis, sai do bulício pela destra
Da acrípede núncia; dos Troianos
Acha à esquerda sentado o feroz Marte,
E em negrume os frisões e a lança ocultos
Aos pés do irmão suplica: "Irmão! Socorro;
De áureo jaez empresta-me o teu carro,
Que aos celícolas pronto me conduza:
Dói-me este golpe do mortal Diomedes,
Que ao pai Júpiter mesmo arremetera".
    Ele sentido o empresta; ela magoada
Monta com Íris, que laxando as bridas,

Estende o açoite, e os corredores voam.
Já no escarpado Olimpo, a guia etérea
Para e os desjunge, e ambrósio pasto os nutre.
A Dial ajoelhou-se à mãe Dione,
Que terna a beija e abraça e acaricia:
"Que nume tanto ousou, como se, ó cara,
Um erro escandaloso cometeras?"
E a dos risos amante: "Não foi nume,
Foi Diomedes soberbo, quando a Eneias,
Por quem mais estremeço, ao perigoso
Combate eu subtraía. A grega audácia,
Não somente a mortais, ataca os deuses".
"Filha", torna a santíssima Dione,
"Devora a dor. Gravíssimos pesares
Têm dado os homens ao discorde Olimpo.
Meses treze Efialtos e Oto Aloidas,
Ligaram Marte a rígidas cadeias:
No éreo cárcere o sôfrego de lides
Morrera das prisões extenuado,
Se, advertido Mercúrio da madrasta
Linda Eribeia, a furto o não livrasse.
Com tricúspide vira o Anfitriônio
A destra mama retalhando a Juno,
Causou-lhe agro tormento. A Plutão mesmo
Do Egíaco esse filho destemido
Com seta alada, à porta dos infernos
Sobejo molestou: martirizado
N'alma e no corpo, aos astros ele alçou-se,
Do ombro robusto a farpa inda pendente;
Mas, pois o Estígio rei mortal não era,
Péon com bálsamo o curou suave.
Ímpio o herói façanhudo, arcipotente
Violava assim do Olimpo os moradores.
Por Minerva açulado, ora Tidides
Néscio atreveu-se a ti, não cogitando

Que pouco dura quem se atreve aos numes,
Nem da guerra tornado, em seus joelhos
Meigos filhos papai lhe balbuciam.
Tidides guarde-se hoje de que o dome
Quem te exceda em valor; que o sono quebre
Sua Adastrina Egíale à família,
Casta chorando o Grego mais galhardo,
Que lhe colheu mancebo a flor virgínea".
    Aqui da filha à palma o icor enxuga;
Sara a ferida, acalmam-se-lhe as dores.
Mordentes Juno, Palas, que isto observam,
Tentam Jove, e começa a de olhos garços:
"Padre, irritar-te irei? Se não me iludo,
Vênus estimulando alguma Argiva
Seus Teucros a seguir, por quem se fina,
Indo animar a dama bem velada,
N'áurea fivela a mão rascou mimosa".
    Ele sorrindo a loura Vênus chama:
"Não te compete, filha, deixa a guerra
Entregue a Palas e ao fogoso Marte;
Cuida no doce amor, nas doces bodas".
    Enquanto assim discursam, contra Eneias
Insiste o grão Diomedes, conhecendo
Que o protegia Apolo, e sem respeito
Quer prostrá-lo e despir de insignes armas.
Febo, em três investidas, repulsou-lhe
O escudo refulgente; mas à quarta,
Quando igual a um demônio arremetia,
O Longe-vibrador minaz troveja:
"Tem-te, mortal, aos deuses não te afoutes;
Sidérea é nossa raça, e humano rojas".
    Lento recua o herói ao bote certo.
Pôs fora o Délio, em Pérgamo sagrada,
Num seu delubro a Eneias, de quem tratam
No ádito vasto com decoro e zelo

Diana sagitária e a mãe Latona.
Forma o deus arciargênteo uma figura,
Do Teucro simulando o arnês e o vulto;
E em torno mutuamente os contendores
Aos peitos frangem de bovino espólio
Ou redondos broquéis ou leves tarjas.
Depois a Marte: "Ó Marte, exício de homens,
De muros destrutor, sangrento Marte,
Não lançarás do prélio esse atrevido,
Capaz de acometer ao padre sumo?
Feriu de perto a Vênus junto ao carpo,
E a mim qual nume de arrojar-se acaba".
Disse, e na celsa Pérgamo assentou-se.
Marte no ardente Acamas se disfarça,
Dos Traces capitão; de fila em fila,
Excita os Priamidas: "Até quando,
Vós príncipes, de Júpiter alunos,
Consentireis aos Gregos a matança?
As vossas portas esperais que assaltem?
Jaz por terra o Anquisíada famoso,
Que ao mesmo Heitor em honras igualamos:
Eia, salvemos o guerreiro sócio".
E um por um ele anima e os fortalece.
Já Sarpédon severo: "Onde os teus brios?
Defender a cidade, Heitor, contavas
Com teus irmãos e afins, sem outro auxílio:
Nenhum vejo daqui, nenhum descubro;
Ante o leão sabujos tremebundos;
E os aliados combatendo estamos.
Lá da Lícia e do Xanto vorticoso,
Deixando um filho tenro e a mulher cara
E cobiçados bens, venho ajudar-vos;
Nada que perca tendo ou que me tirem,
A arrostá-lo comigo os meus exorto:
Em ócio, os teus acorçoar olvidas

A resistir e a proteger seus lares.
Olha não sejam do inimigo preia,
Todos em ampla rede emaranhados,
Nem chegue o fim da populosa Troia.
Cumpre que veles de dia e noite, e implores
Aos convocados chefes que, depondo
Agravos seus, de pelejar não cessem".
Mordido n'alma, Heitor pula do carro,
Hastis sopesa, o exército perlustra,
E aviva e alenta a horrífica batalha.
Os Teucros volvem da fugida, e os Gregos
Cerram-se e aguardam com denodo o embate.
Quando padejam trigo em eira sacra,
E ao vento os grãos ciranda a flava Ceres,
A moinha branqueja amontoada:
Cobre os Dânaos assim o pó que alteia
Dos corcéis o estrupido aos céus de bronze.
Novamente ao combate os coches rodam,
As hostes já se travam, já se investem.
Marte, enublado, proceloso o campo
Lustra e anda em auxílio dos Troianos,
Dócil à voz do irmão de alfanje de ouro,
Que espertá-los mandou, vendo ausentar-se
A ajudadora dos Aqueus Minerva.
    Febo do ádito pingue esforça e expede
O Anquíseo cabo; de revê-lo folgam
Vivo e incólume e ardente, e nada inquirem;
Urge o afã que suscita o argentiarcheiro,
Marte homicida, Erínis sitibunda.
    Instam os Ajax e Ulisses e Diomedes,
Bem que os Dânaos de si desprezem gritos
E as forças do inimigo, e estejam firmes.
Por Satúrnio amarrada a pico aéreo,
Em calma estaca a nuvem, se dormitam
Bóreas e os mais que estrídulos espancam

Turbos vapores: a pé quedo os Graios
Destarte o choque impávidos esperam.
Agamêmnon ordena e ativa as alas:
"Amigos, homens sede; no discrime
Vos sustente a vergonha. A morte poupa,
Mais do que ceifa, os que a desonra temem;
Os fujões desampara ajuda e glória".
Eis fere a Deicoon, de Eneias sócio,
Pergásides que, sempre antessignano,
Era aos filhos de Príamo igualado:
Não basta o escudo à furibunda lança,
Que lho fura o talim e o baixo ventre;
Com fracasso baqueia, o arnês ressoa.
Dois rende Eneias da soberba Feres,
Onde opulento o genitor morava,
Ramo do Alfeu, que à larga os Pílios banha:
Do rio prole, Orsíloco imperante
A Diocleu gerou; do herói nasceram
Gêmeos Créton e Orsíloco. Estes, hábeis
Em todo o prélio, púberes navegam
A Ílio em poldros fecunda, e então querendo
Os Atridas vingar, seu termo encontram:
Quais em montanha ou selva amamentados,
Cachorros de leoa a bois e ovelhas
Depredam gordas e os currais devastam,
Até que êneos zargunchos os castigam;
Tais o indômito Anquísio aterra-os ambos,
Semelhantes a abetos espigados.
O fero Menelau doeu-se deles;
Na frente erilustroso, a lança brande:
Marte a cair o induz às mãos de Eneias.
Sai o Nestório Antíloco: receia
Faleça o cabo Argivo e balde a empresa.
Os rivais de haste em reste, se ameaçam:
Antíloco aproxima-se do Atrida;

Bem que animoso, Eneias retrocede
Ao ver os dois varões que investem juntos.
Estes, os mortos míseros ao meio
Dos sócios arrastando, ao rijo tornam
Da batalha, onde imolam Filemene,
De peltados altivos Paflagônios
Mavórcio maioral: o bom lanceiro
Menelau a clavícula partiu-lhe.
Joga Antíloco um seixo ao cotovelo
De Midon Atimníade, que os brutos
Solípedes desvia: o ebúrneo freio
Do punho escapa ao forte auriga e pajem;
Logo o Nestório as fontes lhe estoqueia;
Ele, entre vascas, do artefato coche
De ombros revira e testa, e ali se afunda
Na basta areia, até que seus cavalos
Às patadas o enrolam na poeira.
Chicoteia-os Antíloco e os retira.
Lobriga-os na revolta e a gritos rompe
Heitor, com Teucras hostes, que afogueia
Marte e a grave Belona: ela consigo
Traz o imano Tumulto; ele hasta enorme
Após Heitor floreia, ou já precede-o.
Tidides mesmo ao conhecê-lo treme;
Retém-se como ignaro viandante,
Ao cabo de extensíssima campina,
Ante rápido rio, que espumoso
Ronca e ao mar se despenha. Ei-lo turvado:
"O nobre Heitor, amigos, admiramos
Guapo na lança e audaz; mas sempre um nume
O resguarda, e hoje é Marte em vulto humano.
Com firmeza os Troianos arrostemos;
Só não queiramos resistir a deuses".
Apropínqua-se Heitor; num carro mata
Guerreiros dois, Anquíalo e Menestes.

Comiserado Ajax, de perto e quedo
Corre a fúlgida lança ao Selagides
Ânfio potente em Peso e pecoroso,
Que os Teucros por mofina ajudar veio;
Entra a choupa o talim, penetra o lado;
Ânfio baqueia; o Telamônio acode
Para despi-lo; tolhe-o de arremessos
Luzente nuvem, que no escudo apara;
Desprende o hastil pisando-lhe o cadáver;
Dos rojões oprimido, o herói não pôde
Dos ombros lhe sacar as pulcras armas:
Temeu cercado ser pelos Troianos,
Que em pinha e hastatos com furor instavam,
E inda que altipujante o rechaçaram.

Do conflito no ardor, violento fado
A Tlepolemo, Heráclida bizarro,
Contra Sarpédon concitou divino;
E estando fronte a fronte o filho e o neto
Do anuviador, começa Tlepolemo:
"Dos Lícios capitão, por que estremeces,
Imperito guerreiro? Quem te aclama
Raça de Jove, mente; és mui somenos
Dos que o Egífero teve em prisca idade.
Olha Alcides meu pai, Leonino peito,
Que, os frisões reclamando a Laomedonte,
Vindo em navios seis com poucos sócios,
Ermou de Ílio assolada as vastas ruas.
Teus soldados, cobarde, vais perdendo;
Nem, fosses bravo, aos Teucros valerias,
Que do Orco às portas baixarás agora".

"Sim, Tlepolemo", respondeu Sarpédon,
"Ílio santa pagou maldade e ultrajes
Desse ingrato que os brutos recusou-lhe,
De tão longe arribando o herói Tiríntio;
Mas a ti minha lança, eu to predigo,

Dar-te-á morte escura e a mim renome,
Tua alma ao rei da lúgubre quadriga".
Arvorou Tlepolemo hástia fraxínea,
E ao mesmo tempo tiros dois voaram:
Sarpédon na cerviz lhe embebe a sua,
De atra caligem lhe enoitece os lumes;
De Tlepolemo a cúspide ligeira
O osso da coxa esquerda ao Lício encrava,
A quem seu pai livrou da Parca acerba.
Tiram da liça o divinal Sarpédon,
Que em dor grave labora, e a ninguém lembra,
No subi-lo a seu carro e em tanto aperto,
A crua ponta lhe extrair da coxa.
Indo em braços dos Gregos Tlepolemo,
A tal conspecto Ulisses comovido,
Na grande alma revolve se atrás corra
De Sarpédon valente, ou se prossiga
No horrendo morticínio. Obstando o fado
A que pereça o filho do Tonante
Por seu bronze afinado, contra a chusma
O excitou Palas: ele ceifa a Crômio,
Hálio, Pritânis, Alastor, Cereno,
E Noemon e Alcandro; e mais fizera,
Se o galeato celso Heitor em frente
Não marchasse adargado e coruscante,
Susto incutindo. Folga de enxergá-lo
E com doente voz lhe diz Sarpédon:
"Socorro, ilustre amigo, dos contrários
Não seja eu presa: em vosso muro ao menos
Me fuja a vida já que aos pátrios lares
Não me cabe voltar, nem ser de alívio
À prezada consorte e a meu filhinho".
Nada o Priâmeo no ímpeto responde,
Que ardente almeja repelir os Dânaos
E muitos conculcar; mas nobres Lícios

O capitão sob a ramosa faia
Do genitor Egíaco asilaram,
E o forte Pelagon, seu predileto,
O freixo lhe extraiu. Desfalecido
Ofuscaram-se-lhe os olhos; mas de Bóreas
Fresco hálito aspirando, o alento cobra.
A Heitor e a Marte os Graios não dão costas,
Nem avançam; mas cedem pouco a pouco,
Sabendo o nume nas hostis fileiras.
Quem sob o herói e o brônzeo atroz Gradivo
Caiu primeiro? Quem postremo? Têutras
Deiforme, Orestes picador, o Etólio
Treco hastato, Enomao, o Enópio Heleno,
E Orésbio de turbante variegado,
Que tesouros em Hila acumulava
Junto ao Cefísio lago, onde os Beócios
Viviam felizmente em grossas lavras.
Em mísera derrota observa os Gregos
Satúrnia bracicândida: "Hui, Minerva,
Dial prole indomada, a tolerarmos
O Atroz Mavorte, a Menelau faltamos:
Nem Ílio destruir, nem voltar pode:
Sus, nossa intrepidez manifestemos".
A olhicerúlea deusa não se escusa.
Mesmo Juno augustíssima os cavalos
Do metal fulvo arreia. Hebe se apressa
No carro de eixo férreo a pôr os curvos
Orbes de oito êneos raios, cujas cambas,
De ouro incorrupto, os chaços têm munidos
De lâminas de bronze: oh maravilha!
Roda em meiões de prata, e prata e ouro
Compõem da caixa os correões; a caixa
Por dois tornéis da frente as bridas lançam,
E um temão corre argênteo: Hebe no extremo
Auripulcros lhe prende jugo e loros;

E ávida Juno de contenda e estragos,
Ata ao jugo os alípedes cavalos.
Solta Minerva no paterno solho
Bordado véu que esplêndido lavrara;
Do nubícogo deus veste a loriga,
Veste o arnês dos combates lagrimosos.
Fimbriado seu broquel medonho embraça,
A que o Terror circunda: nele a Força,
Nele a Perseguição, nele a Discórdia,
Nele vê-se a cabeça de Medusa,
Do Egífero portento, aborto horrível.
De quádruplo cocar cinge áureo casco,
De sobejo aos peões de cem cidades.
Monta ao fúlgido coche, enorme libra
Válida lança, com que inteiras hostes,
Do Prepotente filha, irada prostra.
Juno os tiros verbera: eis por si rangem
Portões que as Horas guardam, sentinelas
Da suma casa etérea, a cuja entrada
Fechar e abrir lhes toca a nuvem densa.
Fácil transpõe o carro, e Jove as deusas
No tope acham do Olimpo cumioso.
Fez alto Juno, e a seu marido sonda:
"Quê! Não refreias, soberano padre,
Marte cruel, que a tais e tantos Gregos,
Ímpio e sem pejo, temerário abate?
Choro n'alma, e tranquilos folgam Vênus
E Apolo arco de prata que instigaram
O demente e sem lei. Tu não te agastas
Se da batalha vulnerado o afasto?"
Concedeu-lho o supremo: "Afila a Palas;
É quem sói acossá-lo e confrangi-lo".
Leda o látego estala e acena a deia;
Espontâneo os ginetes pelo espaço,
Entre o polo estrelado e a terra voam.

Quanto alguém, de alta penha, ao longe avista,
Se olha amplo roxo mar, tanto os celestes
Atroantes corcéis de um pulo alcançam.
A Ílio chegadas, onde mescla a veia
Ao Símois o Escamandro, desjungidos
Larga-os Juno, e em neblina cega envoltos,
Ambrósio pasto lhes ministra o Símois.
Como tímidas pombas volteando,
A auxiliar os Dânaos se apressuram.
Já num grupo de fortes, que a Tidides
Em pinha rodeavam, quais javardos
E leões carniceiros nada imbeles,
A de alvos braços grita, sob a forma
Do famoso Estentor, cujo éreo brado
A guerreiros cinquenta a voz cobria:
"Que opróbrio! Ó Dânaos de gentil presença!
Enquanto era convosco o divo Aquiles,
Nunca as Dardânias portas o inimigo,
Da ardida lança com terror, transpunha;
Hoje ante as curvas naus brigar se atreve!"
Isto os aviva e alenta. A olhicerúlea
A Diomedes se vai, que ao pé do coche
De Pândaro a frechada refrigera,
Aflito e lasso, da rodela a soga
Inundada em suor; e, ao levantá-la
Para a chaga absterger do negro sangue,
Pegando-lhe do jugo, o punge a deusa:
"Não semelhas Tideu: pequeno em corpo,
Grande na ação, conter-lhe eu quis o fogo,
E ao vir único a Tebas de enviado
Junto a muitos Cadmeios, prescrevi-lhe
Que aos banquetes pacífico assistisse;
Mas ele alfim, seu ânimo escutando,
Por mim sempre ajudado e protegido,
Os Tebanos provoca e vence a todos.

Ora eu também te ajudo e te protejo,
Contra os Frígios te inflamo e te afervoro;
E essa fadiga te amolece os membros,
Ou torpe vil temor te esfria e enerva.
Não, do filho de Eneu tu não procedes".
E ele: "Egíaca deusa, eu te conheço:
Falar-te vou sincero e sem rebuço.
Nem temor, nem moleza me acobarda;
Lembra-me o teu preceito; a brônzeo gume
Na ação ferisse eu Vênus; mas que os outros
Imortais respeitasse. Retirei-me
E aqui reúno os meus, porque estou vendo
Marte mesmo a reger a Teucra gente".
Palas inda: "Mortal que n'alma prezo,
Marte e a qualquer não temas, que em ti velo:
Arremessa os corcéis e a Marte fere;
Um perverso inconstante não respeites,
Que a mim e a Juno os Teucros prometera
Em pró dos Gregos molestar, e insano
Ei-lo os Teucros defende e esquece os Gregos".
Disse, e Estênelo empurra, que do carro
Saltou mais lesto, e irosa com Diomedes
Monta a par; de uma deusa e herói tamanho
Do eixo a faia carregado geme.
De bridas e chicote, ela os cornípedes
Deita a Marte, que sujo da carnagem
Ao grão Perifas, dos Etólios honra,
Filho do magno Oquésio, despojava.
De Plutão põe Minerva o capacete,
Para encobrir-se ao nume furibundo.
Vendo a Tidides, o homicida o corpo
Deixa disforme, exânime e estirado,
E endireita ao galhardo cavaleiro.
Já fronte a fronte, suspirando Marte
Por desalmá-lo, sobre o jugo e as rédeas

Atesa o braço e esgrime; a lança aênea
Da olhicerúlea a destra arreda e frustra.
O herói despede a sua, que ao vazio
Dirige Palas, onde o cinto morde:
Rasga-se a branda pele, e o brônzeo nume
Urra, ao sacar-se a ponta, qual de nove
Ou dez mil combatentes o alarido
Em prélio aceso; aterra Argeus e Troas
Do formidando Marte o grito horrendo.
Como negreja no ar bulcão, tocado
Por terral estuoso, olha-o Tidides
No ir-se por esse espaço em grossa nuvem.
    Chega à sublime estância; ao pé de Jove
Senta-se consternado, e imortal sangue
Mostrando que manava da ferida,
Lamentoso bramou: "Com tais façanhas
Não te enfadas, meu pai? Discórdia mútua,
Por comprazer a homens, nos flagela,
E a causa és tu: geraste uma insensata,
Em flagícios fecunda e iníqua sempre.
Sujeitos os do Olimpo habitadores,
Te obedecemos todos; mas a peste
Que produziste só, condescendente
Nem a castigas, nem sequer censuras.
Acaba de inflamar contra nós outros
Do soberbo Diomedes a arrogância:
Ele o carpo feriu primeiro a Vênus,
E a mim se me arrojou, nem que um deus fosse.
Se estes ligeiros pés não me valessem,
Longas dores no fero morticínio
Estivera curtindo, ou vivo embora,
De éreos golpes cruéis desfalecera".
    O nubícogo padre averso o encara:
"Cessem, versátil, importunas queixas.
O celícola és tu mais detestando:

A rixa amas e a guerra; herdaste o gênio
Da indócil mãe, que sopear me custa:
O mal creio te vem dos seus conselhos.
Porém não sofro mais que assim padeças;
És meu filho, e pariu-te a esposa minha.
A seres de outro leito, ímprobo, há muito
Dos Uranidas o somenos foras".
Manda a Péon então que dele trate:
Péon lhe untou na chaga linimentos;
E, não sendo um mortal, foi pronta a cura.
Como o líquido leite, em que alvo suco
Verteu-se de figueira, de contínuo
Rapidamente remexido coalha;
Tão breve sara o proceloso Marte.
Hebe o lava, o perfuma e o paramenta;
Ele ao pé de seu pai de glória exulta.
Já remoto o verdugo, o exício de homens,
Alam-se do supremo ao claro assento
Juno Argiva e Minerva Alalcomênia.

LIVRO VI

Sós na lide os mortais, de parte a parte
Ígneo furor aqui e ali se ateia;
Nos dois campos graniza, arremessada
Entre o Símois e o Xanto, ênea procela.
Ajax, da Grécia muro, escala a Troica
Falange, e livra os seus do Eussório Acamas,
Dos Traces o maior, mais formidável:
Dardo pelo cocar de espessa crina
O osso varou da testa, e em feral treva
Os lumes lhe apagou. — Diomedes rende
O Teutrânida Axilo, que opulento

Na grandiosa Arisba, humano em casa,
Da estrada à beira agasalhava a todos:
Mas nenhum lhe acorreu no transe amaro,
Nem ao pajem Calésio, então cocheiro;
Que ao reino de Sumano ambos desceram.

Prostra Euríalo a Dreso e Oféltio; assalta
Pédaso com Esepo, que houve gêmeos
Bucolion da náiada Abarbárea:
Vero Bucolion de Laomedonte
Primogênito filho, inda que espúrio,
Ovelhas pastorava, e em doce amplexo
Concebeu-os a ninfa: os pulcros membros
Lhes dissolve e os despoja o Mecisteide.

A Astíalo o aguerrido Polipetes,
A Pedites Percósio enfia Ulisses;
Teucro ao divo Etaon, a Ablero Antíloco;
O rei dos reis a Elato, que da altiva
Pédaso o puro Satnióis gozava.
A Fílaco fuginte o heroico Leuto
Veloz suplanta; Eurípilo a Melântio.

Partindo-se o temão desembestados
A Adresto os brutos, pávidos num ramo
De tamargueira se enlearam, quando
Para a cidade em fuga os mais seguia:
Testa no pó, revira junto à roda;
Menelau toma-o vivo e a lança aponta;
Adresto ajoelha e implora: "Sê piedoso,
Por mim resgate esplêndido recebe:
Cobre, ouro, ferro variamente obrado,
Entesourou meu pai; com mão profusa
Dará, se a bordo me souber cativo".

Já, de compadecido, ia entregá-lo
A um servo que o levasse à Grega frota;
Minaz bramindo acorre-lhe Agamêmnon:
"Débil a Teucros, Menelau, perdoas?

De certo agradeceram-te a hospedagem.
Nem mesmo o infante no materno ventre
Escape à nossa fúria; em cinzas Troia,
Inglórios todos insepultos jazam".
Com tais razões mudado, o irmão lhe empurra
O nobre Adresto; a quem na ilharga fere,
Supino estende, e a retrair o freixo,
O pé finca-lhe aos peitos Agamêmnon.
Nestor a gritos: "Eia, amigos Dânaos;
Nenhum, de Marte ó fâmulos, se atrase
Para às naus se tornar com pingue espólio:
Matai, matai; que os mortos pelo campo
Devagar ao depois saquearemos".
Isto os atiça e alenta. E em Ílio os Teucros
Talvez de acobardados se acoutassem
Lá se não fosse Heleno Priamides,
Áugur sem par: "Em vós, Heitor e Eneias,
Que sois no pulso e aviso os mais prestantes,
Lícios e Troas a esperança libram:
De ala em ala, ide já deter os nossos,
Que em destroço nos braços das consortes
Não se salvem, com riso dos contrários.
Mas, assim que exortardes as falanges,
Nós, do cansaço opressos, neste aperto
Combateremos firmes, para aos muros
Ires, Heitor. A nossa mãe requeiras
Que as matronas congregue, e de Minerva
Subindo ao sumo alcáçar, os batentes
Ao sacrário descerre; oferte às plantas
Da olhicerúlea crinipulcra deia
De quantos peplos guarda o que mais preza
Por grande e por donoso, e doze intactas
Anejas indomadas lhe prometa
Sacrificar, se houver dos nossos filhos
E das esposas dó, longe da santa

Ílio apartando o campeão Tidides,
Formidoloso artífice da fuga.
Dos Gregos valentíssimo o reputo;
Nem de Aquiles, que prole creem divina,
Nos temíamos tanto: agora aquele
Mais sanhudo se mostra e inelutável!"
Concorde o irmão, do carro em armas salta,
Hastas pontudas brande, e por onde ia
Inflama os seus, que revertendo arrostam.
Vão-se escoando os Gregos da matança,
E o rumor se espalhou que em pró dos Frígios
Do estelífero polo um deus baixara.
Clama a todos Heitor: "Ânimo, Teucros,
Vós longínquos amigos e aliados,
Sede homens, vosso ardor não se arrefeça,
Enquanto vou-me a idosos conselheiros
E às consortes propor que o Céu demovam
Com preces e hecatombes". Nisto ombreia
O galeato herói de copa o escudo,
E ao marchar o debrum de couro negro
A cerviz lhe batia e os calcanhares.
Na ânsia de pelejar, da liça em meio
Glauco de Hipóloco e o Tidides perto
Já se afrontavam; mas falou Diomedes:
"Quem és, homem bravíssimo, a quem nunca
Vi no conflito, que os varões afama?
Tu na afouteza a todos longe excedes,
Expondo-te ao rigor da lança minha;
Só filhos malfadados se me atrevem.
Do céu vens? Com celestes não contendo:
Viveu pouco o Driâncio atroz Licurgo
Que a tal se abalançou. De Baco as amas
Pelo sacro Nisseio perseguidas,
Picou-as de aguilhada, e elas no afogo
Deixam cair os tirsos; Baco mesmo,

De susto de um mortal, se atira às ondas,
E trêmulo em seu seio o abriga Tétis.
Os de perene vida enraiveceram,
E o Satúrnio o cegou: de curto alento
Sepultou-se aborrido pelos deuses.
Com bem-aventurados não me avenho.
Mas, se a terra te nutre com seus frutos,
Chega-te, e as raias tocarás da morte".
    Então Glauco: "Magnânimo Tidides,
Quem sou perguntas? Como as folhas somos;
Que umas o vento as leva emurchecidas,
Outras brotam vernais e as cria a selva:
Tal nasce e tal acaba a gente humana.
Pois o queres, conhece-me a linhagem;
É bem sabida. — Num recesso de Argos,
A corcéis pascigosa, avulta Efira,
Onde Sísifo Eólides, o astuto
Mais cadimo reinou; seu filho Glauco
Teve a Belerofonte, a quem prendaram
Os Céus de esforço e garbo e gênio afável.
Mas de Preto a mulher, a diva Anteia,
Louca de amores, desejou furtiva
Misturar-se com ele, e despeitosa
De não ter seduzido o casto peito
Pérfida ao rei mentiu: — Belerofonte
Intentou-me forçar; ou morre ou mata-o —,
Em sanha Preto, a cujo prepotente
Cetro os Aquivos sujeitara Jove,
O exilou da cidade; e, religioso
Temendo assassiná-lo, urdiu na mente
Feia vingança: de funestas cifras
Ao sogro o envia com fechado rolo,
Onde a sentença lhe traçou de morte.
Por numes escoltado, ao Xanto e à Lícia
Plaga admitido, em novenal hospício

Lhe imolou touros nove o rei benigno;
Mas na décima aurora dedirrósea
O interrogou, pedindo-lhe a tabela
Que lhe fiara Preto. Os caracteres
Fatais lendo, a Quimera inexpugnável
Mandou-lhe exterminar: tinha esse monstro,
De raça divinal que não terrestre,
A cara de leão, de serpe a cauda,
Caprino ventre, ignívoma a garganta;
E ele extinguiu-a por celeste influxo.
Logo os Solimos debelou, façanha
Que julgava a maior; e enfim deu cabo
Das Amazonas varonis. De volta,
Os mais guapos da Lícia e destemidos,
Juntos numa cilada, o herói desfê-los,
Nenhum restando que levasse a nova.
Nele então vendo o rei divino garfo,
O aquinhoou no império e aceitou genro;
Em patrimônio os povos lhe escolheram
Amplo vinhedo e lavras. Da princesa
Houve Hipóloco e Isandro e Laodâmia.
Esta no toro do prudente Jove
O deiforme gerou pugnaz Sarpédon.
Belerofonte, já dos Céus malquisto,
Na alma comendo-se e evitando os homens,
Sozinho errava pelo campo Aleio.
A Isandro, que os Solimos opugnava,
Trucidou Marte; à Laodâmia Febe,
Que áureas bridas meneia em carro argênteo.
Hipóloco é meu pai, que, no expedir-me
De Ílio em socorro, superior coragem
Me encomendou; que nunca desmentisse
De meus nobres avós, não só de Efira,
Da Lícia em peso altíssimos guerreiros.
Deste preclaro sangue eu me glorio".

Ledo no chão Diomedes prega a lança,
E diz brandíloquo ao pastor de povos:
"Certo hóspede paterno me és antigo;
Por Eneu dias vinte agasalhado
Belerofonte, mútuos se brindaram:
Coube-lhe um bálteo fúlgido e puníceo;
Coube a Eneu duplicôncova áurea taça,
Prenda que tenho em casa. Não me lembro
De Tideu, que deixou-me em tenra infância,
Indo à facção Tebana, infausta aos Gregos.
Sou teu hóspede em Argos; sê na Lícia
O meu também. Reciprocar os tiros
Mesmo evitemos na refrega: Teucros
Nem outros faltam que eu persiga ou renda,
E Aqueus te sobram, se os depare a sorte.
Patenteemos, permutando as armas,
Que dos avós o hospício respeitamos".
Nisto, apeiam-se os dois, as destras cerram,
Penhor de fé. Na troca dos arneses
Ofusca Jove a Glauco: pois demente
Com Diomedes cambeia ouro por cobre,
A valia de cem por nove touros.
Vizinho à faia Heitor e às portas Ceias,
Cercam-no e indagam donas e donzelas
Por amigos e irmãos, filhos e esposos.
"Em regra aos numes obsecrai", responde;
"Ide, urge a muitas iminente luto".
Os pórticos reais polidos passa:
Dentro, em lapídeas câmaras contíguas,
Noras cinquenta e os Priameus dormiam;
E no alto, além do pátio, numas doze,
Também contíguas e também lapídeas,
Os genros e as castíssimas consortes.
A carinhosa mãe, que no aposento
Visitava a pulquérrima Laódice,

O encontra e a mão lhe prende: "O duro prélio
Deixaste, filho? Ah! Próximo lutando,
O odioso inimigo assédio estreita;
E desejaste as palmas vir do alcáçar
Para Jove estender. Fica-te um pouco,
Vinho te quero ministrar melífluo,
Com que libes ao Padre e às mais deidades:
Restaurarás bebendo as lassas forças;
Que o vinho as corrobora, e as esgotaste
Por defender os cidadãos lidando".
"Não", venerável mãe, "torna o guerreiro,
Do suave licor não me ofereças,
Que me enerve e do brio me deslembre:
E ao das nuvens Senhor com mãos impuras
Temo libar, e infando é suplicá-lo
De sangueira poluto. Mas ao templo
Da predadora Palas com perfumes
Vai-te asinha, e as matronas congregando,
Oferta aos pés da crinipulcra deia
De quantos peplos guardas o que prezas
Por grande e por donoso; e doze intactas
Anejas indomadas lhe prometas
Sacrificar, se houver dos nossos filhos
E das esposas dó, longe da santa
Ílio apartando o campeão Tidides,
Incutidor feroz de espanto e medo.
Ao templo sobe; eu vou, se me ouvir Páris,
Do ócio espertá-lo. Aberta, o sorva a terra!
O Olímpio o fez medrar, funesto à pátria,
Funesto ao rei. No inferno se afundisse,
Cuido que olvidaria os meus pesares".
Disse; a mãe volve ao quarto, e pelas servas
De Ílio convoca as donas. Desce mesma
À fragrante recâmara, onde os peplos
Vários tinha e gentis, lavor das moças

Que trouxe da Sidônia o divo Páris,
Da vez que o largo pélago sulcava
Com sua Helena excelsa. Hécuba escolhe
Um que último encontrou, mais recamado
Grande e loução, fulgente como um astro.
Põe-se a caminho; as damas a acompanham.
    Ei-las no sumo templo, que a Cisseide
Fresca Teano, de Antenor esposa,
Dali sacerdotisa instituída,
Lhes escancara. As palmas logo todas
Com pranto e grita para o altar ergueram;
E, aceito o peplo, o colocou Teano
Aos pés de Palas, deprecando à filha
Pulcrícoma de Jove: "Honra das deusas,
De Ílio apoio, a Diomedes quebra a lança:
O pó morda, ó Minerva, às portas Ceias;
Doze intactas indômitas anejas
Te imolaremos já, se houveres mágoa
Destes muros, de nós, de nossos filhos".
    Renui Tritônia a rogos tais; e enquanto
As mães votavam, ganha Heitor o alvergue,
Primor que engenhou Páris e os mais destros
Operários de Troia executaram,
De átrios, salões e camarins soberbos,
Junto a Príamo e Heitor na cidadela.
Entra o herói caro a Jove, sustentando
De onze cúbitos haste, onde encavada
Fulge ênea choupa, que aro de ouro aperta.
Na câmara acha o irmão lustrando a malha,
Curvos arcos, loriga e fino escudo;
E, entre as criadas suas, a Lacena
Às servas repartindo insignes obras.
"Páris", disse agro Heitor, "ó desastrado,
Ódio vão cevas, e por ti pugnando
Perecem tantos! Ruge em torno a guerra,

Arde o clamor; e a ti mormente os frouxos
Competia aguçar. Vem, vem, desperta,
Antes que lavre o incêndio em nossos lares".
E o deiforme Alexandre: "Eu não to nego,
Justo me argúis. Atende-me contudo:
Não por despeito aos nossos, mas por folga
À dor pungente, em ócio me encerrava.
E brando agora mesmo Helena ao prélio
Me compelia; abraço-lhe o conselho,
Porque alterna a vitória os seus favores.
Que eu vista as armas deixa, ou me antecede;
Lá sem demora, irmão, serei contigo".
Calou-se Heitor, e meiga Helena fala:
"Oxalá, bom cunhado, eu fenecera
Nas entranhas maternas, ou que a brenhas
Um tufão me arrojara, ou me afundira
No flutíssono mar, de horríveis danos
Para não ser a abominanda causa,
Nem perpetrar sem pejo infâmias tantas!
Mas, já que o fado o quis, eu fosse ao menos
Mulher de um bravo, a quem doesse o opróbrio
E o motejar dos homens: sem firmeza,
Nunca a terá por certo, e o fruto espere.
Agora neste escano, irmão, descansa
Do afã que te salteia o peito e a mente,
Por imprudência minha e culpa dele.
Ah! Cruel condição! De Jove opressos,
Fábula às gentes no porvir seremos".
E o cristado varão: "Cortês e afável,
Não me contes reter: esta alma ferve
Por ajudar os que por mim suspiram.
Ativa a Páris, que dos muros dentro
Se me reúna: a despedir-me corro
Da família, da esposa e meu filhinho;
Ignoro se me outorgue o céu revê-los,
Ou se domar-me ordene às mãos dos Gregos".

Nem mais; segue, e acha fora de seu paço
Andrômaca gentil, que albinitente,
Com o infante e uma serva bem velada,
A gemer e a chorar na torre estava.
Desencontrando a cônjuge incorrupta,
Já da soleira, às fâmulas virou-se:
"Que é da senhora? Declarai sinceras:
A uma de longo peplo ou minha ou sua
Cunhada iria, ou agregar-se as damas
Que a Palas crinipulcra infensa aplacam?"
Respondeu-lhe a zelosa despenseira:
"Pois o queres a flórida princesa
Com nenhuma cunhada ou tua ou dela
De longo peplo está, nem entre as donas
Que a Palas crinipulcra infensa aplacam;
Sim na grã torre de Ílio: ouviu que os nossos
Eram da força Graia assoberbados;
E, levando o menino em braços da ama,
Como doida partiu para as trincheiras".
Ei-lo as praças desanda e extensas ruas;
E às portas Ceias, no sair ao campo,
Ocorre a esposa, de Eetion nascida,
Que os Cilícios, de Hipóplaco selvosa,
Rei dominava na Hipoplácia Tebas;
De Eetion, que a dotou grandiosamente
Para dá-la ao Priâmeo eriarnesado.
O tenro único Hectóreo, astro em beleza,
A ama o afagava: o nome de Escamândrio
Seu pai lhe impôs, de Astianax o povo,
Por herdeiro do herói de Troia apoio.
Tácito ele sorriu no filho absorto;
A lagrimar Andrômaca nas suas
A mão lhe aperta e clama: "Temerário!
Perde-te esse valor, nem te amiseras
Desta criança, nem de mim coitada

Cedo viúva; que da Grega fúria
O alvo serás. A terra me sepulte,
Se me faltares tu: só pesadumes
Hão de cercar-me, sem nenhum conforto.
Pai nem mãe tenho: rasa a de altas portas
Cilícia Tebas, o tremendo Aquiles
A Eetion matou; com seu dedáleo
Arnês, sem despojá-lo, o queimou pio,
E térreo ergueu-lhe um túmulo, que de olmos
Em redor as Oréadas plantaram,
Do Egífero almas filhas. De irmãos sete,
Num dia o Celeríssimo no inferno
Todos mos despenhou, quando pasciam
Bois flexípedes, cândidas ovelhas.
A augusta mãe de Hipóplaco rainha,
Trouxe-a com basta presa; ao depois solta
Por um preço infinito, em seu palácio
Vítima foi de Artemide frecheira.
Tu me és, Heitor, mãe, pai, irmão, florente
Consorte e amigo: tem de mim piedade;
Cá te fiques na torre; órfão não deixes
O infante e a mulher tua. A gente postes
Cerca da baforeira, onde acessíveis
Prestam-se os muros nossos à escalada.
Vezes três os melhores a empreenderam,
Os dois Ajax, Idomeneu, Diomedes,
E os Atridas; ou fosse de agoureiros,
Ou de seus próprios ânimos impulso".

E Heitor: "São meus, esposa, os teus cuidados;
Mas dos Frígios me temo e das matronas
De roçagantes opas, se em muralhas
Qual fraco a luta evado; e hei de mim pejo,
Que tenho à frente combatido sempre,
Vindicando a paterna e a glória minha.
Prevejo n'alma o fim da sacra Troia,

Do corajoso Príamo e seu povo;
Ah! Da pátria o porvir me aflige menos,
Da mãe, do rei, de tanto irmão valente
Estendido no pó, que de um soldado
Brutal cativa e em pranto imaginar-te,
E em Argos a tecer, e da estrangeira
Por duro império, atroz necessidade!
À fonte ir de Hipereia ou de Messeide.
E dir-te-ão, do choro teu movidos:
— Pobre mulher de Heitor, o herói que de Ílio
Com mais denodo propugnava em torno! —
De teu marido gemerás saudosa
Para te libertar. Cubra-me a terra,
Antes que os ais te escute e a rastos veja".
Eis lança ao filho as mãos, que averso e em gritos,
No seio da ama de elegante cinto,
Espantado se encolhe ao pátrio aspecto;
A armadura o apavora, a juba equina
Que da cimeira aênea hórrido nuta:
Sorriu-se Heitor, a augusta mãe sorriu-se.
Despe o guerreiro o fulgurante casco,
Pousa-o no pavimento; a seu querido
Em braços leve embala e o beija e ameiga:
"Ó Júpiter, perora, ó deuses todos,
Como eu dai que este seja aos Teucros honra;
Potente o cetro empunhe; ao vir do prélio,
— Inda é que o pai mais forte —, alguém lhe exclame;
Morto o inimigo, no cruento espólio
Volte, e a mãe leda folgue". À doce esposa
O entrega então, que entre chorando e rindo
No fragrante regaço o filho acolhe.
Terno olhando o consorte, a acaricia:
"Por mim tanto, anjo meu, não te consternes:
Contra o fado abismar-me ninguém pode,
Nem há nascido quem se furte ao fado,

Por estrênuo ou medroso. A casa busca;
No tear, no lavor, na roca entende,
E as servas atarefa: aos homens de Ílio,
E a mim principalmente, a guerra incumbe".
Do chão leva o emplumado capacete,
E retirou-se Andrômaca, amiúde
Atrás volvendo os olhos gotejantes.
Na cômoda mansão de Heitor sangrento
Em luto encontra as servas, que o pranteiam
Vivo, por crerem que do urgente risco
Nem dos feros Aqueus se escaparia.
Não langue Páris na orgulhosa estância;
De brônzeo arnês vistoso revestido,
Com pé ligeiro atravessava as ruas.
De centeio cevado à manjedoura,
Do amor pungido, a claro banho afeito,
Roto o cabresto, unguíssono cavalo
Pulsa o campo; a cabeça engala e emproa,
A crina a flutuar pelas espáduas;
Da bizarria ufano, ágil galopa
Ao rio ameno e aonde as éguas pastam:
Assim de Pérgamo o Priâmeo em armas
Desce, luz como o Sol, exulta e marcha;
De pronto e lesto alcança a Heitor, que vinha
Da prática de Andrômaca, e lhe fala
Pressuroso: "Eu talvez, remisso às ordens,
Te hei, venerando irmão, contido o fogo".
E alegre Heitor: "Quem saiba avaliar-te
Far-te-á justiça, ó caro; és denodado,
Mas tíbio e inerte e mole; é-me penoso
Exprobrarem-te os sócios, que padecem
Pelo erro teu. Avante; comporemos
Estas questões, quando aprouver a Jove
Que, expulsos os Grajúgenas grevados,
Em nosso lar brindemos e erijamos
Livre cratera aos sempiternos deuses".

LIVRO VII

Assim, das portas rui Heitor mais Páris,
Ambos a respirar bélico incêndio:
Com tanto anelo festejados foram,
Como o vento que um deus bafeja amigo
Do afã do remo a nautas quebrantados.
Páris mata a Menéstio, que olhipulcra
Pariu Filomedusa em Arna ao régio
Areito porta-clava; o irmão, de um bote,
Sob o elmo o colo talha e estira Eione.
Ao Dexíada Ifino, que montava,
Glauco dos Lícios de azagaia a espádua
Fere, e do coche o atira agonizando.
Vendo a cerúlea deia o Graio estrago,
Lá do Olimpo frechou para Ílion santa;
Febo, o triunfo aos Troas desejando,
No enxergá-la de Pérgamo, apressou-se;
Topam-se ao pé da faia; o Délio enceta:
“Por que fúria e paixão voltaste, ó Palas?
A indecisa vitória aos Gregos trazes?
Não tens dos Frígios dó; mas, se me atendes,
Suste-se o morticínio; ao depois, guerra,
Té que Dardânia acabe; já que n’alma
Vos compraz sovertê-la, ó cruas deusas”.
“Para isso cá desci”, Tritônia acode;
“Porém como aplacá-los?” Segundou-lhe
O Dial Febo: “O ânimo exaltemos
De Heitor doma-corcéis, que desafie
A duelo mortal qualquer dos Dânaos;
E os de fúlgida greva, de indignados,
Algum excitarão que a briga aceite”.
Ela consente. Ao genitor benquisto
Heleno, este aventando arbítrio e acordo,

Apresenta-se a Heitor: "Ó tu Priâmeo,
Como Jove sensato, o aviso queres
Seguir fraterno? Aquieta Aqueus e Troas:
A duelar provoca os mais famosos;
Inda não te é chegada a hora extrema;
Isto mesmo colhi da boca a numes".
Regozijou-se Heitor com tal conselho:
A haste ao meio pegando, avança, e as hostes
Retém, sossega. O Atrida os seus refreia.
N'alta faia de Jove Apolo e Palas,
De abutres sob a forma, alegres pousam,
Vigiando os guerreiros que descansam,
De elmos, broquéis, de lanças eriçados.
Qual, de Zéfiro à súbita refega,
Negreja o ponto e freme, as densas turmas
Acaica e Frígia na campanha ondeiam.
Eis de permeio Heitor: "Aquivos, Teucros,
O que encerro no peito ouvi-me atentos.
Não manteve o Satúrnio os pactos nossos;
Mil desastres medita e nos reserva,
Té que ajoelhe a turrígera cidade,
Ou em destroço as naus vogando fujam.
Cavaleiros de prol na Grécia há tantos:
Um de mor brio, em singular certame,
Se atreva ao divo Heitor, medir-se venha.
Proponho, e o testemunhe o padre sumo:
Se do herói caio ao bronze, leve as armas,
Deixe porém que Ilíacas matronas
Em piedosa fogueira me consumam;
Se a cruenta vantagem dá-me Apolo,
O arnês lhe tirarei, que em Ílio sacra
Do Longe-vibrador pendure ao templo,
E rendido seu corpo à instruta armada
E exéquias feitas, os crinitos sócios
Do amplo Helesponto às abas o tumulem.

Em remeira galé do pego bradem:
— Um valente ali jaz de antigas eras,
Que arrostando-se a Heitor morreu com honra. —
E eterno passarei de boca em boca".
    Entre o pejo e o temor, tudo é silêncio.
Menelau mesto surge e exprobra e geme:
"Quê! Jactantes Aqueus, antes Aquivas,
A Heitor nenhum se afouta? Oh negra infâmia!
Quedos, em água e pó sejais desfeitos,
Cobardes sem pudor. À liça eu parto;
Que afinal o vencer do Céu depende".
    Loução já se arreiava; e ao Teucro braço,
Que o seu muito mais forte, a luz perdera,
Se, em pé da Grécia os reis, o irmão potente
Não lhe aferrasse a destra: "Enlouqueceste?
Siso, aluno de Jove, a dor sopeia;
De afrontar ao Priâmeo não capriches
Terror dos campeões: o próprio Aquiles
Teme encontrá-lo e ter na glória quebra.
Entre os sócios te assenta: os Gregos outrem
Suscitarão. Pugnaz e insaciável
Seja Heitor, eu presumo que de veras,
A salvar-se do lance e ardente lide,
Os joelhos curve e refocile os membros".
    Da razão convencido e mitigado,
Os servos seus com júbilo o desarmam.
Então Nestor: "Que luto invade a Grécia!
Que ais soltará Peleu, facundo e sábio,
Équite aos Mirmidões antigo espelho,
Que alvoraçado em casa me inquiria
De Aqueus filhos e pais, se ora abatidos
O saiba todos e de Heitor medrosos!
Alçando as palmas, rogará que a Dite
A alma se vá dos órgãos desatada.
Fosse eu qual era, oh! Jove, Palas, Febo,

Quando os hastatos Árcades e os Pílios
Ante o rápido Céladon pugnavam,
De Feia aos muros, do Jardano às ribas!
Divo Ereutalion, na frente as armas,
Tinha de Areito. Areito rei, que as damas
E os varões Corinete apelidavam,
Pois, de arco e pique não, de férrea maça
Hostes batia. Num carreiro, estorvo
A manejá-la, por traição Licurgo
De hasta o salteia, ressupino o calca,
Despe-lhe o arnês, do brônzeo Marte prenda:
Sempre ao depois o trouxe nas batalhas,
Té que envelhece e o doa ao companheiro
Fido Ereutalion. Com tal socorro
Esse atrevido provocava a todos,
E todos de encará-lo estremeciam;
Mas eu, do exército o menor, seguro
Na força e ardência, me travei com ele:
De Minerva por graça, obtive os gabos
De conculcar o aspérrimo gigante,
Que na arena vastíssimo estendeu-se-me.
Tivesse o meu vigor e aquela idade,
Que não me aguardaria o herói Troiano;
Mas, da Grécia ó fortíssimos guerreiros,
Nenhum de vós se move a combatê-lo!"

A repreensão do velho incitou nove:
O mor cabo se ergueu, Diomedes logo;
Os robustos Ajax de ardor vestidos;
Idomeneu e Merion seu pajem,
Do homicida Eniálio êmulo digno;
Eurípilo Evemônides preclaro,
E Toas de Andremon e o grande Ulisses:
Cada qual ser primeiro ambicionava.

O Gerênio tornou: "Decida a sorte;
O que for designado a Grécia o aprove:

Ele na alma terá do esforço o prêmio,
A livrar-se da luta e afronta grave".
Nisto, um por um, a cédula marcada
No capacete a lançam de Agamêmnon;
Mãos e olhos para os céus, a turba orava:
"Padre, caia em Ajax, caia em Tidides,
Caia a sorte no rei da áurea Micenas".
O elmo agita Nestor: sai um que espalha
Geral contento: a cifra à destra e em roda
Ia o arauto mostrando, e a recusavam;
Té que Ajax, que a traçou, de um só relance
A reconhece, imerso em gozo a toma,
Larga-a no chão gritando: "É minha, ó sócios,
Oh! Que prazer! De Heitor vitória espero.
Sus, enquanto me arneso, ao bom Satúrnio
Convosco deprecai, não o ouçam eles;
Ou seja em alta voz, ninguém tememos.
Na pátria Salamina exercitado,
Força ou perícia alheia não me abala".
Fitando o azul convexo, entoam preces;
E um do povo: "Triunfe o Telamônio,
Do Ida augusto senhor, máximo e eterno!
Mas, se amas o Troiano e dele curas,
Equilibra o valor e a glória de ambos".
Arma-se Ajax, de ponto em branco fulge.
Qual Marte Giganteu marcha entre humanos,
Por Jove expostos à roaz discórdia
E guerra atroz; com vulto assim medonho
Sorrindo o herói, muralha dos Aquivos,
Alarga os passos, a hasta ingente libra:
Do aspecto os seus com regozijo fremem;
Aos Troas frio susto os ossos corre;
Mesmo de Heitor o coração palpita:
Mas não pôde evadir-se e entrar na chusma,
Sendo quem promovera o desafio.

Vinha Ajax de pavês como érea torre,
Que em Hila o exímio correeiro Tíquio,
Seu apaniguado, lhe muniu de sete
Couros de nédios bois, e em cima de ênea
Lâmina oitavo o reforçou; com ele
Dos peitos resguardado, perto e firme
Troveja: "Agora provarás, Dardânio,
Quão lesto os Graios príncipes duelam.
Bem que o rompe-esquadrões Peleio Aquiles,
Animoso leão, curta a seu bordo
Ira e despeito contra o sumo Atrida,
Restam muitos e tais que barba a barba
Te resistamos. O combate enceta".
E o magno Heitor: "Ó maioral divino,
Grão Telamônio, imbele não me julgues
Ou menino ou mulher: eu sei batalhas
E matanças dispor, zombar de ataques;
Mover sei na direita, sei na esquerda
O ardente escudo; em prélio sei pedestre
Do sevo Marte ao som medir meus passos,
Montar de salto, afoguear as éguas.
Mas homem tal ferir não quero a furto;
Aguarda o bote, que oxalá te alcance!"
E o longo arremessão da enorme adarga
Seis couros entra, ao sétimo se apega;
Da lança indômita o reparo extremo,
Que era oitavo e de bronze, intacto fica.
Veio o turno de Ajax, cuja hasta horrenda
Na hostil profunda lúcida rodela,
Finca-se entre a couraça artificiosa,
Junto ao vazio a túnica espedaça;
Heitor se torce e a feia morte ilude.
Seu pique um do outro saca, investem-se ambos,
Crus famintos leões ou renitentes,
Híspidos javalis. No escudo amolga,

Sem penetrá-lo, a cúspide Priâmea.
A rodela, num pulo, Ajax perfura,
Sangra o pescoço ao dono arremetente;
O cruor mana escuro. Mas não cessa
O galeato herói: retrocedendo
No campo agarra válido um penedo
Áspero e denegrido; o centro abola
Ao dobrado broquel de tergos sete;
Circunsoa o metal. Mor pedra erguida,
Ajax com fúria imensa a expede e roda:
O molar seixo quebra a Heitor a tarja,
Que, aos joelhos magoado e a tarja aos peitos,
Cai de espinhaço; mas levanta-o Febo.
Já se iam vulnerar de espadas, quando
Núncios de Jove e dos mortais, o Acaico
Taltíbio e Ideu Troiano, cautelosos
Os cetros seus na briga interpuseram.
E Ideu falou perito nos conselhos:
"Não mais, diletos filhos: do Tonante
Ambos amados sois, terríveis ambos,
Confessamo-lo todos; mas é noite,
Cumpre à noite ceder". — E o Telamônio:
"Ideu, pronto obedeço; Heitor comece,
Que os Dânaos provocou mais destemidos".
Acode o bravo Teucro: "Ajax, dos Gregos
És lanceiro o mais guapo; o Céu doou-te
A grandeza, a prudência, a valentia:
Suspendamos, até que noutro encontro
A um de nós a fortuna entregue a palma.
Noite é, ceda-se à noite: às naus Aquivas
A alegrar volve amigos e consócios;
Volvo de Príamo à cidade vasta
A consolar os meus e as pias donas
De roçagantes vestes, que suplicam
Por mim no santuário. Mutuemos

Comemoráveis dons; e os nossos digam:
— Eles em voraz sanha combateram,
Mas com sinais de estima se apartaram".
Nisto, ofertou-lhe a espada claviargêntea,
De primor a bainha e fino bálteo;
Purpúreo cinto recebeu lustroso.
Aos Aqueus um regressa e o outro aos Frígios;
Que, em susto há pouco, ao vê-lo exultam salvo
Do invicto braço, e às portas o acompanham.
Ovante Ajax, à tenda Agamemnônia
Seus grevados Grajúgenas o escoltam.
O amplo-reinante ali sacrificava
Quinquene touro ao padre onipotente:
Esfolam-no, retalham-no, espostejam,
De espeto as carnes cuidadosos assam.
Pronto o festim, regalam-se os convivas
De iguais porções; a Ajax embora desse
O rei dos reis em honra o dorso inteiro.
Exausta a fome e a sede, abre a consulta
O facundo Nestor, cordato sempre:
"Atridas e mais chefes, confundido
O atro sangue no límpido Escamandro,
Muitos crinitos Graios Marte acerbo
Tem mandado a Plutão; na aurora, tréguas.
De mus e bois em carroções colhidos,
Queimem-se os mortos junto à frota; as cinzas,
De volta à pátria, aos filhos seus rendamos.
Todos numa fogueira e num sepulcro,
Das naus e deles em defesa, torres
Com portões para carros perto alcemos;
Cave-se em roda um fosso, que proíba
De équites e peões o ardido assalto".
O ancião termina, os príncipes aplaudem.
Na cidadela, ao pórtico Priâmeo
Tumultuava trépida assembleia;

Sábio Antenor discorre: “O que em mim sinto
Ei-lo, Dardanos, Teucros e aliados.
Perjúrio é contender contra os Atridas:
Restitua-se Helena e seus tesouros;
Senão, vos digo, triste fim teremos”.
Mal acabava, arrebatado surge
Páris, da loura bela Argiva esposo:
“Agravas-me, Antenor; al tu podias
Excogitar: se falas sério, os deuses
Roubaram-te o juízo. A minha Helena!
Ah! Não, declaro à face dos Troianos;
Sim de Argos restituo o espólio todo,
Mais do meu lhe acrescento”. E foi sentar-se.
    Então Príamo, igual no siso aos numes,
Ergueu-se: “Ouvi, Dardânios e aliados,
O que hei no peito. O exército se esparza,
Depois da ceia, em rondas e atalaias;
Vá-se Ideu na alvorada à grega frota,
E anuncie aos Atridas a promessa
Do autor desta pendência. Em tal ensejo,
Para os mortos queimarmos tréguas peça;
E findas, só da guerra o estrondo pare
Ao dispor a fortuna da vitória”.
    Todos, com mais respeito, lhe obedecem;
Em ranchos vão cear. N’alva Ideu parte;
Em parlamento, à popa Agamemnônia,
Achando os Graios servos de Mavorte,
No meio anunciou com voz canora:
“Atridas, vós aqueus de fina greva!
Príamo e outros senhores me ordenaram,
Grato vos seja! Que a promessa exponha
Do autor desta pendência: os bens que trouxe
(Ele antes acabara!) em cavos bojos,
Dar-vos quer todos, e acrescenta muitos;
Mas, apesar da instância dos Troianos,

Vos denega a mulher que em virgem teve
Menelau generoso. E também tréguas
Pedem, para os cadáveres queimarmos;
E findas, só da guerra o estrondo pare
Ao dispor a fortuna da vitória".
Silêncio em torno reina, até que o márcio
Diomedes o quebrou: "Ninguém receba
Riquezas de Alexandre, ou mesmo Helena:
A quem não for criança é manifesto
Que iminente ruína os Teucros urge".
A aclamação geral seu dito aprova.
E Agamêmnon a Ideu: "Já tens, arauto,
A unânime resposta, e eu dela folgo.
Quanto à queima dos mortos, consentimos;
Dilatar não se deve a cerimônia
Jucunda aos manes: este pacto assele
De Juno o excelso troador marido".
E aos imortais aqui seu cetro eleva.
Dardanos e Troianos congregados
O núncio aguardam, que, de volta a Ílio,
A resulta expendeu no ajuntamento.
Uns a lenhar, a carrear os corpos
Aprestam-se outros: por igual motivo,
Das instrutas galés desembarcavam.
Tanto que o sol, ferindo monte e vale,
Do manso undoso pélago arraiava,
Topam-se todos. Cada um seus mortos
Só distingue ao lavá-los da sangueira,
E lamentando os metem nas carroças.
Do grão Príamo aos seus vedado o choro,
Tácitos os cadáveres cumulam,
E celebrada a queima, se recolhem.
Reprimindo igualmente a pena e o pranto
Combustos numa pira os tristes restos,
Volvem-se às naus os de elegante greva.

Antes d'alva, ao crepúsculo, operários
Um túmulo comum, junto à fogueira,
Aos finados erigem: muro e torres,
Das naus e deles em defesa, perto
Com portões para carros edificam;
Fosso profundo e largo externo cavam,
De paliçada em roda guarnecido.
A arte e perícia dos comantes Gregos,
Do senhor dos trovões a par, os deuses
Olham com pasmo. O Enosigeu Netuno:
"Júpiter, vozeou, quem há no mundo
Que de ora avante nos consulte e implore?
Não vês como os Aqueus de ênea loriga,
Sem preces nem solenes sacrifícios,
Trincheira e fosso e torreões fabricam?
Por onde a luz se expande, irá seu brado
Calar o das muralhas que eu e Apolo
A Laomedonte a custo levantamos".
Carrega-se o Nubícogo enfadado:
"Poderoso Netuno, hui! que proferes?
A deidade inferior fique esse medo:
Por onde a luz se alargue, a tua glória
Se alargará. Tolera, e assim que os Dânaos
Do caro ninho em busca se embarcarem,
Para que de obras tais o rasto apagues,
Desmorona, submerge, arrasa tudo.
Cobre e de areia inunda a vasta praia".
Cai, nisto, o Sol: do afã cessando, matam
Nas tendas reses e da ceia cuidam.
Em baixéis remetera Euneu de Lemnos,
Prole de Hipsípile e Jason monarca,
Medidas mil de vinho aos dois Atridas;
O exército o comprava a bronze, a ferro
Açacalado, a peles, bois e escravos:
O festim se adereça. Inteira a noite,

No campo os Dânaos, na cidade os Frígios,
Ledos se deleitavam, quando alerta
Aziago toa o próvido Satúrnio.
Pálido lavra o susto; o vinho entorna
Dos copos cada qual, nenhum bebia
Sem prelibar ao prepotente Jove.
Deitam-se alfim, no brando sono pegam.

LIVRO VIII

Ao desdobrar seu manto a crócea Aurora,
No vértice do Olimpo cumioso
Junta o Fulminador a etérea corte;
Acena, e escutam-no: "O que em mim resolvo,
Celícolas, sabei; nem deus, nem deusa
Renua, mas unânimes concorram
Para os projetos meus cumpridos serem.
Se algum for socorrer Aqueus ou Frígios,
Cá voltará golpeado e vergonhoso;
Ou no Tártaro eu próprio hei de afundi-lo,
Gólfão de érea soleira e férreas portas,
Do Orco distante como o céu da terra:
Quem sou conheça. Duvidais? Suspensa
Da abóboda estrelada áurea cadeia,
Deuses e deusas, pendurai-vos dela
E juntos forcejai, que a Jove sumo
Nem mesmo abalareis; mas, se aprover-me,
Puxar-vos-ei de cima e a terra e os mares,
E enrolada a cadeia ao tope Olímpio,
Penderá das alturas o orbe inteiro:
Tanto os numes supero e tanto os homens".
    Esta ameaça espanta-os e emudece,
Menos a de olhos garços: "Pai Satúrnio,

Senhor te confessamos e invencível.
Se combater porém nos é vedado,
Permite aconselhemos os briosos
Lamentáveis Aqueus, para que ao sopro
Da ira tua não pereçam todos".
E a sorrir o Nubícogo: "Tritônia,
Descansa: austero fui, mas condescendo
Contigo, ó filha amada". — Aqui, jungindo
Erípedes corcéis de crina de ouro,
Monta cosido em ouro, em ouro o açoute
Lavrado agita: a rápida parelha
Entre o sidéreo polo e a terra voa.
No Ida, que em fontes brota e abunda em feras,
Junto ao Gárgaro o autor de homens e deuses,
Onde ara tem fragrante e umbroso luco,
Solta os frisões do coche e os enevoa;
De glória a comprazer-se, está no pino
Contemplando a cidade e a frota Argiva.
Depressa almoça a guedelhuda gente,
Arma-se. Em menor cópia armam-se os Teucros;
Insta a lei de amparar filhos e esposas.
Francas as portas, com fragor borbotam
Équites e peões. Já face a face,
De érea malha os guerreiros se rechaçam,
Cruzam-se hastas, embatem-se rodelas,
Com tumulto e alarido: um cai gemendo,
Este urra, outro alardeia; o sangue jorra.
Cresce a luz matutina, o estrago é dúbio;
Mas, quando o sol medeia, áurea balança
Libra o Supremo, e dos partidos ambos
De sonífera morte os fados pesa:
A concha dos Aqueus se inclina e abate;
Sobe a dos Frígios e se eleva aos astros.
Contra os Aqueus fulgura e do Ida toa;
Eles de frio susto e assombro enfiam:

Idomeneu retira-se e Agamêmnon,
E os fulmíneos Ajax. Mau grado, resta
Nestor só, dos Grajúgenas custódio;
Que Alexandre frechou-lhe um dos cavalos
Nos testos e onde vem primeiro a crina,
Sítio letal. Varado o cerebelo,
Dorido e em gêmeas, conturbando os outros,
Ao pé da roda o bruto se debate:
E, enquanto a gládio o velho corta os loros,
De Heitor as éguas buscam-no fogosas,
E audaz cocheiro as guia, o mesmo Heitor.
Morto o Gerênio fora, se advertido
Horrendo não bramasse o herói Diomedes:
"Cauto Laércio, no tropel te ocultas?
Vil por detrás um dardo não receias?
Para, afastemos o feroz contrário
Do venerando amigo". — Surdo Ulisses,
Paciente e apressado, às naus caminha.
Antessignano, bem que só, Tidides
Chega-se ao bom Neleio, e sem demora:
"Bravo ancião, mancebos te perseguem:
Torpe enerva-te as forças a velhice;
Fraco é teu pajem, teus cavalos débeis:
Monta, e prova os de Troe, pouco há tomados
Ao nobre Anquíseo artífice da fuga,
No encalço ardentes, no evadir-se lestos.
Esses aos nossos confia; o meu dos Frígios
Contra os carros desfeche; a Heitor mostremos
Se a lança em minhas mãos desvaira insana".
A Eurímedon e Estênelo animosos
Deixa os corcéis Nestor, ascende e agita
Logo o flagelo e as artefatas rédeas
Ao coche de Tidides; que já perto
A Heitor esgrime a lança; a lança errada
Ao do grão Tebeu filho espeta a mama,

A Eniópeo fiel, que, em punho as bridas,
Cai do assento, e os ginetes retrocedem.
O arcar do sócio ao bravo Heitor consterna,
Que mesto e aflito, em busca de outro auriga,
Expirante o abandona. Os corredores
Não lhe tardou quem reja; encontra prestes
Arqueptolemo Ifítides galhardo,
Fá-lo subir e entrega-lhe os tirantes.
Em derrota sanguenta, encurralados
Seriam dentro os Frígios como ovelhas,
Se ante o coche Diomédeo o pai dos deuses,
Com medonho estampido, não vibrasse
Candente raio de sulfúrea chama:
Os solípedes fremem de assustados;
Perde as bridas Nestor: "Hui! Não retardes,
Rege, Tidides, aos corcéis a fuga:
Do infesto Jove o desfavor não sentes?
Hoje é pelo inimigo, e se lhe agrade,
A nós depois concederá vitória.
De Jove ninguém há, por mais pujante,
Que à vontade resista onipotente".
Responde ele: "Ancião, tu bem ponderas;
Mas dói n'alma que Heitor jacte-se um dia:
— De mim fugindo se embarcou Tidides. —
Antes fenda-se a terra e em si me engula".
E o Gerênio: "Tidides, que proferes?
Heitor chame-te embora ignavo e imbele,
Certo o não creem Dardânidas e Frígios,
Nem as mulheres de adargados jovens
Que arrojaste no pó". — Nisto, à carreira
Os unguíssonos toca; Heitor e os Troas
Bramando chovem gemebundos tiros.
E o Priâmeo a zombar: "Tidides fera,
No assento os Graios campeões te honravam,
Das viandas na escolha e em cheias taças;

Desprezam-te hoje, ó coração de fêmea.
Foge, estes muros não transpões, donzela;
Sou quem to impede: acabarás primeiro
Que arrastes a teu bordo as caras Teucras".
Pugnaz Diomedes quis voltar seu coche;
Cuida e o pensa três vezes, três vitória
Sinalando aos Trojúgenas, murmura
Dos serros do Ida o próvido Satúrnio.
Então vozeia Heitor: "Sede homens, Lícios;
Dardanos, Troas, afrontai perigos;
Seu denodado esforço a todos lembre.
Acena-me o Tonante; a glória é nossa,
Ai deles! A meu braço empeço frágil,
Essa trincheira estultos construíram.
Lestos cavalos saltarão seu fosso.
Tratai próximo às naus de acender fachos,
Com que eu mesmo as abrase e imole nelas
Os Aquivos no fumo estonteados".
E afalando os corcéis: "Pagai-me agora,
Xanto, Lampo divino, Eton, Podargo,
Da nobre Andrômaca Etiônia o penso,
O doce farro, o prodigado vinho
A vós primeiro do que a mim, que jovem
Marido seu me ufano: eia, alcancemos
De etérea fama áureo broquel Nestório
De áureas embraçadeiras, e dos ombros
Desse Diomedes o gibão dispamos,
Primor Vulcâneo. Se os consigo, espero
Que os Aqueus esta noite às naus se acolham".
Deste orgulho indignada, Juno augusta
No trono agita-se e estremece o Olimpo;
Olha a Netuno: "Enosigeu potente,
Quê! Dó não tens dos miserandos Gregos?
Enchem-te eles contudo em Hélice e Egas
De guapos dons. Se os amas, seus fautores

Unamo-nos, e os Troas rechaçados,
A assentar-se no Gárgaro obriguemos
O Amplo-fremente solitário e triste".
"Cala-te, ousada", lhe gritou Netuno;
"Com todos resistir eu não quisera
A quem único a todos nos supera".
Entanto, coches e peões se apinham
Desde a praia à trincheira e desta ao fosso;
Que, a Marte igual, os atropela e cerra
De glória Heitor por Jove cumulado.
E ardera a frota, se, de Juno a impulsos,
Por navios e tendas Agamêmnon,
Na mão purpúreo manto, não parasse
De Ulisses no baixel, que era no centro,
A fim de ouvido ser nos dois extremos,
Onde o arraial, em seu valor afoutos,
O Telamônio e Aquiles assentaram.
Alto vociferou: "Que infâmia, ó Dânaos,
Pasmosos em beleza, em obras torpes!
Que é dos brios que em Lemnos blasonáveis,
De cornígeros bois gostando as carnes,
Das crateras bebendo engrinaldadas?
Cem ou duzentos cada qual prostrava;
Hoje Heitor só nos vence, e as naus em chamas
Vai devorar!... Ó Padre, um potentado
Hás por bem afligi-lo e desonrá-lo?
Teu culto preteri na instruta popa?
Tua ara não brilhou? Por toda a parte
Gordura e coxas te queimei taurinas,
Cobiçando assolar aqueles muros.
Escaparmos, senhor, permite ao menos,
Não consintas que os Teucros nos destruam".
Anui, das queixas condoído o nume,
A que salve-se o campo; envia uma águia,
Infalível augúrio, a qual das unhas

Roubado o gamozinho à mãe ligeira
Junto larga do altar, onde os Aquivos
A Jove Panonfeu sacrificavam.
Da ave Dial à vista, eles furentes
A peleja precípites renovam.
De tantos só Diomedes a carnagem,
Transpondo o fosso em vívidos ginetes,
Se gabou de estrear: muito antes de outrem.
Mata o varão, que elmado ia fugindo,
Fradmonide Agelau; entre as espáduas
Enterra o dardo, que lhe sai aos peitos;
Ao cair do seu coche, o arnês ressoa.
Logo os Atridas, os Ajax forrados
De intrepidez; Idomeneu seguiu-se
Com Merion, rival do cru Mavorte;
Mais o famoso Eurípilo Evemônio;
O arco elástico atesa e é nono Teucro.
Este ao pavês do grande irmão se abriga:
Seguro em torno esguarda, e assim que frecha
E derriba um na chusma, qual menino
Da mãe ao seio, para Ajax reverte,
Que sob o escudo esplêndido o protege.
A quem o exímio herói prostrou primeiro?
A Orsíloco e Detor, Crômio, Ofelestes,
O Poliemônio Hamópaon e Órmeno,
Menalipo e o disforme Licofonte;
O almo chão de cadáveres juncando.
Do arco letal, que batalhões descose
Contente o rei dos reis chegou-se a Teucro:
"De povos chefe amado, eia, sê brilho
À Grécia e a Telamon, que a ti bastardo
Criou-te em casa com paterno afeto;
Honra-o de longe e paga-lhe a ternura.
Se o Egíaco e Palas me consentem
Soverter a cidade majestosa,

Prometo-te após mim do prêmio a escolha,
Uma trípode, ou carro e dois cavalos,
Ou moça esbelta que te suba ao leito".
E Teucro: "Incitas-me, ínclito Agamêmnon?
Como! Do ardor não vês que nada afrouxo?
Deste que repelimos o inimigo,
A dignos campeões disparo setas;
Oito farpadas já vararam todas
Corpos de oito mancebos valorosos;
Mas o rábide cão tocar não posso".
Do nervo aqui desprega uma ansiosa
De embeber-se em Heitor; mas deste a berra,
Na polpa entrando peitoral do insigne
Gorgition, que a Príamo parira
Gentil consorte e airosa como as deusas,
Castianira, de Ésima roubada:
Qual dormideira em horto ao peso dobra
Do fruto e verno humor, a testa o jovem
Do elmo agravada inclina. — Eis outra em busca
Zune de Heitor; mas, desviando-a Febo,
De Arqueptolemo audaz, que em sanha ataca,
Prega-se à mama; ao revirar do auriga
Moribundo os solípedes recuam.
O herói, pungido n'alma, o deixa; as bridas
Comete a Cebrion, que ali presente,
Monta ao coche do irmão; de um pulo, em terra
O galeato sevo Heitor se apeia;
Bramindo horrendamente, um seixo aferra,
Ávido corre a Teucro, ao passo que este
Seta amarga destoja e ao nervo adapta,
E o puxa e ombreia já: mas o Priâmeo
Joga a pedra à clavícula, onde os peitos
Separa da cerviz, lugar funesto:
Rota a corda, a munheca amortecida,
Nos joelhos se escora, e foge-lhe o arco.

Do irmão sem descuidar-se, à pressa o cobre
Ajax com seu pavês, té que dois sócios,
Divo Alastor e Mecisteu de Équio,
Egro e gemente em braços o transportam.
O Olímpio inflama os Troas, que em seu fosso
Acuam o inimigo; Heitor à testa
Gira medonho os lumes: qual sabujo
Pós javardo ou leão, nos pés fiado,
Ancas mordeu-lhe ou coxas; tal, no alcance,
Mata o mais atrasado. Assim que os Dânaos,
Depois de horrível perda, se entrincheiram
E vão às naus, aos céus em altas vozes
Alçam palmas; Heitor passeia em torno
Bem-crinitos frisões, e uns olhos vibra
Como a Górgona ou Marte sanguinário.
A bracinívea Juno aguça a Palas:
"Ah! Do Egífero prole, aos Gregos nossos
Nem valemos no lance derradeiro!
Por fúria intolerável de um Priâmeo,
Que de mortes! Que males! Que desastres!"
"Na pátria ele acabara às mãos dos Gregos",
Diz Minerva, "se iníquo, insano e duro,
Os ímpetos meu pai não me impedisse;
Esquece que do céu baixei frequente
Para ao filho acudir que ao céu mandava
De opressões de Euristeu carpidas queixas!
Previsse eu tal, que nunca o mesmo Alcides,
Do Orco às validas portas enviado
A prender o atro cão do rei das sombras,
Desse Estígio escapara abismo fundo.
Hoje pospõe-me a Tétis, que os joelhos
Beija-lhe e afaga o mento, para que honre
O urbífrago Pelides; mas ainda
A Glaucopide sua há de chamar-me
Aparelha os corcéis enquanto à régia

Vou me arnesar, a ver se o nosso aspecto
Alegra o herói famoso: a cães e abutres
Cuido satisfará de zerbo e carnes,
Junto às naus estirado, algum Troiano".
    Presto a real Satúrnia arreia de ouro
E orna a fronte aos cornípedes comados.
Solta Minerva no paterno solho
Bordado véu que nítido lavrara;
Do nubícogo deus veste a loriga,
Veste o arnês dos combates lagrimosos;
Monta ao fulgente coche, enorme libra
Hasta pesada, com que inteiras hostes,
Do prepotente filha, irada prostra.
Juno os tiros verbera: eis por si rangem
Portões que as Horas guardam, sentinelas
Da suma casa etérea, a cuja entrada
Fechar e abrir lhes toca a nuvem densa;
Dóceis transpassam-na os corcéis divinos.
    Do Gárgaro as vê torvo, expede o Padre
Íris ali-dourada: "Eia, a caminho,
Voa e volta, e nos poupa ímpia contenda;
Hei de ao jugo, assevero, os corredores
Estropear, e derribadas elas,
O carro esmigalhar: do raio as chagas
Nem em dez nos sararão; Minerva
Saiba quem é seu pai. Vezeira Juno
Sempre a contrariar, me irrita menos".
    Procelípede a núncia, do Ideu cimo
Ao de altibaixos grande Olimpo adeja;
Topa-as na falda: "Suspendei; mensagem
Trago de Jove. Que furor vos cega?
Ele vos tolhe auxiliar os Dânaos.
Sob o jugo assevera os corredores
Estropear, e derribadas ambas,
O carro esmigalhar. Do raio as marcas

Mais de anos dez comprovarão, Minerva,
Quem é teu celso pai. Vezeira Juno
Sempre a contrariá-lo, o irrita menos:
Ousarás, insolente ladradora,
Enristar contra Jove a enorme lança?"
Íris foi-se, e virou-se a Palas Juno:
"Ó do Egífero prole, eu já não quero
Que por mortais com ele contendamos.
Vivam, pereçam, como ordene a sorte;
Reto o Supremo a seu prazer decida".
E os comantes sonípedes revira,
Que as Horas desjungidos ao presepe
Ligam suave, e às lúcidas paredes
O carro inclinam: mestas, entre os numes,
Em selas de ouro as duas se recostam.
Do Ida ao céu roda o Padre em coche airoso;
Que dos corcéis desprende, em linho o envolve
Junto às aras Netuno. Do entronado
Altissonante aos pés o Olimpo treme.
Sós de parte, assentadas, Juno e Palas
Nem boquejavam; mas percebe-as Jove:
"Tristonha estás, Satúrnia, e tu Minerva?
Quão lassas da batalha gloriosa
Em que aborridos Teucros derrotastes!
Esqueceu-vos que os íncolas do Olimpo
Ao poder do meu braço não resistem?
Antes mesmo das bélicas proezas,
Os melindrosos membros vos tremiam.
Fulminadas, por certo, em vosso coche
Às mansões imortais não voltaríeis".
Contíguas, gemem comprimindo os lábios
Juno e Minerva, e dano aos Teucros urdem.
Cala e a seu pai Minerva oculta a raiva;
Mas Juno estoura: "Cru minaz Satúrnio!
Senhor te confessamos e invencível.

Se combater porém nos é vedado,
Permite aconselhemos os briosos
Lamentáveis Aqueus, para que ao sopro
Da ira tua não pereçam todos".
E o Tonante: "Olhitáurea augusta Juno,
Quem sou te mostrarei; verás, se o queres,
N'alva os teus feros Gregos em derrota.
Heitor há de acossá-los, té que esperte
Um dia o ágil Pelides, ante as popas
No estreitar-se ao cadáver de Patroclo
Sevíssimo conflito: é lei do fado.
Que presta vão rancor? Nem que te sumas
Da terra e mares nos confins, abismos
Do Tártaro onde Iápeto e Saturno
De aura jacunda e claro sol não logram;
Nem que erres tão remota, iguais furores,
Ó poço de impudência, em pouco tenho".
Não tuge a bracinívea. No Oceano
Cai o Sol, e após ele na alma terra
Se espalha a noite, com pesar dos Teucros;
Mas aos Dânaos foi grata a espessa treva.
Das naus longe, ante o rio vorticoso,
Do morticínio fora, a Heitor atentos,
Caro a Jove, os Troianos se apeavam,
E em lança de onze cúbitos, luzida
Com ênea cúspide e áureo anel em torno,
Ele se apoia, e rápido perora:
"Ouvi, Dardanos, Troas e aliados.
Pouco há pensáveis, destruída a frota,
Em Ílio entrar ovantes; mas na praia
Salvou denso negrume as naus e os Gregos.
Ceda-se à noite, e a ceia preparemos.
Ao pasto soltos os frisões crinitos,
Vinho comprai suave, e o pão das casas
E bois trazei da praça e ovelhas gordas.

Lenhai com que entreter noturnos fogos,
Até que a filha da manhã resplenda:
Pelo amplo dorso equóreo a gente Aquiva
Não cometa às escuras escapar-nos;
Nem se embarquem sem risco, mas na praia
Cure-se algum dos tiros e lançadas
Que o firam no trepar; temam vindouros
Guerra mover chorosa a heróis Troianos.
Apregoai, de Jove amados núncios,
Que os de alvas cãs e os púberes em rondas
Nos muros velem que imortais ergueram;
Cada mulher seu fogaréu acenda;
N'ausência nossa advirtam sentinelas
De ataque súbito a cidade inerme.
Isto se cumpra; de manhã, guerreiros,
Mais vos direi. No Olimpo e em Jove espero
Esses cães enxotar, que em fuscos vasos
Trouxe destino infausto, e infausto os leve.
De noite alerta, na arraiada prontos
Junto às naus excitemos o acre Marte.
Verei se o grão Tidides me repele
Das popas à muralha, ou de hasta aênea
Se o prostro e arranco-lhe o sanguento espólio.
Seu valor provará, se deste braço
O embate sustiver, mas conto em frente
Caia no albor do Sol, com muitos sócios.
Isento eu seja da velhice e morte,
E honre-me qual Minerva ou qual Apolo,
Como o dia aos Aqueus será funesto".
        O aplauso ecoa. Desjungidos foram
Os suados ginetes, e a seu coche
O tiro se encabresta. Ovelhas gordas
E bois trazem da praça e o pão das casas,
Vinho compram suave e lenha empilham;
Fumo e cheiro do campo ao céu remontam;

Em ordem bélica, ufanosos todos
Ante os fogos pernoitam, quando no éter
Sereno, em cerco da fulgente Lua,
As formosas estrelas aparecem,
Grutas, serros e brenhas aclarando:
Abre-se imensa a região sidérea,
E o pastor em si folga: de Ílio em face
Iam-se tantos lumes acendendo
Entre o Xanto e os baixéis. De mil fogueiras
Homens cinquenta a cada uma assistem.
Farro e espelta os corcéis comendo, esperam
A Aurora apoltronada em pulcro sólio.

LIVRO IX

Ronda-se a praça. Os Dânaos sobre-humano
Abalo invade, irmão de frio medo;
Agro luto os fortíssimos domina.
Qual da Trácia a roncar Zéfiro e Bóreas,
Incha a piscoso ponto, e escarcéu turvo
Em monte arqueia e de alga inunda as praias;
Tal borrasca aos Aqueus revolve o seio.
    Chagado n'alma o Atrida, arautos manda
Convocar em segredo a flor dos sócios,
E ele alguns sem estrépito procura.
Mal abanca o tristonho juntamento,
Ergue-se, e como de árdua penha brota
Negro olho d'água, em fio lagrimando,
Fundo suspira: "Príncipes e amigos,
Enredou-me o Satúrnio em lance infesto!
Para a Grécia anuiu que eu só voltasse
Depois de Ílio assolada, e quer arteiro
Que, perdido o meu povo, inglório volte?

Pois vença o prepotente, que há prostrado
Muitas, e muitas prostrará cidades:
Ele extirpar nos veda a excelsa Troia;
Naveguemos à pátria, eia, fujamos".
 Silêncio em todos concentrou-se mudo,
Que Diomedes quebranta belicoso:
"A tal delírio oponho-me, Agamêmnon.
É jus deste conselho, e não te agraves.
Perante jovens e anciãos, primeiro
Tu de ignavo e cobarde me arguíste:
O cetro e mando sumo deu-te o filho
Do cálido Saturno, mas negou-te
O maior dos poderes, a coragem.
Louco? E esperas dos Graios a fraqueza
De que os apodas? Se fugir cobiças,
Foge; tens franco o mar, tens perto os vasos
Que alterosos da Argólida esquipaste.
Para exício de Troia os mais cá ficam,
E caso os Dânaos contamine o exemplo,
Sós Diomedes e Estênelo bastamos
A destruí-la: um nume nos protege".
 O entusiasmo estronda, e Nestor surge:
"És, Tidides, sem-par no márcio jogo,
E entre os equevos ótimo discorres:
Aqueu não há quem impugne e te conteste,
Mas nem tudo previste. Bem puderas
Ser meu filho menor, e a reis comados
Falastes sério. Destas cãs blasono,
E opinarei do mais: nenhum rejeite,
Nem o máximo Atrida, meu conselho;
Só deseja a intestina horrenda guerra
Homem sem lar, sem teto, sem família.
Mas ao repasto obriga a opaca sombra;
Fora, esperta vigia e sentinelas:
Isto encomendo aos jovens, que ordená-lo

Toca-te, ó rei dos reis. É bom convides
Os mais provectos: vinhos te sobejam,
Que à Trácia em gregas naus contínuo exporta;
O necessário tens, em cópia servos.
Então se delibere, e o melhor colhas:
Pouca é toda a prudência, que as fogueiras
Dos inimigos junto às naus flamejam.
Ah! Quem se alegrará, quando esta noite
Vai ressalvar o exército ou perdê-lo".
Ouvem-no, a guarda aprestam: sete os cabos,
O maioral Nestório Trasimedes,
Os mavórcios Ascálafo e Jalmeno,
Afareu, Merion, Deipiro, o nobre
Licomedes Creôncio, rege hastatos
Cada qual cem guerreiros; que, de vela
Por entre o muro e o fosso iluminados,
Curam da ceia. Aos próceres o Atrida
Abre a tenda e os regala; os convidados
Apegam-se às gostosas iguarias.
Cheio o apetite, enceta o que antes sábio
Tanto agradara, e seu discurso trama:
"Dos varões glorioso augusto chefe,
Por ti começo e acabo em ti: que Jove
Dos povos concedeu-te a monarquia:
Cabe-te expor aos príncipes teu voto,
E o deles atender, se um mais discreto
Se te inspirasse. Escuta-me e decide.
Não pode haver mais salutar aviso
Que este que em mim pondero, não só de hoje,
Mas dês que, ó divo garfo, em sanha Aquiles,
Da tenda arrebataste-lhe Briseida,
Contra o nosso querer e meus esforços:
Tu seu prêmio reténs; com dons e os obséquios
De amaciá-lo o meio excogitemos".
"Sim, prudente ancião", responde o Atrida,
"Errei, confesso: o herói de Jove amado

Batalhões equivale, e em honra sua
Jove doma os Aqueus; mas, em desconto,
Meus presentes magníficos o amolguem,
E enumerá-los vou: trípodes sete
Puras da chama, de ouro dez talentos,
Caldeirões vinte esplêndidos, com doze
Unguíssonos que ao páreo vencedores,
Me hão tais prêmios ganhado, que seu dono
Do precioso metal não terá míngua.
Sete acrescentarei prendadas moças,
Que ele apresou na populosa Lesbos
E entre as escravas elegi mais guapas.
Irá Briseida mesma; e nunca, eu juro,
Fui com ela varão, toquei seu leito.
Isto já já; mas, quando apraza aos deuses
Demolir as Priâmeas fortalezas,
O espólio ao dividirmos, de ouro e bronze
As naus cumule, e Teucras vinte escolha
As mais belas depois de Argiva Helena.
Se Argos Acaica ubérrima atingirmos,
Seja meu genro, e igual ao próprio Orestes,
Que, único herdeiro, na abundância medra.
Hei filhas três no vasto meu palácio,
Crisotêmis, Laódice e Ifianassa:
A de seu gosto, sem que a dote, leve
À casa de Peleu; cá me encarrego
De a dotar, como nunca o foi donzela:
Célebres lhe darei cidades sete,
Cardâmile, Enope, Hira verdejante,
Risonha Epeia, pascigosa Anteia,
Pédaso uvífera, a sagrada Feres;
Todas não longe da arenosa Pilos
E à beira-mar, em gado e armento opimas,
Têm gentes que o honorem como a nume,
E amplos tributos a seu cetro paguem.

Isto lhe oferto, se remite as iras:
Ceda exorável, que Plutão por duro
O deus é que os humanos mais odeiam;
Ceda, que sou do que ele mais potente;
Ceda, que sou do que ele mais idoso".
Inda o Gerênio: "Soberano egrégio,
Dons não despiciendos lhe destinas.
Legados, sus, ao pavilhão de Aquiles;
Aqui mesmo os nomeio, e não recusem:
Fênix guie, de Júpiter privado,
O magno Ajax, o sapiente Ulisses,
E arautos Hódio e Euríbates com eles.
Águas às mãos, freio às línguas, deprequemos;
De nós se comisere o deus supremo".
O aviltre aceitam: linfa arautos vertem,
E de urnas coroadas vertem servos
Dos auspicantes pelos copos vinho.
Fartos de libações, iam saindo;
Nestor a cada um lançando os olhos
E ao Laértides mais, no empenho os firma
De abrandar o magnânimo Pelides.
Pelas do mar flutissonantes praias
Ao padre Enosigeu vão suplicando
Que as entranhas do Eácida comova.
Já no arraial dos Mirmidões o encontram
A recrear-se na artefata lira,
Que travessa une argêntea, insigne presa
Dos raros muros d'Etion: façanhas
De valentes cantava, e só Patroclo
Tácito à espera está que finde o canto.
Chegam-se, à testa Ulisses; e o Peleio
Em pé, na sestra a lira, estupefato,
Com seu fido consócio, as destras cerra:
"Que urge? A que vindes? Bem que irado, amigos,
Exulto ao ver os Dânaos que mais prezo".

À tenda eis se encaminha; sobre escanos
De purpúreo tapete os acomoda,
E ao seu dileto: "Na maior cratera
Tu mescles do mais puro e apurontes copos;
Caríssimos varões meu teto acolhe".
O camarada obedeceu contente.
Ele, ante o lar, em cúpreo largo disco
Dorso depôs de ovelha e gorda cabra
E de um cevado os suculentos lombos:
Automedon segura, o herói perito
Em pessoa esposteja, enrosca e espeta;
O Menécio deiforme atiça o fogo:
Lânguida a flama, ao rúbido brasido
Sobre as lareiras os espetos vira,
De sal tempera-os sacro; todo assado
Põe da cozinha à mesa, e o pão ministra
Em lindos canistréis. Do Ítaco em face
Toma a parede e as carnes trincha Aquiles;
O sacrifício incumbe ao companheiro,
Que ao fogo atira as divinais primícias.
Deitam mãos dos manjares os convivas.
Já satisfeitos, cabeceia a Fênix
Ajax; Ulisses que o sinal percebe,
Rasa o copo e alça o brinde: "Aquiles salve!
Ou do Atrida na tenda, ou nesta agora,
Semelhantes festins nos não falecem,
Onde pratos gratíssimos abundam;
Mas os dissaboreia o extremo risco
Da instruta armada, se ó de Jove aluno,
Da tua intrepidez te não revestes.
Já da trincheira à vista acampam feros
Os Teucros e os longínquos aliados,
Que, acesas mil fogueiras, se gloriam
De entrar sem resistência em nossos vasos.
O Satúrnio propício lhes troveja:

Nele estribado e em si, terrível senho
Rola Heitor, e sanhudo não faz caso
De homens nem de outros numes; freme e invoca
O lento albor; às naus jura os aplustres
Mesmo romper, despedaçar no incêndio
Em cinza e fumo atônitos Aquivos.
Tremo que se efetue essa ameaça;
Que, longe das fecundas pátrias veigas,
O céu nos fade a perecer em Troia.
Sus, bem que tarde, acode a aflita Grécia;
Dor sentirás depois se a desamparas,
Pois o mal consumado é sem remédio:
Salva a tempo os Aqueus da fatal hora.
Peleu de Ftia, amigo ao despedir-te,
Para Agamêmnon: — Filho meu, bradou-te,
Minerva e Juno, se o quiserem, força
Deem-te e valor; sopeia tu no peito
O orgulho e humano sê, de rixas foge,
Por que moços e velhos te honrem sempre. —
De tal pai tais conselhos esqueceste:
Lembrem-te, enfreia as iras; se o fizeres
Provarás as larguezas de Agamêmnon.
Ouve os dons que, em presença da Assembleia,
O rei te destinou: trípodes sete
Puras da chama, de ouro dez talentos,
Caldeirões vinte esplêndidos, com doze
Unguíssonos que, ao páreo vencedores,
Lhe hão tais prêmios ganhado, que seu dono
Do precioso metal não terá míngua.
Sete acrescentará prendadas moças
Que em Lesbos apresaste populosa,
E entre as escravas elegeu mais guapas.
Virá Briseida mesma; e, jura, nunca
Foi com ela varão, tocou seu leito.
Isto já já; mas, quando apraza aos deuses

Demolir as Priâmeas fortalezas
O espólio ao dividirmos, de ouro e bronze
As naus cumules, Teucras vinte escolha
As mais belas depois de Argiva Helena.
Se Argos Acaica ubérrima atingirmos,
Serás seu genro e igual ao próprio Orestes,
Que, único herdeiro, na abundância medra.
Há filhas três no vasto seu palácio,
Crisotêmis, Laódice e Ifianassa:
A do teu gosto, sem que a dotes, leves
À casa de Peleu; fica-lhe o encargo
De a dotar, como nunca o foi donzela:
Célebres haverás cidades sete,
Cardâmile, Enope, Hira verdejante,
Risonha Epeia, pascigosa Anteia,
Pédaso uvífera, a sagrada Feres;
Todas não longe da arenosa Pilos
E à beira-mar, em gado e armento opimas,
Têm gentes que te honorem como a nume,
E amplos tributos a teu cetro paguem.
Tanto promete, as iras se te aplaquem.
Mas, se aborreces com seus dons o Atrida,
Os consternados arraiais te movam,
Que hão de às estrelas elevar teu nome.
Anda, imola esse Heitor, que ousa afrontar-te.
Raiva e alardeia que nenhum o iguala
De quantos Gregos nossas naus trouxeram".
    E o fogoso Pelides: "Sem rebuço,
Dial sangue e astutíssimo Laércio,
Declaro-te o que sinto, em que hei sentado;
Nem mais teimem comigo, nem me azoinem.
Qual do Orco as portas, abomino aquele
Que de boca desmente o oculto n'alma.
Descubro a minha: o Atrida não me dobra,
Nem outro Grego, a tanto esforço ingratos

O acre ou forte em conflito, o imbele ou frouxo
Quinhão parelho têm e as mesmas honras;
Têm o enérgico e o mole igual sepulcro.
Que tirei de cruéis padecimentos,
De infindos prélios, de hórridos perigos?
Ave sou, que afamada olvida as penas,
Pesquisando o cibato a implumes filhos.
Noites insones, sanguinários dias
Curti sem conto a contrastar guerreiros
Pelas mulheres vossas. Praças doze
Eu devastei por mar, onze por terra
Nessas veigas Troianas. Vim de alfaias
E espólios carregado, e à vista os punha
De Agamêmnon; que a bordo os ferrolhava,
E poucos repartia a reis e a cabos.
Estes os têm consigo: eu só dos Gregos,
Fui da querida minha defraudado…
Pois que durma e deleite-se com ela.
Por que esta guerra? O exército Agamêmnon
Por causa não chamou da pulcra Helena?
Atridas sós entre os falantes amam?
Ama a consorte sua o reto e probo;
Eu muito amava aquela, embora serva.
Arrancou-ma falaz: pois basta, cesse
De me tentar em vão. Contigo e os outros
Busque, Ulisses, as naus livrar do incêndio.
Sem mim já fez milagres, celsas torres,
Profundo e largo fosso e paliçadas:
Nem pode assim de Heitor suster o choque!
Do fero Heitor, que nunca, eu posto em campo,
Quis longe pelejar das portas Ceias,
Nem da faia passar! Um dia apenas
Meu ímpeto arrostou; salvou-se a custo.
O herói não mais profligo; e na alvorada,
Assim que imole à corte e ao rei celeste,

Meus baixéis bem providos se o desejas,
Verás em nado, e ao som da ardente voga
O piscoso Helesponto irem sulcando.
Com favor de Netuno, à luz terceira
Seremos nas de Ftia amigas várzeas.
Riquezas lá deixei, partida infausta!
Bronze e ouro, do sorteio, airosas moças,
Ferro polido ajunto-lhes; que o dado
O magnânimo Atrida retomou-me.
Repete-lhe isto às claras ante os Gregos,
Por que todos se indignem, se impudente
Conta iludir algum. Protervo e ousado,
O descoco não teve de encarar-me.
Nem mais consulto, nem com ele trato:
Enganou-me, ofendeu-me; é de sobejo.
De mim descanse; ao precipício corra,
Que o privou da razão previsto Jove.
Como a escravo o desprezo e os dons lhe odeio:
Nem que o décuplo e em dobro me ofertasse
Do que amontoa e cobiçoso espera,
Quanto Orcômeno importa, quanto a Egípcia
Hecatômpila Tebas entesoura,
Que, duzentos campeões de cada porta
Vazando, carros vinte mil despede;
Nem que prometa os mares e as areias,
Me há de acalmar, sem que me pague o insulto
Gota por gota. A filha, não lha quero,
Vênus fosse em beleza, em lavor Palas:
Aspire a genro de mais polpa e vulto.
A preservar-me o Céu, de Hélade e Ftia
Peleu me escolha algumas dentre as virgens
De príncipes colunas dos Estados,
E a que eu prefira me será consorte:
O coração me pede grata esposa,
Que se afeiçoe aos prédios meus paternos.

São à vida inferiores os tesouros
Que, antes do cerco, a populosa Troia
Em si continha, e as do vibrante Febo
Da sáxea Pito do marmóreo templo:
Reconquistar podemos bois e ovelhas,
Trípodes e frisões de ruiva crina:
Mas do encerro dos dentes a alma nossa
Fora uma vez, não se recobra nunca,
A mãe deia argentípede o meu duplo
Fado abriu: se debelo a grã cidade,
Não regresso, mas compro glória eterna;
Se torno ao doce ninho, murcha a glória,
Terei velhice longa e fim tardio.
Os mais que voguem: não vereis o termo
De Ílio escarpada; o mesmo Altitonante
A mão lhe estende e exalta-lhe a coragem.
Ide anunciar aos próceres, Aquivos,
É dever de legados, que outro plano
Tracem de proteger as naus e as tropas:
Este falhou, persisto incontrastável.
Pernoite Fênix, e amanhã me siga,
Por gosto e não forçado, aos pátrios lares".
    Tal dureza os contrista, e calam todos;
Mas geme e chora o venerando Fênix,
De mágoa e susto pela frota Argiva:
"Se furente ir cogitas, sem livrares
De ígnea peste os baixéis, como aqui, filho,
Me abandonas? Contigo, estranho jovem
À guerra e discussões que heróis afamam,
Longevo o bom Peleu para Agamêmnon
De Ftia me expediu, que na loquela
Te amestrasse e no obrar: de ti repugno
Desunir-me, ó querido, nem que um nume
Conceba remoçar-me e enverdecer-me,
Qual saí de Hélade em beldades fértil,

Do Ormenida Amintor pai meu fugindo.
Por flava pélice este a esposa ultraja;
Para ter a comborça em asco o Velho,
A mãe súplice instou-me a conhecê-la,
E fi-lo assim; mas Amintor o aventa,
Ruge e impreca às Eumênides que nunca
Um nado meu nos joelhos se lhe pouse:
Maldição tal os Céus, o inferno, Jove,
A tremenda Prosérpina, escutaram.
Então (quanto o furor nos cega e arrasta!)
Pérfido eu quis… O braço um deus reteve,
E me salvou de horrendo parricídio.
Para ficar no antigo irado alvergue
Faltou-me coração. Parentes obstam
E amigos a rogar; degolam pretos
Bífidos bois e ovelhas vicejantes,
Ao fogo pelam saginados porcos,
Os canjirões paternos se esvaziam.
Dormindo ao pé de mim com luz constante,
Por turno, um vela ao pórtico do pátio,
Outro ao vestíbulo ante a minha alcova.
Décima noite negrejando, alerta
Forço e desfecho a porta o claustro pulo,
Sem que o percebam guardas, nem mulheres,
Corro a Hélade; em Ftia pecorosa
Tratou-me o rei bem como único herdeiro
Que em vastas possessões tardio houvesse;
Nos confins de Ftiótide, opulentas
Lavras doou-me; os Dólopes governo.
Eu te criei com mimo e igual aos deuses;
Nem com outro ir querias a banquetes,
Ou em casa comer, sem que a meu colo
Te saciasse partindo as iguarias,
Regrando o vinho, que em vestido e seio
Me arremessavas, caprichoso infante.

Por ti que sofrimentos, que fadigas!
Eu sem prole em ti via, ó alma grande,
Filho que me valesse em dúbio transe.
"Doma-te, essa aspereza mal te assenta:
Rendem-se os deuses de maior virtude,
Glória e poder; acalma-os o culpado
Com libações e votos e holocaustos.
Gérmen do Eterno, as enrugadas Preces,
Coxas, vesgas, pós Ate se apressuram;
Ate incansável, de robustas plantas,
Remexe a terra e a vexa; atrás, as Preces
A quem quer que as invoca o mal temperam:
Ai do que as repelir! Subindo ao padre
Exoram que Ate mesmo o fira e puna.
Curva-te, Aquiles, do Satúrnio às filhas,
Como os demais heróis também se curvam.
Se, obstinado, o Atrida nem presentes
Fizesse ou dons futuros, que amainasses
Não te pedira, posto que de auxílio
Precisamos os Gregos; mas dá muito,
Muito promete, envia a suplicar-te
Os do exército eleitos que mais amas;
Nossos passos respeita e nosso empenho.
A pertinácia tua era escusável;
Mas de priscos varões nos conta a fama
Que, se os picava a cólera, exoráveis,
A brindes e razões eram sensíveis".
"Ora, amigos, me ocorre um velho exemplo.
Na amena Calidona, encarniçados
Batiam-se os Curetes e os Etólios,
Estes por defender, ardendo aqueles
Com fúria marcial por devastá-la.
Da auritrônia Diana foi castigo,
Porque Eneu, por olvido ou negligência
Lhe falhou com primícias de agros férteis,

Nem de outros imortais nas hecatombes
A aquinhou: dorida a casta Febe
De alvos colmilhos despediu javardo,
Que o régio campo estraga, árvores prostra,
Fruto e raízes confundindo e flores.
Das vizinhanças, Meleagro Enides
Chusmas de cães reúne e caçadores
Para o poder matar; tamanha fera
Muitos mandou primeiro à triste pira.
A deusa entre os Etólios e os Curetes,
Pela cabeça horrenda e hirsuta pele,
Move guerra e tumulto. Enquanto o Marte
Enides combatia, inda que imensos,
O arraial os Curetes não largavam;
Mas, de ira, que incha o peito aos mesmos sábios,
Contra a mãe sua Alteia, em ócio esteve
Junto à mulher Cleópatra, progênie
Da Evemina Marpissa, cujo esposo
Idas, então neste orbe o mais valente,
Pela de pé mimoso casta ninfa
De arco arrojou-se a Febo: Alcion em casa
A apelidaram, pois da mãe saudosa,
Que roubado lhe tinha o altifrecheiro:
Como Alcion gemente suspirava.
Ele nutria a sanha, porque Alteia
Rogava aos numes, e das mãos ferindo
A alma terra e de lágrimas lavada,
Posta em joelhos, imprecava a Dite
E à medonha Prosérpina que a vinguem
Da morte dos irmãos no próprio filho:
Do Érebo fundo Erínis despiedosa,
Pelas trevas errando, ouviu-lhe as pragas.
Às portas rui o estrondo e abala as torres:
Disputam-lhe anciãos e sacerdotes
A implorar que rechace os inimigos,
Que no melhor da Calidona escolha

Cinquenta jeiras de fecundo prédio,
Metade em vinhas e metade em lavras.
Monta-lhe ao quarto o grave Eneu, cerrados
Os batentes sacode e observa o filho;
Arrependida a madre e irmãs suplicam,
E companheiros e íntimos amigos:
Ele tenaz renui, até que soube,
No quarto os gritos a dobrar e os golpes,
Dos muros a escalada e dentro o fogo.
Aqui chorando o exora a bela esposa,
Da cativa cidade os males pinta,
Arquejando os varões, em cinza as casas,
Presas virgens de rojo e as mães e os filhos.
Tanto horror o comove; corre, veste
Brilhantes armas, os Etólios salva
Por ti, que à vista pulcros dons não tinha.
Nenhum demônio, amigo, assim te influa;
É pior socorrer as naus combustas:
As dádivas recebe e vem conosco,
Um deus serás aos Dânaos; se as recusas,
Mas te demoras, menos honras alcanças,
Bem que essa invicta mão remova a guerra."

Ei-lo então: "Fênix pai, dos Céus benquisto,
Honras escuso; espero-as só de Jove,
Que há de abordo reter-me, enquanto alento
Haja o peito e sustentem-se os joelhos.
No imo isto agora imprime: não me turbes
Com mesto choro por amor do Atrida;
Quero-te muito, em ódio não me sejas;
A ti cabe agravar a quem me agrave.
Estes que voltem, reina tu comigo.
Meiado o meu poder, meiada a glória:
Terás mórbida cama, e à luz da aurora,
Se ficamos ou não, consultaremos".
A Patroclo eis acena estenda o leito,
A fim que os dois mais cedo se retirem.

"Sábio Ulisses", rebenta Ajax divino,
"Laércio nobilíssimo, a caminho;
Do bárbaro orgulhoso nada obtemos.
Cumpre ao congresso, que por nós aguarda,
Levar a atroz resposta, aos mesmos dada
Que sem igual na frota o veneramos.
Do irmão, do morto filho aceita a paga,
Numa cidade congraçados vivem
Ofendido e ofensor. No âmago alojas,
Pelides sevo, um coração de bronze,
Por conta de uma escrava, e te ofertamos
Hoje beldades sete e mil presentes!
Bane o despeito, reverente aos lares;
Escolha dos Aquivos, tens em casa
Amicíssimos teus que mais estimas".
"Bem dizes", torna Aquiles, "generoso
Príncipe Telamônio; mas a bílis
Se me intumesce ao recordar a afronta
Que em público me fez o audaz Atrida
Como se eu fora ignóbil vagabundo.
Porém desempenhar ide a mensagem:
A sanguinosa guerra não me importa,
Antes que aos Mirmidões o herói Priâmeo
Com incêndio e matança o campo ataque;
Da tenda e negra popa aqui pretendo
Para sempre extinguir-lhe o márcio fogo".
Duplicôncova taça os dois empunham,
Libam, vão-se, e o Laércio precedia.
Servos e servas, de Patroclo ao mando,
Alastram cama de ovelhumes peles,
Fina alva tela e tinta cobertura;
Té que raie a manhã, deitou-se Fênix.
Dorme Aquiles no fundo com Diomeda,
Filha de Forbas de rosadas faces,
Cativa em Lesbos. Dorme além Patroclo
E Ífis airosa, que lha trouxe o amigo

Do íngrime Ciros, de Enieu cidade.
Chegando aqueles ao real, os Dânaos
Recebem-nos em pé com áureas taças,
E Agamêmnon primeiro os interroga:
"Fala, adorno da Grécia, ó nobre Ulisses,
Quer das naus afastar o hostil incêndio,
Ou teimoso na cólera persiste?"
"Na cólera persiste, e inda mais agora",
O paciente Ulisses respondeu-lhe;
"Teus dons e a ti, chefe de heróis, desdenha:
Diz que resolvas tu, com outros Graios,
Como o exército nosso e a frota escudes.
Vogar ameaça no luzir da Aurora,
E aconselha aos demais também naveguem
À pátria cara: o termo não veremos
De Ílio escarpada: o mesmo Altitonante
A mão lhe presta e exalta-lhe a coragem.
Ajax o testemunha e os dois arautos,
Prudentes ambos. Lá pernoita Fênix,
E Aquiles, sem forçá-lo, prescreveu-lhe
Que em remeiros baixéis com ele parta".
Consterna-os a repulsa e calam todos;
Mas Diomedes belaz: "Com dons infindos,
Oh! Nunca, rei sublime, o suplicaras!
Era insolente, e refinou soberbo.
Ou fique ou vá, nossa missão cumpramos:
Peleje quanto queira e um deus lho inspire.
Nisto ora concordar: refeitos vamos
De Baco a Ceres, de homens força e brio,
Nos recostar; e, assim que a dedirrósea
Aurora brilhe, equestre e pedestre
Ante a frota os perfiles e acorçoes,
E tu mesmo combatas na vanguarda".
O équite exímio em roda excita aplausos:
Fazem-se as libações; na tenda sua
Cada qual em descanso adormecia.

LIVRO X

Liga os demais a noite em mole sono;
Em claro a passa o rei de tantas gentes,
Gravíssimos cuidados ruminando:
Qual de Juno pulcrícoma o consorte
Lampeja crebro, se aguaceiro ajunta,
Granizo ou neve que embranqueça as lavras,
Ou se abre à guerra amarga as fauces negras;
Tal suspira, e as entranhas lhe estremecem.
Turbado considera em cerco de Ílio
Os muitos fogos, o rumor dos homens,
Das tíbias e trombetas; mas, se atenta
O Aquivo exército e as silentes praias,
Aos Céus queixando-se os cabelos carpe,
No íntimo geme o coração brioso.
Melhor enfim parece-lhe ao Nelides
Ir consultivo e combinar com ele
Como os Dânaos defenda. Ergue-se, os peitos
Reveste, calça fúlgidas sandálias,
De um leão fulvo com sanguíneos laivos
Pele talar enverga, apunha a lança.
    De Menelau às pálpebras o sono
Também não pousa; pelos Dânaos treme,
Que em seu favor sulcando a azul campina,
Audazes debelar vieram Troia.
De um pardo forra com manchado espólio
O dorso largo, aêneo casco mete,
E hasta na mão robusta, o irmão procura,
Supremo regedor que o povo adora.
À popa ainda se armava, e ledo encontra
Ao pugnaz Menelau, que assim lhe fala:
"Armas-te, augusto irmão? Noturno espia
Mandar intentas? Que nos falte hei medo

Quem sozinho se arrisque pelo escuro:
Requer nímia ousadia empresa tanta".
A quem o régio irmão: "Celeste aluno,
Precisamos conselho em tal perigo,
Pois, mudado o Satúrnio, hoje prefere
De Heitor os sacrifícios. Nem vi nunca,
Nem de algum filho ouvi de deus ou deusa,
Que num só dia como Heitor obrasse!
Mortal sim, mas de Júpiter valido,
Executou façanhas extremadas,
Que longo viverão na mente Argiva.
Tu corre, a Ajax e Idomeneu convoca;
Vou Nestor acordar, que incite os guardas,
Cuja coorte sacra, entregue ao filho
Mormente e a Merion, de grado o atende".
Submisso Menelau: "De mim que ordenas?
Ficar à tua espera, ou, convocados,
Vir ter contigo?" — O rei tornou-lhe: "fica;
Receio um desencontro em desvairados
Caminhos do arraial. Por onde fores,
Grita e alerta, nomeia em honra a todos
Seus pais e estirpe; o tom de orgulho evita.
Participemos das comuns fadigas:
Desde o berço a lidar nos fadou Jove".
Com estas precauções o irmão despede.
Acha na tenda o maioral Nelides
Em brando leito, ao pé luzentes armas,
O escudo, o capacete e lanças duas,
O bem lavrado boldrié, que o cinge
Ao comandar cruíssimas batalhas,
Pois dos anos ao peso inda reluta.
No cúbito arrimado, alça a cabeça,
A perguntar: "Quem ronda o campo e a frota
Por treva espessa, quando os mais repousam?
Buscas um guarda ou companheiro? Fala;
Que hás mister? Sem falar não te apropínques".

“Nestor, glória da Grécia, o Atrida acode,
Sou Agamêmnon. Mais que a todos Jove
Me oprime, e cessará quando este alento
Em mim cesse, e os joelhos não se dobrem.
Vagueio, por fugir-me o grato sono:
A guerra, o dano dos Aqueus me pesa;
Por eles desfaleço esmorecido;
O coração tituba e sai do peito,
Convulsos tenho os membros. Já que velas
A meditar, à guarda me acompanhes;
Vejamos se em descuido as sentinelas
Dormem cansadas: próximo o inimigo,
Empreenderá talvez noturno assalto.”
E o de Gerena: “O providente padre
Nem tudo acabará que Heitor cogita;
Creio, alto rei, que amargo lance o espera,
Se Aquiles bane a cólera funesta.
Já já te sigo. Despertemos outros,
Diomedes grão lanceiro; ínclito Ulisses,
O ágil filho de Oileu, valente Meges.
Ao divo Telamônio alguém se expeça
E ao régio Idomeneu, que as naus tem longe,
E um do outro não perto. Embora o estranhes,
O honrado amigo Menelau censuro:
Dorme, e tu só te afanas? Não devera
Contigo os chefes deprecar afável,
Quando urge uma cruel necessidade?”
Replica o Atrida: “Às vezes a espertá-lo
Eu te exorto, ancião, porque amiúde
Hesita e se retém, não por incúria,
Não por moleza, sim por ter os olhos
Fitos no meu exemplo: a mim contudo
Hoje ele antecipou-se, e os que desejas
Foi convocar. Às portas e entre os guardas
Vamos, que juntos acharemos todos”.

E Nestor: "Nenhum Grego há jus agora
De arguí-lo e impugnar seu mando e aviso".
Então se arnesa, as nítidas sandálias
Ata aos pés, amplidúplice e punícea
Clâmide abrocha de lustrosa felpa,
Rijo eriagudo pique hasteia, e parte.
Ao gritar junto às naus dos lorigados,
O cauto Ulisses lhe surgiu da tenda:
"Por que sós percorreis na opaca noite
O campo e a frota? Ameaça algum desastre?"
E o Gerênio: "Prudente como Jove,
Longânimo Laércio, não te agastes:
Dor crua agrava os Dânaos; vem conosco,
Outro invitemos que da fuga ou prélio
Deve deliberar". Ulisses pronto
À tenda volta, embraça o escudo e segue-os.
Dão com Diomedes fora, e em torno os sócios,
Por travesseiro a adarga, a ressonarem,
Fixas de conto as lanças, o êneo lume
O do raio imitando: o herói dormia
De um boi selvagem no estirado couro,
Com purpúreo tapete à cabeceira.
O idoso Pilo ao calcanhar o toca,
E o repreende e admoesta: "Sus, Tidides;
Inteira a noite logras? Nem te acorda
O fragor dos Troianos, que se acampam
Na colina e das naus mui pouco distam?"
O herói sacode o sono e clama: "É nímio
O ardor e zelo teu; falecem moços
Que pelo acampamento aos reis despaches?
És, magnânimo velho, és incansável".
E ele: "Amigo, assim é, galhardos filhos
Tenho e outros muitos que chamar-vos possam;
Mas risco atroz nos preme: vida ou morte
Pende aos Gregos do gume de um cutelo.

Tu, que és moço e de mim te compadeces,
Ajax de Oileu convoques e o Filides".
Leonina talar pele ombreia fulva
Logo Diomedes, pega a lança e corre,
Volve aqueles guerreiros conduzindo.
    Juntam-se à guarda, e alerta em armas todos
Estão seus cabos. Se em vigia assídua
O redil ovelhum molossos rodam
E o lobo sentem vir do monte à selva,
Mesclam ladros às vozes dos pastores,
A quem morreu nas pálpebras o sono:
Destarte, morto o seu na infausta noite
O campo Teucro olhando os atalaias,
Ao mais leve rumor atentos eram.
O ancião folga e os louva: "Assim! meus filhos,
Nenhum se renda ao pérfido repouso,
Por não sermos escárnio do inimigo".
    Eis salta o fosso, e vão-lhe após os Dânaos
Reis congregados; à consulta acrescem
Merion e o Nestório Trasimedes.
Num sítio pousam da sangueira puro,
Entre o espaço onde, envolto em sombra densa,
Heitor pôs termo à Grega mortandade.
Quando uns e outros vários debatiam,
Fere o ponto Nestor: "Acaso, amigos,
Há quem, no braço afouto, ao campo extremo
Dos bravos Teucros vá, para que apanhe
Desgraçado inimigo, ou mesmo indague
Se eles ali permanecer tencionam,
Ou recolher-se ufanos da vitória?
Incólume e informado nos regresse,
Que terá fama eterna e insigne prêmio:
De cada capitão que em nau comanda
Preta ovelha e de mama um cordeirinho
Alcançará, presente incomparável,
E sempre no banquete um posto honroso".

Disse; todos em roda emudeceram,
Falou porém Diomedes valoroso:
"O coração, Nestor, a entrar me impele
No próximo arraial; mas outro sócio
Me dará mor denodo e mor firmeza:
Dois entre si advertem-se, combinam;
Um, se concebe, é lento e menos ousa".
Querem-no já seguir de Marte servos
Os Ajax, Merion; com ânsia o filho
De Nestor; Menelau de ardida lança:
Anela penetrar no campo Ulisses,
Que tem sempre na mente empresas grandes.
E o rei dos reis: "Amigo predileto,
Prestam-se muitos, à vontade escolhe;
Nem por algum respeito ou má vergonha,
Considerando o sangue e a realeza,
Um inferior guerreiro tu prefiras
Ao que julgues mais apto". — Assim discursa
Pelo seu louro Menelau temendo.
Porém Diomedes: "Se me dás a escolha,
Posso o Laércio preterir divino,
Paciente, animoso, caro a Palas?
Com tão completo herói, constante e sábio,
Ileso hei de sair de ardentes chamas".
E Ulisses: "Nem me gabes, nem rebaixes,
Que os Dânaos do que valho estão cientes.
Vamos, Diomedes; as estrelas caem,
Acena o albor, a noite já descamba,
Resta apenas um terço". — Vestem-se ambos
De hórridas armas. Do belaz Nestório
Tidides, que deixara a bordo a sua,
Recebe adaga ancípite e a rodela,
E sem crista e cimeira elmo taurino,
Simples galero, defensão de imberbes.
Cede Merion a Ulisses o terçado,

Coldre e arco, e de pele um capacete
Que, de rígidos loros dentro o forro,
De javali tem fora os brancos dentes,
Em reforço com arte à roda apostos,
E feltro espesso o fundo lhe guarnece.
De Eliona as casas de Amintor Ormênio
Antólico arrombando, ali furtado
A Anfidamas, Citério o deu na Escândia;
Em penhor Anfidamas da hospedagem,
A Molo; Molo, a Merion seu filho,
Que ao Laércio cobriu com ele a fronte.
    De ponto em branco, dos consócios partem.
Pela estrada Minerva à destra envia
Garça que, invisa em feia baça treva,
Grasnar ouviam. Ledo Ulisses ora:
"Filha do Egífero, a quem nada oculto,
Neste aperto me assiste, ó protetora,
Mais do que nunca; dá que às naus voltemos,
Findas árduas ações que aos Teucros doam".
    Tidides segue: "Ajuda-me e acompanha,
Indomável Tritônia, como a Tebas
A meu pai, dos Aqueus eriarnesados
Legado, que os largou do Asopo às ribas.
Aos cadmeios a paz Tideu levava;
Mas de volta acabou gentis façanhas,
Graças a ti, benévola deidade.
Preserva-me igualmente; em honra tua
Aneja imolarei do jugo intacta,
Larga de fronte, com dourados cornos".
    Encomendando-se à fautora Palas,
Deitam-se os dois leões por noite escura:
Por montes de cadáveres, por armas
Da carnagem recente ensanguentadas.
    Também não dorme Heitor, excita os cabos
E com eles concerta: "Há quem se atreva,

Por obter alto nome e digno prêmio,
O inimigo espreitar? Prometo um carro
E de cerviz altiva os dois mais finos
Corcéis de junto a frota, a quem me explore
Se inda a velam de noite, ou se aterrados
E lassos de destroço, os Dânaos tratam
Só da fuga, e não mais guardá-la querem".
Disse, e em redondo foi silêncio tudo.
Mas um Dólon, do arauto Eumedes filho,
Irmão de cinco irmãs, torpe de facha,
Leve de pés, em ouro e bronze rico,
A Heitor voltou-se: "Heitor, o ânimo forte
A perscrutar me instiga as naus veleiras;
Arvora o cetro, o coche eriesplendente
Jura dar-me e os frisões do exímio Aquiles.
Explorador não sou que iluda e falhe:
Entrado no arraial, me acerco à popa
Agamemnônia; ali talvez da fuga
Ou da peleja os príncipes debatam".
O cetro pega Heitor: "Fico ao de Juno
Altitonante esposo que essa biga
Outro nenhum transportará dos nossos;
Nela só brilharás". Foi jura falsa;
Mas Dólon inflamado encruza a arco,
De lobo enfronha-se em fouveira pele,
De pele de fuinha um gorro encacha,
Toma dardo pontudo, e às naus caminha,
Donde por ele Heitor não terá novas.
Já, fora do tropel, cortava a trilha,
O Ítaco, ao lobrigá-lo: "Alguém, Diomedes,
Sai da parte contrária, acaso espia,
Ou despir os cadáveres pretende?
Passe por nós um pouco, e dele à pista,
O agarremos depois. Se em pés nos vence,
Para as naus, de hasta em reste, o impele sempre,

A fim de que não se esgueire e não se acolha”.
Desviam-se e agachados entre os mortos
Os deixa o incauto. Longe quanto os sulcos
De mulas distam, mais que bois aptadas
A charrua a tirar por denso alqueive,
Encalçam-no; ao rumor se tem, supondo
Ser o do sócio que avocá-lo vinham;
De lança a tiro, ou menos, reconhece-os,
Rápido move os joelhos fugitivo,
Mas eles apressados o perseguem:
Qual dois sabujos de raivosos dentes
Mais e mais lebre ou corça em brenha apertam,
Que cisca-se a guinchar, assim Diomedes
E Ulisses vastador o acossam lestos,
Impedindo a escapula. À guarda e à frota
Próximo o espia, a vulnerá-lo Palas,
Por que nenhum blasone de primeiro,
A Tidides influi, que bradou: “Para,
Ou desta lança ao bote a vida rendes”.
Aqui, de jeito a vibra que lhe esflore
O úmero destro e finque-se na terra:
Dólon, quedo e medroso, os queixos bate,
Soa da boca pálida o rangido,
Aferram-no açodados, e ele chora:
“Vivo deixai-me redimir, que tenho
Bronze, ouro, ferro de lavor difícil,
E vos dará meu pai riqueza infinda,
Se preso me souber na Grega armada”.
Logo o matreiro: “Eu te afianço a vida,
Conta a verdade sem temor. No escuro
Às naus caminhas, quando os mais repousam!
Despir tentas os mortos? Vens mandado,
Ou por teu mesmo impulso nos espias?”
O mísero a tremer: “Num laço infesto
Caí de Heitor, o coche eriesplendente

Prometeu-me e os frisões do exímio Aquiles,
Em prêmio de ir pela sombria treva
Explorar diligente, ao pé da frota,
Se inda a velam de noite, ou se aterrados
E lassos do destroço, os Dânaos tratam
Só da fuga e não mais guardá-la querem".
Sorriu-se o astuto: "Apetecias muito,
Frisões que homem nenhum sofreia e doma,
Exceto o Eácio que gerou mãe deusa.
Mas tu sê franco: Heitor onde é que estava?
Onde o seu márcio arnês, onde os cavalos?
Onde o grosso da tropa, onde os vigias?
Eles ali permanecer intentam,
Ou recolher-se alegres da vitória?"
Volve o de Eumedes: "A verdade exponho.
De Ilo ao túmulo sacro, Heitor e os chefes,
Livres do burburinho, deliberam;
Certos não há vigias e atalaias;
Os Troianos, senhor, todos alertas,
Exortam-se ao luzir de acesos fogos;
A multidão porém de auxiliares,
Sem mulheres nem filhos, nos da terra
Descansa e dorme". —"E dormem", torna Ulisses,
"Mistos mais os Troianos cavaleiros,
Ou com longo intervalo? Nada encubras".
E Dólon: "Nada encubro. Ao mar vizinham
Cares, Caucomes, Lelagas, Peones
Arcirrecurvos, ínclitos Pelasgos
A Fimbra, Lícios e arrogantes Mísios,
Equestres Frígios, campeões Meônios,
Para que mais! Se o campo entrar desejas.
Sentou na extrema os Traces recém-vindos
Reso Eiônides rei com seus cavalos,
Quais nunca vi grandíssimos e belos,
Auras na rapidez, no candor neve:

O coche é de relevos de ouro e prata;
Áureo o arnês de admirável artifício,
Não próprio de mortais, mais sim de numes.
Às alígeras naus levai-me agora,
Ou de rijo amarrai-me, até que à volta
Verifiqueis se falo ou não sincero".

Minaz Tidides: "Certo embora informes,
De nossas mãos não contes evadir-te:
Se te soltarmos ora, ou te remires,
Virás espia ou combatendo às claras,
Em torno as mesmas naus; se aqui te mato,
Cessas por uma vez de ser danoso".

Súplice a forte mão do Grego ao mento
Lança o infeliz; a adaga os tendões ambos
Da garganta lhe tronca; inda falava,
E rodou-lhe a cabeça na poeira.
De lobo a pele, de fuinha o gorro,
O extenso dardo e o arco renitente
Sacam-lhe os dois, e à predadora Palas
Oferta-os o Laércio deprecando:
"Aceita-os, alma deusa, a quem no Olimpo
Invocamos primeira; tu nos guia
Dos Traces ao quartel e aos seus cavalos".

Disse, eleva o despojo, e a tamargueira
Folhuda em que o suspende esgalha, canas
Lhe enfeixa à roda, que tornando enxerguem
Na incerta pressurosa escuridade.
Entre armas e sangueira, enfim chegaram
Dos Traces ao quartel, que de fadiga
Ressonavam, dispostos em três filas.
Ao lado arneses belos, a parelha
Ao pé de cada um. No centro o Eiônides
A dormir, tinha atrás do coche atados
Em loros os sonípides ginetes.
Ulisses, que os descobre: "Ei-lo, Diomedes,

O guerreiro, os frisões que assinalou-nos
O morto espia. Tens a espada em ócio?
Desprega o teu valor; solta os cavalos,
Ou deixa-os ao meu cargo e imola os homens".
    A olhicerúlea então lhe dobra o esforço;
Aqui e ali talhava, os ais restrugem,
Roxa de sangue a terra: qual salteia
Truculento leão rebanho ou fato
Não vigiado; assim cai Diomedes
Sobre os Traces, e a doze arranca a vida,
Quantos ele estoqueia. Ulisses cauto
Pelos pés arredava, por que andando
Os novos crinipulcros não se espantem,
Pouco avezados a pisar cadáveres.
O herói vai ao trezeno, ao triste Reso,
Que expira ao despertar de um pesadelo,
Onde Minerva toda a noite a imagem
Lhe pôs daquela morte à cabeceira.
O Ítaco, desprendendo os corredores,
Pelos freios da chusma a subtraí-los,
De arco os fustiga, havendo-lhe esquecido
No vário assento o esplêndido chicote,
E a Diomedes adverte assobiando.
    Este, se audaz insista na matança,
Pelo temão se o coche de áureas armas
Tire cheio, ou se o leve aos próprios ombros,
Dúbio examina; mas ali Minerva:
"Já, regressa aos baixéis; não te afugentem,
Ó filho de Tideu, caso outro nume
Alerte os Frígios". Ele a voz divina
Sente e monta um cavalo: o seu verbera
De arco o Laércio; à desfilada arrancam.
    O argentiarcheiro deus não cego espreita,
Vê com Tidides Palas; desce e grita
Furioso pelo Trácio Hipocoonte,

Bravo primo de Reso e conselheiro.
Este salta, examina o sítio vácuo
Dos corcéis e os guerreiros palpitantes
E o cruor fresco e negro; urrando geme,
Chama o parente. Num ruído imenso,
Tumultua-se o campo: o feito o assombra;
Salvarem-se os varões foi pasmo aos Teucros.
Junto ao corpo do espia Ulisses para;
O sócio apeia-se, o cruento espólio
Toma e entrega ao de Júpiter valido,
E torna a cavalgar. Tocados voam
Para a frota os unguíssonos contentes.
O Pílio o seu trotar sentiu primeiro:
"Se não desvairo, príncipes e amigos,
De cavalos o estrépito me soa.
Oh! Se Diomedes e o Laércio fossem,
Com Troianos solípedes roubados!
Mas receio que à turba sucumbissem
Tão bizarros Aqueus". — Mal acabava,
Desmontam-se eles: de alegria todos,
Estreitadas as destras, o saúdam.
Interroga Nestor: "Esses cavalos,
Nobre Ulisses, da Grécia adorno e brilho,
Donde os houvestes? Penetrando o campo,
Ou de um deus recebendo-os no caminho?
Radeiam como o Sol. Não fico ocioso,
Bem que velho, e combato sempre os Teucros;
Mas nunca tais corcéis meus olhos viram:
De encontradiço deus julgo um presente;
Sois ambos do Nubícogo mimosos,
Da Glaucopide sua amados ambos".
E Ulisses: "Ó Neleio, ó glória nossa,
Com tamanho poder, um deus querendo,
Fácil nos doaria outros melhores;
Mas recém-vindos estes são dos Traces.

Diomedes chefes doze e o rei matou-lhes;
Próximo às naus, do espia demos cabo
Que explorá-la Heitor e os seus mandaram".
Disse, e fez os corcéis pular o fosso,
E iam com eles os Dânaos jubilosos.
Ao Diomedes presepe os ata em loros
Bem recortados, onde os mais comiam
Suave trigo, e à popa sua Ulisses
O de Dólon depõe sanguento espólio,
Enquanto a Palas sacrifício apontam.
N'aba do mar cervizes, coxas, pernas,
Do suor que lhes mana, os dois expurgam:
Depois que a sordidez mais crassa escorrem
N'água salgada e o coração confortam,
Em tinas polidíssimas se banham,
Untam-se de óleo, com prazer almoçam,
E de plena cratera entornam vinho,
Que a Minerva melífico libavam.

LIVRO XI

Surgindo a Aurora do Titônio leito,
O globo e os céus alumiava, quando
Jove a nera Discórdia às naus despede;
A qual da guerra sacudindo o facho,
Parou no centro, na de Ulisses, donde
Em tendas e baixéis ouvida fosse
De Aquiles e de Ajax, que aos dois extremos,
No seu valor seguros, alojavam.
Brame horrentíssimo, e retine o grito
Ao coração dos Dânaos, que incessantes
Anseiam batalhar, e então mais doce
Lhes era a pugna que a tornada à pátria.

Clama e intima Agamêmnon que se aprestem,
E aêneo luz. Com prata finas grevas
Primeiro às pernas afivela; aos peitos
Loriga veste, que hóspede Ciniras
Mandou-lhe em dádiva, ao troar em Chipre
A nova de ir a Troia a Grega armada:
Compunha esmalte escuro dez estrias,
Doze ouro, estanho vinte; azuis ao colo
Três serpes iriando lhe trepavam,
Como o curvo sinal que o Padre em nuvens
Aos falantes gravou. De áurea tauxia
E de áureo boldrié, fulgura a espada
Em argêntea bainha. Adarga-o todo
Estupendo pavês, maneiro e ingente,
Com dez êneos debruns, com vinte umbigos
Branquíssimos de estanho, e de aço bruno
Disparava o do meio ameaçadora
A feia Górgona e o Terror e a Fuga;
De argêntea faixa ao longo se torcia
Vivo dragão cerúleo, que recurvas
Tinha cabeças três num só pescoço.
Do elmo de quatro cones tachonado
Crista lhe nuta horrenda e equina coma.
Válidas eriagudas lanças duas
Toma, cujo fulgor fere as estrelas.
Palas de cima e Juno, em honra toam
Do opulento senhor da grã Micenas.
Prescrito a cada auriga ter em ordem
Junto ao fosso os corcéis, ruidoso e imenso
Antes d'alva o alarido, a pé remete
Armados campeões, e atrás em fila
Vêm vindo os carros. Do éter o Satúrnio
Rumoreja, e de sangue orvalho chove,
Presságio de que ao Orco iam ser muitas
Almas de altos varões precipitadas.

Além, num teso, o reto Polidamas
Alinha os seus, e Eneias nume ao povo,
Mais os três Antenóridas, Polibo,
Nobre Agenor, inda solteiro Acamas
A imortais parecido; à frente a enorme
Rodela vibra Heitor: qual dentre as nuvens
Sem véu nenhum reluz funesto Sírio,
E alguma vez se ofusca; assim na prima
Ala aparece o herói, percorre a extrema,
Prevê, dispõe, comanda, em bronze esplende,
Como o tonante Egíoco lampeja.

Quando centeio ou trigo os segadores
Em farta messe opostos vão ceifando,
O agro juncam de espigas: tais se prostram,
Com mútua horrenda clade, Argeus e Teucros;
A desastrada fuga a nenhum lembra;
Barba a barba, acometem como lobos.
Lutuosa a Discórdia olhando exulta,
Único deus que assiste: os mais, por cumes
Do Olimpo, quedos em mansões formosas,
O Anuviador acusam, que aos Troianos
Destinava o triunfo; mas o Padre,
Sem lhe importar, a parte e ledo mira
Naus e cidade, os fulgurantes bronzes,
O ferir e o morrer dos combatentes.

Enquanto ia crescendo a manhã sacra,
A turba tiros cai; mas, quando em vales
De árvores decotar a mão sacia
Lânguido o lenhador, e ávido anela
Almo sustento e seu jantar prepara,
Uns então pelos outros animados,
Rompem com brio os Dânaos as falanges.

Agamêmnon precede, e abate o régio
Maioral Bianor e Oileu cocheiro.
Oileu se apeia e investe; mas na fronte,

Sem que êneo casco o embargue, entrada lança
Pelo osso, dentro o cérebro deturpa:
Doma-lhe a audácia o rei. Nus amo e pajem
Da túnica e loriga, os abandona.
　　Foi-se a Ísios e Antifo Priameios,
Legítimo e bastardo, ambos num coche:
Era o bastardo auriga, Antifo ilustre
Pelejador, os quais, pascendo ovelhas
Em fraga Idea, atara em fléxeis vimes
E o seu resgate recebera Aquiles:
De hasta a Ísios o Atrida a mama fere,
A Antifo de um fendente ao pé da orelha
Derriba; eis despede-os das brilhantes armas,
Reconhecendo-os, pois a bordo os vira,
De quando o velocípede os prendera.
Leão, que em toca assalta a corçozinhos,
Fácil com dente rábido os lacera
E as tenras almas tira; a mãe coitada,
Perto embora, não cuida em protegê-los,
Trêmula em denso carvalhal se acouta,
Suando evade-se à cruenta fera:
Assim, nenhum Troiano ousa acudir-lhes,
Do Ímpeto Graio trépidos fugiam.
　　O argólico leão corre a Pisandro
E ao firme estrênuo Hipóloco, dois ramos
De Antímaco valente, o qual, peitado
Pelo esplêndido Páris, mais se opunha
A ser entregue Helena ao flavo esposo;
Toma-os num ponto e seus corcéis retidos,
Pois largaram de susto insignes rédeas,
No carro de joelhos implorando:
"Vivos nos leva, Atrida, e aceita o preço
Da remissão; que Antímaco, pai nosso,
Cobre e ouro encerra e trabalhado ferro,
E te há de encher de dádivas infindas,
Se presos nos souber na Argiva armada".

Falam chorando ao rei com meigas vozes,
E ele não meigas volve: "Quê! Sois filhos
De Antímaco belaz, que em Troica junta
Votou morte a Grajúgenas legados,
A Ulisses divinal e a Menelau?
Ora pagai-nos a paterna injúria".
Disse, e um bote a Pisandro, pelos peitos,
Lança do coche, ressupino o estira;
Salta Hipóloco em terra, e a gládio o Aquivo
Os braços e o pescoço lhe decepa,
E como um tronco arbóreo à chusma o atira.
Dali desfaz, com outros bem grevados,
Hostes inteiras: a pedestre imola
Pedestre, cavaleiro a cavaleiro;
Pulvéreas nuvens ergue ericalçado
O ruidoso tropel quadrupedante.
O rei vai na carnagem prosseguindo
E acorçoando os seus: como edaz fogo
Em virgem mata, ao vário Eólio sopro,
Árvores turbinoso extirpa e fende;
Ele assim talha e estronca os fugitivos,
E a nitrir, entre as filas derrotadas,
Rojam árduos corcéis vazios carros,
Tristes por seus cocheiros, que ali jazem
Mais gratos aos abutres que às esposas.
A Heitor fora do pó, dos tiros fora,
Da carnívora ação, da gritaria,
Jove entanto conduz: na ânsia de abrigo,
Já de Ilo o prisco túmulo trasposto,
À baforeira os Teucros se aproximam;
Rugindo os segue o Atrida, e vai manchando
Em cruor polvorento as mãos invictas;
Retêm-se eles às portas junto à faia,
Uns à espera dos outros. Qual em noite
Borrascosa o leão pela campina

Pávidos bois acossa, e ao mais tardonho
Rasga a cerviz com navalhadas presas,
Sangue lhe chupa e entranhas; Agamêmnon
Tal os encalça e o derradeiro prostra:
Quem de costas caía, quem de bruços,
Da régia lança aos furibundos golpes.

O herói tocava os muros; e eis baixando,
Na destra o raio, o pai de homens e numes
No pino do Ida em fontes abundante
Senta-se, a núncia ali-dourada chama:
"Rápido, Íris: Heitor que o pé reprima,
Enquanto à frente o maioral dos Gregos
Cortar nos batalhões, mas sempre alente
Os seus a resistir o embate horrível.
Assim que o vulnerar ou dardo ou seta,
Ao carro monte; eu lhe darei vitória:
Há de às instrutas naus levar o estrago,
Té que o sol tombe e venha a sacra noite".

Aerípede a núncia do Ideu cume
À santa Ílio descendo, o Priamides
Encontra em pé no aparelhado coche:
"Guerreiro na prudência igual a Jove,
Isto ele aqui te ordena: o pé reprimas,
Enquanto à frente o maioral dos Gregos
Cortar nos batalhões, mas sempre alentes
Os teus a resistir o embate horrível.
Assim que o vulnerar ou dardo ou seta,
Montes ao carro, e te dará vitória:
Hás de às instrutas naus levar o estrago,
Té que o sol tombe e venha a sacra noite".

Some-se Íris. Heitor pula do coche,
Dardos brande erifúlgidos, alas corre,
Provocando a conflito: voltam face
Os Teucros logo; intrépidos os Dânaos
Cerram-se firmes, a peleja instauram;
De encetá-la ansioso, rui o Atrida.

Celestes musas, declarai-me agora,
Que ilustre auxiliar ou que Troiano
Com Agamêmnon se arrostou primeiro?
Alto e audaz o Antenórida Ifidamas,
Na altriz criado pecorosa Trácia.
De pequeno o educara o avô materno
Cisseu, pai da pulquérrima Teano;
O qual vendo-o na ovante puberdade,
Para tê-lo consigo, deu-lhe a filha.
Noivo, ao soar a empresa, vasos doze
Tripulando, ancorou-os em Percope,
Veio por terra socorrer a Troia.
De perto, fronte a fronte, já se investem:
Agamêmnon desfecha, e o dardo aberra;
Ele por sob a coira à cinta o apanha,
Com rijo pulso e esforço enterra a ponta,
Que o bom talim não fura, mas qual chumbo
Topando amolga em lâmina de prata.
Com garras de leão, furioso o Atrida
A haste a si puxa, arranca-lha, de um talho
Cerceia-lhe o pescoço e os membros solve.
Por seus concidadãos sono éreo dorme,
Ah! longe da mulher que em flor obteve,
Da qual nem se logrou nem prole havia,
À qual cem bois doara e prometera
Cabras e ovelhas mil dos seus pastios.
Despiu-lhe as pulcras armas Agamêmnon,
Entrou com elas pela Argiva turba.

Coon, claro Antenórida e o mais velho,
Defunto o irmão, toldados sente os lumes;
De esguelha sorrateiro escorregando,
Além do cotovelo, no antebraço
De Agamêmnon a choupa enfia aênea:
Ao golpe freme o rei, mas não desiste;
Hasta em punho dos ventos roborada,

Acomete a Coon, que de Ifidamas,
Do mesmo pai gerado, ia o cadáver
Arrastando e a gritar que o socorressem:
Nisto, abaixo do escudo um bote acerta,
Sob o fraterno corpo é degolado.
Cheio o destino, ao Orco assim o Atrida
Estes dois Antenóridas remete.
Enquanto o sangue da ferida mana,
A gládio alas descose, a dardo, a pedras;
Assim que estanca e esfria, eis lancetadas
Lhe vêm, não menos cruas que as da frecha
Que despedem no parto as Ilitias,
Filhas de Juno e mães de cruas dores.
Monta, e magoado a seu cocheiro ordena
Que aos baixéis o transporte, e vocifera
Com voz tonante: "Príncipes e amigos,
Toca-vos repelir das naus o assalto;
Veda o padre bater-me o dia inteiro".
O auriga para a frota os crinipulcros
Frisões verbera, que espontâneos voam;
Sob os pés a poeira, a escuma aos peitos,
O atribulado rei do prélio afastam.
Ausente o Aquivo chefe, trovejando
Heitor instiga os seus: "Troianos, Lícios,
De perto exímios Dardanos, sede homens,
A vossa intrepidez vos lembre, amigos:
Foi-se o herói, e o Satúrnio dá-me a glória;
Maior a alcançareis, aos feros Dânaos
Remessai-me os solípedes ginetes".
Com isto inflama e os corações esforça.
Como açula o monteiro a cães de fila
Contra leão ou javali sanhudo,
O atroz Marte Priâmeo contra os Graios
Os Magnânimos Teucros açulava:
Ao conflito se arroja impetuoso,

Qual sibilante furacão das nuvens
Salta e encapela o ferrugíneo pego.
Que heróis de Heitor a cólera provaram,
Ao cingi-lo o Supremo da vitória?
Osseu logo, Agelau, Autono, Opites,
Com Dólope de Clício, Oféltio, Esimno,
Oros, e enfim o acérrimo Hiponoo:
Passa ao depois às turmas. Quando em luta
Zéfiro exasperado açouta as nuvens,
Que vivo Noto imbrífero ajuntara,
Ao multívago sopro incha a mareta,
Remoinha e salpica a espuma os ares:
Tantas vidas à plebe Heitor segava.
Fora total o exício e irreparável,
A fugida mortífera, a Tidides
Se não clamasse Ulisses: "Quê! Diomedes,
Nosso brio esquecemos? Oh! Que opróbrio,
Se o belígero Heitor nos toma a frota!
Põe-te ao meu lado, amigo". — "Sim", responde,
"Eu te sustentarei; mas pouco importa,
Que Jove aos Teucros o triunfo apresta".
Disse, e a lançada à sestra mama expele
Do assento ao rei Timbreu; no entanto Ulisses
Lhe mata o pajem Molion deiforme.
Da batalha estes fora à chusma investem,
Como a lebréus dois javalis bravosos:
O ímpeto e assalto novo a desbarata,
E os de Heitor perseguidos já respiram.
Num coche os nados brilham do adivinho
Meropo de Percote; irmãos que o padre
Vedou que entrassem na homicida guerra,
E a quem surdos as Parcas atraíram:
Priva-os Diomedes ínclito lanceiro
Do alento e belo arnês, enquanto Ulisses
Mata Hipódomo e Hipíroco e os despoja.

Do Ida olhando o Satúrnio, iguala a pugna,
E as mortes fervem. Lanceou Diomedes
Na coxa o herói Agástrofo Peônio:
Doeu-lhe dos corcéis faltar-lhe o efúgio;
Que o pajem longe os tinha, e ele pedestre
Acre avançava, até que a vida perde.
Heitor o adverte, e às hostes brame e acorre;
Diomedes mesmo enfia: "Ulisses, olha,
Um turbilhão nos volve Heitor furente;
Constância, amigo, o embate rechacemos".
Nisto, o pique despede, e não baldio,
Bate-lhe na cabeça; mas do bronze
Repulso o bronze, a cútis nem lhe esflora;
Tríplice o tolhe o elmo, dom de Febo.
Desaparece Heitor, e a poucos passos
Cai ajoelhado, à forte mão sustido;
Um tenebroso véu lhe enfusca os olhos:
Pela Teucra vanguarda ia Diomedes
Seu pique recobrar no chão pregado,
Quando em si torna Heitor e ao carro pula,
No tropel se confunde e o transe evita.
E o Grego, em reste a lança: "Inda escapaste,
Cão, do corte letal salvou-te Apolo,
Que entre o fragor das armas sempre invocas.
Hás de, ajude-me um deus, comigo haver-te;
Outros por ti mo pagarão agora".
Ao Peônio deitava-se, eis que o tiro
Arma o taful da emadeixada Helena,
Atrás do cipo tumular do antigo
Ilo, Dardânio padre: o herói despia
Do hasteiro extinto Agástrofo a couraça
Vária e o broquel e o grave capacete;
O arco dispara, a vira não desmente,
Que ao pé destro as falanges atravessa
E enterra-se no chão. Rindo ufanoso

Páris sai da emboscada: "Estás ferido,
Nem me falhou a seta: oh! se te houvera
Profundado as entranhas! De ti, monstro,
Respiravam Troianos, que te hão medo,
Assim como a leão berrantes cabras".
E Diomedes impávido: "Insolente,
Só bom no corno e rufião de moças,
Vem cara a cara, e o arco e pleno coldre
Verás se te aproveitam: vanglorias
De arranhares-me um pé? Não me inquieta,
Foi de fêmea ou criança espinho leve;
Mossa não faz o golpe de um cobarde.
Meu dardo, sim, é ruína do em que toca,
É pranto e mágoa da carpida esposa,
De filhos desamparo; em sangue a terra
Avermelha e apodrece; em torno ao morto
Mais que a mulheres os abutres chama".
Põe-se Ulisses diante; ele se encosta
No amigo e extrai a farpa: em todo o corpo
Sofre agras dores; monta, e angustiado
Manda ao cocheiro que o transporte a bordo.
Dos seus abandonado Ulisses resta;
Suspira e fala com sua alma grande:
"Ai! Que farei? Se à multidão por medo
Me esquivo, é mau; pior, se aqui me apanham,
Pois Jove há dispersado os outros Graios.
Mas que indago, minha alma? Eu sei que é torpe
O combate largar; deve um guerreiro
Com firmeza ou ferir ou ser ferido".
Enquanto em si discursa, as Troicas turmas
Sobrevêm adargadas e o torneiam,
Dentro a peste acolhendo. Se em balbúrdia
Flóreos moços e cães javali caçam,
Da mata surde a fera, os alvos dentes
Nas recurvas queixadas amolando;

Apesar do rangido e aspecto horrendo,
Férvida a chusma o ataca: assim, de Ulisses
Divino em cerco, os Troas o acometem.
Ei-lo de hasta, ao famoso Deiopite
O ombro fisga, a Toon e Enono estende,
E a Cersidamas, ao pular da sela,
Por debaixo do escudo o umbigo ofende;
No pó tomba o infeliz, de palma em terra.
Deixa-os, e agride o Hipásida Caropo,
De Soco generoso irmão germano;
Soco deiforme a socorrê-lo avança,
Perto brama: "Doloso e infatigável,
Filhos ambos de Hipaso, ou tens a glória
De mortos hoje nos despir as armas,
Ou desta minha ao bote a vida exalas".
    Esgrime, e a choupa a lúcida rodela
Fura e a mesma couraça artificiosa,
Rasga-lhe as carnes das costelas: Palas
As vísceras preserva. O golpe Ulisses
Mortal não o sentiu; recua um pouco:
"Ah! Fraco", diz, "soou-te a hora extrema:
De progredir no prélio me tolheste;
Mas desta lança o gume, hoje to afirmo,
Dar-te-á morte escura e a mim triunfo,
Tua alma ao rei da lúgubre quadriga".
    Soco retrocedia, quando a ponta
Finca-se atrás na espádua e sai aos peitos;
Rui com fracasso; o vencedor o insulta:
"Soco Hipasíada egrégio cavaleiro,
Do fim letal, ah! vil, não te evadiste;
Pai nem piedosa mãe te cerra os olhos;
De asas batendo-te, aves de rapina
Te-hão de cruas tragar: morto eu, de Aquivos
Respeitosos terei funéreas honras".
    Aqui, da pele e do copado escudo
O dardo extrai que lhe vibrara Soco:

Dor curte acerba e lhe borbota o sangue;
Ao vê-lo, os Teucros a exortar-se acodem;
Retrograda e alça a voz; o grito ouviu-lhe
O belicoso Menelau três vezes,
E volto a Ajax: "Ó Telamônio excelso,
Do Laércio me soa o aflito brado,
Como de quem labora em grande afronta:
Rompamos pela turba a defendê-lo.
Temo que só, por tantos apertado,
Pereça o herói, com mágoa dos Aquivos".
    Marcha, e após ele o divinal guerreiro;
Acham de Jove o aluno entre os contrários.
Já frechado, fugaz galhudo cervo
Ao caçador se esquiva, enquanto o sangue
Tépido escorre e movem-se-lhe as pernas,
Té que o doma a ferida, e em monte umbroso
Crus ávidos chacais vão lacerá-lo;
Nisto, um leão rebenta formidável,
Que derrama os chacais e a presa toma:
Assim bravo tropel cercava o astuto
Herói, que de hasta em punho o amargo dia
Repulsa audaz; mas rui o Telamônio
De pavês torreante, e foge a turba.
A Ulisses Menelau sustém nos braços,
E o coche entanto o pajem lhe aproxima.
    Remete Ajax ao Priameio espúrio
Dóriclo e o mata; a Pândaco vulnera,
Mais a Lisandro e Píraso e Pilarte.
Quando o imbrífero nume das montanhas
Torrentes rola, a cheia o campo inunda,
Secos leva lariços e carvalhos,
E o lodo arroja ao mar: Ajax destarte
Vai cavalos talhando e cavaleiros.
    Isto ignorava Heitor, à esquerda e às ribas
Do Escamandro a pugnar, onde as cabeças

Bastas caindo, há grita imensa em torno
Do grande Pílio e Idomeneu mavórcio.
Lá, de hasta e carro, Heitor passeia ardido,
E hostes brilhantes façanhoso arrasa;
Mas brecha entre esses bravos não se abrira,
Se o raptor da pulcrícoma não fere
Com trifarpada seta no ombro destro
Ao belaz Macaon pastor de povos.
Desanimam-se os Dânaos, receando,
Inclinado o conflito, ali perdê-lo;
E à pressa Idomeneu: "Monta, Nelides,
Honra da Grécia; a Macaon recolhe,
Para a frota os unguíssonos dirige:
Por muitos vale um médico; ele os dardos
Extrai, unge a ferida e acalma as dores".
Sem demora Nestor sobe a seu carro,
E do exímio Esculápio o digno filho;
Toca os ginetes, que de grado arrancam,
De voltar para as naus contentes voam.
Do coche Hectóreo, Cebrion dispersos
Avista os seus e clama: "Aqui num cabo
De horríssona batalha combatemos,
E os mais Teucros, Heitor, baralha e espanca-os
O Telamônio Ajax, que reconheço
Pelo imenso pavês. Lá galopemos
Onde o estrondo é maior, onde a carnagem
De équites e peões é mais ferina".
Ei-lo estala o chicote, e os crinipulcros,
Sentindo o açoute, a Gregos e a Troianos
Corpos e escudos rápido calcavam:
Eixo e caixa de sangue afeiam gotas
Que das patas e rodas se espargiam.
Heitor como arde por cortar na turba!
Derrota, esgrime, nem descansa o braço,
A gládio e lança e pedra assola e estraga;
Porém do Telamônio o encontro evita.

A Ajax do Olimpo Jove incutiu medo:
De setêmplice tarja às costas fica;
Atento à chusma, atônito se aparta,
Feroz volta-se, e lento o passo alterna.
Cães e campinos, em noturna vela,
Famélico leão do cerco expedem,
Vedando-lhe o cevar-se em pingues reses;
Em vão remete, que, de audazes pulsos
Dardos voando e fachos, ruge iroso
Recua, e n'alva se retira mesto:
Assim, tristonho e invito, Ajax temendo
Pelas Aquivas naus, deixava os Teucros.
Apesar dos meninos que o fustigam,
Dentro a seara tosa asno tardio;
Sem que fracas pauladas o inquietem,
Só deixa o pasto quando a fome extingue:
Tal, dos golpes zombava o Telamônio
Dos valorosos Teucros e aliados;
Lembra-lhe o brio próprio, encara ou foge
Contendo as hostes de assaltarem juntas
A Grega frota. Em meio ele só brame
Dos exércitos ambos; chovem tiros,
Fincam-se no pavês, muitos na areia,
De embeber-se nas carnes desejosos.
Eurípilo Evemônio, ao vê-lo opresso,
Corre com brava ardente lança ao cabo
Apisaon Fausíade, por baixo
Do diafragma o fígado lhe vara
E afrouxa-lhe os joelhos. A apear-se
Vai por despi-lo, e o arco atesa Páris;
Na destra coxa, a Eurípilo vibrada,
Quebra-se a frecha e cruas dores causa.
Ele aos seus revertendo ilude os fados,
E forte vocifera: "Aqueus e amigos,
Alto! Afastai de Ajax o escuro dia;

Duvido escape da tormenta horríssona,
Mas socorrei de Telamon o filho".
De escudo aos ombros e hasta em reste, os sócios
Junto ao ferido apinham-se; a encontrá-los
De fronte Ajax reverte; em mó carregam,
Pelo tropel qual fogo iam lavrando.
Suadas ao levar Neleias éguas
A Macaon e o dono, o Velocípede
Reconhece-os da popa, donde a lide
E a fuga lagrimosa contemplava;
Grita ao Menécio, que parelho a Marte,
Princípio do seu mal, da tenda assoma:
"Que me queres, Aquiles, que me ordenas?"
O amigo então: "Patroclo da minh'alma,
Intolerável peso oprime os Dânaos,
E ante mim os figuro suplicantes.
Presto, a Nestor pergunta, ó caro a Jove,
Qual dos chefes transporta golpeado;
Pelo talhe o Asclepíade parece;
Rápida biga seu semblante encobre".
Dócil o bom Menécio ao companheiro,
Entre o campo corria e as naus Aquivas.
Nestor e Macaon já n'alma terra
Apeiam-se, e desjunge antigo pajem
Eurímedon o carro; as vestes ambos
Na praia do suor ao vento enxugam:
Vão-se à tenda, em camilhas se recostam.
Bebida apresta a nítida Hecamede,
Filha do grande Arsímoe, que o Gerênio
Por exceder a todos nos conselhos,
Houve em Tênedos, presa do Pelides.
Põe de azulados pés à lisa mesa
Flor de sacra farinha em disco aêneo,
Recente mel e um pico de cebola;
Põe copa linda, que trouxera o velho,
De cravos de ouro, e de ouro um par de pombos

Em torno a cada uma de asas quatro,
Com dois no fundo, ali se apascentavam:
Movê-la outrem sem custo não pudera,
E cheia o velho facilmente a erguia.
A divinal donzela Prânio vinho
Dentro mescla, e raspado em êneo ralo
Queijo caprino e uns pós de branco trigo;
E os conforta com isto e os dessedenta.
Já se recreiam conversando, e à porta
A um nume igual apareceu Patroclo:
Em pé Nestor, condu-lo pela destra
Ao resplêndido escano; mas o núncio
Renui dizendo: "Ancião de Jove aluno,
Não me assento; é terrível quem me envia
Para saber qual fosse o vulnerado;
Vejo que é Macaon, a Aquiles torno.
Tão colérico humor tu bem conheces:
Em seus furores o inocente culpa".
"Ah! Clama o velho, sente Aquiles hoje
Dos vulnerados pena? O luto ignora
Do campo inteiro? A bordo os mais estrênuos
À mão tente ou de longe estão feridos:
A pique o Atrida e Ulisses, mas frechados
Na coxa Eurípilo e no pé Tidides;
Arco a farpa enviou contra este amigo.
Forte em vão, sem piedade espera Aquiles
Que hostil fogo, apesar do esforço nosso,
Consuma as naus, e pereçamos todos?
"Oh! Pubente fosse eu robusto e ágil,
Qual dos Epeus e Pílios na discórdia
Pelo armento roubado em represália,
Quando o Hipiróquio Itimoneu, que em Élis
Habitava, abati! Sob o meu dardo,
Ao defender seus bois, caiu na frente;
Bravia a tropa, derrotada, aos nossos
Tudo largou: de ovelhas greis cinquenta,

Iguais vacuns manadas, e não menos
Varas de porcos e de cabras fatos;
De éguas baias o triplo e seus mamotes.
Folgou Neleu de noite à nossa entrada,
Porque estreei novel com tais proezas.
Pregões chamaram n'alva a quem devia
Elide gado, e os príncipes a presa
Pelos muitos queixosos dividiram.
Como Hércules, talando as nossas terras,
Os melhores matara, e eu só restasse
Dos filhos doze de Neleu valentes,
Da míngua nossa e dano os lorigados
Ultrajantes Epeus escarneciam:
Meu pai quatro frisões mandara aos jogos
Disputar uma trípode, e os reteve
O rei de Elide Augeias; triste o auriga
Veio contá-lo. Então Neleu, da afronta
Picado, reservou com seus pastores
Em boiadas e greis trezentas reses,
Justa porção distribuindo ao povo;
Mas ao terceiro dia, ao celebrarmos
Pela cidade aos numes sacrifícios,
Tropa equestre e pedestre eis nos assalta,
E ambos os Moliões, inda mocinhos,
Pouco versados em Mavórcias lides.
A íngreme Trioessa à margem fica
Do Alfeu, na extrema da arenosa Pilos:
Na ânsia de sovertê-la, a sitiavam;
Mas de noite, a campina ao traspassarem,
Desce a Pilos Minerva, incita e ajunta
Ávida gente a pelejar disposta.
Neleu me crê bisonho e o coche oculta;
E a pé mesmo, entre os nossos cavaleiros,
Me assinalei, guiado por Tritônia.
Deságua o Minieio e banha Arena,

Onde a Aurora esperávamos celeste
E afluíam peões. O dia em meio,
Ante o Alfeu todo o exército, ao Supremo
Feitas gratas ofrendas, imolamos
Um touro ao santo rio, outro a Netuno,
Juvenca indômita à cerúlea Palas,
E ceiamos em ranchos e dormimos
A borda armados sempre. Aquele assédio
Vastadores Epeus mais estreitavam;
Porém com márcio arrojo os prevenimos:
Mal assomava o Sol, a Jove e a Palas
A suplicar, travamos a batalha.
Eu por Múlio a encetei, genro de Augeias,
Que a filha primogênita esposara
Flava Agamede, a qual da terra inteira
As salutares plantas conhecia:
De um bote, ao me encarar, na areia o estiro;
Salto-lhe ao coche, e o troto antessignano.
Vendo os Epeus dos équites caído
O chefe mais belaz, sem ordem fogem.
Qual furacão ruí de lança em punho;
Coches tomei cinquenta, e a cada coche
Derribei dois varões que o pó morderam.
De Actor e Molion prostara os filhos,
Se, envoltos em negrume, o avô Netuno
Amplo-dominador os não salvasse.
Deu-nos vitória o Céu: matando fomos
E armas colhendo no alastrado campo;
À cereal Buprásio, à pétrea Olênia,
E Alésio até Colona, os perseguimos,
Donde gente e corcéis retirou Palas;
E um lá inda imolei. De volta a Pilos,
A Jove entre imortais rendiam graças,
Entre homens a Nestor. Fui tal no esforço.
    "Mas para si guarda o valor Aquiles;
Há de pesar-lhe o exército perder-se.

Quando, amigo, eu e Ulisses pela Acaia
Levantávamos tropas, no agasalho
Das casas de Peleu, de Aquiles junto
Nós te encontramos e a teu pai Menetes:
Num claustro o ancião Peleu bovinas coxas
Ao Tonante queimava, de áurea taça
Roxo vinho entornado em rubras chamas;
Vós preparáveis suculentas carnes.
Alvoroçado Aquiles, pela destra
Nos trouxe do vestíbulo, e assentados
Nos regalou com pródiga hospedagem.
Repleta a fome e a sede, a minha arenga
O ardor vos avivou. Peleu de acordo,
Vimo-lo ao filho prescrever que fosse
Pugnaz, constante, superior a todos.
O Actórides Menetes, a Agamêmnon
Ao te expedir, clamava aos olhos nossos:
— Meu filho, em geração te excede Aquiles,
Sem par na valentia; és mais idoso,
Mais prudente: amoesta-o, e será dócil. —
Tu paternos preceitos olvidaste;
Ora, adverte esse herói: quem sabe se hoje
Um nume há de ajudar-te a comovê-lo?
Fazem muito os conselhos da amizade.
E se um presságio o espanta, e à mãe augusta
Jove algum declarou, mande-te ao menos
Dos Mirmidões à testa a esperançar-nos.
Seu belo arnês te empreste; que, os Troianos
Contendo a semelhança, da fadiga
Os mavórcios Aqueus talvez respirem,
E um respiro aproveita. A frescas tropas,
No primo choque, os inimigos lassos
Fácil é rechaçar das naus e tendas."
    Disse; ao longo da praia, comovido,
Corre em busca do Eácida Patroclo.

À nau se apropinquou do sábio Ulisses,
Onde era a cúria e o foro e as santas aras:
Ia ali da frechada coxeando
O destemido Eurípilo Evemônio,
Em suor testa e espádua, negro o sangue
A merejar, mas inconcusso o peito.
Exclamou condoído o herói Menécio:
"Ai! Tristes nossos príncipes e cabos,
Que assim, longe da pátria e amigos lares,
Cães cevareis em Troia! Inda os Aquivos,
Dize, aluno de Jove, inda resistem,
Ou da lança de Heitor serão domados?"
E ele: "Excelso Patroclo, é sem refúgio,
Vão cair ante a frota os Gregos todos.
Quantos bravos havia estão feridos;
Cresce a força Troiana e cresce a fúria.
Mas tu salva-me e leva ao meu navio;
Tira-me a seta, em banho morno a chaga,
Asperge os lenimentos que de Aquiles
Aprendeste, e que afirmam lhe ensinara
Quiron dentre os Centauros o mais justo:
Pois dos médicos dois, se não me engano,
Na tenda sua Macaon de auxílio
De mão hábil carece, e Podalírio
O atroz Marte sustém no campo Teucro".
"Herói", torna o Menécio, "que nos cumpre?
Que será? Com recado para Aquiles
Vou do Gerênio, dos Argeus custódio;
Mas deixar-te não quero ao desamparo".
Ei-lo, ao colo o transporta e o põe na tenda,
Onde em couro taurino o deita o pajem;
Sacando-lhe a punhal a acerba farpa,
O cruor tetro lava, e machucada
Amargosa raiz à coxa aplica;
Veda o sangue, a dor calma, o golpe seca.

LIVRO XII

Enquanto cura a Eurípilo o Menécio,
Renhia-se o conflito; nem já fosso
Nem já larga trincheira às naus valia.
Feita sem hecatombes tal defensa
Da frota e presa opima, em ódio aos numes,
Longa dura não teve. Irado Aquiles,
Vivo Heitor, inda assente a régia Troia,
Era em pé dos Aqueus o ingente muro;
Dos Frígios morta a flor, ao décimo ano
Destruída a cidade, e retirados
Os restantes Grajúgenas, as obras
Tratou com Febo de assolar Netuno.
O Careso, o Heptaporo, o Esepo, o Ródio,
O Reso, o Grânico, o divino Xanto,
O Símois, que revolto escudos e elmos
E heróis muitos rolara, quantos rios
Prorrompe do Ida ao mar, Apolo a todos
As fozes convertendo, nove dias
Juntos os remessou contra as muralhas;
Jove a chover mais presto as aluía;
De tridente Netuno os alicerces
De pedra e estacas de labor tamanho
Para o pego empuxava, até que ao longo
Do rápido Helesponto aplanou tudo:
Na areia litoral submerso o muro,
No álveo entrou cada rio, como dantes
Formoso a deslizar. Netuno e Apolo
Tinham de assim fazer: mas ígneo prélio
Então zurrava em torno dos reparos,
Traves das torres a soar batidas.
    Flagelados por Jove se metiam
Nas cavas naus os Dânaos, receosos

Do artífice da fuga Heitor violento,
Que inda era um furacão. Se os lumes sevos
Leão vibra ou javardo a cães e à turba,
Amiudam-lhe em quadrado os caçadores
Tiros e tiros; bem que o mate o brio,
Não treme ou retrocede, gira e tenta,
E por onde assalteia as linhas cedem:
Assim desfecha Heitor, que anima os sócios
A transcursar o fosso. À borda hesitam
A nitrir os corcéis, que, largo e fundo,
Árduo era de saltar-se e intransitável:
Com precipícios em redor, por cima
Hirtos estrepes, do inimigo empeços,
Volúvel carro a custo o passaria;
Mas passá-lo os pedestres almejavam.
A Heitor avizinhou-se Polidamas:
"Temerário, e vós Teucros e aliados,
Impelirmos ao fosso os corredores!
Vendo não estais o perigoso passo,
Pontudos paus e por detrás o muro?
A cavalo vencê-lo é-nos defeso,
E naquela estreitura o dano é certo.
Se nos ama o Tonante e quer perdê-los,
Sem glória acabem já, da pátria longe;
Porém, se em novo ataque nos repelem,
Seremos nesse fosso despenhados,
Sem nos restar quem leve o anúncio a Troia.
Ouvi-me pois: à borda os pajens fiquem
Os ginetes contendo, e a pé densados
Sigamos nós a Heitor; se é vinda aos Gregos
A luz funesta, relutar não podem".
Aceito o justo aviso, Heitor em armas
Logo se apeia, e o mesmo os outros fazem;
Cada auriga os frisões retém mandado.
Formam-se em corpos cinco: ao de mais gente,

Mais duro e ansioso de romper os valos,
Heitor comanda e o celso Polidamas,
E também Cebrion, que Heitor escolhe
E a outrem menos bravo o coche entrega;
Ao segundo Alcatoo, Agenor, Páris;
Ao terceiro, os Priâmeos sábio Heleno
E divinal Deifobo, mais de Arisba
Ásio Hirtácio, que em nítidos cavalos
Das margens do Seleis ali viera;
Ao quarto, o egrégio Anquíseo, e os Antenórios
Hábil Arquéloco e pugnaz Acamas;
Ao quinto enfim, de ilustres coligados
Sarpédon, Glauco e Asteropeu mavórcio.
Eis os fortes que Heitor mais tinha em preço
Depois de si, fortíssimo de todos.
Num grupo, à sombra de bovinas tarjas,
Dão sobre os Dânaos, que encerrados criam,
Sem resistirem, nos escuros bojos.
A Polidamas Teucros e os mais chefes,
Menos o príncipe Ásio, obedeceram:
Insensato! Os corcéis (ruim fado o empuxa)
Não larga e às naus se envia; mas ovante
Não voltará seu coche a Ílion soberba;
Infensa o enreda a Parca e o vota à lança
De Idomeneu Deucálida. À sinistra,
Por onde à frota os équites Aquivos
Voltavam, trota, e abertas inda as portas
Acha de par em par e destrancadas,
Para Aqueus fugitivos recolherem.
Altivo o carro expede, e os seus dementes
Seguem-no a gritos, crendo a bordo os Gregos;
Mas dois robustos Lápitas o empecem,
De Peritoo o filho Polipetes
O homicida Leonteu parelho a Marte:
Quais em montes carvalhos corpulentos,

Que, a chuvas renitindo e a ventanias,
Têm-se às grossas raízes penetrantes;
Eles, no braço e no valor fiados,
Às portas o grande Ásio esperam quedos.
Contra o muro a fremir, de escudos no alto,
Na trilha de Ásio vão, do filho Acamas,
De Enomao e Toom, Jameno e Orestes:
À exortação dos Lápitas acodem
Grevados Gregos, mas do assalto a vista
Fuga e alarido gera. Os dois rompentes
São feros javalis que, em brenha ouvindo
Bulha de gente e cães, de esguelha investem,
Quebram da selva e desarreigam troncos,
E até que um dardo os mate os queixos rangem:
Aos peitos seus, daqui dali ferido,
Ronca o fulgente bronze; afoutos pugnam
Em si, nas tropas que das torres chovem,
De naus e tendas em defesa, pedras.
Qual tufão, sacudindo opacas nuvens,
Lança em flocos a neve n'alma terra;
Assim das mãos Aquivas e Troianas
Manavam tiros, os calhaus zuniam,
Broquéis e elmos do choque estrepitavam.
Gemendo o Hirtácio rei, nas ancas bate,
A blasfemar: "Ó Júpiter, mentiste!
Não pensava que Dânaos todo o esforço
Das nossas mãos invictas sustentassem.
Quando em áspera toca nidificam
Fuscas vespas e abelhas, nunca deixam,
Porém tenazes em favor do enxame
Ferram-se aos crestadores: tais à entrada
Aqueles, bem que dois, só prisioneiros
Hão de render-se ou mortos". Surdo Jove
No ânimo guarda para Heitor a glória.
Nas outras portas outras pugnas fervem;

Mas narrar tudo, como um deus, não posso.
Em fogo rochas contra os muros voam:
Mestos é força que os Aqueus propugnem,
Mestos estão seus protetores numes.
Os Lápitas carregam. Polipetes,
Atalhando-lhe o ardor, pela viseira,
Cujo metal não veda a cúspide érea
De esmiolá-lo, a Dâmaso lanceia;
Pilon de igual maneira e Ormeno caem.
Furioso Leonteu, Mavórcio ramo,
Filho de Antímaco, ao talim de um bote
A Hipómaco traspassa; o gládio puxa,
Rábido pela turba, e ressupino
Deita por terra Antífate; uns sobre outros,
Vai prostrando a Menon, Jameno e Orestes.
Enquanto eles cadáveres desarmam,
Polidamas e Heitor mor cópia guiam
De ousados campeões, que anelam brecha
Abrir no muro e incendiar a frota.
Indo o fosso a transpor, à borda hesitam;
Porque à sestra águia altívola pairando,
Nas unhas traz cruento e palpitante
Vivo enorme dragão, não descuidoso
De morder contorcido o peito e o colo
Da ave roubaz, que em agra dor e aos guinchos
O larga em terra, e d'aura ao sopro adeja.
Do Egíaco o portento, o maculado
Réptil, assombra e assusta; e Polidamas
Vira-se para Heitor: "Heitor, meu voto
Costumas reprovar; mas é desdouro
De um cidadão, no campo ou na assembleia,
Servir o teu poder contra a verdade.
Franco serei: do assalto às naus cessemos.
Do ávido arrojo à esquerda a revocar-nos
Águia altaneira vivo e ensanguentado

Esse dragão deixou cair das unhas,
Sem levá-lo por cevo ao caro ninho:
Assim, bem que, envidando o extremo esforço,
Portas e muros aos Gregos arrombemos,
Pelo mesmo caminho à retirada
Nos forçarão das naus os defensores,
Com perda imensa. É como o interpretara
Áugur perito, e o povo obedecera".
Minaz Heitor: "Pungente és, Polidamas;
Sabes tu que opinar melhor podias:
Se falas sério, a mente o Céu turvou-te.
Do Altitonante o aceno e mando esqueces,
E por aves guiar-me ali-espalmadas
Queres, das quais nem curo nem me importa,
Voem da destra para o sol e aurora,
Ou da sinistra para o ocaso e trevas.
Ouvir cumpre o senhor de homens e deuses:
Combater pela pátria, ótimo agouro!
Temes pugnar? Em torno à frota Argiva
Outros acabarão, não tu, covarde
Sem ímpeto e firmeza. Mas, se fora
Da ação te vejo, ou seduzindo a outrem,
Ao gume desta lança a vida expiras".
Disse, e acomete; voz em grita, o seguem.
Do Ida o Fulminador, por dar-lhe a glória,
Tufão manda, que em nuvens de poeira
Afoga os vasos e amolenta os Gregos.
No esforço e no sinal firmes os Teucros,
Toda a muralha derrocar tentavam:
Os parapeitos e merlões demolem,
De alavancas pilares desmantelam,
Os principais das torres fundamentos,
Brecha esperando abrir. Mas não recuam
Inda os Aqueus; de tarjas premunidos,
Vão da ameia frechando os que a subiam.

De torre a torre os dois Ajax correndo,
Aos frouxos brando animam, duro increpam:
“Amigos, do mais fraco ao mais valente
Necessitamos na aflição que vedes;
Não cabe a todos ser no prélio exímios:
Sem temor de alaridos, exortai-vos;
Avante, a fuga é vil. Talvez o Olímpio
Rechaçá-los nos faça até seus muros”.
    Isto excita e afervora. Em dia hiberno,
Quando aos homens despede o Fulgurante
Bastas lanças de gelo, eis calam ventos,
Constante em flocos neva, dealbando
Vértices, cumes, hortos, veigas, prados;
Mesmo encanece o mar no porto e praia,
Mas vaga assídua o branco véu desmancha
Com que Júpiter cobre a natureza:
De parte a parte, assim granizam pedras;
Burburinho e fragor no campo ecoam.
    Mas não quebrara Heitor com seus Troianos
Portas e barras, se o prudente Padre
O seu bravo Sarpédon aos Grajúgenas,
Como um leão a touros, não lançasse.
Ao peito ênea rodela, onde hábil fabro
Dúcteis lâminas pulcras adaptara
De bois a denso espólio e de ouro as orlas,
Brande hastas duas. Quando o rei dos bosques
Faminto vaga em busca de carniça,
O guardado curral tenta animoso
Contra zagais alerta e bons rafeiros,
Nem sofre ser da empresa repelido,
Sem que roube carneiro ou dardo o fira:
É como o herói divino audaz empreende
Romper o muro e derribar trincheiras.
Eis de Hipóloco o filho assim perora:
“Glauco, por que na Lícia o primo assento,

Carnes e pleno o copo e as honras temos
De numes, e do Xanto à riba herdades,
Vasto ameno pomar, vinhedo e lavras?
É para hoje ocuparmos a vanguarda
Na ardente luta, a fim que um Lício diga:
— Nossos reis não debalde ovelhas gordas
Ou doce vinho logram; pois valentes
À testa nossa gloriosos marcham. —
Amigo, se esquivando ora esta guerra,
À velhice escapássemos e à morte,
Nem combatera eu mesmo, nem te instara
Pela fama a pugnar; mas dos mil transes
Letais ninguém se exime: eia, ganhemos
Ou demos a ganhar embora a palma".
Glauco não se escusou. Da gente Lícia
À frente ao vê-los Menesteu Petides
A torre que defende ameaçando,
Estremeceu: procura alguém de roda
Que o auxilie, e os dois Ajax, no posto,
Avista insaciáveis de pelejas,
Com Teucro ao pé, da tenda há pouco vindo.
Era em vão seu bradar, que os céus troavam
De escudos e comados capacetes
Ao choque e estrépido, ao rumor das portas
Que batidas a um tempo restrugiam;
Logo a Toon: "Vai, nobre arauto, parte,
Chama, chama os Ajax, e acudam ambos;
Fero aqui tem de ser em breve o estrago;
Os Lícios cabos de furor provado
Em tanto encontro, sobre nós desfecham.
Se márcia lida o embarga, o Telamônio
Venha ao menos com Teucro arciperito".
O arauto ao longo da muralha corre:
"A vós, Ajax, dos Gregos lorigados
Chefes de prol, Vos pede ajuda o filho

De Peteu o caro a Jove, ambos segui-me
Um momento sequer; em breve o estrago
Tem lá de ser maior, por onde assaltam
Os Lícios cabos de furor provado.
Se márcia lida o embarga, o Telamônio
Venha ao menos com Teucro arciperito".
Ao de Oileu presto fala o companheiro:
"Ajax, tu e o robusto Licomedes
Excitai com firmeza o ardor Aquivo;
Vou socorrê-lo, e cá serei de volta,
Removido o perigo". Disse, e marcha
Mais Teucro irmão paterno, e vai com ele
Pandion que de Teucro os arcos leva.
Na torre já, do muro atrás se postam
No instante em que da Lícia os reis e os cabos
A ameia em negro turbilhão trepavam:
Foi rijo o encontro, horríssono o tumulto.
No ardido Epicles, de Sarpédon sócio,
Estreia Ajax, lascando enorme cimo
De um dos merlões, que o jovem mais florente
Hoje com duas mãos nem levantara;
Alça o braço o mais alto, e o canto o elmo
De quatro cones fende e o crânio racha:
Da torre Epicles de mergulho tomba,
E a vida os ossos deixa. Teucro o pulso,
Onde o viu nu, frechou do Hipoloquides
Que o muro ia subindo: ele, cessando,
Saltou furtivo, aos olhos subtraiu-se
E às vaias dos Aqueus. Ausente Glauco,
Dói a Sarpédon, que não larga a pugna;
Segue e ao Testórida Alacmaon vulnera,
Despega a lança, e o triste cai de bruços;
Toa êneo vário arnês. Nervudos punhos
Deita aos merlões, e inteiro um traz consigo:
O muro é descoberto, é feita a brecha.

Eis Teucro e Ajax. De frecha em torno aos peitos
Alcança Teucro a lúcida correia
Do vasto escudo: ao filho ampara Jove;
Que ante as popas acabe não permite.
De um bote ao mesmo escudo Ajax repele-o:
Susta-se um pouco, mas não perde o fogo
O Lício herói, na glória esperançado;
Vira-se e clama: "Ó sócios, esquecei-vos
Da honra e intrepidez? Posso eu valente
Rasgar sozinho a brecha e abrir a estrada?
Vamos, das naus o ataque a todos cumpre".
De pejo então os Lícios mais refervem
Rodeando o seu rei; dentro os Aquivos,
Na urgente pressa, as hostes corroboram:
Nem pode o esforço de uns ir mais avante,
Nem o de outros vedar o acesso ao muro.
Quando em campo comum seus marcos fixam,
De medida nas mãos, dois litigantes
O terreno disputam palmo a palmo:
Tal a ameia os separa. Aos peitos roncam
Harto o pavês, a tarja, a leve adarga:
Feridos pela frente, expiram muitos;
Ai do que mostra as costas e as desnuda!
Sevo bronze as traspassa e ao próprio escudo.
Torres e parapeito escorrem sangue,
Sem que ou Dânao repeda ou Lício avance.
Qual de honesta mulher, para que aos filhos,
Traga o duro salário, as conchas libram
O peso e as lãs, iguala-se a peleja,
Até que Jove a Heitor conceda a glória
De entrar primeiro o muro. A voz tonante
Ei-lo esforça: "Investi, briosos Teucros,
Muro em terra, e na frota a voraz chama".
Na orelha a todos retiniu seu brado:
Remetem logo, ao parapeito sobem,

Lança nas mãos. Heitor pontuda e grossa
Pedra arrancou da verga de uma porta,
Que ora nem dois forçudos camponeses
Poderiam mover, sem carreá-la:
Por Jove aligeirada, ele a maneja,
Como simples tosão que em sua esquerda
Mal o ovelheiro sente; vai direito
Ao biforme portão de bastas pranchas,
Que muniam por dentro encruzilhadas
Barras duas e enorme fechadura;
Por não falhar o tiro, o herói de perto,
Alarga as pernas e nos pés se estriba;
Rechina o grave seixo; os gonzos parte;
Batentes e portais horrendo estralam;
Cedem barras, pranchões uns contra os outros
Se despedaçam. Pula Heitor, medonho
Como escuro bulcão; brande hastas duas,
Fulgura em bronze, os lumes lhe chamejam;
No ímpeto um deus somente o suspendera.
A transpor a trincheira instiga os Troas:
Quais a ameia superam, quais transcendem
As broncas portas. Em tropel os Gregos
Às naus se acolhem, num ruído imenso.

LIVRO XIII

Jove, Heitor já na praia, deixa aos Teucros
A angústia e o peso; aos Traces cavaleiros
Fúlgidos olhos volve, aos Hipomolgos
Glatófagos longevos, aos rompentes
Mísios, Ábios justíssimos dos homens;
Nem pensou que imortal algum viesse
Favorecer a Gregos ou Troianos.

Em não cega atalaia, do alto cume
Da Samotrácia umbrosa, contemplando
A guerra o Enosigeu, todo o Ida avista,
A Priâmea cidade e as naus atenta:
Ali do mar saíra, e dos vencidos
Graios com dó, se inflama contra Jove.
Desse alcantil baixando, o monte e a selva
Sob seus pés retremem; dá três passos,
E ao quarto Eges alcança, em cujos mares
Tem fundo áureo palácio indestrutível.
Entra, junge os erípedes fogosos
De crinas de ouro, de ouro o corpo arnesa,
De ouro o chicote apunha artificioso,
E monta ao coche, pelas ondas voa:
Conhecendo a seu rei, surdindo exultam
Cetáceos mil; a vaga alegre amaina;
A rapidez é tal que, sem molhar-se
O eixo de bronze, à frota em breve chegam.
Entre Imbro áspera e Tênedos, Netuno
Em ampla equórea gruta os brutos larga,
Para de ambrósio pasto alimentá-los,
E em peias insolúveis e inquebráveis
Áureas os prende, a fim que esperem quedos
Que do exército Aqueu seu dono torne.
Como incêndio ou procela, em sanha e urrando
A Heitor seguem os Troas, na esperança
De em suas naus exterminar os Gregos.
Mas o que abarca a terra, do áqueo pego
Estes veio animar; o vulto a Calcas
Toma e a voz indefessa, e mais abrasa
Os ardentes Ajax: "Ajax, mantende
O Aquivo alento, longe o frio medo.
Não temo alhures o inimigo ousado,
Bem que o muro passasse; hão de contê-lo
Nossos heróis: de cá receio a fúria

De Heitor, que marcha como horrível chama,
E de filho de Júpiter blasona.
Um deus vos dê firmeza, e ânimo aos outros
Inspirai; que há de ser das naus repulso,
Embora o excite o mesmo Onipotente".
Aqui toca-os Netuno com seu cetro,
E os fortalece e alesta-lhes os membros,
A mão lhes faz robusta e o pé ligeiro;
E abalou como açor, que as asas bate
E se despenha sobre fraca pomba.
    Ajax de Oileu persente e ao sócio fala:
"Não é Calcas aquele, ó Telamônio,
Mas íncola do Olimpo que, do vate
Sob o semblante, propugnar nos manda:
É por detrás diverso e na pegada:
Fácil no andar se reconhece um nume.
Por combates meu peito mais palpita,
Pulsa-me o braço e o pé". — Responde o amigo:
"Ora espontâneo a mão da lança ferra,
O ânimo cresce, à luta os pés me impelem
Só por só com o indômito Priâmeo".
    Enquanto alegres da peleja tratam,
O deus que os acendera, anima a outros,
Que extremos ante as naus do afã respiram;
Dor íntima os trabalha e os esmorece,
E ao ver que o muro escala a Teucra gente,
Lágrimas das pestanas lhes borbulham,
Creem o exício infalível. Mas Netuno
Concita as Graias hostes; vem primeiro
Aos heróis Teucro e Antíloco e Deipiro,
Merion e Leuto, Peneleu e Toas,
E exclamou: "Que vergonha, ó flor dos jovens!
Em vós eu punha a salvação da armada:
Cessais de combater, e eis luz agora
Nosso dia supremo. Oh! Céus, com pasmo

Vejo incrível milagre, às naus chegarem
Fugazes Troas como fracos cervos,
Que errantes na floresta, são de pardos
Chacais e lobos, cevo: à força Aquiva
Dantes nem a arrostar se abalançavam;
Hoje em face das naus feros pelejam!
Do soberano é culpa, é dos soldados
Que, a despeito das ordens, refusando
O assalto repelir, matar se deixam.
Mas, se obrou mal no insulto ao grande Aquiles,
Toca-nos ao conflito nos furtarmos?
Sus, não persistem no erro as almas nobres:
Bravos dos bravos, onde o brio vosso?
Desculpo o imbele que recua e afrouxa;
Mas arde-me no peito essa moleza.
O pejo e a repreensão vos falem n'alma:
Cumulais nosso dano; o risco aumenta;
Ante as naus já corusca o herói Priâmeo;
Barras quebrou, despedaçou trincheiras".
    Assim Netuno. Aos dois Ajax rodeiam
Falanges tais, que Marte as aplaudira,
E a belígera Palas. Gente egrégia
A Heitor e os seus espera, escudo a escudo,
Lança a lança, elmo a elmo, rosto a rosto;
Flamejam confundidas as cimeiras
E undantes crinas, tão cerrados eram;
Vibram-se audazes freixos, vai travar-se
O acérrimo conflito. — Heitor o enceta,
Com densos batalhões acre rompendo.
Se, túrgida por chuvas, a torrente
Arruinador penedo arranca e rola
De pedregoso vértice, ele aos tombos
Com ímpeto incessante o bosque atroa,
Té que em planície estaca e desfalece:
Tal Heitor, que estender ao mar o estrago

Ia e destruir tudo, à vista acalma
De unidos batalhões; a dardo e espada
Contêm-lhe os Dânaos o furor pujante.
Rebatido repeda, e horrendo grita:
"Pugnazes Lícios, Dárdanos, Troianos,
Constância! Não é longa a resistência:
De lança espero aos Gregos esse basto
Quadrado penetrar, se é que me inspira
De Juno o altíssono e potente esposo".
Isto os robora. De rodela alçada,
O Priâmeo Deifobo ardido avança
Hasta fulgente Merion certeiro
Vibra, e Deifobo receando o bote,
No táureo escudo o apara, e ao pé da choupa
Rebenta o cabo; aos seus reverte iroso
O Grego herói, por ter falhado o golpe
E quebrar-se o arremesso; em busca de outro,
Que deixara na tenda, além do campo,
Corre; e crescendo fica o estrondo e a guerra.
Teucro o primeiro prostra bélico Ímbrio,
Geração de Mentor em corcéis rico:
Habitava em Pedeu, por mulher tendo
Medesicasta, Priameia espúria;
Mas, à nova da Grega instruta armada,
Ínclito em armas veio, e em casa o sogro
O honrava como a filho: o Telamônio
Júnior de pique sob a orelha o fere;
Sacado o pique, tomba como um freixo
Que, vistoso de longe em pino excelso,
Ao corte aêneo abate as folhas tenras;
Na queda as armas soam. Teucro ansioso
Quer despi-las, e Heitor um dardo esgrime,
Que ele esquiva, e aos peitos vai de Anfímaco,
Do Netúnio Cteato insigne prole,
De fresco vindo; ao baque o arnês murmura.

O elmo a desenlaçar-lhe Heitor se apressa;
De lança o impede Ajax, que não lhe ofende
O corpo horrente em bronze, mas do escudo
Passa-lhe a copa e intrépido o repulsa.
Heitor cede os cadáveres: de Atenas
Os divos chefes Menesteu e Estíquio
Vão carregando Anfímaco; impacientes
Os fogosos Ajax de Ímbrio se apossam:
Qual dois leões, que à densa moita levam
Alta do chão nos queixos uma cabra,
De cães de fila aos dentes arrancada,
Sustêm-no os dois guerreiros e o despojam.
Pela morte de Anfímaco irritado
O Oilíades o estronca, e em ar de bola
Joga à turba a cabeça, que rodando
Aos pés do mesmo Heitor cai na poeira.

Defunto o neto no hórrido conflito,
Parte Netuno irado ao campo Grego,
A maquinar dos Teucros a ruína;
Encontra o hasteiro Idomeneu, que, entregue
Aos médicos um sócio, no jarrete
Pouco há ferido e em braços carregado,
Vem da tenda saciar-se na batalha;
O Enosigeu lhe fala, na figura
De Toas Andremônio, que imperava
Toda a Pleurona e a celsa Calidona,
Do povo Etólio como um deus honrado:
"Príncipe dos Cretenses, onde os feros
E orgulhosa ameaça dos Aquivos?"

O conselheiro Idomeneu responde:
"Toas, nenhum varão, julgo eu, tem culpa,
Pois todos hoje denodados fomos:
Não há terror, desânimo ou frouxeza;
Capricho é do Supremo que os Aquivos
Longe da comum pátria inglórios morram.

Toas belaz, os tíbios sempre exortas;
Ora prossigas, e um por um despertes".
Mas o que abala a terra: "Nem de Troia
Saia mais, sim de cães ludíbrio seja,
Quem neste dia abandonar o prélio,
Anda; bem que só dois, já já, tardamos:
Presta dos fracos mesmo unida a força;
Mas nós com fortes pelejar sabemos".
Torna à peleja o deus, e o rei na tenda
Se arma e hastis dois meneia: qual, vibrado
Pelo Satúrnio do fulgente Olimpo,
Lampeja o raio com que assusta os homens;
Tal no peito ao marchar o arnês brilhava.
Sai-lhe Merion seu pajem, que ia à tenda
Buscar um pique, e Idomeneu lhe fala:
"Veloz Merion Molides, caro amigo,
Por que deixaste o prélio? Estás ferido
E afligi-te algum dardo, ou vens por núncio?
Languir não quero aqui, pelejar quero".
E o prudente Merion: "Se o hás, pedir-te,
Príncipe dos de Creta eriarnesados,
Venho um pique: no escudo o meu quebrou-se
Do cru Deifobo". — Idomeneu replica:
"Se hastas queres, não uma, acharás vinte
Sacadas a vencidos: eu me gabo
De bater-me de perto; assim, da tenda
Luzem-me nas paredes piques, dardos,
E copados broquéis, lorigas, elmos".
Então Merion: "Despojos tenho muitos
Na tenda e fusca nau, mas ficam longe.
Também no marte e ação, que ilustra os homens,
Sempre adiante, não deslembro a honra:
Talvez o ignore algum, mas julgo o sabes".
"Sim", continua o herói, "sei quanto vales;
Mas por que mo recordas? Por escolha,

Se estivéssemos ora de emboscada
(Onde o medo aparece, onde a coragem;
Onde o poltrão se encolhe, e gela e embaça,
E titubam-lhe os pés e os dentes fremem,
E pressago do mal dentro em seu peito
Descompassado o coração lateja;
Onde o forte nem treme nem descora,
Arde pelo combate e quedo o espera),
Quem teu vigor tachara ou tua audácia?
Talvez serás ferido na refrega,
Na nuca e dorso não, mas na arca e ventre,
E sempre entre os primeiros. Basta, e cessem
Estas jactâncias, que estranhar-nos podem;
Da minha tenda uma hasta rija toma".
    Celeríssimo o herói traz éreo pique,
E segue o rei por se bater bramindo.
Contra os Efiros ou briosos Flégias,
Quando Marte homicida vem da Trácia
Com seu filho o Terror, válido e ousado,
Que os mais firmes assusta, inexoráveis
A um dos partidos a vitória inclinam:
Em bronze coruscante assim procedem
Os cabos dois, e Merion começa:
"Deucálide, à sinistra investir queres,
Ou queres à direita, ou pelo centro?
Geral contenda, creio avexa os Dânaos".
    E Idomeneu: "No centro há defensores,
Os dois Ajax e o nosso archeiro
Teucro, inda a pé galhardo; e, bem que estrênuo
Seja Heitor, formidando e impetuoso,
Muito árduo lhe será vencer tais braços
E as naus incendiar, salvo se às popas
Darde o mesmo Satúrnio ardente facho:
Não temas que se dobre o Telamônio
A mortal que de Ceres coma os frutos,

A bronze violável e a penedos:
Nem ao rompe esquadrões sem-par Aquiles,
Com quem se mede, exceto na carreira.
Marchemos à sinistra, a ver em breve
Se a glória será nossa ou do inimigo".
Disse e o márcio Merion põe-se a caminho,
De ponto em branco assoma; o rei seu fogo
Na turba acende, e junto às naus se travam.
Se em dia seco sibilantes ventos
Sublevam temporal, pulvérea nuvem
Levanta-se em remoinhos das estradas:
Assim mescla-se a lide; anseiam mútuos
Enterrar no contrário ou dardo ou seta.
Mortais farpas zunindo as carnes rasgam;
Deslumbra e olhos comprime o fulgor d'elmos,
De encontrados broquéis, de corsoletes
Recém-polidos: fora despiedoso
Quem não se entristecesse e ali folgasse.
Os de Saturno poderosos filhos
Discordes aos varões dor grave urdiam:
Júpiter, que o triunfo a Heitor prepara,
Não quer o Graio exício, quer de Tétis
Honrar a prole, o glorioso Aquiles;
Magoado, a furto o rei da salsa espuma
Surge a bem dos Grajúgenas vencidos,
E ira veemente contra o irmão concebe.
São ambos de um só sangue, mas primeiro
Foi Júpiter nascido e há mais ciência:
Às claras pois Netuno os não socorre,
Mas sob alheia forma os esporeia.
Os dois corda insolúvel e infrangível
Da atroz pendência pelos cabos tiram,
Que os joelhos enlaça e a muitos prostra.
Grisalho embora, inflama os companheiros
Idomeneu, que aterra e dá nos Teucros.

De Cabeso Otrioneu, da guerra à fama,
De fresco vindo, a Príamo pedia,
Sem dotá-la, a belíssima Cassandra,
Prometendo expulsar de Troia os Gregos:
Sob a fé régia, a combater valente
Arrogante marchava, quando a lança
Reluz de Idomeneu, que ao ventre o encrava
Pela aênea loriga; ele baqueia,
E o Cresso ali blasona: "Se a palavra
Ao de Dardânia, Otrioneu, cumprires,
Dos mortais rei te aclamo: a filha sua
Te afiançou; nós chamaremos de Argos
Ao teu dispor do Atrida a mais formosa,
A expugnares conosco Ílion soberba.
Vem às naus assentar nos desposórios:
Sogros também iliberais não somos".

Pela perna ei-lo o puxa; ultriz lhe ocorre
Ásio a pé, cujo tiro em mãos do auriga
Segue atrás respirando: ávido busca
Ferir a Idomeneu, que sob o mento
Lesto lhe embebe na garganta a choupa:
Qual, para náutico uso, cai no monte,
Por secure de artífice amolada,
Robre duro, alto pinho ou branco choupo;
Tal jaz ante seu coche, e estruge os dentes,
E de punhos agarra o pó sanguíneo.
O auriga de terror nem retrocede
Para escapar: o infatigável pique
De Antíloco lhe passa e a coira e o ventre:
Ele em vascas do assento precioso
Tomba e expira, e o magnânimo Nestório
Toca os ginetes para as Gregas filas.

De Ásio em vingança a Idomeneu Deifobo
Dorido esgrime: Idomeneu previsto
Sob a rodela táurea e de êneas orlas,

De aptos manúbrios dois, se agacha todo;
A hasta por cima voa, e roça o escudo
Que árido ronca; não frustrâneo o bote
Pesado, por debaixo do diafragma
Do Hipáside Hipsenor de povos cabo,
Talha o fígado, os órgãos lhe descose.
Troa Deifobo sobremodo ovante:
"Ásio inulto não morre: às portas mesmas
Do atro Plutão regozijar-se deve,
Pois lhe dei companheiro da jornada".
A Antíloco mormente o gabo aflige;
Que, inda assim, do consócio não se olvida,
Mas acorrendo sob o escudo o ampara,
Té que em pranto Alastor e o de Équio filho
Mecisteu morto o amigo às naus carregam.
    Sempre agro Idomeneu, cobrir deseja
De tenebrosa noite algum Troiano,
Ou de chofre acabar salvando os Gregos.
Vai-se a Alcatoo, de Esietes prole,
De Jove aluno, herói que na ampla Troia
Para Hipodame Anquises escolhera,
Primogênita sua e mui prezada,
Prazer da augusta mãe, exemplo em casa
De préstimo e prudência e formosura:
Tendo-o Netuno a Idomeneu votado,
Lumes lhe ofusca, as plantas lhe ata e impede,
Que nem fugir nem declinar pudesse;
Qual coluna ou folhuda árvore esbelta
Recebe o golpe, que éreo arnês lhe frange,
Do gentil corpo seu defesa outrora;
Muge a couraça, estrepitoso tomba;
No coração tremente é fixa a lança,
E o palpitar extremo o conto vibra,
Té que o desarma o truculento Marte.
Sem termo altivo, Idomeneu troveja:

"Pouco há por um, Deifobo, te jactavas;
Por três, cuido, me cabe o gloriar-me.
Chega-te perto, provarás, demônio,
Como é de Jove a estirpe: o deus a Minos
Gerou de Creta abrigo; este, ao famoso
Deucalion; Deucalion gerou-me,
E à larga impero nos Minônios reinos.
Vim por teu mal, de Príamo e seu povo".
Cala, e Deifobo ansioso cogitava
Se vá pedir auxílio a heróis Troianos,
Ou se acometa só; creu mais cordato
A Eneias ir, postado na ala extrema,
Desgostoso do rei, que o não tratava
Conforme a seu valor: "Príncipe Eneias,
Se te move o cadáver de um cunhado,
Que te criou menino, a defendê-lo
Vamos; do hasteiro Idomeneu foi morto".
Comoto e em brasa, a Idomeneu procura,
Que não como criança a fuga toma;
É montês javali, que em ermo sítio
Audaz aguarda a gente e ouriça as cerdas,
E contra cães e caçadores pronto,
Os colmilhos aguça, em fogo os olhos.
Firme o real Cretense o ataque espera
Do Anquíseo impetuoso, e olhando em roda,
Chama Ascálafo, Antíloco, Deipiro,
Afareu, Merion, raios da guerra,
E presto brada: "Amigos, socorrei-me;
Temo o expedito herói na flor dos anos,
De extrema robustez, belaz, cruento.
Fosse eu, qual sou no brio, igual na idade,
Que um de nós ganharia ingente glória".
Todos então num ânimo o rodeiam,
De escudo no ombro. Os seus concita Eneias,
Fitando a Páris, Agenor, Deifobo,

Chefes também; atrás marchava a tropa,
Qual anda após o aríete o rebanho,
Do pastor com prazer, do prado à fonte:
Ao séquito brilhante o herói jubila.
Ruem por Alcatoo e enrestam lanças;
Áspero o arnês ressoa aos fortes peitos,
Buscando-se entre as alas: mais se estremam
Os dois rivais de Marte, o Cresso e Eneias,
No afogo de embeber um no outro o bronze.
Primeiro a Idomeneu dardeja o Anquíseo:
O rei furta-se e balda o enorme golpe;
Tremula a cúspide érea, o chão profunda.
Salvo ele, de Enomau nos intestinos
Mete pelo vazio a letal farpa;
No pó resvala o triste e o solo aferra:
Idomeneu tirou-lhe o pique longo,
Não a armadura; os remessões lhe chovem.
Já frouxo, ir pelo seu nem mais podendo,
Nem lestes evadir-se a qualquer outro,
Fixo e tenaz peleja e a morte arreda,
Lento recua. Ao tardo herói Deifobo
Rancoroso desfecha hasta fulmínea,
Que se esgarra, e em Ascálafo, renovo
Do Eniálio, pelo úmero penetra;
Ele de palmas deu consigo em terra.
Do filho a queda ignora o deus violento;
Pois lá no Olimpo, numa nuvem de ouro,
Jove o retinha, e aos imortais vedava
Participar do acérrimo conflito.
    Por Ascálafo o prélio se encruece.
O lúcido elmo rouba-lhe Deifobo:
Pula o márcio Merion, no punho o espeta;
Pontudo esse elmo escapa-lhe estrondando;
Qual abutre Merion de novo pula,
Saca e recobra o dardo e aos seus reverte.

Da horríssona tormenta o irmão Polites
Em braços leva aonde o coche belo
Atrás o pajem tem; gemente à casa
Transportam-no, e do punho escorre o sangue.
A ação prossegue, em tétrica alarida.
De Afareu Caletóride arrostante
Lanceia a gola Eneias: ele inclina
Da outra parte a cabeça, o escudo e o casco;
Cerca-o morte voraz, Toon dá costas;
Ao percebê-lo, Antíloco lhe fende
Veia que a nuca pelo dorso corre;
Toon supino aos Teucros tende as palmas:
O Nestório, esguardando-se, o desarma,
Bem que a tropa lhe bata o vário escudo;
Mas não lhe ofende a carne éreo chuveiro,
Que o salva o Enosigeu de irosos tiros.
Nem larga o posto; inquieto brande a lança,
Ou de longe ou de perto a ferir prestes.
Adamas, filho de Ásio, que o pressente,
Prega-lhe a sua no broquel em cheio;
O mesmo azul Netuno o golpe esfria;
Qual se fosse combusta, a frágil haste
Meia fica pregada e meia em terra.
Aos seus vai-se acolher: veloz, de encontro,
Fisga-o Merion por entre o umbigo e o púbis,
Ferida a mais fatal que inflige Marte;
Segue do bote o impulso, a contorcer-se
Bem como o boi laçado que os vaqueiros
Trazem do monte à força; estrebuchando
Breve palpita, que do corpo o Dânao
Saca-lhe a ponta, em sono o imerge eterno.
Com seu Trácio espadão talha a Deipiro
Heleno a fonte, e roto o casco rola
Aos pés dos Gregos, um dos quais o apanha;
Nos olhos se lhe espalha escura noite.

Magoado assalta Menelau valente
O heroico Heleno, que seu arco atesa;
Um de lança, um de seta, ambos remetem.
Aos peitos voa a seta, e é repulsada
Pela couraça: qual na eira ervanços
E negras favas, que estridentes sopros
Ao ventejar atiram pelos ares,
A acerba frecha da armadura salta.
O bravo Atrida à mão que o arco tinha
Sacode a lança, e a lança a mão lhe crava
No arco brunido: à sombra dos seus Teucros
Volta, e na mão pendente arrasta o freixo;
Que Agenor bom despega, e a chaga envolve
Na atadura de lã que havia o pajem.
    Direito ao vencedor marcha Pisandro;
Funesta sorte o leva a ser domado
Por ti, sublime rei. Já cara a cara,
Do Atrida a lança aberra; a de Pisandro
Se lhe fixa ao broquel, e estrala a ponta
Nas lâminas de bronze. O Teucro ovante
N'alma se rega; mas de espada o Grego
Claviargêntea acomete; sob o escudo
O outro secure primorosa toma
De oliagíneo cabo e terso e longo:
Mais se encarniçam. No cocar equino
Bate a secure; corta a espada a fronte
Sobre o nariz e os ossos lhe espedaça:
Em sangue aos pés derramam-se-lhe os olhos,
Cumbo cai; Menelau lhe calca os peitos,
Despe as armas ao morto, a gloriar-se:
"Sereis assim repulsos com pujança,
Sequiosos fedífragos Troianos.
Não basta, cães, o agravo e a nódoa minha;
Do hospitaleiro Jove altitonante,
Que Troia há de assolar-vos, sem receio,

Por mim não provocados, me roubastes
Riquezas e a mulher que esposei virgem,
Por quem, traidores, acolhidos fostes!
Não contentes, às naus quereis pôr fogo.
Matar Gregos heróis! Pois incitados
Inda havemos no marte escarmentar-vos.
Tudo isto vem de ti, que em siso, dizem,
Vences, padre supremo, homens e deuses;
Pois ora galardoas a aleivosos
Troianos, que só folgam de injustiças,
De prélios e ímpia guerra insaciáveis.
Do sono todos e do amor se fartam,
Como de airosa dança e canto ameno,
Mais suaves prazeres que as batalhas:
Eles nunca de estragos se aborrecem".
        Nisto, o cruento espólio entrega aos sócios,
Entre os chefes primeiros se mistura.
Sai-lhe o filho do régio Pilemenes
Harpelion, que o pai seguira a Troia,
E à pátria não tornou: do Atrida o escudo
Fere de hasta, que amolga em êneas chapas,
Vai recolher-se, em torno olhando cauto;
Merion de frecha a nádega direita
Lhe alcança, e a frecha por debaixo do osso
Lhe atravessa a bexiga: em mãos dos sócios
A alma exalando, pelo pó se torce
Como um verme, e atro sangue a terra banha.
Curam dele os briosos Paflagônios,
Levam-no em carro a Ílio; o pai com estes
Ia chorando o filho não vingado.
Furente Páris, que hospedava o morto
E a muitos Paflagônios, seta expede
Ao Coríntio Euquenor possante e forte,
Que embarcou já ciente do seu fado:
Políido pai lhe disse, vate egrégio,

Que de mal grave em casa morreria,
Ou junto à Graia frota a mãos Troianas.
Veio, por evitar castigo e opróbrio,
Do tetro morbo a dor; mas sob a orelha
Dá-lhe a seta no queixo, os laxos membros
Desata, e o cerca de hórrida caligem.
    Em fogo arde o conflito; e Heitor ignora
Que à sestra os seus perecem, que a vitória
Os Dânaos vão ganhar: tanto os abrasa,
Tanto os protege o Enosigeu Netuno.
Persiste às portas, que assaltou por entre
Eriadargadas hostes, e onde em seco
Protesilau e Ajax as popas tinham;
Lá se abaixava o muro, e mais renhido
Peões e cavaleiros combatiam:
Jônios de longas túnicas, Beócios,
Lócrios, Ftios, Epeus, das naus propugnam;
Mas rebater o flâmeo Heitor não podem.
Na ala primeira Menesteu Petides
A flor de Atenas rege; a outros Fidas
E Estíquio e Bias forte; os Epeus claros
Manda o Filides Meges, e Ânfio e Drácio;
Medon e o pé-veloz Meneptolemo,
Os Ftios: é Medon bastardo filho
De Oileu e irmão de Ajax, e o da madrasta
Eriópide havendo assassinado,
Longe da pátria em Fílace habitava;
Do Filácide Ificlo o outro é prole.
À frente ambos dos Ftios belicosos,
As naus entre os Beócios defendiam.
    Os dois Ajax um do outro não se apartam;
Qual negros bois que, a tosco jugo atados,
Água a brotarem da raiz dos cornos,
Iguais em ânimo, a charrua tiram,
E por duro maninho o sulco rasgam.

Seguia ao Telamônio ardida gente,
Que lhe aguenta o pavês, quando o cansaço
E harto suor afraca-lhe os joelhos.
O Oilíades não tinha alguma escolta,
Que a pé seus Lócrios aturavam pouco:
Sem cascos éreos de cimeira equina,
Broquéis redondos nem fraxíneas lanças,
De arco e lanosa bem tecida funda
Arrojam-se a vir, e a crebros tiros
As Troianas falanges derrotavam.
Enquanto à frente opõem-se os lorigados
Aos do Priâmeo herói, detrás os Lócrios,
Inesperadamente a granizarem
Bastas pedras e setas, os conturbam.
    A Ílio ventosa, com matança enorme,
Fora a Troiana força rechaçada,
Se Polidamas não clamasse: "Avisos
Contigo, Heitor, não valem. Porque Jove
Te fez guerreiro, os outros no conselho
Cuidas vencer? Nem tudo abraçar podes.
Ele a uns doa bélicas virtudes,
A tais a dança, a tais a lira e o canto:
No peito põe de alguns útil prudência,
Que as cidades mais guarda e os homens rege,
E quem dela é dotado o reconhece.
Franco te falarei. Flagrante guerra
Te coroa em redor; e os nobres Teucros,
Depois do ataque, ou têm-se à parte em armas,
Ou poucos sendo, o número os dispersa.
Retrocedendo, os próceres convoca:
Deliberemos se investir nos cumpre
(O céu nos dê vitória) ou retirar-nos
Em seguro. Que os Dânaos se desforrem
De ontem receio: a bordo é sempre o homem
Sequioso de batalhas, e eu duvido
Que ele de pelejar de todo cesse".

Disto agradou-se Heitor, que armado apeia
E acode com resposta: "Aqui retenhas
Os mais galhardos. Vou-me à esquerda, e volto
Mal a pugna restaure e as ordens passe".
Logo, a brilhar como nevoso monte,
Voa aos Teucros bradando e aos federados.
À sua voz, a vir se apressam todos
Ao Pantoides virtuoso conselheiro.
Heitor pela vanguarda Heleno busca,
Deifobo, Ásio de Hirtácio e o filho Adamas;
A nenhum acha ileso: extintos parte
Em Gregas mãos jaziam; parte em Ílio,
Ou de longe ou de perto vulnerados.
Da lagrimosa lide à extrema esquerda,
Encontra o sedutor da pulcra Argiva,
A animar, a incitar, e assim o exprobra:
"Mulherengo falaz, velo e funesto,
Que é de Heleno e Deifobo, Adamas e Ásio?
De Otrioneu dá-nos conta. Ah! Do fastígio
Troia desaba, e incólume respiras".
"Irmão", replicou Páris, "mesmo insonte
Me culpas sempre. Subtraído às vezes
Me tenho à guerra, sim; mas não cobarde
Gerou-me nossa mãe; depois que à frota
Nos mandaste, incessante arrosto os Gregos.
Os que apontas morreram; dois somente,
Deifobo e Heleno rei, na mão feridos
Por hastas longas, os livrou Satúrnio.
Guia-me aonde esse ânimo te pede:
Prontos estamos; contentar-te espero
Do meu próprio denodo: além das forças,
Bem que abunde o querer, ninguém peleja".
Destarte o abranda; e à rija pugna marcham
Onde Cebrion e o celso Polidamas,
Orteu, Falces e o divo Polifetes,

Resistem, mais os três Hipotiônios
Pálmis e Ascânio e Móris, que da Ascânia
Glebosa eram de véspera chegados,
Por Júpiter às armas compelidos.
Qual, trovejando o céu, tufão no campo
Rui e o pego flutíssono encapela,
Fervendo uma após outra a espuma e a vaga;
Tais a seus cabos, em compactas filas,
Os Teucros vão seguindo erifulgentes.
Heitor à testa, a Marte cru parelho,
De peles tem rodela e de êneas chapas,
Elmo emplumado às fontes coruscante;
Sonda as hostes em roda, e sob escudo
Avança e crê turbá-las. Mas não curva
O ânimo dos Aqueus, e a passos largos
Ajax é que o provoca: "Vem, demônio,
Vem de mais perto: amedrontar-nos cuidas!
Imbeles não, mas nos castiga Jove.
As naus arrasar pensas; por estorvos
Nossos braços terás: primeiro, saibas,
Extirparemos a orgulhosa Troia;
Nem longe está que ao Padre e aos numes rogues
Asas de gavião, com que os ginetes,
Entre nuvens de pó dispersa a coma,
Levem-te em fuga a Ílio". — Entanto, uma águia
Altiva à destra voa; a Graia gente
O fausto agouro jubilosa aplaude.
    Retorque Heitor: "Bazófio, devaneias?
Do Egífero e de Juno veneranda
Assim fosse eu nascido, e igual nas honras
Sempre a Tritônia e Apolo, como é certo
Que este dia aos Aqueus será funesto.
Rasgar-te-ei também, se me arrostares,
O mole corpo; de redenho e carne
A cães e abutres cevarás em Troia".

Disse, e a bramar o segue a flor dos sócios,
E atrás em grita o exército o aclama.
Lembra aos Dânaos seu brio, e guerra soam
Do horrendo assalto à espera. De uns e de outros
Fere o clamor de Jove a etérea casa.

LIVRO XIV

Entre o beber sentiu Nestor o estrondo:
“Que será”, grita, “ó nobre Esculapides?
Perto a voz cresce de alentados jovens.
Liba tu roxo vinho, enquanto aquece
A de louras madeixas Hecamede
Banho em que lave da ferida os grumos:
Vou da atalaia examinar o caso”.
Nisto, o insigne broquel de Trasimedes,
Que o paterno enfiara, ombreia, toma
Rija eriaguda lança; vê de fora
Triste espetáculo: em destroço o Grego,
Atrás ufano o Teucro, e rota a brecha.
Tácito quando o pélago purpúreo
Percebe o temporal, se embrusca imóvel,
E aguarda o vento que de Jove desça;
Tal, indeciso o velho, agita n’alma
Se ao conflito se deite, ou busque o Atrida.
Mas o segundo arbítrio enfim prefere.
Mútuo se encrua o ataque, e a brônzea malha
De hastas e gládios percutida soa.
Desembarcando, com Nestor se encontram
Os vulnerados reis de Jove alunos,
Ulisses e Diomedes e Agamêmnon.
Longe da liça, as naus em seco tinham
N’alva areia; no plaino outras havia,

E ante as popas o muro edificado:
A larga praia a todas não bastava,
E apertaria as tropas. Numa escala
Montavam pois, do golfo enchendo a fauce
Que abrangem vasta os promontórios ambos.
Juntos os reis, para o combate olharem,
Tristes vêm vindo às lanças arrimados.
A presença aterrou-os do Nelides,
E aflito o rei dos reis: "Da Grécia adorno,
Por que o prélio carnívoro deixaste?
Receio o fero Heitor, que em parlamento
Jurou não recolher-se, antes que a frota
Queime e nos extermine. Essa ameaça
Ora, oh! Céus, vai cumprir-se; e, como Aquiles,
Enraivecido[s] os grevados Gregos
A defender-me as popas se recusam".
    Responde-lhe o Gerênio: "É mais que certo,
Nem o feito mudar poderá Jove:
O muro, que fiávamos da frota
Fosse reparo e nosso, está caído;
O incessante conflito às naus se estende;
Nem saberás onde ele é menos acre,
Pois destroço geral perturba os Dânaos;
No éter freme o alarido, e a morte reina.
Se inda há remédio, agora o consultemos.
Combater não vos cumpre assim feridos".
    Mas o rei: "Já que as popas nos debelam,
Sem valer fosso e muro, em que infalível
Ter críamos refúgio, e construídos
Com tanto custo, é que ao Supremo agrada
Que em terra estranha inglórios feneçamos.
Nunca o pensei, quando ajudados fomos:
Exalta hoje os Troianos como a deuses;
Os ânimos nos liga e as mãos nos tolhe.
Eia, escutai-me: as naus do mar vizinhas

Ponham-se em nado e em âncoras, à espera
Da calada erma noite; eles da pugna
Se absterão por ventura, e poderemos
Deitar n'água as demais. Da noite à sombra
Menor culpa é fugir que ser cativo".
O fecundo em recursos torvo o encara:
"Desses dentes, Atrida, que proferes?
A vis antes mandasses, nunca a homens
A quem, dos verdes anos à velhice,
Deu Jove árduas facções levar ao cabo,
Até que morte honrada consigamos!
Como! A soberba Troia abandonares,
Que tanta pena e afã nos tem custado!
Cala, não te ouçam feio e insano voto,
Indigno de um cetrado, a quem de Argivos
Tal e tamanho exército obedece.
Condeno o parecer de ao mar deitarmos
No fervor da contenda as naus remeiras:
Isso era incitamento aos vencedores,
E a nós ruína; que, à manobra voltos,
Os Dânaos da batalha afrouxariam.
Rei dos reis, teu projeto é pernicioso".
E Agamêmnon: "Tocou-me, ó sábio Ulisses,
A tua increpação; nem mando à força
As naus desencalhar: de velho ou moço,
Que ora opine melhor, o arbítrio aceito".
Logo Diomedes: "Junto a vós o tendes,
Longe não vades, se quereis conselho;
Nem vos indigne que eu mais moço fale:
De Tideu prole sou, de estirpe ilustre,
Que em Tebas jaz sepulto. Claros filhos,
Que habitavam Pleurona e Calidona,
Teve Porteu, chamados Ágrio e Melas
E Eneu, pai de meu pai, terceiro em anos
E o primeiro em valor: viveu na pátria

Meu avô; mas, depois de errores tantos,
(Foi permissão do Céu) de Adrasto em Argos
Meu pai tendo esposado uma das filhas,
Herdou casa opulenta, grossas lavras
De alamedas em torno, e muito gado;
E excedia na lança os Dânaos todos.
Que é verdade o sabeis; que não provenho
De imbele geração nem baixa origem:
Não desprezeis portanto o meu conselho,
Urge a necessidade; à liça, amigos,
Mesmo feridos: fora sim dos tiros,
Para evitarmos golpe sobre golpe,
Com palavra e presença os despeitados
E os remissos ao prélio excitaremos".
Marcham de acordo os reis, o Atrida à frente.
Nem cego os espreitava o grão Netuno,
Que, em figura de velho, de Agamêmnon
Pega a destra a exclamar: "À vista agora
Do Aquivo estrago e susto, o cru Pelides,
Sem de senso haver sombra, está folgando:
Pois morra, e de vergonha um deus o cubra!
Nem todo o Céu te odeia; os chefes Teucros
Pelo campo, das naus para a cidade,
Verás de novo em pulverosa fuga".
Disse, e a correr soltou Netuno um grito:
Qual de nove ou dez mil que o marte encetam,
Ressoa a voz, nos corações metendo
Força e vivo desejo de combates.
Do vértice do Olimpo, mui gozosa,
Acérrimo o cunhado e irmão pugnando
A auritrônia descobre, e no Ida sumo
Multimanante a Júpiter sentado,
Consorte aborrecido; como o engane
A olhitáurea cogita augusta Juno:
Ótimo pareceu-lhe ir ter com ele

Guapa e ornada e ao concúbito inflamá-lo,
E um dormente sossego doce e meigo
Nos sentidos e pálpebras verter-lhe.
À câmara se foi, do seu Vulcano
Obra, a que ele ajeitou secreta chave,
Que nenhum deus a abrisse; fecha entrando
Os fúlgidos batentes: com ambrosia
Purifica primeiro o corpo amável,
Unge-o de óleo suavíssimo e sagrado,
Cuja fragrância, no Dial palácio
Esparsa, o polo banha e a terra o sente;
Perfumada, penteia e anela a coma,
Que da imortal cabeça em flocos brilha;
Dedáleo odoro peplo airosa veste,
Bordado por Minerva, e ao peito o enlaça
Áurea presilha; um cinto em franjas belo
Ajusta; nas orelhas bem furadas
Pingentes mete insignes, de três gemas
De água ofuscantes; enrola à testa régia
Faixa nova e louçã, como o Sol clara;
Ata aos pés luzidíssimas sandálias.
Do camarim saiu toda enfeitada,
E à parte a Vênus chama: "Escuta, filha:
Negar-me-ás um favor, porque te enfada
Ser eu contrária a Troia e a pró dos Gregos?"
Respondeu-lha a enteada: "Augusta prole
Do grão Saturno, dize o que tens n'alma;
Que a minha é prestes a cumprir teu mando,
Se for possível". — E a matreira Juno:
"Concede-me os desejos com que domas
Humanos e imortais: aos fins do globo
Visitar o Oceano pai dos deuses
E a Tétis madre vou, que em seus palácios,
Tomada a Reia, me criaram, quando
Exul à terra e ao mar insemeável

A Saturno arrojou previsto Jove:
Congraçá-los pretendo; há largo tempo
Do amor se abstêm, de cólera assaltados.
Se os reduzo no leito a se afagarem,
Ser-lhes-ei cara sempre e veneranda".
E dos risos a mãe: "Nem recusar-to
Posso nem devo, a ti que em braços dormes
Do nume soberano". Eis da petrina
Desprende o vário pespontado cesto,
Onde havia em desenho os amorosos
Deleites, os colóquios, as blandícias,
Que abrem na mente ao sábio oculta brecha;
E ao lho emprestar: "Esconde-o, ele os mistérios
Do amor encerra todos; não presumo
Que sem lograr o intento aqui retornes".
A olhitáurea sorriu, sorrindo o guarda
No alvo seio; e, mal Vênus se recolhe,
Ela do Olimpo rápida à Piéria
Desce e à risonha Emátia, aos níveos serros
Traces prossegue, e a planta o chão nem roça.
Do Atos sulcando ao flutuoso ponto,
Pousa em Lemnos, donde era o divo Toas;
Lá se encaminha ao Sono irmão da Morte,
A destra lhe estreitou: "Como antes, Sono,
Senhor de homens e deuses, tu me atendas,
E a minha gratidão será perene:
Depois de estarmos no amoroso leito,
Sopita a Jove os perspicazes lumes.
Terás pulcro áureo trono incorruptível,
Em que se esmere o coxo meu Vulcano,
Mais um lindo escabelo onde repouses
Os refulgentes pés nas lautas mesas".
E o Sono: "De Saturno ó régio garfo,
Outro imortal sem custo eu sopitara,

Mesmo o rio Oceano amplo-fluente,
Gérmen de tudo; a Jove, não me atrevo,
Salvo se ele o mandar. Já, por servir-te
Me expus, no dia que da rasa Troia
Seu magnânimo filho navegava:
No Egífero eu suave e sutilmente
Me insinuei; borrasca seva erguendo
O destroço do herói tu maquinaste;
Longe de seus amigos o impeliste
À populosa Cós. Desperto o Padre,
O Olimpo assombra, em fúria a mim se envia,
E do éter me jogara ao mar, se a Noite,
Dos homens e dos deuses domadora,
Não me abrigasse: irado, se conteve,
A celérrima Noite respeitando.
E ordenas que hoje corra igual perigo?"
    Juno assim contestou: "Que temes, Sono?
Pensas que Jove troe a bem dos Frígios,
Qual se agastou por Hércules seu filho?
Anda; em prêmio haverás para consorte
A mais jovem das Graças Pasiteia,
Que hás sempre suspirado e almejas tanto".
    Contentíssimo o Sono: "Tu mo jures
Pela água Estígia; n'alma terra a destra
E no mar cristalino toque a sestra:
Ínferos numes, que a Saturno cercam,
Testemunha que em paga me prometes
A mais jovem das Graças Pasiteia,
Que hei sempre suspirado e almejo tanto".
    A bracicândida obedece, e invoca
Tartáreos deuses, os Titãs chamados.
Perfeito o juramento, Lemnos e Imbro
Desertando, enublados se apressuram;
No Ida, em feras e arroios abundante,

Largam Lectos e o mar; o monte sobem,
E andando os cimos da floresta abalam.
Sem que o lobrigue Jove, na ramada
Se oculta o Sono de um gigante abeto,
Que pelo éter o tope desferia:
Lá num gárrulo pássaro das selvas
Se transforma, Cimíndis nomeado
Pelos mortais, e pelos deuses Cálcis.
Ao trepar Juno ao Gárgaro, eminente
Pico do Ida, o Nubícogo a descobre:
Ao vê-la, o amor enturva-lhe o juízo,
Como a primeira vez que, subtraídos
A seus pais, ternamente se ajuntaram;
Veio encontrá-la e disse: "Por que, ó Juno,
Sem carro nem corcéis do Olimpo desces?"
A ardilosa responde: "Aos fins do globo
Visitar o Oceano pai dos deuses
E a Tétis madre vou, que em seus palácios,
De Reia a pedimento, me criaram:
Congraçá-los pretendo; há largo tempo
Do amor se abstêm, de cólera assaltados.
À raiz tenho do Ida os corredores
Que por úmido e seco me caminham.
Cá por ti venho, a fim que não te agaste
Ir eu silente aos paços do Oceano".
Replicou-lhe o Nubícogo: "Vai, Juno,
Depois que em doce enleio adormeçamos.
Nunca deusa ou mulher me inflamou tanto:
Nem de Ixíon a esposa, que o valente
Me produziu divino Pirítoo;
Nem a filha de Acrísio delicada,
Que me pariu Perseu de heróis espelho;
Nem a do ínclito Fênix, de quem tive
Minos e Radamanto igual aos numes;

Nem de Baco, alegria dos humanos,
A mãe Sêmele; nem Alcmena em Tebas,
A do indomável Hércules meu filho;
Nem inda a régia criniflava Ceres,
A gloriosa Latona, nem tu mesma:
Hoje em fogo mais vívido me acendes".
Ela acode: "Gravíssimo Satúrnio,
Que proferiste? Se amoroso queres
Dormir hoje comigo no Ideu cume,
Tudo, olha, está patente: que seria,
Se aqui nos visse algum dos sempiternos
E aos demais nos mostrasse? Eu com que rosto
Para os céus dos teus braços voltaria?
Se o desejas, ao tálamo nos vamos
De rijas portas que te obrou meu filho:
Quando for de teu gosto, ali durmamos".
"Juno", torna o marido, "não receies
Deus nem homem; tecer vou nuvem de ouro,
Que ao mesmo Sol impedirá de ver-nos,
Cujo olho é o mais fino e penetrante".
Nisto, ao colo o Satúrnio abraça a esposa:
Télus brota erva tenra, cróceas flores,
Mole jacinto, rosciado loto,
Fofa e macia cama que os soleva;
Lúcido orvalho da áurea nuvem coa.
Pelo amor subjugado, enquanto Jove
No regaço de Juno enlanguescia,
Do Gárgaro aos baixéis desliza o Sono,
Para avisar o deus que abala a terra:
"Já já, socorre os Dânaos, glorifica-os,
Pois que Júpiter jaz por mim sopito,
Em carícias de Juno adormentado".
Instante assim o anima, e aleia e parte,
Várias famosas tribos invadindo.
Salta à frente Netuno: "Outra vitória

Cederemos, Aqueus? Heitor blasona
Render as naus, por ver em ócio Aquiles;
Mas fará menos falta esse iracundo,
Se recíproco apoio nos prestarmos.
Segui-me pois; adarguem-se os melhores;
De elmos e piques fúlgidos, marchemos;
Diante irei, nem cuido nos resista,
Por ardente que seja, o Priamides.
Seu pequeno broquel mutue o forte
Pelo escudo maior do mais imbele".
    Dóceis o escutam, mesmo os reis feridos,
Ulisses e Diomedes e Agamêmnon.
Ao forte as fortes, ao mais fraco as fracas,
Revestem márcias armas: coruscantes
Em éreo arnês os guia o rei das ondas,
Fulgúreo a manejar montante horrível;
Mas, crendo injusto combater, assusta
E reprime os contrários. Os Troianos
Se aparelham também. Crua batalha
Vai medonha empenhar-se: de uma parte
Assiste o azul Netuno; de outra, ordena,
E exorta e inflama os seus, o herói Dardânio.
Incha o pego inundando as naus e as tendas;
Com tremendo alarido se abalroam.
Nem tanto, a impulsos do sanhudo Bóreas,
Brame na praia a salsa equórea vaga;
Nem tanto o incêndio em labaredas freme,
Ao queimar incitado o monte e a selva
Nem tanto pela coma dos carvalhos
Muge o vento mais sevo, quão ruidoso
Toa o geral clamor no ataque horrendo.
    Sem se esgarrar, estreia o Hectóreo dardo
Por Ajax, que arrostava; mas dois bálteos,
O da tarja e do gládio claviargênteo,
Cercando o peito as carnes lhe preservam.

Raivoso Heitor de lhe falhar o tiro,
Por salvar-se recua: Ajax um seixo,
Dos muitos que das naus escoras eram
E topavam-se a rodo, agarra e joga;
O seixo a revoltões, por sobre o escudo,
Junto ao pescoço lhe acertou nos peitos.
Roble que extirpa o fulminante Jove,
Trescala odor sulfúreo, e quem vê treme,
Do raio e da caída: assim baqueia
Heitor no pó; largado o pique, o seguem
O escudo e casco, e o vário arnês ressoa.
Os Aqueus, na esperança de arrastá-lo,
A gritos correm, jaculando crebros:
Ninguém pôde ferir de perto ou longe
De povos o pastor; que em roda acodem
Com Polidamas Agenor e Eneias,
Sarpédon chefe Lício e Glauco insigne,
E os mais guerreiros de broquéis o escudam.
Levam-no em braços aos frementes brutos,
Atrás pelo escudeiro ao coche atados,
Que a Ílio gemebundo o conduziram;
Mas ante o vau do Xanto revoltoso,
Rio gentil progênito de Jove,
De água fresca o borrifam desmontado:
Ele o espírito cobra, o céu fitando,
E em joelhos vomita um sangue negro;
Tomba de novo, e os olhos se lhe enturvam,
A alma do golpe ainda esmorecida.

Fora da liça Heitor, mais se enfurecem
Os Dânaos. Lesto pula e fere de hasta
O Oilíades a Sátnio, que uma Náiada
Linda pariu do Satnióis à margem,
De Enopo que seu gado ali pascia;
Apanha-lhe o quadril, supino o abate:
Em torno ao corpo assanha-se o conflito.

Por vingá-lo, o Pantoides Polidamas
Brande a Protoenor Arcilícides
Cruel dardo, que o fisga no ombro destro;
Vai de palmas à terra, e Polidamas
A bradar sem medida se ufaneia:
"O Pantoides brioso um dardo inútil
Por certo não vibrou; nele apoiado
Um Dânao, creio, a Dite baixa agora".
Sente, mais do que todos, esses gabos
O belaz Telamônio, a cujo lado
Caiu Protoenor, e expede o bronze;
Num salto oblíquo, furta-se o Troiano
Ao golpe atroz, que, por querer divino,
Arquéloco Antenórida recebe:
Na junta que ao pescoço une a cabeça,
Talha a vértebra extrema e os tendões ambos;
Primeiro do que as pernas e os joelhos,
No chão batem-lhe a testa e boca e ventas.
Chasqueia Ajax também: "Falemos sério,
Bom Polidamas, no varão prostrado
Vingo a Protoenor; nem me parece
Ignóbil ou covarde, e pelos traços
De Antenor é parente, irmão ou filho".
Ele o conclui, e a mofa os Teucros punge.
Acorrendo lanceia o irmão Acamas
A Prómaco Beócio, que puxava
Pelos pés o defunto, e ovante brada:
"Valentões de balhesta e de bravatas,
Não sós teremos luto; a vós alquando
Vos ceifa a morte: ao gume desta lança,
Vosso Prómaco dorme; inulto, vede,
Longe não jaz Arquéloco. O valente
Sempre em seu lar depreca a irmão que o vingue".
Isto os Gregos magoa, e mais ao régio
Peneleu, cuja fúria contra Acamas,

Que a não susteve, rui; o bote alcança
A Ilioneu, que o pecoroso Forbas,
De Mercúrio o Troiano predileto,
Único a mãe pariu: da sobrancelha
Por baixo, a ponta o lagrimal penetra,
E vaza-lhe a pupila e sai à nuca;
Ele de palmas tomba. A gládio o Aquivo
A cabeça decepa-lhe, que elmada
Como a da dormideira foi rolando;
E, inda no olho metida a farpa aguda,
Ergue o troféu sanguento, alardeando:
"De Ilioneu preclaro aos pais queridos
Anunciai-me ó Troas, que o lamentem
No ululante palácio, já que a esposa
Do Alegenório Prómaco ao marido
Não saudará também com rosto ledo,
Ao regressar a Graia mocidade".
Cessa, e medrosos pálidos os Frígios
Contra a Parca um refúgio em roda esguardam.
Celestes Musas, declarai-mo agora,
Que Argeu cruentos conseguiu despojos,
Dês que a vitória desviou Netuno?
Ajax primeiro imola o Mísio cabo
Girtíade Hírcio; Antíloco a Mermero
Desarma e a Falces; Merion derriba
A Hipótio e Móris; Teucro, a Perifetes
E Protoon; na ilharga o Atrida ensopa
Do maioral Hipérenor o bronze,
E os rotos intestinos lhe derrama:
Em treva os olhos fecha, o alento exala
Pela crua ferida. A muitos prostra
O ágil filho de Oileu; pois, do inimigo
No encalço, a pé ninguém se lhe igualava,
Quando fuga e terror Jove incutia.

LIVRO XV

Do valo e fosso com matança expulsos,
Té seus carros vão indo espavoridos:
No Ideu cimo do grêmio da consorte
Erguido Jove, os Teucros vê fugindo
E os Dânaos com Netuno a persegui-los,
E entre os sócios, mais longe, Heitor jazendo
Sem tino, em ânsias, vomitando sangue,
Por um pulso não débil vulnerado;
E, condoído, o pai de homens e deuses
A Juno olha terrível: "Com teu dolo
Que danos, embusteira, produziste!
Heitor fora da ação e em fuga as tropas.
Não sei bem se, em castigo desta insídia,
Aqui pespegue-te um gibão de açoites.
Já não te lembra que, em algemas de ouro
Infrangíveis e aos pés duas bigornas,
Entre as nuvens e o éter pendurei-te,
Sem que os raivosos numes te valessem?
Do limiar do Olimpo o que o tentasse
Fora à terra sem folgo despenhado.
Nem o nojo aplaquei, de, unida a Bóreas
Proceloso, o meu Hércules jogares,
Pelo ponto infrugífero sem rumo,
À populosa Cós; dali salvei-o,
Depois de tanto afã reposto em Argos.
Eu to recordo, e saibas que improfícuo
Te é concúbito e amplexo, a que ardilosa
Do alto vieste cá para enganar-me".
Juno a tremer: "A terra e o céu convexo
A Estige inferna, aos deuses formidável,
Essa cabeça atesto sacrossanta
E o nosso toro conjugal, debalde

Nunca invocado: não por meus conselhos
Infenso a Heitor, Netuno ajuda aos Gregos;
Mas, de seu moto próprio, comoveu-se
De que ante a frota sua os derrotassem.
Vou, se te apraz, Nubícogo, exortá-lo
A se afastar, conforme às ordens tuas".
    Sorriu-se o Padre: "Se, olhipulcra Juno,
Comigo ante os mais deuses concordares,
Netuno ao meu querer, bem que repugne,
Breve se renderá. Sincero falas?
Pois da celeste corte Íris me envies
E Apolo arcipotente. Ao campo Argivo
Íris baixe e me intime ao rei dos mares
Que abandone o combate e se recolha.
Febo robore a Heitor e ao prélio excite,
Calme-lhe as dores de que jaz opresso:
Ele de novo aos trépidos Aquivos
Mande a Fuga e o Terror, e em montões caiam
Junto às remeiras naus do herói Pelides.
Este a Patroclo instigará, que, ante Ílio
Muitos matando e ao claro meu Sarpédon,
Sob a lança de Heitor por fim sucumba:
A Heitor imolará furioso Aquiles.
D'então concederei vitória aos Gregos,
Té que, por traça de Minerva, assolem
Ílion soberba; mas não sofro austero
Que os auxilie um deus, antes que o voto
Cumpra selado com meu nuto, quando
Os joelhos abraçou-me a rogar Tétis
Que eu lhe exaltasse o vastador Aquiles".
    Submissa a bracinívea, do Ida monta
Ao celso Olimpo. Como o pensamento
Voa do que há lustrado longes terras,
E volvendo lembranças diz consigo:
— Estive eu lá —; destarte os ares frecha

Comota Juno. Os congregados numes,
Ao avistá-la no celeste alcáçar,
Levantando-se as taças lhe oferecem;
Toma a de Têmis, que formosa e afável
Se lhe apresenta: "A que vieste, Juno?
Tu pareces de susto repassada:
Teu marido o Satúrnio é disso a causa?"
"Têmis", respondeu ela, "não mo inquiras;
Sabes quanto é cruel e imperioso.
O festim continue; ouvireis juntos
O anúncio e duro mando: homens ou deuses,
Poucos regozijar-se agora podem,
Se é que inda algum se alegra nos banquetes".
Aqui seu trono ocupa, e os deuses fremem.
Nos lábios um sorriso, escrito o luto
Na turva testa e negras sobrancelhas,
Indignada prossegue: "Oh! Nós dementes,
Que, em sanha contra Jove, refreá-lo
Com razões ou com forças desejamos!
Longe, nem disso cura, e se gloria
De absoluto senhor incontrastável:
Tolerai pois o mal que dele mana.
A Marte um coube: Ascálafo está morto,
Homem que ele mais ama e tem por filho".
Marte, às punhadas nas robustas coxas,
Urra e chora: "Celícolas, o filho
Não me estranheis que vingue, a raio embora,
Em sangue e pó, no morticínio o Padre
Me derribe ante as naus". — Súbito a Fuga
Manda e o Terror aparelhar o coche,
Armas fulgúreas veste. Mor seria
A indignação do Olimpo contra Jove,
Se do sólio, temendo pelos deuses,
Não saltasse ao vestíbulo Minerva:
A tarja do ombro, da cabeça o elmo,

Da rija mão lhe saca a brônzea lança,
E conteve-lhe a fúria: "Desalmado,
Enlouqueceste; já não tens orelhas,
Nem siso, nem pudor. Não compreendeste
O discorrer da augusta Soberana,
De Jove Olímpio em nome? Queres mesmo
Voltar cá de mil dores contristado,
E atrair sobre nós infindas penas?
Deixando ele os Troianos e os Aquivos,
Virá de chofre nos lançar do Olimpo,
Um por um, inocentes e culpados.
Por teu filho, to ordeno, abranda a cólera:
Outros inda mais bravos têm caído
E cairão; progênie ou parto nosso,
Árduo é livrar da morte, imposta aos homens".
    Então Minerva o reconduz ao trono,
E Juno à parte chama Apolo e Íris,
Núncia entre os imortais: "Ide apressados,
Jove no Ida vos quer; fitai-lhe o vulto
E obedecei à risca as ordens suas".
Disse, e outra vez no sólio colocou-se.
    De voo os dois, no Gárgaro, cabeço
Do Ida multimanante, asilo a feras,
O onividente Júpiter acharam,
De odorífera nuvem circundado:
Corteses param; satisfeito acolhe-os
De obedecerem pronto à sua esposa,
E a Íris se endereça: "Ao rei Netuno
Anuncia fiel quanto eu prescrevo:
Já já, largue a batalha; ao céu remonte,
Ou se recolha ao mar. Se refratário
E indócil for, pondere se é de força
Bastante a me arrostar; pois de mais velho
E muito mais potente me glorio,
Bem que a bazófia de igualar-me tenha,
A mim que enfreio e aterro as mais deidades".

Aerípede a núncia, impaciente,
A Troia voa, qual saraiva ou neve,
Gelada pelo frio e seco Bóreas;
Súbito: "Crinicérulo Netuno,
Mensageira do Egífero a ti venho.
Já já, larga a batalha; ao céu remonta,
Ou recolhe-te ao mar. Se refratário
Ousares ser, pondera se tens forças
De arrostá-lo em furor, pois se gloria
De mais idoso e muito mais potente,
Bem que a bazófia tenhas de igualar-te
A quem aterra e enfreia as mais deidades".
Arde e urra Netuno: "Ah! Se é potente,
Orgulhoso ameaça constranger-me,
Seu par em honras. De Saturno e Reia
Nascemos três, ele, eu e o rei Tartáreo.
Feita a partilha, em sorte pertenceu-me
O pélago espumoso, a Dite as sombras,
O éter nublado a Jove e o largo polo;
É-nos comum a terra e o celso Olimpo.
Sujeito não lhe sou; nos próprios reinos
Do altíssimo poder goze tranquilo.
Como um vil, do seu braço não me assusto:
Imponha aos que gerou filhos e filhas,
A se curvar sem réplica obrigados".
Íris contesta: "A Júpiter, Netuno,
Tão cru recado! Nem sequer o alteras?
O erro emenda o prudente. Assaz conheces
Que as Fúrias ao mais velho assistem sempre".
"Reto falas", tornou-lhe o azul monarca;
"Inda bem, quando o núncio a tempo adverte.
Mas do igual, por direito e por destino,
Pungem nímio arrogâncias e ameaças.
Desta vez por mim quebro: só lhe digas,
E n'alma o sinto, que, se a mim contrário

E a Minerva Ageleia, a Juno e a Hermes
E ao rei Vulcano, a Pérgamo sustendo,
Recusar aos Aquivos o triunfo,
Há de ser nossa cólera implacável".
Aqui, ficando os Graios consternados,
Por entre as ondas se abismou de um salto.
Então Júpiter: "Vai, meu filho Apolo,
Ao nobre Heitor. O Enosigeu sumiu-se,
Esta destra evitando: a luta nossa
Aos ouvidos, no inferno, até zoara
Dos que o trono rodeiam de Saturno;
Mas foi dita escapar-se-me furente,
Que eu enxuto vencê-lo não podia.
Pega, sacode a égide fimbriada,
Ó divinal frecheiro, espanta os Gregos;
Cura de Heitor, o alento lhe vigores,
Até que no Helesponto às naus se acoutem:
Como respirem traçarei folgado".
Lesto e contente, Apolo do Ida parte,
Semelha ao gavião, terror das pombas,
Pássaro o mais ligeiro; acha o Priâmeo
Já sentado e não mais desfalecido,
Reconhecendo os sócios que o ladeiam,
Sem ânsias nem suor, pois o alentava
Do Egífero o querer; disse-lhe ao perto:
"Longe da ação, te assentas e esmoreces!
Que dor viva, Dardânio, aqui te invade?"
Lânguido o herói: "Quem és, ótimo nume,
Que me interrogas? Junto às naus, ignoras
Que, ao lhe imolar os sócios, uma pedra
Aos peitos atirou-me Ajax valente,
O ímpeto meu tolhendo? A alma exalando,
Ir ver Plutão cuidava e os negros manes".
Mas o deus: "Sus, mandou-me do Ida o Padre
Ajudar-te: sou Febo de áureo alfanje,

Teu patrono e de Pérgamo: não tardes,
Compele contra as naus teus cavaleiros;
Diante, abro-te a via e espanco os Dânaos".
Disse, e o reforça e infunde-lhe alto brio.
De cevada nutrido à manjedoura,
Do rio afeito à veia, se o cabresto
Quebra o corcel, de patas pulsa o campo,
Alça a testa, arrogante e nédio agita
Na espádua a crina: levam-no os joelhos
Aos notos sítios onde as éguas pastam:
Assim marchava Heitor, à voz de Febo,
Concitando apressado os cavaleiros.
Se galgos e vilões, em mata ou penha,
Cervo acossam galheiro ou montês cabra,
E aos berros do animal, que os fados poupam,
Sai barbudo leão, do ardente encalço
Retêm-se: tais os Dânaos, que de estoque
E bipontudo pique a Teucra gente
Atropelavam, dês que Heitor avistam
Correndo as alas, tomam-se de medo,
E aos pés o coração lhes cai a todos.
Mas Toas Andremônio, flor Etólia,
Ao dardo exímio, estrênuo fronte a fronte,
Que em discussões a poucos dava a palma,
Cordato arenga: "Oh! Deuses, que prodígio!
Heitor, que morto críamos ao golpe
Do Telamônio, incólume ressurge!
Certo algum dos Supremos o preserva,
E ei-lo nos vai solvendo muitas vidas,
E solverá; pois cuido que aparece,
Do Tonante incitado. Ora, atendei-me:
A multidão à frota recolhamos;
E os conspícuos do exército, cerrados,
De lança em reste, o choque repulsemos.
Por fogoso que seja, Heitor espero
Que receie agredir a tantos Gregos".

Isto os convence. Os dois Ajax e Teucro,
Merion e o rei Cretense e o márcio Meges,
Enquanto às naus se retirava a tropa,
Contra o Priâmeo um denso corpo formam.
Dos seus à frente, a largo passo investe
Heitor; e os guia Febo anuviado,
A de franjas brandindo égide horrenda,
Obra e esmero das forjas de Mulcíber,
Com que derrama Jove os combatentes.
Sustêm o embate os Graios: o tumulto
Misto ecoa; dos nervos setas fremem;
Bravos hastis nos campeões se encarnam,
Ou, com gana de em sangue saturar-se,
Desfalecem no meio. Quando para
A égide Febo Apolo, a tiros morrem
De parte a parte; quando a move e os olhos
Nos Dânaos fixa e formidável troa,
Moles e tíbios seu denodo esquecem.
Qual manada ou rebanho, que a desoras,
Falto o pastor, salteiam duas feras,
Afugentam-se os Gregos: enviou-lhes
Febo o terror, aos Teucros a vitória.
Cada herói prostra alguém na debandada.
Imola Heitor a Arcesilau, caudilho
De arnesados Beócios; mais a Estíquio,
De Menesteu brioso o camarada.
Imola Enéas a Medon, bastardo
De Oileu e irmão de Ajax, que o da madrasta
Eriópide havendo assassinado,
Longe da pátria em Fílace habitava;
E a Jaso, Ático chefe, e dito prole
Do Bucólida Esfelo. A Mecisteu
Na ala primeira imola Polidamas,
A Équio Polites, Agenor a Clônio.
Ao revirar Deioco, o bronze Páris

Da espádua por debaixo atrás lhe prega.
Enquanto o espólio sacam, pelos valos
Ao fosso os Gregos de tropel se atiram,
A encerrar-se no muro constrangidos;
E Heitor gritava, impondo aos seus que avancem,
Nem lhes importa a sanguinosa presa:
"Quem das naus se alongar tema esta lança;
Cães tem sós de rojá-lo ante a cidade,
Sem que irmão nem irmã lhe acenda a pira".
E os cavalos nas pás fustiga e trota
Pelas filas; a ameaça repetindo,
Os mais, entre alarido, os seus propelem.
Destorroando a pés no fosso as bordas,
Ponte ampla alonga Febo, como o tiro
De hasta que destra mão sopesa e vibra.
Passam-na em turmas; de égide ele à testa,
Fácil destrói o muro, qual menino
Que, na praia a brincar, desmancha e pisa
E de areia confunde o fabricado:
Foi como, Arcipotente, aos Gregos tanto
Labor desfeito, em fuga os aterraste!
Eles, suspensos ante as naus, se exortam,
E olhos e mãos para o estrelado polo,
Em alta voz deprecam; sobre todos
Clama o Gerênio, dos Argeus custódio:
"Na Argólida feraz, de ovelha ou touro
Se ao queimarem-te, ó Padre, as coxas pingues,
Ao regresso dos Gregos anuíste,
Lembre-te, Olímpio, o extremo dia arredes,
Nem consintas que os Teucros nos oprimam".
Trovejou no éter Jove, a prece ouviu-lhe.
Do Egífero ao sinal, mais aferventa
E o prélio encrua Heitor. Qual salsa vaga
Ruge à fúria do vento, e as amuradas
Sobrepuja crescida; assim trasbordam

O muro, em algazarra, os assaltantes.
Já dentro, barba a barba combatiam
Uns, dos carros, com lanças bipontudas:
Outros, com fustes longos de éreo gume,
Armas navais nos bojos reservadas.

Das popas longe enquanto era a peleja,
Do virtuoso Eurípilo na tenda
Conversando Patroclo o deleitava,
E à chaga a dor com bálsamos lenia:
Porém, dentro no muro ao ver os Teucros,
Em grita e fuga os Dânaos, carpe, aos murros
Nos quadris, geme e chora: "Eu mais não devo
Estar contigo, Eurípilo; a derrota
Sobe de ponto; o servo de ti cure,
Vou compelir Aquiles ao combate.
Quem sabe se um bom nume há de ajudar-me?
Do amigo a voz os corações comove".

Presto levam-no os pés. Firmeza e audácia
Não podem rebater os poucos Teucros,
Nem estes, prerrompendo as hostes Graias,
Naus invadir nem tendas: qual industre
Carpinteiro, amestrado por Minerva,
Prancha marítima a cordel nivela;
Da linha assim teimosos não se apartam,
E assim da frota em roda se entrechocam.

Rui contra Ajax Heitor; o embate aguentam
Cerca de uma das popas, sem que obtenha
Um, repulso o rival, incendiá-las,
O outro, o varão forçar que um deus guiava.
A Caletor filho de Clício, ao tempo
Que um lenho ia queimar, Ajax de um bote
O peito arromba, com fragor baqueia,
Larga o aceso tição. Heitor, que o primo
Vê revolto no pó, brada e conforta:
"Lícios e Troas, campeões Dardânios,

Nenhum de vós afrouxe em tanto aperto;
Não deixes despojar de Clício o filho,
Morto aqui no recinto em que pugnamos".
E contra Ajax dispara, e o tiro emprega
Em Licofron Mastório, de Ajax pajem
Dês que em Citera assassinou, divina,
Pátria sua, um varão: perfura a ponta
Pela orelha a cabeça; vai de costas
Ante um baixel, e solvem-se-lhe os membros
Do amigo ao pé, que freme e a Teucro chama:
"Sangue meu jaz rendido ao braço Hectóreo.
O filho de Mastor, fiel companha,
Que de Citera vindo, hóspede em casa,
A par de nossos pais honramos sempre:
Que presta o arco letal que deu-te Apolo?"
Teucro o percebe, e de arco teso e aljava
Corre a frechar a Clito Piseonório,
Que, auriga do preclaro Polidamas,
Armando aos gabos do Priâmeo e Troas,
Batendo as bridas revirava as éguas
Ao grosso das falanges perturbadas:
Votos recusa a Parca; atrás lhe zune
E adere à nuca a seta lagrimosa:
Tomba do assento; as éguas retrocedem,
Rojam vazio estrepitando o carro.
Óbvio o Pantoides veio, e a biga ardente
A Astinos entregou Protiaônio,
E ordenando que o siga passo a passo,
Reuniu-se aos primeiros contendores.
Teucro outra seta ao nobre Heitor aponta,
Cuja morte livrara as naus do ataque;
Mas Jove, que o pressente e nele vela,
Negou tal glória ao jovem Telamônio,
Nas mãos quebrou-lhe a corda: escapa-se o arco,
E a seta esgarra pelo aêneo peso.

Teucro estremece e clama: "Ajax, um nume
Nos burla certo; o arco lançou fora,
Rompeu-lhe a nova corda, que hoje mesmo
Liguei torcendo-a para crebros tiros".
Diz-lhe o mais velho: "Irmão, depõe esse arco
E farpões que dispersa ínvido nume;
Pega do escudo, longo pique arvora,
Aos Troianos remete e anima as tropas;
Ao menos, sem perigo não se apossem
Da instruta frota; ousados resistamos".
O arco na tenda encosta, e embraça Teucro
O quadrúplice escudo, enfia insigne
De equina hórrida crista elmo comante,
Válida lança empunha de érea choupa,
E em reforço de Ajax volta açodado.
Falhando as setas por mercê divina:
"Amigos", brama Heitor, "sede homens, Teucros,
Dardanos, Lícios, e quem sois vos lembre.
A frecha eu vi baldar-se ao grande archeiro;
Fácil descobre-se o favor de Jove,
Quando exalta ou suplanta os que lhe agrada:
Ele nos glorifica e abaixa os Dânaos;
Unidos assaltai. Quem mortal golpe
Beber de perto ou longe, honrado acabe:
Quanto é belo salvar os bens e a casa,
E os filhos e a mulher, deixar-lhes pátria,
Se os Dânaos para a sua as velas derem!"
Com tais vozes denodo inspira a todos.
Além, se opunha Ajax: "Que pejo, ó Gregos!
Vencer hoje ou morrer! Guardai-me as popas:
Se o de fulgúreo casco e undante as rende,
Contais a pé chegar ao doce ninho?
Ouvis como furente a incendiá-las
Incita os seus? Por certo que os não manda
Bailar, mas combater. Melhor conselho

É mão por mão travarmo-nos com eles.
Ou já perder a vida ou conservá-la;
Inultos pouco a pouco a não gastemos,
Com menores guerreiros contendendo".
Seu discorrer os corações robora.
A Esquédio Perimédites, caudilho
Fócio, Heitor mata; Ajax mata a Laodamas,
Claro Antenórida e pedestre cabo;
A Oto Cilênio, chefe Epeu galhardo,
Companheiro de Meges, Polidamas.
Salta-lhe Meges: furta-se o Troiano,
E o golpe esgarra: não permite Apolo
Que o Pantoides à frente ali pereça;
A lança os peitos atravessa a Cresmos,
Deita-o por terra; e, ao desarmá-lo o Dânao,
Sai Dolope, fogoso hábil hasteiro,
Prole do ótimo Lampo Laomedôncio,
Que ao Fileides ao meio passa o escudo
Rosto a rosto, embaçando a ponta em juntas
Convexas placas da loriga espessa:
Da assente Efire do Sileis à margem
Trouxe-a Fileu; dom foi do régio Eufetes,
Para que ele em batalhas se munisse,
E agora à morte lhe subtrai o filho.
No cocar do elmo aêneo o pique Meges
Eis crava-lhe, e o penacho destacado
Brilha puníceo e fresco entre a poeira.
Inda assim, briga e insiste esperançoso;
Mas de hasta Menelau, surdindo a furto,
A Dolope traspassa pela espádua:
Ao peito sai a cúspide raivosa
E o debruça na arena; os dois correram
Dos ombros a arrancar-lhe as pulcras armas.
Heitor aqui desperta os consanguíneos,
Mormente a Menalipo Hicetaônio:

Este em Percote armentos pastorava;
Mas acudindo à guerra, espelho aos Teucros,
Príamo em casa o honrava como a filho.
Acoimado assim foi: "Quê! Menalipo,
Remissos nós! E a ti nem te comove
O morto primo? O afogo em despojá-lo
Não vês? Segue-me: os Gregos é vergonha
Combatermos de longe: ou se exterminem,
Ou nade Ílio no sangue de seus filhos".
Marcha, e com Menalipo a um deus parelho.
Os Aqueus excitava o Telamônio:
"Tende, amigos, pudor no atroz conflito:
A morte menos ceifa os que enrubescem
Temendo a infâmia; sem socorro acabam
E sem glória os fujões". Com tais palavras
A repelir o ataque inflama os Graios,
Que de êneo muro a frota circundaram;
Porém Jove os Trojúgenas alenta.
Súbito Menelau: "Nenhum dos nossos,
Antíloco, te excede em juventude,
Em ligeireza e força; olha se um bravo
Aqui prosternas". Disse, e desparece.
O Nestório incitado, em roda esguarda,
Salta e esgrime: os Troianos se arredaram,
Mas não se perde o fúlgido arremesso;
Na mama espeta ao forte Hicetaônio
Que arremetia, e ao baque o arnês retumba.
Qual despede o sabujo ao corçozinho
Que, da cova ao pular, sucumbe ao golpe
De venábulo cru; tal, Menalipo,
Desfecha Antíloco a despir-te as armas.
Sentido corre Heitor por entre as filas;
Mas, bem que audaz, Antíloco lhe foge:
Assim mosca-se a fera, morto havendo
A rafeiro ou pastor, antes que em pinha

Assaltem-na os vilões. Heitor e os Teucros
Tiros mortais bramando lhe amiúdam;
Só para e a face volta ao pé dos sócios.
Famélicos leões às naus carregam,
Os decretos de Júpiter cumprindo,
Que os esforçava e amolecia os Gregos.
De Tétis escutando a injusta prece,
Quer deprimi-los e exaltar a glória
De Heitor, que à frota infadigáveis chamas
Há de arrojar; e espera o árbitro sumo
Ver pelas negras naus luzir o incêndio,
Para a seu turno acabrunhar os Teucros
E aos Dânaos conceder cabal vitória.
Júpiter pois a Heitor suscita e abrasa,
Ardente por si mesmo: o herói braveja,
Como o lanceiro Marte, ou voraz fogo
Ateado em profunda e basta selva;
E, por graça do Egífero que acima
Dos varões o elevava, ele campeia,
Fulgor no torvo olhar, na boca espuma,
Na fronte o casco horrendo flutuando.
Ah! Palas já lhe encurta a fatal hora
Sob o tremendo Aquiles! Voa entanto
Alas a desfazer, por onde avista
Arneses mais louçãos, mais condensados;
E, apesar do desejo, em vão trabalha,
Pois num quadrado os Gregos renitiam:
Firmes o embate aparam, qual penedo
Repele o choque de sonoros ventos,
De alva mareta que o salpica e ronca.
Ruindo enfim pelo tropel, um facho
Meneia Heitor. Se em rápida procela
Encanece o escarcéu, nas cintas bate
E de água inunda a nau rajada enorme
No velame a zunir: enfiam nautas,

Por tão pouco da morte separados:
A alma no peito Argivo assim tituba.
Se dá no armento, em paludoso pasto,
Um leão carniceiro, e o guarda inábil
Não sabe defendê-lo: atrás e avante
Pula a fera, no meio uma devora,
Trêmulas dispersando as mais novilhas:
Assim por Jove e Heitor são destroçados
Os Dânaos todos; e o Troiano chefe
Mata um só, Perifetes de Micenas,
Filho desse Copéo, que ao divo Alcides
De Euristeu duro as ordens intimava.
De indigno pai, mas em virtudes raro,
Sábio entre os Miceneus, ágil, valente,
Ali deu maior gabo à lança Hectórea:
Ao virar-se na extrema orla do escudo,
Que descia aos talões, embaraçou-se;
Cai de costas, e às fontes o elmo soa
Medonhamente: ao baque Heitor ocorre,
A hasta lhe enterra ao pé de muitos sócios,
Que mestos socorrê-lo não podiam,
Do formidável pulso tremebundos.
    Forçados os Aqueus, defronte haviam
As dianteiras naus, e as mais vizinhas
Ao mar tinham detrás; num corpo todos,
Junto aos seus pavilhões as linhas cerram.
Medo e pejo os retêm, mútuos se animam,
Sempre a vociferar; Nestor Gerênio,
Deles custódio, a cada qual suplica
E obsecra por seus pais: "Constância, amigos,
Dos homens o labéu temei: lembrai-vos
Dos filhos, das mulheres, dos haveres,
Dos vossos vivos pais, dos já defuntos;
Pelos ausentes vos conjuro e imploro,
Tende-vos quedos, não fujais, Aquivos".

Com isto acesos, removeu Minerva
Nuvem divina que os cegava: às claras
Veem o assalto geral da frota em roda;
Veem a Heitor e os seus bravos, de reserva
Quantos estavam, quantos combatiam.
O magnânimo Ajax entre os consócios
Não quis ficar: naval brandindo chuça
De alguns vinte dois cúbitos, com pregos
Reforçada, ao convés de uma das popas
O passo largo monta; e, como equestre
Volantim, que do campo uma quadriga
Toca para a cidade e as ruas corre,
De cavalo em cavalo aos pulos sempre,
Mulheres e varões embasbacando,
De convés em convés o herói saltava;
Sobe aos astros a voz, que assídua os Gregos
A proteger instiga as naus e as tendas.
Nem com a armada chusma era o Priâmeo;
De chofre, como invade uma águia parda
Gansos ou grous ou colilongos cisnes
Que em bando à fresca riba se apascentam,
Vai contra um vaso de cerúlea proa:
A mão de Jove o impele e os seus Troianos.
Tão furioso o conflito renovou-se,
Que disseras intactos e indefessos
Pela primeira vez se acometiam.
Diverso ânimo os leva: os Dânaos lutam
Não cuidando escapar; os de Ílio contam
Extinguir seus heróis e às naus pôr fogo:
Insistia a esperança e o desespero.
A popa aferra Heitor que alada e bela
Trouxe a Protesilau, nem mais à pátria
O há de restituir: Aqueus e Troas
Matando-se esta nau se disputavam.
Não bastam frechas, dardos; testa a testa,

De uma alma aviventados, pelejavam
A gume de secures, de bipenes,
De montantes e piques bipontudos.
Caem de ombros e mãos punhais e alfanjes,
De escuros punhos e maçãs fornidos;
Flui o sangue de envolta e o chão denigre.
Não larga Heitor a popa que aferrara,
E seguro no aplustre, aos seus bradava:
"Fogo, Teucros, cerrai-vos. Luz o dia
Em que Júpiter sara os nossos males;
Tome-se a frota que, apesar dos numes,
Tão fatal nos tem sido, por frieza
De velhos que, atalhando os meus desejos,
De a vir bater o exército impediam:
O Tonante, que a mente nos turbava,
Hoje é quem nos alenta e nos compele".
　　Disse, e afervora a pugna. Ajax, em tiros
Submerso, morrer pensa e pouco a pouco
Do tombadilho para um banco passa
De sete pés: dali, de chuça arreda
A quem trazia a infatigável chama,
Sempre atento e a rugir com voz terrível:
"Márcios Dânaos heróis, firmeza, amigos,
Sede o que fostes sempre: acaso temos
Atrás qualquer socorro e um forte muro?
Falta-nos gente fresca e torreada
Munida praça; o mar nos tolhe e estreita;
Na terra estamos dos belazes Teucros,
Longe da própria: em tréguas não fiemos,
A salvação consiste em nossos braços".
Sua arma então brandindo formidável,
A perseguir a quem, de Heitor a instâncias,
De facho às cavas naus se apropinquava,
Repentino ele o fere, e a doze estende.

LIVRO XVI

Da nau fervia o prélio, e ao divo Aquiles
Vem Patroclo a verter cálido choro,
Como de celsa rocha em fio brota
Fundo olho d'água. Comovido o encontra
O amigo velocípede: "Patroclo,
Pranteias molemente? És qual menina
Que, da mãe apressada após, retêm-na
Pelo vestido, e em lágrimas olhando,
Insta-lhe até que em braços a receba.
Aos Mirmidões, a mim, que novas trazes?
Veio de Ftia um núncio? Vivem, consta,
Menetes e Peleu, cujo trespasso
Tinha de entristecer-nos. Ou lamentas
Os que ante as cavas naus ingratos morrem?
Não me ocultes, amigo, as mágoas tuas".
　　Gemente assim Patroclo: "Não te agastes,
Aqueu sem par; dor grave oprime os nossos:
Os mais valentes já feridos jazem,
De lança o Atrida e Ulisses, e frechados
Na coxa Eurípilo e no pé Diomedes.
Médicas mãos os curam cuidadosas;
Mas não se dobra teu rancor, Pelides.
Nunca ira tal me cegue, herói funesto!
Quem mais em teu valor fiar-se pode,
Quando não livras da ruína os Gregos?
Nem te gerou, cruel, Peleu nem Tétis;
Filho és do turvo mar, de broncas penhas.
Se agouros temes, se de Jove arcanos
Declarou-te a mãe deusa, ao menos dá-me
Teus Mirmidões, e aos nossos lume escasso
Talvez serei. Tua armadura emprestes:
Crendo-te em liça os Teucros, é factível

Cessem do assalto, e aos márcios Gregos deixem
Útil breve respiro em tanta lida;
Frescos nós outros, o inimigo lasso
Fácil do campo e naus rechaçaremos".
Ai! Néscio implora, e o fado e a morte chama.
Suspira Aquiles: "Como! Eu, bom Menécio,
De agouros me temer! De Jove Tétis
Nada me revelou. Mas dói-me o agravo
De um prepotente par, que o prêmio ganho
Por minha lança na invadida praça,
A jovem bela escrava, arrebatou-me;
Dói-me sim que esse Atrida ma tirasse,
Como das mãos de ignóbil vagabundo.
Olvide-se o passado, nem perpétuo
Ódio quero nutrir: de não depô-lo
Voto fiz, sem primeiro à minha esquadra
Chegar o estrondo e a pugna. O arnês que pedes,
Veste-o, conduz os Mirmidões fogosos:
De Teucros nuvem basta as naus circunda;
Pouca ourela da praia aos Dânaos resta;
Ílio em peso concorre e afouta inunda.
Oh! Não veem mais luzir meu capacete:
Se o rei me fora justo, em fuga tinham
O fosso de cadáveres enchido;
Ora, opugnando, o exército encurralam.
Não mais braveja a Diomédea lança,
Os Dânaos resguardando; a voz calou-se
Das goelas do Atrida abominável:
A de Heitor homicida aos seus troveja;
Guerreiros vivas o triunfo aclamam.
Sus, Patroclo, das naus remove a peste,
Anda, acomete; a frota não se abrase,
Que nos deve repor na doce pátria.
Ouve e do meu conselho não te olvides,
A fim que honras os Dânaos me prodiguem,

E a cativa gentil me restituam
Com magníficos dons: repulsos, volta;
Embora o esposo altíssimo de Juno
Te apreste a glória, os bélicos Hectóreos
Não combatas sem mim, que me é desdouro;
Nem ávido exultando na carnagem,
Aos muros de Ílio o exército avizinhes;
Pois descerá do Olimpo um dos Supremos,
Talvez o Longe-vibrador que os ama.
Salva as naus e retorna; eles pleiteiem
Em raso campo. Ó sempiterno Padre,
Minerva e Apolo, a morte a nenhum Teucro
E a nenhum Grego poupe; escapos ambos,
Sós Ílio sacra derribar nos caiba".
    De rojões, entretanto, Ajax vexado,
Mal se sustinha, que o domava Jove
E o dardejar contino; em torno às fontes
O elmo hórrido rouqueja, que o brilhante
Artífice cocar alvo é dos tiros.
Do pavês o ombro esquerdo já tem lasso,
Mas quedo apara a chuva de arremessos;
De anélito açodado, os membros todos
Escorrendo em suor, nem resfolgava,
Aumentando um perigo outro perigo.
    Musas do Olimpo, recontai-me como
O fogo se ateou na Argiva armada.
    Onde a espiga se encava, de montante,
Corta o Priâmeo o freixo ao Telamônio,
Que mutilado vibra hastil inútil,
E cai no chão tinindo a cúspide ênea.
Treme o indômito Ajax reconhecendo
Que obra é celeste, que o senhor do raio
Decide e quer aos Teucros a vitória;
Enfim recua. A infadigável chama,
Remessada ao baixel, inextinguível

Pega de popa a proa; então veemente
Bate Aquiles na coxa: "Eia, Patroclo,
Vejo lavrar tenaz o hostil incêndio;
Não se nos tolha o meio à retirada;
Já já te arneses, e eu reúno as hostes".
Cinge o Menécio deslumbrante saio;
Com prata afivelando, as finas grevas
Ajusta às pernas; estrelada e vária
Aos peitos liga a do veloz Pelides
Érea couraça; o claviargênteo gládio
Pendura; o grão pavês, sólido ombreia;
Põe à forte cabeça o casco insigne,
De nutante penacho e horrente crista;
Válidas lanças a seu pulso adapta,
Que a do Eácida exímio, por disforme,
Argeu nenhum, só ele, manejava:
Cortou Quiron seu freixo no alto Pélion,
De heróis futuro dano, a Peleu dado.
A Automedon manda aprontar o coche,
A quem mais preza após o rompe-esquadras,
Pajem fiel, no afogo das batalhas.
Este junge os ligeiros Xanto e Bálio,
Ao vento iguais: Podarga harpia, ao sopro
De Zéfiro num prado os concebera
Junto ao rio Oceano. Ata à boleia
Com imortais corcéis Pédaso fero,
Preia de Aquiles d'Eetion nos muros.
O filho de Peleu, de tenda em tenda,
Arma os seus. Quando crus vorazes lobos,
O estômago a instigá-los, dilaceram
Montês cervo ramoso, em alcateia,
Rubros os queixos, com delgadas línguas
Lambem de cima a funda escura fonte;
E, teso o ventre, a impar, cruor vomitam,
Mais gana inda os instiga e os acorçoa:

Dos Mirmidões os príncipes, não menos,
O amigo audaz famintos e animosos
Do Eácida ladeiam, que os ginetes
E adargados belígero afervora.
Cinquenta lestes naus a Troia Aquiles,
Caro ao Satúrnio, trouxe, com cinquenta
Remos em cada uma, e a cabos cinco
Diviso o mando, presidia a todos.
Menéstio encouraçado era o primeiro,
Que a Espérquio rio, gênito de Jove,
Polidora pariu, de Peleu filha,
Gentil mulher que ao deus se unira assíduo:
Nado o criam de Bóros Periério,
Que lhe esposara a mãe com dote imenso.
Era Eudoro o segundo, que houve oculta
A de Filas garbosa Polimela:
O Argicida Mercúrio amou-a, vendo-a
Cantos guiar e danças da auriarcheira
Diana estrepitosa, e manso ao quarto
Subindo virginal, teve este egrégio
Rápido campeão; mas, dês que ao lume
Do sol o deu cruíssima Ilitia,
Casou com Polimela o Actório Equecles,
Dotando-a com mil dons: o avô cuidoso
O criou como seu. Era o terceiro
Pisandro Memalides, que excedia
Na lança os Mirmidões, Patroclo exceto.
Quarto, o équite Fênix; era o quinto
Alcimedon famoso Laerceio.
Tudo Aquiles ordena, e diz severo:
"Não vos esqueçais, Mirmidões, que a bordo
Ameaçáveis os Troas; que frequente,
Condenando meu ódio, me exclamáveis:
— De fel a mãe te amamentou, Pelides;
Tirano, os sócios à inação constranges;

Pois que a ira fatal caiu-te n'alma,
De volta à casa o pélago sulquemos. —
Ei-lo o conflito pelo qual bramíeis:
Quem tiver coração, corra aos Troianos".
    A voz régia afogueia as filas todas.
Como, a prova dos ventos, o arquiteto
Em parede superba ajunta as pedras;
Ajuntam-se, elmo a elmo, escudo a escudo,
Lado a lado, os varões: tocam-se e ondeiam
Indistintos penachos e cocares.
Sós dois, Patroclo e Automedon, concordes
Em ferir a batalha, os precediam.
    Vai logo à tenda Aquiles, abre a tampa
Da que a mãe argentípede, à partida,
Lhe dera arca louçã, de agasalhados
Capotes cheia, e túnicas e mantas
E tapetes felpudos: copa tira
De alto lavor, em que ele só bebia
E a Jove só libava; com enxofre
Untada a expurga e em água a purifica;
Também lavando as mãos, purpúreo vinho
Despeja, e em meio dos guerreiros posto,
Nos céus a vista, ao fulminante Padre,
A seus rogos atento, assim brindava:
"Jove Pelasgo, tu que longe habitas
E imperas em Dodona hiberna e fria,
Dos Selos teus intérpretes cercado,
Que de pés andam nus e em terra dormem,
Perfaze ora os meus votos, já que os Dânaos
Por honrar-me afligiste: eu permaneço,
E de muitos à testa envio o sócio;
Dá-lhe vitória, altíssono, e a coragem
No peito lhe confirma; Heitor aprenda
Se é de si forte o amigo, ou se invencível
É só quando combate à minha ilharga.

Mas, depois que do assalto as naus liberte
E do tumulto, incólume aqui volte,
Com meu arnês inteiro e os meus soldados".
Previsto Jove, anui somente em parte:
Salve Patroclo as naus, mas não se salve.
Depois que liba súplice, o Peleio
Entra na tenda, e a copa na arca fecha;
À porta volve, e espectador ainda
Quis ser da atroz mortífera batalha.
Como Patroclo bizarro as hostes marcham,
Té que aos Troas remetem corajosas.
Quando as vespas, que encelam-se na estrada,
Insensatos meninos irritando,
Público mal preparam buliçosos,
Por descuido se as toca o viandante,
Elas com forte coração rebentam
Em defesa do enxame: assim prorrompem
Os Mirmidões, e a cuquiada ruge.
Grita Patroclo: "Ó sócios do Pelides,
De quem sois recordai-vos, com façanhas
Esse herói dos heróis honremos hoje:
O amplo-dominador confesse a culpa
De agravar o fortíssimo dos Gregos".
Com tal estímulo, adensados ruem;
Das naus em torno o alarma horrível soa.
Vendo ao Menécio coruscar nas armas
E o mesmo auriga, trépidos os Teucros
Se desconcertam; cuidam congraçado
O Eácida veloz, e olhando em roda
Cada qual busca efúgio à instante Parca.
Patroclo estreia, com fulgente lança,
Onde mais tumultuam, junto à popa
Do grão Protesilau: fere o armo destro
A Pericmeu, que os équites Peônios
Caudilha de Amidon e do Áxio largo;

Vai de costas, no pó gemendo rola,
E a flor de seus espavoridos fogem.
Remove e extingue o fogo, e atropelados
Da nau já semiardida os Frígios deita:
Por entre as outras, com ruído enorme
Derramando-se os Dânaos, os repulsam.
Se alquando espalha Júpiter fulgúreo
O negrume do cimo da montanha,
Aberto o máximo éter, aparecem
Rocas, píncaros, bosques; tais os Dânaos,
Livres do incêndio, um pouco respiraram:
Porém dura ainda a pugna; que os Troianos
Costas não davam todos, mas forçados
Iam deixando o campo e resistindo.
    Cada chefe um contrário acossa e mata.
Logo a bronze o Menécio de Areilico
Fratura o fêmur e o debruça em terra.
A Toas, que do peito arreda o escudo,
Prosterna Menelau. Na arremetida,
Meges lanceia a perna, onde há mais polpa,
Ao nobre Anficlo, e os nervos lhe descose;
Letal escuridão lhe cega os olhos.
Antíloco Nestório de érea ponta
A Atínio espeta o lado e o prostra. Máris,
Ante o fraterno corpo, ao Grego vibra;
Mas Trasimedes, prevenindo o golpe,
No ombro lhe mete a cúspide, e lhe corta
Os músculos do braço e o osso escarna:
Baqueia Máris em medonha treva.
E dois irmãos a Dite assim remete,
Ambos hasteiros, a Sarpédon caros,
Filhos de Amisodar, que, infensa a muitos,
A Quimera nutria insuperável.
Na baralha a Cleóbulo impedido
O Oilíades empolga, e na garganta

Lha ensopa toda e em sangue a espada aquece:
Purpúrea morte o imerge em noite escura.
Lícon e Peneleu, que se entrechocam,
Botes errando, às lâminas recorrem:
Lícon no hostil cocar imprime o gládio,
Que pelo punho estrala; sob a orelha,
Peneleu de um revés lhe fende o colo,
E a cabeça, da pele só retida,
Lhe dependura e os órgãos lhe desata.
Merion desenvolto após Acamas,
Ao montar, o escalavra no ombro destro:
Ofusca-se-lhe a vista e rui do coche.
De pique atroz Idomeneu, de Erimas
Por sob o cérebro atravessa a boca,
Racha alvos ossos e desloca os dentes:
Os olhos dois infiltram-se de sangue,
Sangue das ventas bolha e abertas fauces;
Da nera morte o envolve a nuvem baça.
    Cada herói Grego assim talha uma vida.
Como lobos roazes que, de espreita,
A mães roubam cabritos ou cordeiros,
Cujo pastor os descuidou no monte,
E aos balantes imbeles despedaçam;
Dão sobre os Troas, que olvidando o brio,
Só na horríssona fuga se afiúzam.
    Ansioso o grande Ajax a Heitor procura;
Que, adargando experiente os ombros largos,
Dos tiros o zunido ou silvo observa,
E inclinada a vitória, inda constante
Vela nos companheiros. Qual do Olimpo
Ao céu vai nuvem, se o nimboso Padre
O éter sereno tolda, as naus expedem
O trépido Tumulto: os de Heitor passam
Em debandada, e os rápidos ginetes
Apartam-no dos seus, que o fosso embarga.

Quantos corcéis, na escarpa escorregando,
Quebram temões, donos e coches largam!
Uns alenta o Menécio, outros acossa
Com ignito furor: em gritos fogem,
As estradas enchendo, e os corredores,
Por turbilhões de pó que os ares turvam,
Das naus e tendas à cidade voam.
Trota e se envia onde há maior distúrbio,
E minaz urra: sob os eixos muitos
Rolam dos voltos clamorosos carros.
Os imortais unguíssonos dos deuses,
Dom preclaro a Peleu, transpõe o fosso
De um pulo; e de ir o impulso tem Patroclo
Sobre Heitor, que é de biga arrebatado.
No outono, quando Júpiter, sanhudo
Contra o julgar dos homens que a justiça
Do foro banem sem temor dos numes,
A negra terra agrava de chuveiros,
Com tal fúria desfecha, que em dilúvio
Rios dos montes, sementeiras e agros
Arrasando, a gemer se precipitam
No vasto mar purpúreo: assim nitrindo
Iam na desfilada as Teucras éguas.
Rotas as hostes, para as naus Patroclo,
De Ílio tolhendo o ingresso desejado,
As repulsa, e entre a praia e o Xanto e o muro
Gira a vingança e a morte. Nu de escudo
Fere a Pronos o peito; os membros laxa,
E fragoroso expira. De outro bote
Prostra o Enópio Testor, que perturbado
No assento encolhe-se e demite as rédeas:
Pela destra maçã lhe fisga os dentes,
A si contrai a lança; e, qual se pesca
De linha e anzol, de cima de um rochedo,
Grã sacro peixe, pela boca hiante

Do carro abaixo o tira inanimado.
Joga uma pedra a Eríalo que arrosta,
O elmo parte e a cabeça racha em duas;
Por terra se debruça, e a morte o cinge.
Patroclo, um após outro, ao chão derriba
A Erimas e Anfotero, Epalte e Pires,
Équio e Ifeu, Tlepolemo Damastório,
A Polímelo Argeiades e Evipo.
    Dele Sarpédon vendo os seus domados,
Repreende os nobres Lícios: "Que vergonha!
Onde, Lícios, fugis? Como sois ágeis!
Corro a provar o armipotente braço,
Que a tantos campeões tolhe os joelhos".
Do carro eis salta e apeia-se Patroclo.
Quais, de bico recurvo e garra adunca,
Sobre alta penha aos guinchos dois abutres,
Travam-se eles gritando. — Ao contemplá-lo,
Para a consorte e irmã suspira Jove:
"Dos homens o mais caro, ai! Meu Sarpédon,
À lança do Menécio está votado:
Hesito n'alma se na Lícia o ponha,
Subtraído ao combate lutuoso,
Ou se ao cruel destino o deixe entregue".
    Mas a augusta olhitáurea: "Que proferes,
Ó formidável Júpiter? Salvares
Mortal à triste Parca já fadado!
Salva-o, porém do Céu não tens o assenso.
Digo mais, e reflete, à pátria vivo
Se envias teu Sarpédon, outros numes,
Da injustiça irritados, hão de os filhos
Muitos livrar que ante Ílio estão pugnando.
E do teu predileto se hás piedade,
Mal do Menécio a mão do alento o prive,
Consente à Morte e ao Sono que o transportem
À opulenta alma Lícia: irmãos e amigos

Façam-lhe exéquias e lhe sangrem pios
Túmulo e cipo, aos mortos honra extrema".
O pai de homens e deuses resignou-se;
Mas pelo filho, a quem da pátria longe
Na feraz Troia imolará Patroclo,
Asperge a terra de sanguíneo orvalho.
Já se contrastam; mas Patroclo ao bravo
Pajem do rei Sarpédon, Trasimelo,
Vulnera no imo ventre e solta a vida.
Sarpédon brande a lança impetuosa,
E o golpe errado a pá direita fere
De Pédaso corcel, que em vascas geme
Na arena a espernear e arcando expira.
Xanto escouceia e Bálio; o jugo estala,
E as bridas se embaraçam no que atado
Ao temão jaz no pó. Na afronta, o hasteiro
Automedon provê: de Junto à coxa
Robusta saca a lâmina aguçada,
E ao da boleia presto aos loros talha.
Direita a imortal biga ao freio acode.
Aos dois rói nova sanha e fogo novo:
Inda a Sarpédon falha a cúspide ênea,
O ombro só roça esquerdo; mas certeiro
Patroclo o pique lhe enterrou por onde
O coração as vísceras torneiam.
Como o carvalho, ou choupo ou celso pinho,
Para naval fabrico, ao truz desaba
De afiada secure; ante os cavalos
E o carro jaz, e o pó sanguíneo apalpa,
Os dentes a estrugir. Qual fulvo touro,
Soberbo entre a flexípede manada,
Sob os colmilhos do leão morrendo,
Muge, inda se debate; assim, vencido,
Gemente o rei dos adargados Lícios,
A bracejar, o camarada chama:

"Diletíssimo Glauco, mais que nunca,
Mostra o que és, sê pugnaz, o mando assume.
Por Sarpédon concita os cabos todos
A pelejar; tu mesmo a lança enrestes.
Infâmia e opróbrio te será perpétuo
Os Gregos despojarem-me o cadáver,
Onde os Lícios heróis as naus disputam.
Eia, as tropas inflama, inabalável".
    Cala, afila o nariz e empana os lumes,
Revolto em morte. O Aqueu lhe calca os peitos,
A cúspide lhe saca e entranhas e alma.
Os Mirmidões retêm corcéis que vagam
Açodados, sem coches nem senhores.
De Sarpédon a voz contrista a Glauco,
Nem este lhe valeu, que na mão preso
Tinha o braço, e a frechada o confrangia
Do Aquivo Teucro na mural contenda;
Mas ora a Febo: "De Ílio, ou da possante
Lícia, Escuta-me, ó nume arcipotente;
Queixas em qualquer parte e rogos ouves
De afligido mortal: picadas sinto
Lancinantes, o sangue não se estanca,
O ombro é pesado, o pique mal sustento.
Nada posso compreender; mas jaz Sarpédon,
Sem que ao valente filho acuda Jove.
Ó rei, sequer me sara esta ferida,
Alivia-me, a fim que esforce os Lícios
E o cadáver eu mesmo lhe defenda".
    Benigno Febo, as dores já lhe acalma,
Veda o sangue e o robora. Exulta Glauco
Da proteção do deus; primeiro os chefes
Lícios procura, e a cheio passo aos Teucros
Agenor se dirige e Polidamas,
Mais a Eneias e Heitor, e a este exprobra:
"Sócios esqueces que da pátria e amigos

Longe perecem, nem salvá-los queres!
Sarpédon morto jaz, da Lícia apoio,
Valoroso, eloquente e justiceiro;
Pelas mãos do Menécio o prostrou Marte.
Indignai-vos, consócios, de que o dispam
E insultem Mirmidões, vingando irosos
Aos que ante as naus a botes aterramos".
　　Lavra um luto geral; que, estranho embora,
Esteio era de Troia, e o mais galhardo
Entre os galhardos Lícios. Por Sarpédon
Chameja e os guia Heitor; Patroclo, os Dânaos,
Instigando os Ajax de si fogosos:
"Vós Ajax, dantes sempre os mais estrênuos,
Hoje aos Teucros. O herói que entrou primeiro
No Graio muro, em terra está, Sarpédon.
Possamos nós despi-lo e encher de afrontas,
A bronze escarmentar os que se oponham!"
　　De estímulo os Ajax não careciam.
Uns e outros firmam-se em renhida pugna,
Teucros e Lícios, Mirmidões e Aquivos,
Com medonho alarido e fragor de armas.
Para estrago maior em torno ao corpo
Do amado filho, Júpiter estende
Lôbrega noite sobre o atroz conflito.
　　Olhinegros Aqueus primeiro afrouxam,
Ferido um Mirmidon não lerdo, prole
De Agacles valoroso, Epigeu divo,
Que em Budeia magnífica imperava,
E morto um primo audaz, súplice veio
A Tétis argentípede e ao marido,
Que a Troia em poldros fértil o enviaram
Do seu rompe-esquadrões na comitiva:
Sobre Sarpédon quando a mão já punha,
De uma pedrada o elmo Heitor partiu-lhe
E em duas a cabeça; do cadáver

Descai por cima, e a feia Parca o cinge.
Qual açor caça a gralhos e estorninhos,
Entre os primipilares, anojado
Pelo defunto sócio, tu Menécio,
De chofre dás nos Lícios e Troianos,
De seixo a Atenelau Itemeneides
Os tendões rompes da cerviz; recua
Com seus primipilares o Priâmeo:
Quanto, ou no jogo ou na homicida guerra,
Alcança um tiro de esforçado pulso,
Ganham tanto os Aqueus e os Teucros perdem.
    Glauco o primeiro se voltou, matando
O caro filho de Calcon, Baticles,
De Hélade opulentíssima habitante
E o Mirmidon mais rico: este após ele,
Já quase o apanha; de repente o Lício
Vira-se e a lança embebe-lhe no seio:
Ao baquear do braço, um grito soltam,
Com mágoa os Dânaos, com prazer os Troas,
Que em derredor se apinham; mas briosos
Vêm de encontro os Aqueus. Merion derriba
O audaz Laogono, de Onetor progênie,
Do Ideu Jove ministro e um nume ao povo;
Sob a orelha e a maxila o fere e prostra:
A alma afunda-se logo em treva horrenda.
O Anquíseo a Merion dispara, crendo
Sob o escudo o enfiar na arremetida;
Ele previsto se proclina, e o freixo
Por cima zune, enterra-se na areia,
E o conto fixo treme, até que Marte
A fúria impetuosa lhe aquieta,
Pois dardou mão robusta o bote inútil.
    E Eneias irritado: "És bom dançante;
Mas o pique, Merion, certeiro fosse,
Que para sempre te afracara as pernas".

Ao que retorque o hasteiro: “És forte, Eneias;
Mas nem a todos que arrostar-te ousarem,
Tu contes extinguir. Mortal nasceste;
A tocar-te o meu bronze, embora sejas
Na destra afouto, me darias glória,
Tua alma ao rei da lúgubre quadriga”.
Mas o Menécio a Merion censura:
“Que te apresta o falar, valente amigo?
Antes que um morda o pó, com feros nunca
Arredarás os Teucros do cadáver:
O braço à guerra, ao parlamento a língua;
Não palavras, sim obras”. Nisto avança,
Marcha e o ladeia Merion deiforme.
Qual soa ao longe a mata, em fundo vale,
Dos lenhadores aos contínuos golpes,
Ei-los em todo o campo o estrondo excitam
De êneos arneses, bipontudas hastas,
Elmos, lorigas, e broquéis e espadas.
Desconhecera o experto ao Lício cabo,
Desde a cabeça aos pés de pó coberto
E sangue e tiros: cercam-no e vozeiam,
Como em curral, na primavera, moscas
De alvos tarros de leite em roda zumbem.
Júpiter, fitos no combate os olhos,
Medita ansioso de Patroclo o fado:
Se ali sobre Sarpédon o Priâmeo
O imole e dispa, ou se ele a vários inda
Lance no extremo afã. Por fim resolve
Que o fâmulo de Aquiles à cidade
Com matança repila o chefe e os Teucros.
O coração primeiro a Heitor quebranta,
Que à pressa monta e exorta os seus que fujam,
A balança Dial pender sentindo.
Nem os Lícios resistem, vendo em meio
Jazer seu rei de um vasto morticínio,

Pois sobre ele muitíssimos caíram,
Quando o Satúrnio o prélio exasperava.
Despem-lhe as éreas coruscantes armas,
Que às naus remete o vencedor Patroclo.
Diz a Febo o Nubícogo: “Anda, filho,
De sob os dardos meu Sarpédon ergas,
Puro do negro sangue, a parte, em veia
Limpa o lava, e de ambrosia perfumado
Veste-lhe imortal roupa, e o dá que o levem
Os dois gêmeos cursores Morte e Sono
À opulenta ampla Lícia: irmãos e amigos
Façam-lhe exéquias e lhe sagrem pios
Túmulo e cipo, aos mortos honra extrema”.
Dócil Apolo, do Ida ao campo desce:
De sob os dardos a Sarpédon ergue,
Puro do negro sangue, a parte, em veia
Limpa o lava, e de ambrosia perfumado
Veste-lhe imortal roupa, e à Morte e ao Sono
O dá, que na alma Lícia o depuseram.
A Automedon excita e aos inimigos
Deita o coche Patroclo; e, se os preceitos
Louco não desprezasse do Pelides,
O trespasso evitara. Mas os de homens
Vence o aviso de Jove, que afugenta
E ao forte que instigou tolhe a vitória,
Ao Grego estimulando. — A quem, Menécio,
Derribaste primeiro, a quem postremo,
Quando a morrer os deuses te chamaram?
A Adresto e Equeclo e o Mégades Perimo,
E Autonoo, e Epistor e Melanipo;
Depois a Elaso e Múlio, enfim Pilarte:
Mata-os, os mais persegue. E a de altas portas
À tremebunda lança ajoelhara,
Na grã torre se Apolo não parasse,
Em mal dos Dânaos e a favor dos Troas.

O herói pelo espigão do altivo muro
Três vezes trepa, três a eterna destra
O empurra e bate-lhe o fulgente escudo;
Qual deus indo a investir, minaz o impede
O Longe-vibrador: "Não mais, Patroclo,
À brava lança tua os fados vedam
Ílio santa arrasar; compete a braço
Que o teu muito mais forte; ao grande Aquiles".
Temendo a frecha do agastado Apolo,
Retrograda o Menécio. Às portas Ceias
Tem-se Heitor, cogitando se os cavalos
De novo atire à turba, ou clame às tropas
E as congregue ante o muro; e, enquanto hesita,
Aproxima-se Apolo em forma de Ásio,
Tio seu maternal, mas verde e guapo,
De Dimas geração, que às Frígias margens
Do Sangário habitava, e assim lhe fala:
"Que vil moleza, Heitor! Oh! Quanto em forças
Te cedo, eu te excedesse, que da inércia
Te havia de pesar. Anda, coragem!
A Patroclo os unguíssonos propele;
Busca matá-lo, e dê-te a glória Febo".
Disse, e torna à refrega: Heitor ordena
Ao belaz Cebrion que açoute as éguas
E entre em peleja. O deus corre as fileiras,
Turba e assusta os Aqueus, exalça os Teucros.
Despreza os mais Heitor, só trata e marcha
Contra o Menécio, que do coche pula,
Na sestra o pique, na direita um branco
Áspero seixo oculto, e forcejando
Errado o joga, mas não foi baldio,
Que acerta em Cebrion, Priâmeo espúrio,
Tendo as rédeas auriga: às sobrancelhas
O esmecha a pedra e o osso lhe espedaça,
Aos pés vaza-lhe os olhos na poeira;

Ele exânime ao chão vai de mergulho.
E Patroclo a zombar: "Oh! Como é ágil!
De nau saltara no piscoso ponto,
Como da sela, e a mergulhar nas vagas,
Sustentara de ostrinhos a maruja.
São bons mergulhadores os Troianos".
Aqui, remete a Cebrion, em guisa
De agro leão, que ao devastar o cerco,
É malferido, e nímia ardência o perde.
Pronto apeia-se Heitor. Qual num cabeço
Crus também dois leões esfomeados
Morta corça tetérrimos disputam;
Os dois, Patroclo e Heitor, da pugna mestres,
Cortarem-se almejando a sevo bronze,
Brigam por Cebrion: dos pés o aferra
O Menécio, e o Priâmeo da cabeça;
Teucros e Argeus frenéticos se abarbam.
Quando, em floresta ou brenha, de Euro e Noto
O certame sacode o cortiçoso
Corniso e o freixo e a faia, gemebundos
Seus longos ramos confundindo, estralam
Num contínuo fragor: tais se entrelaçam,
Não pensando na fuga desastrosa,
De Cebrion em roda os contendores,
Em recíproco ataque a trucidar-se.
Lanças pregam-se e dardos, setas voam
Dos nervos rechinando, e a rodar pedras
Aos combatentes os broquéis abolam;
Da bolcia esquecido, o herói se estira
De pó num turbilhão por grande espaço.
Enquanto o Sol montava, a tiros morrem
De parte a parte; mas no seu declive
Era imensa dos Gregos a vantagem,
Que a Cebrion arrancam do tumulto
E do acervo das armas e o despojam.

Patroclo a Marte igual, medonho urrando,
Três vezes rui, três vezes mata a nove;
Mas ah! da quarta, ó campeão divino,
Luziu teu fim! Terrível sai Apolo;
Oculto em nevoeiro, a mão pesada
Lhe carrega no dorso e largos ombros;
Vidra-lhe os olhos súbita vertigem;
Desenlaçado o esguio capacete,
Rola aos pés dos unguíssonos tinindo;
Sangue e pó suja as crinas e a cimeira,
Nunca dantes manchadas, quando ornavam
Do divo Aquiles a venusta fronte:
Na cabeça de Heitor, para seu dano,
Pôs Jove esse elmo. Reforçado e rijo
De Patroclo nas mãos rebenta o pique;
Dos loros o pavês se lhe desliga;
Mesmo Febo a couraça lhe desprende.
Quedo e estúpido, os membros entorpece:
Traspassa-o pelas costas o Pantoides
Jovem Euforbo, auriga e hasteiro insigne,
Celérrimo e adestrado, que dos carros
Novel já despenhou vinte inimigos,
E a ti, Menécio, te feriu primeiro,
Sem derribar-te; e, assim que extrai a lança,
Mete-se no tropel; pois não se atreve
Encarar com Patroclo, bem que inerme.

Este, opresso de um nume e vulnerado,
Aos seus retrocedendo, ia salvar-se;
Mas Heitor, ao magnânimo ferido
E em retirada, vem por entre as alas,
No vazio lhe ensopa o aêneo gume:
Tomba o herói com fracasso, e os Gregos gemem.
Qual se um leão com javali forçudo,
Beber ambos querendo em fonte exígua,
Luta cruel empenha em árduo cume,

Té que o cerdo açodado enfim sucumbe;
Tal ao Menécio, a tantos pernicioso,
Desalma Heitor. Sobre ele ovante o insulta:
"Creste assolar, demente, a pátria nossa,
E à tua, subtraído o livre dia,
As Teucras embarcar: por defendê-las
Desse dia servil, é que os sonípedes
Corredores de Heitor à pugna o levam;
Por guardar seu decoro, é que na lança
Os Troianos supero belicosos.
Hão de comer-te, mísero, os abutres!
Nem vale o forte Aquiles, que ao ficar-se
Recomendou-te certo: — Às naus bojudas
Não me revertas, cavaleiro amigo,
Sem que de Heitor ferino aos peitos rasgues
A cruenta loriga. — Essas palavras
Seduziram-te, louco, e te perderam".
E lânguido o Menécio: "Ora blasonas!
Domado eu fui por Júpiter e Apolo,
Que o próprio arnês dos ombros me arrancaram.
Sem eles, como tu vinte guerreiros
Pelo meu dardo acabariam todos;
Mas fatal sorte e o filho de Latona,
E entre os mortais Euforbo, me renderam:
És terceiro e despojas um finado.
Escuta, e fixo o tenhas: longo tempo
Não viverás; a Parca já te espera
Sob a lança do Eácida invencível".
Disse, e expira: dos membros desatada,
A alma voa aos infernos lamentando
O seu viril esforço e mocidade.
Ao morto fala Heitor: "Por que me agouras
Destino tal? Quem sabe se inda ao nado
Da pulcrícoma Tétis hei de a vida
Extinguir?" Nisto, o calca, e o êneo pique

Da ferida sacando, o ressupino
Corpo com ele afasta; o enresta ansioso
Trás o pajem deiforme do Pelides,
Automedon, que os imortais ginetes,
A Peleu dom celeste, arrebataram.

LIVRO XVII

Menelau, no conflito percebendo
Que jaz Patroclo, a proteger seu corpo
Entre a vanguarda marcha erifulgúreo:
Qual gemente primípara novilha
Meiga cerca o filhinho, o louro Atrida
Pugnaz, de hasta e rodela, ameaça firme
A quem se apropinquar. Mas ante o morto
O galhardo Pantoides para ousado:
"Vai-te, potente rei de Jove aluno,
Anda, abandona-me o cruento espólio;
A mim que, dos belígeros consócios,
O herói feri primeiro. A imensa glória
Tu não me impeças, ou te arranco a vida".
Suspira o Dânao: "Que indecoro orgulho,
Satúrnio pai! Javardo nem pantera,
Nem leão, de natura truculentos,
Certo alojam nos peitos a fereza
Que respiram de Panto os guapos filhos.
O Équite Hiperenor, que fronte a fronte
Chamou-me o Aqueu mais fraco, sem dos anos
Lograr-se, creio, ao pé não foi dar gosto
Aos venerandos pais e à cara esposa:
Desgraça igual terás, se aqui me arrostas;
Escondido na turba, o fado evites.
O mal tarde os estultos reconhecem".

Indócil torna Euforbo: "Ó fero Atrida,
Pagarás a ufania, o irmão defunto,
O recente seu tálamo viúvo,
Dos nossos pais o luto e mágoa infanda.
Por consolar a Panto e a nobre Frontis,
Essa cabeça e arnês eu lhes oferte.
Mas cessem moras; de provar é tempo
A quem assista o medo, a quem o esforço".
Então, brandida, a cúspide recurva
Embaça no broquel. Porém o Atrida
Ora a Jove, e ao contrário, que recua,
A gola espeta; com robusto afinco,
Lhe afunda a ponta e o brando colo passa:
Ao fragoroso baque as armas fremem;
Como a das Graças, lhe salpica o sangue
De ouro e prata a madeixa entretecida.
Qual, se o colono a pálida oliveira
Em terreno alimenta solitário
Que em mananciais abunde, ela formosa
Viceja, e de alvas flores enfeitada
Balança a coma ao vário Eólio sopro,
Té que um pegão furioso a desarreiga
E esfolha a encova; assim virente Euforbo,
Em terra e exânime, é do arnês despido.
Quando sevo leão, criado em brenhas,
Rouba dos pastos a melhor bezerra,
Quebra a cerviz a dente, e lacerando-a
O cruor chupa e sorve-lhe as entranhas;
Zagais e cães de longe amiúdam gritos,
Mas descorado medo o pé lhes tolhe:
Assim Teucro nenhum tinha a coragem
De abalançar-se a Menelau sublime;
Que arrancara ao Pantoides a armadura,
Se ínvido Apolo, disfarçado em Mentes,
Cicônio chefe, repentino ao márcio

Priâmeo não clamasse: "Aqui persegues
A biga, Heitor, que humanos mal sopeiam,
Exceto Aquiles, de mãe deusa prole;
E o flavo Atrida, a proteger Patroclo,
O valor terminou do exímio Euforbo".
Disse, e volta à batalha. A Heitor profundo
Nojo calou; de giro, encontra o jovem
Rubro humor a manar da atroz ferida,
E o Grego a despojá-lo: entre as fileiras
Trota, a estrugir agudo, eribrilhante,
Como Vulcânea chama inextinguível.
Ouvindo-lhe o estridor, o Atrida geme,
Fala à sua alma: "Se abandono o espólio
E o Menécio, que jaz pela honra minha,
Hão de estranhar-mo Aqueus; a Heitor se arrosto
Só por vergonha, a gente que atrás segue
Do seu elmo êneo e vário, há de envolver-me.
Titubas, alma? A quem brigar se atreve
Dos Céus contra um valido, a ruína é certa.
E alguém me estranhará ceder ao homem
Que um nume guia? A voz de Ajax soasse!
Ambos, à divindade resistindo,
O caro morto menos mal seria
Restituirmos ao soberbo Aquiles".
Neste comenos, já de Heitor à vista,
Solta o corpo; virando-se por vezes,
Como leão barbudo retrocede,
Que expulso a dardos e a ladridos e urros,
Invito e em sanha do curral se aparta.
Junto aos seus tem-se, busca em roda o grande
Ajax, que à sestra o peso atura todo,
E assombrados por Febo anima os sócios;
Direito a ele corre: "Ajax amigo,
Patroclo a defender nos apressemos;
Sequer seu nu cadáver tenha Aquiles,
Pois de Heitor galeato o arnês é presa".

Comoto parte Ajax, e o flavo chefe,
Pela frente. A Patroclo já despido
Arrastando ia Heitor, para entregá-lo,
Decepada a cabeça, aos cães de Troia;
Mas, perto Ajax com torreado escudo,
Ele à turba se acolhe, ao coche pula,
E em troféu à cidade envia as armas.
Do pavês cobre Ajax o herói defunto,
Como a leoa ampara os seus cachorros
Que em selva ataca chusma de monteiros.
E os olhos eferados revolvendo,
Os retrai às franzidas sobrancelhas.
Ao bravo Menelau, que o ladeava,
Recrescia no peito o luto acerbo.
Turvado o argui o Lício Hipoloquides:
"Com esse garbo, Heitor, não vai teu brio;
És fugaz, e te exalta injusta fama.
Só com teus cidadãos cogita os meios
De salvar a Troiana sociedade:
Meus Lícios não terás. Que lucro houveram
Da constância e denodo em tantos riscos?
Há de um guerreiro obscuro em ti fiar-se,
Quando preia aos Grajúgenas largaste
O camarada e hóspede Sarpédon,
Em vivo teu apoio e de Ílio esteio?
Nem dos cães te esforçaste a preservá-lo!
Ouçam-me, e a casa voltaremos todos,
E Ílio embora desabe. Aos Teucros falta
O coração dos que ousam pela pátria
Sofrer trabalhos e afrontar perigos;
Aliás, Patroclo a rojo aos celsos muros
De Príamo subira, e as pulcras armas
E o nosso rei tivéramos, em troca
Do Aqueu fortíssimo ante as naus prostrado,
Fâmulo caro do espantoso Aquiles.

Mas de Ajax te amedrontas; quando o encaras,
Pois vence-te em valor, desapareces".
Indignado o Priâmeo: "Altivo e agro
Me insultas, Glauco? Amigo, o mais prudente
Eu te julgava da glebosa Lícia;
Mas ora insano de tremer perante
O grande Ajax me acusas. A peleja
Nunca assustou-me, ou dos corcéis o estrépito;
Sujeito-me do Egíaco à vontade,
Que audazes afugenta e a glória tira
Ao próprio que instigou. Tu fica, observa
Se em todo o dia fraco sou, qual pregas,
Ou se a qualquer Argeu, por mais valente,
Arredar sei do corpo de Patroclo".
Presto bradou: "Sede homens, Lícios, Teucros,
Do vosso ardor, ó Dárdanos, lembrai-vos;
No entanto, visto o arnês do exímio Aquiles,
Por mim saqueado ao bélico Patroclo".
Da liça lagrimosa então saindo,
Corre aos que a Ílio santa o arnês levavam;
Alcança-os breve; manda o seu, que muda
Pelo de Aquiles, imortal presente
Feito a Peleu; do velho dado ao filho,
Que o não trará por certo na velhice.
Jove de parte o viu cingindo as armas
Divinas, e a cabeça meneando,
Falou consigo: "Ai! Longe a morte cuidas,
E ela te acerca: do que tremem todos
Revestes a armadura, e o forte e ameno
Amigo seu matando, sem decoro
Dessa armadura mesma o despojaste.
Mas vou de glória encher-te, em recompensa
De não voltares: triste! À esposa tua
Nunca apresentarás o arnês de Aquiles".
Anui e arqueia as pretas sobrancelhas,
A Heitor adapta o arnês; Mavorte horrendo

Lhe exalta o brio e os membros lhe vigora.
Ei-lo os mais feros busca; eriesplendente
Semelhando ao magnânimo Pelides,
Se dirige a Medon, a Glauco e Mestles,
A Asteropeu, Tersíloco, Hipotoo,
Disinor, Fórcis, Crômio e Enomo vate,
E clama e exorta: "Ouvi-me, inútil bando
Cá não chamei das convizinhas tribos,
Sim fiel gente que dos Gregos duros
Nos defenda as mulheres e os meninos.
Por sustentar seu zelo, esgoto os povos
De víveres e dons; cumpre que ousado
Cada qual morra ou vença: é lei da guerra.
Quem a Ajax repelir e aos muros Teucros
Rojar Patroclo, de metade logre
Do espólio todo, iguale-me na glória".
    Disse; em coluna, de hasta em reste, avançam
Contra os Aqueus, e ao Telamônio esperam
Arrancar o cadáver. Insensatos!
Ele é que há de arrancar a vida a muitos
Sobre o cadáver; mas primeiro exclama:
"Querido Menelau, de Jove aluno,
Escaparmos não conto. Hei grande medo
Ceve em Troia o Menécio a cães e abutres,
Quanto por mim receio e por ti mesmo:
Heitor, bélica nuvem, tudo envolve;
Negreja o nosso derradeiro dia.
Eia, os mais fortes chama: oh! Se te ouvissem!"
    Pronto o guerreiro Menelau vozeia:
"Chefes Aquivos, príncipes e amigos,
Os que bebeis à mesa dos Atridas,
E honrados sois de Jove e regeis povos,
Do conflito no ardor mal vos distingo,
Mas indignados vinde; a todos peje
Ser escárnio o Menécio a cães de Troia".

Súbito Ajax de Oileu, por entre as alas,
Se precipita, e o rei Cretense e o pajem,
Rival de Marte, Merion cruento.
Quem poderia recordar os nomes
De Graios tantos que a peleja instauram?
    Heitor condensa as tropas e arremete:
Como, de um rio à foz por Jove inchado,
Mugem contra a corrente as salsas ondas
Que o mar vomita à praia; assim dos Teucros
Muge o clamor. Num ânimo os Aquivos,
De êneos escudos a Patroclo muram,
E névoa em torno aos coruscantes elmos
Lhes derrama o Satúrnio, que o prezava;
A defendê-lo excita os companheiros,
Pois odioso lhe era aos cães de Troia
Deitado ser o fâmulo de Aquiles.
Olhinegros Aqueus primeiro o corpo
Trépidos abandonam, sem que os toquem
Ávidas lanças dos bizarros Teucros.
O morto iam rojando, e a poucos passos
Acorre o Telamônio, que no aspecto
E gentis feitos superava os Dânaos,
Exceto o divo Eácida: à maneira
De javali, que em montes perseguido,
Virando-se entre a mata impetuoso,
A molossos dissipa e a caçadores;
Rompendo o grande Ajax pelas fileiras,
Fácil espanca Ilíacas falanges,
Que a Patroclo circundam, na esperança
De arrastá-lo à cidade e alcançar glória.
    Filho Hipotoo do Pelasgo Letos,
Para agradar aos Frígios e ao Priâmeo,
Liga o talim do tornozelo aos nervos,
Entre o barulho o tira; eis, não valendo
Muitos que o desejavam, pela turba

Salta Ajax, o elmo aêneo lhe atravessa,
E o da forçuda mão fulmíneo bote
Fende o cocar equino, e pelo encaixe
Do hastil espirra o cérebro sanguento.
Soltando o pé do herói, desfalecido
Sobre o cadáver se estirou de bruços,
Longe da alma Larissa, aos pais ah! nunca
Há de pagar terníssimos cuidados,
Pois gume atroz cortou-lhe os breves dias.
Darda Heitor contra Ajax, que atento esquiva
O resvalante golpe, mas o emprega
No Ifítio Esquédio, exemplo dos Focences,
Que em Panopeia alcáçar tinha vasto
E em muitos imperava: a brônzea ponta
Dá no pescoço e do ombro sai por cima;
Na queda ronca o arnês. Ao Fenopides
Fórcis, que de Hipotoo contendia,
Ajax rompe a couraça e pelo ventre
A cúspide lhe embebe nas entranhas;
De palma em terra o belicoso arqueja.
A vanguarda recua e o Teucro chefe;
Em grita os Gregos, a Hipotoo e Fórcis
Os corpos rojam, da armadura despem.
E os de Ílio ignavos abrigar-se iriam,
A vitória os Grajúgenas obtendo,
Mau grado a Jove, por virtude própria,
Se a Eneias não desperta o mesmo Apolo,
Em figura do Epítides Perifas,
Que arauto envelhecera ao pé de Anquises,
E por sábio e sisudo era afamado;
Perto lhe fala: "De que modo, Eneias,
Vós contra um nume salvaríeis Troia?
Emulando os heróis que eu via outrora,
Em seu denodo e em seu valor seguros,
Na intrepidez de numerosas tropas:

Jove antes é por nós que pelos Dânaos;
Mas fugis aterrados, sem pugnardes".
Olha Eneias, conhece o Argentiarcheiro,
E a voz desprega: "Heitor e auxiliares,
Que desdouro é cobardes retornarmos,
Repulsos dos Aquivos! Ora acaba
De revelar-me um deus que o Padre sumo
Será por nós. Comilitões, coragem!
Direito aos Gregos; em sossego ao menos
Eles às naus Patroclo não recolham".
Fora eis avança e para, e assim que os Teucros
Voltam face, a Leócrito lanceia,
De Arisbas filho; o bravo rola e expira.
E logo o camarada Licomedes
Encarna impetuoso o pique ardente
No fígado por baixo do diafragma,
De Apisaon Hipáside, e o prosterna:
Da ubertosa Peônia digno chefe,
Depois de Asteropeu, mais se estremava.
O márcio Asteropeu rompe sentido
A provocar os Dânaos, mas debalde;
Eles, Patroclo a rodear, em pinha
De lanças e broquéis lhe fazem muro.
De fileira em fileira, Ajax proíbe
Sair das linhas e deixar o morto;
Firmes ordena todo o choque esperem.
Roxeia o sangue; uns sobre os outros morrem,
O chão banhando, Lícios, Troas, Dânaos;
Mas destes menos, porque em massa lutam,
E com mútuo socorro se protegem.
Qual fogo o prélio ardia, e pela treva
Que o Menécio ocupava e os contendedores,
Creras extinto o Sol, extinta a Lua:
Logravam-se os demais, em mole ataque,
De ar sereno e de claro esparso lume,

Campina e montes a brilhar sem nuvem,
E de longe e interruptos pelejavam,
Tiros mortais recíproco evitando;
Os mais fortes no centro, os afligiam
Caligem, dor, fadiga e sevo bronze.
Dois heróis todavia inda ignoravam,
Trasimedes e Antíloco, a desgraça
Do bom Patroclo, e acérrimo o supunham
Em meio do conflito, enquanto apenas,
Dos sócios prevenindo a perda e a fuga,
Distantes combatiam, por cumprirem
De Nestor os conselhos à partida.
Pelo companha do veloz Pelides
Cruel ferve o certame o dia inteiro,
Pés, joelhos e pernas, o cansaço
Afraca a todos, em suor escorrem
Sujas faces e mãos. Quando mandados
Servos, dispostos em redor, estiram
De enorme touro a gordurosa pele,
Puxam-no, até que, o leve humor purgando
E impregnada grossura, o couro espicham:
Assim, daqui dali num curto espaço
O cadáver puxando, uns esperavam
A Pérgamo levá-lo, outros à frota.
Cresce o tumulto; e, ao vê-lo, os aplaudira
Mesmo o feroz Gradivo e irosa Palas:
Tanto ali nesse dia áspero estrago
De varões e corcéis difundiu Jove!
Morto o amigo inda Aquiles não sabia.
Sendo ao longe a contenda e junto aos muros;
São das portas cuidava que voltasse,
Pois subverter a Troia não podia,
Sem ele nem com ele: a mãe por vezes
Descobriu-lhe de Júpiter o arcano.
Ele então lhe ocultava o caso horrível
Ao seu mais caro sócio acontecido.

Lança a lança, incessantes se matavam.
Dizia um Grego: "É feio às naus voltarmos;
Primeiro, amigos, nos engula a terra:
Antes morrer que dar a glória aos Teucros
De rojá-lo à cidade". E um Teucro: "Amigos,
Melhor é que nos dome a Parca a todos;
Ninguém mais o cadáver desampare".
Assim, de parte a parte, se animavam.
Enquanto insistem, sobe ao céu de bronze
Pelo infrugífero ar rumor de ferro,
Os cavalos do Eácida arredados,
No pó sentindo o sólito cocheiro,
Obra de Heitor ferino, lagrimavam:
Já brando, já minaz, estala o açoute
O Diório Automedon; mas nem queriam
Do amplo Helesponto reverter às praias,
Nem ao combate; quedos, como o cipo
De varão no sepulcro ou de matrona,
Ante o nítido carro, de olhos baixos,
Do seu guia saudosos, quentes gotas
Vertiam sobre a areia; em cerco ao jugo
Manchada lhes flutua a espessa crina.
O Satúrnio, do choro condoído,
A cabeleira abana e entre si fala:
"Qual! Não sujeitos à velhice e à morte,
Ao rei mortal Peleu doados fostes,
Para entre humanos padeceres mágoas?
As criaturas são mais infelizes
Das que na terra movem-se e respiram!
Em coche que tireis nunca o Priâmeo
Se assentará, que o vedo: não lhe basta
Ufanar-se das armas temerário?
Ânimo hei de infundir-vos, por que a salvo
Automedon vos reja. À instruta frota
Levar inda a matança aos Troas caiba,
Té que o Sol caia e assome a sacra noite".

Logo inspira aos corcéis força incansável:
Ei-los, o pó da juba sacudindo,
O coche entre uns e outros arrebatam.
Em cima Automedon, que a dor comprime,
Rui qual de chofre abutre sobre gansos;
Ora foge ao tumulto, ora se envia
Ao mais basto; repele-os sem matá-los,
Que, só no divo assento, era impossível
Suster as bridas e jogar da lança.
Do Emônio Laerceu o avista o filho
Alcimedon, que para: "Um deus te cega!
Só, na vanguarda combater intentas?
O sócio egrégio, Automedon, foi morto,
E exulta e ombreia Heitor o arnês de Aquiles!"
Respondeu-lhe o Diório: "A que outro Grego,
Depois do auriga divinal Patroclo,
Posso entregar, Alcimedon, a biga?
Pois que ele preia foi da Parca horrível,
Toma o chicote e as artefatas rédeas;
Que a pé vou pelejar". — O Laerceides
Pula ao carro, o chicote e as rédeas pega;
Automedon se apeia. Heitor adverte-o,
Volta-se a Eneias: "Príncipe, os cavalos
Do Eácida veloz, observo, trotam
Com inábeis cocheiros: se me ajudas,
Empolgados serão; pois de arrostar-nos
Aos dois guerreiros faltará coragem".
Aplaude o Anquíseo. Vão direitos ambos,
Com sólidos broquéis de couro táureo,
De multíplices lâminas forrados.
Crômio e o deiforme Areto os acompanham,
Crendo imolar os dois e haver a biga
De árdua cerviz: dementes! Não sem sangue
Automedon consentirá que voltem.
Este ora a Jove, o peito hirsuto mune

De fortaleza, e ao fido sócio fala:
"Perto os corcéis, Alcimedon, me tenhas,
E às costas me respirem: não presumo
Que Heitor amaine a fúria, antes que monte
Os comados frisões, nos mate, em fuga
Ponha os Aquivos, ou na empresa acabe".
    Então chama os Ajax e o louro Atrida,
Por socorro a bradar: "Curem do morto
E preservem-no fortes que o circundam;
O escuro dia repeli de vivos:
Os Teucros de mor brio a nós remetem,
Entre o choroso prélio, Heitor e Eneias.
Pousa o evento aos joelhos dos supremos:
Daqui dardejo, e deixo tudo a Jove".
    Disse, e de Areto na rodela o pique
Penetrando sem custo, lha atravessa,
Pelo bálteo lhe fura o baixo ventre:
Qual, se afiada secure de um mancebo
De boi silvestre sobre os cornos talha
O nervo todo, pula e cai a rês;
Tal pula e cai Areto, e nas entranhas
Hasta fremente as forças lhe descose.
    Despede Heitor a Automedon a sua:
Este previsto se proclina e livra:
Atrás se enterra a choupa e o conto abana,
Até que Marte o ímpeto lhe quebra.
De espada iam bater-se, a não romperem
Os dois Ajax ardentes pela turba,
Acudindo ao chamado; receosos
Vão-se Eneias e Heitor e o divo Crômio,
E Areto fica de rasgado seio:
O márcio Automedon lhe tira as armas
A jactar-se: "A Patroclo este é somenos,
Mas algum tanto o nojo me alivia".
Logo o espólio cruento ao carro sobe,

Tendo punhos e pés ensanguentados,
Como um leão que fez de um touro pasto.
Sobre o corpo recresce a lagrimosa
Contenda, exacerbada por Minerva,
A quem, já de outro acordo, o pai supremo
Do céu mandara acorçoar os Gregos:
Bem como quando Jove aos homens tende
O áreo purpúreo, indício de batalhas,
Ou de fria procela, que suspende
Rurais trabalhos e entristece o gado;
Ela coberta assim de roxa nuvem,
Do campo a dentro, a cada qual suscita.
Primeiro a Menelau, que estava perto,
A forma e a voz de Fênix indefessa
Assumindo, clamou: "Que opróbrio, Atrida,
Se os cães de Ílio consentes lacerarem
O consócio fiel do exímio Aquiles!
Eia, o exército anima, e sê brioso".
    E o pugnaz Menelau: "Se, ó padre Fênix,
Augusto velho, me assistisse Palas,
E da chuva de setas me abrigasse
Eu por certo a Patroclo socorrera,
Cuja morte me pesa e me angustia;
Mas o fogo de Heitor e o voraz bronze
Consumem tudo, e Jove o glorifica".
    Alegre de invocada ser primeira,
Joelhos e ombros lhe vigora a deusa;
Põe-lhe no peito negro a teima e audácia
Com que a mosca, enxotada, insiste e morde,
Pois é de sangue humano apetitosa.
Próximo de Patroclo, a lança brande:
Pelo talim perfura o Teucro Podes,
Rico e forte plebeu, de Eetion nado,
De Heitor estimadíssimo conviva;
Que, ágil a se escapar, de roldão tomba.

Para os Aquivos ao regalo Atrida,
A Heitor exorta Apolo arcipotente,
Em Fenope de Abido, filho de Ásio,
O hóspede seu mais caro, disfarçado:
"A que outro Grego, Heitor, serás tremendo,
Se a Menelau, guerreiro pouco ilustre,
Tens hoje medo? Ousa ele só de rastos
Levar teu fido sócio, o estrênuo Podes,
Entre os primipilares abatido".
    O herói, de alma toldada e erifulgente,
Sai da linha. A de fímbrias Jove apunha
Égide jaspeada, o Ida enubla;
O escudo a sacudir, corisca e toa,
Em sinal da vitória dos Troianos.
Primeiro foge Peneleu Beócio;
Que de hasta, fronte a fronte, Polidamas
O ombro lhe esflora e o osso lhe descarna.
Heitor vulnera o corpo a Leuto, filho
Digno de Alectrion; que, da ação fora,
Trépido em roda olhando, se retira,
Porque na mão suster não pode a lança.
Idomeneu de Leuto o vê no encalço,
À mama atira, o pique na couraça
Pelo encaixe estralou, com Troico aplauso.
Heitor joga ao Deucálide, que ereto
No coche estava; o bote errado apanha
A Cerano, que lá da altiva Lictos
Como escudeiro a Merion seguira.
Pedestre Idomeneu, da armada vindo,
Dera alta glória aos Teucros, se os cavalos
Não traz Cerano, que de Heitor ferino
Salva o Cretense rei, mas perde a vida:
A ponta o fere sob a orelha e o queixo,
Os dentes lhe espedaça e tronca a língua;
Ele do coche rola e solta as rédeas.

Curvo as colhe Merion, dizendo: "O açoute
Maneja, Idomeneu, sus, corre à frota:
Para os Dânaos, bem vês, não há vitória".
Já, temeroso, o crinipulcro tiro
Toca o rei para bordo. Ajax percebe
Com Menelau que a sorte é pelos Teucros,
E o celso Telamônio assim discorre:
"Ah! Sente o mais estulto que o Satúrnio
É contra nós: os inimigos dardos,
Ou do imbele ou do bravo, ele os dirige;
Os nossos pelo chão frustrâneos morrem.
Eia, a melhor maneira excogitemos
De ir com Patroclo e encher de gosto os sócios
Que tristes nos aguardam; nem já contam
Suster as cruas mãos de Heitor invicto,
Sim ante as naus cair. Oh! Para Aquiles,
Que do amigo suponho ignora o fado,
Houvesse um núncio! Mas ninguém descubro,
Que homens e carros basta névoa esconde.
Jove aos Dânaos dissipa tal negrume,
Serena o tempo, dá-lhes vista aos olhos;
Pereçam, pois te apraz, à claridade".
Do pranto seu comiserou-se o Padre;
A caligem desfez. Refulge o campo
À luz do sol, e o Telamônio instando:
"Olha e vê, Menelau, se está com vida
O magnânimo Antíloco Nestório:
Corra, ao belaz Eácida anuncie
Do predileto amigo a desventura".
Põe-se a caminho logo o bravo Atrida.
Como leão, depois de haver de noite
Cães provocado e vigilantes guardas,
Que cevar-se nos bois lhe não consentem,
Lasso de vãos assaltos, esfaimado,
O curral deixa e de manhã se aparta,

Mesto e raivoso, expulso por audazes,
Contínuos dardos e tições voantes;
Assim, forçado, o valoroso Atrida
Saiu, temendo que por medo os Gregos
Entregassem Patroclo, e disse: "Ó nobres
Chefes Ajax, tu Merion, não vades
Esquecer-vos do mísero Menécio;
A quem urge ora a Parca, e em vida todos
Sabem como era generoso e brando".
    Mal acaba, se foi. Como águia, dizem
De agudíssimos olhos entre as aves,
Das nuvens lobrigando em verde moita
Lebre ligeira, de repente a empolga,
Lacera e mata; assim, de Jove aluno,
Com vista perspicaz em torno, indaga
Pelas falanges todas se inda vive
Antíloco Nestório. Estava à esquerda
Concitando o combate, e já de perto
Lhe fala o Atrida: "Aqui me escuta, amigo,
Um triste anúncio, que oxalá não fora.
Por ti conheces que o triunfo Jove
Reserva aos Teucros e a ruína aos Gregos:
Jaz Patroclo fortíssimo, dos nossos
Com mágoa imensa! Voa às naus de Aquiles:
Venha salvar sequer o nu cadáver,
Que de Heitor galeato o arnês é presa".
    Antíloco, de ouvi-lo triste e mudo,
Pegada a voz, em lágrimas rebenta;
Mas obedece, confiando as armas
A Laodoco esforçado, que os ginetes
Lhe moderava, e aceleradamente
Choroso os pés o levam para Aquiles,
A anunciar-lhe o caso miserando.
    Nem tu, bizarro Menelau, quiseste
Suprir de Antíloco a sentida falta:

Seus Pílios ao divino Trasimedes
Encomendas, e volves a Patroclo,
Junto aos Ajax parando: "O expresso voa;
Mas, contra o nobre Heitor em que urre Aquiles,
Não pode agora vir, que está sem armas.
Deliberemos nós como remirmos
Da baralha este corpo e a nossa vida".
E o Telamônio: "Amigo, bem discorres.
Já, tu com Merion carrega o morto:
Atrás nós cá, do mesmo nome e audácia,
Que unidos sustentado o marte havemos,
Da chusma e do acre Heitor vos resguardamos".
Os dois erguem nos braços o cadáver;
Bramindo, ao vê-lo, os Teucros se arremessam.
Quando cães, precedendo aos caçadores,
Cerdo acossam ferido, impacientes
De espedaçá-lo, a fera a poucos passos
Vira sanhuda e a caniçalha foge:
Em barda assim, de bipontudas lanças
E de espadas os Teucros acometem;
Mas, tanto que os Ajax torvo os encaram,
Em tropel de cor mudam, nem se atrevem
Sair da fila e disputar Patroclo.
Após os dois que os levam pressurosos
Move-se atroz peleja, e de guerreiros
E de corcéis horríssono tumulto;
Qual, de estridentes sopros ao mugido
Salta em cidade repentino incêndio,
Que em vasta chama desmorona os tetos.
Como rígidos mus, que da montanha,
Labutando e em suor, ou trave ou mastro
Naval trazem por áspera azinhaga;
Vão ambos o cadáver transportando.
E os Ajax o inimigo lhes arredam,
Ao teor do mamilo nemoroso

Que, na campina opondo-se à torrente,
Afasta o rio e lhe desvia o curso.
Em mó porém os Teucros os perseguem,
Mormente o nobre Heitor e o divo Eneias;
E por estes repulsos, à maneira
De uma nuvem de gralhos e estorninhos,
Que ao ver o gavião, terror das pombas,
Guinchando foge, em alarida os Gregos
Se esquecem do combate e retrocedem.
Muito arnês cai no fosso à retirada;
Não cessa todavia o morticínio.

LIVRO XVIII

Arde a peleja, e Antíloco despede.
No já completo a meditar, Aquiles
Ante as naus esporadas suspirava
Dentro em sua alma nobre: "Hui! Por que os Dânaos
Turbados pelo campo as naus procuram?
É que os numes o trago me preparam
Por minha mãe predito; ela afirmava
Que mão Troiana ao Mirmidon mais forte
Roubaria, inda eu vivo, a luz diurna:
Certo jaz morto o mísero Menécio!
Cá voltar o mandei, remoto o incêndio,
E nunca expor-se do Priâmeo à fúria".
Enquanto assim pensava, o bom Nestório
Chega-se, em quentes lágrimas lavado:
"Ai! Pelides sem-par, ouve o mais triste
Fúnebre anúncio, que oxalá não fora:
Nu disputa-se o corpo de Patroclo,
E Heitor brilhante lhe possui as armas".

O herói súbito enubla-se: aos punhados,
De pó suja a cabeça e o rosto afeia,
Denigre em cinza a túnica olorosa;
Carpindo e lacerando as gentis faces,
Por grande espaço o grande corpo estira.
As que ele cativara e o seu Patroclo,
Mestas lamentam, saem fora e o cercam,
A punhos contundindo o seio belo,
Laxos os membros. O Nestório aflito
Chora, nas suas tendo as mãos de Aquiles,
Receia que este a ferro se degole.
O urrar medonho ouviu-lhe a augusta madre
Com seu pai no áqueo pego, e ulula e geme.
Logo a torneiam Glauca, Toa, Acteia,
Neseia, Espio, Cimódoce e Talia,
Olhipulcra Hália, Jera, Agave e Doto,
E Melita e Cimótoe, e Linoria,
Proto, Ferusa, Dinamene e Dóris,
Calianira, Anfínome, Dexamene,
Nemerte, Apseude, Calianassa, Anfítoe,
Panopeia, e a famosa Galateia,
Mais Climene, Oritia, Ianassa e Mera,
E Janira e Amatia auricomada;
Quantas Nereidas há nos fundos mares
Enchem-lhe a gruta argêntea, os peitos ferem.
Tétis seu luto exala: "Irmãs, as penas
Sabei que me angustiam. Miseranda!
O maior dos heróis pari mesquinha!
Criado como planta em horto ameno,
Forte medrava e belo, quando a Ílion
Mandei-o em naus rostradas. Ah! Mais nunca
Posso abraçá-lo no Peleio alcáçar!
Enquanto à luz do sol inda boceja,
Não me é dado abrandar seus pesadumes;

Mas parto a ver na ausência dos combates
Que desgosto assaltou meu caro filho".
Então saiu da gruta, e as mais com ela
Vão lagrimosas dividindo as vagas;
Sobem de Troia à praia, onde varadas
As numerosas naus de Aquiles eram.
Do imo ele soluçava, e a deusa um grito
Soltando agudo, abraça-lhe a cabeça,
Dorido o coração: "Tu choras, filho?
Que amargor sentes? Fala, não mo encubras.
Fez Jove o que pediste alçando as palmas:
Opressos, rebatidos e acuados,
Os Aquivos sem ti por ti suspiram".
"Sim, minha mãe", responde gemebundo;
"Mas que prazer terei, se é morto aquele
Que eu tanto como a vida apreciava?
Heitor, ao trucidá-lo, da armadura
O despojou, pasmoso dom celeste
Feito a Peleu, no dia em que os Supremos
No toro de um mortal te colocaram.
Oh! Também com mortal fosse ele unido,
E entre as marinhas deias habitasse!
Não te causara dor imensa um filho,
Que não hás de rever no lar paterno.
Nem respirar o peito me consente
No meio de homens, sem que a lança minha
A alma arranque de Heitor, vingue a Patroclo".
"Ah!", torna Tétis alagada em pranto,
"Que dizes, filho meu? Se Heitor sucumbe,
Tens iminente o fado". — "Pois morramos",
Diz soluçando Aquiles, "já que ao sócio,
Que tão longe expirou do pátrio ninho,
Remir do bronze hostil não me era dado;
Já que voltar a Ftia me é defeso;
Já que a tantos Grajúgenas amigos

Das mãos Hectóreas preservar não pude;
Já que, excedendo na peleja a todos,
Quanto no parlamento alguns me excedem,
Fiquei-me aqui da terra inútil peso.
Dos numes, dos mortais, vá-se a discórdia,
Vá-se a ira que cega ao mesmo sábio:
Ela mais doce do que o mel estila,
Evapora-se e cresce e os peitos incha;
Tal ma acendeste, poderoso Atrida.
Mas deslembremos a cruel injúria,
Submissos à fatal necessidade.
Do meu Patroclo ao matador já corro,
Embora os Céus a morte me acelerem.
Hércules a esquivou, tão caro a Jove?
A Parca e Juno em cólera o domaram.
Eu jaza onde cair, se é tal meu fado;
Porém colha primeiro ingente glória.
De seio airoso as Dardanas e Teucras,
Em mestos ais, das faces delicadas
Às mãos ambas as lágrimas enxuguem;
Sintam que eu repousava. Nem mo empeças,
Que nisto, minha mãe, não te obedeço".
    A Argentípede logo: "É bom, meu filho,
Que dos consócios teus o exício afastes:
Ora, a exultar, o insigne Heitor ombreia
A ênea tua armadura coruscante;
Mas não exultará sobejo tempo.
Tu não entres no marte, sem que eu volte
Aos olhos teus: ao rei Vulcano parto;
Haverás na arraiada o que precisas".
E às Nereidas virou-se: "Ao fundo aquoso
Ide, irmãs, e a Nereu contai meus males:
Ao celso fabro subo, que a meu filho
Tempere e forje lampejantes armas".
Cessa; as Nereidas súbito mergulham,
E ao celso Olimpo se encaminha Tétis.

Fremindo às praias do Helesponto os Gregos,
Do fero Heitor batidos, se acolhiam,
Sem livrarem Patroclo dentre as lanças;
Pois, como chama, equestres e pedestres
E o fulmíneo Priâmeo o perseguiam:
Três vezes pelos pés ávido o agarra
E brama aos seus; de esforço revestidos,
Os Ajax vezes três do morto o expelem:
Ele ardido, ora investe e escala as turmas,
Ora tem-se a bradar, mas não recua:
Sempre aos dois campeões tenaz resiste,
Qual faminto leão se aferra à presa,
Apesar dos pastores que a vigiam.
E glorioso a rastos o levara,
Se, da corte celeste às escondidas,
De Juno por mandado, não descesse
A núncia procelípede ao Pelides,
A quem rápido clama: "Eia, ó dos homens
O mais terrível, a Patroclo salva,
Por cujo o corpo acérrimos contendem,
Mortes reciprocando, uns a retê-lo,
Outros querendo a Pérgamo arrastá-lo;
Heitor mormente, que num poste almeja
Espetar-lhe a cabeça decepada.
Sus, de ócio basta; pese-te a vergonha
De jogo o amigo ser aos cães de Troia:
Opróbrio é teu, se ultrajam-lhe o cadáver".
"Iris, que deus", pergunta-lhe o Peleio,
"Te envia aqui?" — Responde-lhe a Taumância:
"Do Satúrnio a consorte soberana.
Sublime ele o não sabe, ou qualquer outro
Que habite os cumes do nevoso Olimpo".
"Como", Aquiles tornou, "pelejar posso?
Eles me têm o arnês; a mãe querida,
Antes que volte, proibiu-me a guerra:

Prometeu-me trazer Vulcânias armas.
E não sei que outras vista, exceto o escudo
Do Telamônio Ajax; mas este, creio,
Pelo Menécio luta e a morte espalha".
"Oculto não nos é", replicou Íris,
"Que roubaram-te o arnês: mesmo sem ele
Vai-te ao fosso e aos Troianos apareças;
Da ação talvez atônitos se abstenham,
E os Gregos marciais do afã respirem:
O mais breve respiro é proveitoso".
Dali sumiu-se. Ergueu-se o divo Aquiles;
A grã Minerva a égide franjada
Pôs-lhe aos válidos ombros, de áurea nuvem
Refulgente o coroou: qual monta o fumo
De ilha distante e praça, em morte horrível
Dos cidadãos no dia propugnada,
Onde, ao cadente Sol, nas atalaias
Acendem fogaréus, por que os vizinhos
Tragam naval socorro; assim da nobre
Cabeça o resplendor feria os ares.
Ei-lo ante o fosso, obediente à madre,
Sem mesclar-se no prélio, alteia o grito,
E o da mesma Tritônia inda o reforça,
Pelos Teucros lavrou tumulto e espanto.
Como o clangor da tuba, em duro cerco
De hostes exiciais, o alarma soa,
A voz soou de Aquiles érea e clara:
Treme o inimigo; retrocedem coches,
Dano os frisões comados pressagiam;
Assustam-se os aurigas, do Pelides
Ao ver sobre a cabeça o fogo horrendo,
Mais por Minerva cérula inflamado.
Vezes três sobre o fosso grita Aquiles,
Três debandam-se os Teucros e aliados;
Na confusão, feridos por seu bronze,

Nos coches próprios doze heróis perecem.
Ledos os Dânaos a Patroclo salvam,
E deposto em seu leito, em roda o choram
Amigos seus. O Eácida com estes
Mestas lágrimas verte, contemplando
No féretro a jazer dilacerado
O fido sócio que enviara à pugna,
Para não mais o receber com vida.
    O infadigável Sol, da augusta Juno
Constrangido, mergulha no oceano,
E hão do cruel conflito os Gregos trégua.
Os Troianos também, cessada a lide,
Os tiros desjungindo a ceia esquecem
E em pé se ajuntam, que nenhum se assenta;
Inda os assusta o aparecer Aquiles,
Do funesto combate há muito fora.
    A mão toma o Pantoida, único atento
Ao passado e ao futuro, à mesma noite
Nascido com Heitor, seu companheiro,
Mais eloquente, se inferior na lança;
Cordato orou: "Cautela agora, amigos:
Não se aguarde no campo a ruiva aurora;
Toca a entrar na cidade, é longe o muro.
Irado esse homem contra o fero Atrida,
Menos acres os Dânaos combatiam;
Ledo eu cá pernoitava, na esperança
De rendermos as naus dupliagitadas:
Hoje me temo do veloz Pelides.
Bravo como é, não ficará na liça
Do esforço marcial de Aqueus e Troas;
Irá dentro as mulheres disputar-nos.
Segui-me, isto não falha, eia, marchemos.
A alma noite o retém: se aqui nos colhe,
Crástino alguém terá de exprimentá-lo.
Feliz do que se escape em Ílio santa!

Muitíssimos serão de abutres pasto.
Nunca eu ouça tal nova! Em que vos pese,
A concordar-se, à noite nos munamos
De valioso conselho: propugnemos
Das torres nossas, reforçando as portas
Com travessas e barras bem travadas.
N'alva aos merlões em armas resistamos:
Ser-lhe-á mais árduo contender conosco;
Se as praias deixa, voltará confuso,
Saciados os corcéis de vãos tentames
E correrias, sem pedir-lhe o peito
A cidade assolar: antes que o faça,
De vagabundos cães será tragado".
Austero Heitor: "Despraz-me, Polidamas,
Na muralha encerrarmo-nos de novo:
Não vos cansais de estardes clausurados?
De ouro, de bronzes rica, humanas línguas
De Príamo a cidade apregoavam;
Mas vender as alfaias e os tesouros
Foram-se à Frígia, foram-se à Meônia,
Depois de infesto Júpiter: e agora,
Que rebater e encurralar os Gregos
Ele outorgou-me… Insano, cal-te e cessa;
Ninguém há que te escute, e eu não permito.
Obedecei-me à risca: ceie em ranchos
Todo o exército; vele homem por homem,
Rondem, patrulhem. Quem receia e cuida
Perder seus bens, à tropa os distribua;
É melhor que ela os goze do que os Dânaos.
Ao luzir da manhã, batalha seva
Excite-se ante as naus. Se o divo Aquiles
Surge, o caso talvez será mais grave:
Do horríssono conflito eu não lhe fujo;
Hei de firme arrostá-lo, e um de nós haja
Claro triunfo. A todos Marte ajuda,
E o que matar espera às vezes morre".

Cegos os Teucros por Minerva, aplaudem
Este fatal arbítrio, e o bom rejeitam
Que expendera o sisudo Polidamas.
Ceia depois o exército. — Os Aquivos
Lastimando a Patroclo a noite gastam,
E ao luto a suspirar o herói preside,
Postas as sevas mãos do amigo aos peitos.
Qual barbudo leão, que à densa furna
Chega tarde e acha faltos os cachorros,
Triste e em sanha se atira pelos vales,
Buscando o roubador e os seus vestígios;
Tal geme e brada aos Mirmidões Aquiles:
"Céus, que promessa vã! Dentro em seu paço
Ao grã Menetes segurei que ovante
A Opunta voltaria o filho amado,
Da rasa Troia com porção da presa!
Nem sempre cumpre Jove humanos votos.
Ambos fadado está que rubriquemos
A mesma terra; e aqui terei jazigo,
Sem que à mãe deusa torne e aos pátrios lares.
Já que após ti, Menécio, à campa desço,
Teus funerais espaço, até que eu mesmo
Tire ao teu matador a vida e as armas,
E em desafogo Teucros doze ilustres
Na pira tua imole. Entanto, junto
Fiques das negras naus, e dia e noite
Carpindo em cerco, as Dárdanas formosas
De reguados seios te pranteiem,
Essas que à lança ardidos conquistamos,
Opulentas cidades assolando".
Então faz pôr ao fogo trípode ampla,
Onde a sangueira expurgue-se a Patroclo:
Assentam prestes num brasido o vaso,
Enchem-no, acendem por debaixo lenha,
E a chama em roda lambe e aquece o bojo.

A água mal ferve no sonoro cobre,
Lavado e ungido esparzem-lhe nas chagas
Um bálsamo novene, e em lençol fino,
Da fronte aos pés o envolvem sobre o leito,
Alvo manto por cima. Inteira a noite
Choram-no os Mirmidões, geme o Pelides.
Jove à consorte e irmã: "Juno olhipulcra,
O ardor enfim de Aquiles inflamaste:
Certamente os Aqueus amplo-comados
Provêm de ti". — Responde a augusta Juno:
"Terrífico Satúrnio, que proferes?
Mortal e a nós somenos em cordura,
O homem consegue o intento contra o homem;
E eu que as deusas precedo, eu sangue e esposa
Do nume soberano, eu só não devo
Dano aos Teucros urdir e encher meu ódio!"
Chega, entanto, a argentípede Nereida
À Vulcânea estrelada e incorruptível,
Estupendo lavor do coxo mestre;
Suado a azafamado aos foles o acha,
Trípodes vinte a fabricar, adornos
Da aênea régia: em rodas áureas pousam,
Com que espontâneo ao divinal congresso
Vão-se e tornem-se à casa, oh maravilha!
Perfeitas quase, as pegas só lhes faltam,
Cujos cravos aguça. Ao tempo que ele
Isto engenhava, aproximou-se Tétis.
Eis Cáris, de Vulcano a bem toucada
Gentil consorte, a mão lhe aperta e fala:
"Deusa louçã de flutuante peplo,
Eras aqui mui rara; a que vens hoje?
Anda, vou pôr-te hospitaleira mesa".
Já, de escabelo aos pés, dentro a coloca
Em primorosa claviargêntea sela;
Depois chama a Vulcano: "Vem, que Tétis

Algo há mister". — O artífice responde:
"Quê! Vejo a deusa que salvou-me aflito,
Quando ocultar esse aleijão querendo,
Me fez do céu cair indigna Juno!
Quanto eu sofrera, a não me dar asilo,
Mais do Oceano refluente a prole
Eurínome formosa! Por nove anos
Em cava gruta lhes forjei colares,
Anéis, fivelas, braceletes, brincos:
Roncava espúmeo em torno o imenso pego;
Homem nem deus algum de mim sabia,
Porque Eurínome e Tétis me velavam.
Procura-me a pulquérrima Nereida;
Pagar-lhe devo obrigações tamanhas.
Tu lhe apresenta opíparos manjares,
Enquanto os foles e instrumentos guardo".
Já deixa a incude o monstruoso fabro,
A vacilar nas bambas frouxas pernas:
Retira os foles, mete em arca argêntea
Os utensis; de esponja a cara enxuga,
Pulsos, cachaço e cabeludos peitos;
E, com túnica limpa e um grave cetro,
Vem coxeando; o rei trôpego esteiam
Moças de ouro que às vivas assemelham
Na força e mente e voz, por dom celeste;
Ladeiam-no cuidosas. Tardo o passo,
Vizinho a Tétis, em brilhante sólio
Senta-se, a mão lhe cerra acaricioso:
"De roçagante peplo ó deusa augusta,
Raro aqui vinhas; que pretendes hoje?
Fala segura; o coração me pede
Fazer tudo por ti, se for possível".
E ela a chorar: "Do Olimpo qual das deusas
Tem curtido, Vulcano, as amarguras
Que me propina Jove? Entre as Nereidas

Fui só quem de um mortal entrei no toro,
Do Eácida Peleu forçada esposa:
Velho jaz e abatido; eu, mesta e aflita.
Parir deu-me e criar o herói mais bravo,
Que medrou como planta em horto ameno:
Crescido, o enviei mesma em naus rostradas
Contra estes Teucros. No Peleio alvergue
Não mais hei de abraçá-lo, e enquanto vejo
E goza a luz do sol, vive em tristezas.
Nem consolá-lo sei: roubou-lhe o Atrida
A quem houve em prêmio, e a dor e o pejo o ralam.
Dante as popas os Dânaos, rechaçados,
Nem saíam; deprecam-lhe os melhores
E honrosos dons prometem: nega-se ele,
Mas no seu mesmo arnês manda a Patroclo
E os Mirmidões, que às portas Ceias pugnam
O dia inteiro. E então caíra Troia,
Se Apolo entre a vanguarda não matasse,
Para glória de Heitor, ao bom Menécio,
Que amplo estrago esparzia. A teus pés rogo
Faças ao filho meu de curta vida
Elmo, escudo, loriga e afiveladas
Grevas gentis: perdeu-lhe o amigo as armas;
E ele opresso e no pó jaz consternado".
Diz Vulcano: "Sossega, não te aflijas.
Pudesse à minaz Parca subtraí-lo,
Como lhe hei de aprestar brilhantes armas,
Dos humanos espanto". Eis vai-se aos foles,
Vira-os ao fogo, e ordena-lhes que operem.
Eles em vinte forjas respiravam,
Ora com sopro lento, ora apressado,
Segundo o que há na mente e quer o artista.
Cobre indômito ao fogo e estanho e prata
E ouro pôs fino, ao cepo vasta incude,
A tenaz numa mão, noutra o martelo.

Sólido forma o escudo, ornado e vário
De orla alvíssima e triple, donde argênteo
Boldrié pende, e lâminas tem cinco.
Com dedáleo primor, divino engenho,
Insculpiu nele os céus e o mar e a terra;
Nele as constelações, do polo engastes,
Órion valente, as Híadas, as Pleias,
A Ursa que o vulgo domina Plaustro,
A só que não se lava no Oceano.
Duas cidades povoou. — Solenes
Bodas há numa: as noivas, entre fachos,
Vêm dos tálamos, guiam-nas chamando
Por himeneu; de giro dançam moços,
Tocam flautas e cítaras; mulheres,
Dos vestíbulos seus, estão pasmadas.
Apinham-se no foro, a ver o pleito
Que por causa da multa as partes erguem
De um recente homicídio; afirma ao povo
Um tê-la pago à risca, o outro o nega,
Produzir ambos testemunhas querem;
Divide-se o favor, soa o tumulto,
E impõe silêncio arautos; sobre lisa
Pedra, em círculo sacro, estão juízes,
Que em varas dos arautos clamorosos,
Por seu turno opinando, em pé se encostam;
Ali no meio há de ouro dois talentos,
Para quem proferir melhor sentença.
Na outra cidade, exércitos se acampam
A reluzir. Os cercadores traçam
Destruí-la, ou metade saquear-lhe
Do que há no soberbíssimo castelo.
Os de dentro, insistindo, armam ciladas;
Em guarda ao muro os velhos e as mulheres
E os meninos deixando, uma sortida
Fazem com Marte e Palas, ambos de ouro

E de ouro as vestes, cujo brilho e talhe
Dos humildes mortais os distinguiam.
Eles, já de emboscada ao pé de um rio
E onde o armento bebia não se despem
Do fulgoroso bronze, e avante postam
Vigias dois que da chegada avisem
De negros bois e ovelhas. Já descobrem
Uns pastores que, alheios das insídias,
Na avena divertiam-se, e improvisos
Aos míseros matando, se apossavam
Do alvo rebanho e gado. Os cercadores,
Em assembleia, a bulha e o mugir fere,
E montando os corcéis, rápido às abas
Do rio empenham férvida batalha:
Vaga a Discórdia, o Susto; aferra a Parca
De fresco um vulnerado e um são e um morto,
E os roja pelos pés, e tinto em sangue
Ata aos ombros o manto. Os combatentes
Parecem vivos; de uma e de outra parte,
Dos sócios os cadáveres carregam.
    Mole alqueive insculpiu, largo, abundoso,
Três vezes amanhado, e o lavram muitos,
Aqui e ali dos bois virando o jugo;
Ao fim de cada sulco, um homem sempre
Lhes verte um copo de suave baco;
Eles outros começam, desejosos
De profundá-los todos. Bem que de ouro,
Atrás negreja o alqueive, nem que arado
Verdadeiro o fendesse: oh grão prodígio!
    Insculpiu loura messe, e dos ceifeiros
Foice a talha afiada: em linha os molhos
Por terra vão caindo; enfeixadores
Seguem três para atá-los, e uns meninos
Lestos atrás colhendo, os acumulam.
Numa paveia, o rei cetrado assiste,

Silente e alegre; à sombra de um carvalho
Arautos põem-lhe a mesa, espostejada
Enorme rês; mulheres aos ceifeiros
Mesclam vária farinha e a ceia aprontam.
Áurea vinha insculpiu de roxos cachos,
Que ao peso verga, e arrima-se em argêntea
Fieira de tanchões; de estanho sebe,
Fosso de esmalte a cinge; uma azinhaga
Só tem para a vindima: adolescentes
E donzelinhas, de ânimo sinceros,
O doce fruto em canistréis apanham.
Tange um menino harmônico alaúde,
E canta com voz meiga ao som das cordas;
Bailam tripudiando os vinhateiros,
A repetir a ponto as melodias.
Manada ali gravou de altivos cornos:
De ouro e de estanho os bois, mugindo rompem
Do curral para o pasto, indo-se às margens
De ressonante caniçoso rio;
De ouro há vaqueiros quatro e mastins nove;
Dois medonhos leões na frente empolgam
Um touro berrador, que a rastos geme;
Segue a matilha e a gente, mas as feras
Chupam-lhe o sangue e as láceras entranhas;
Os vaqueiros seus cães debalde açulam;
Os cães morder as feras não se atrevem,
Bem que de perto ladrem. — Pôs Vulcano
Em vale ameno cândidas ovelhas,
E redis e tapigos e tugúrios.
Coreia ali gravou, qual na ampla Cnosso
Fez Dédalo à pulcrícoma Ariadna.
Moços e virgens palma a palma enlaçam.
A terra pulsam: tênue linha as veste,
Veste-os guapo tecido azeitonado;
Elas flóreas grinaldas, eles trazem

Áureos alfanjes em talins de prata.
Com mestra e leve planta, ou já discorrem
Qual do oleiro tocada ao móbil torno
Rápida volve a roda, ou já desfilam:
Deleita-se o tropel que em cerca pasma.
Dois adiante uma toada rompem,
A voltear e aos pulos. — Em remate,
Na orla esculpiu do enorme rijo escudo
A ingente força do Oceano rio.

Depois forma a couraça mais que o fogo
Resplandecente, e à fronte acomodado
Grave brunido casco de áurea crista,
E de dúctil estanho as grevas tece.

Completo alçando o arnês, à mãe de Aquiles
O deus o oferta; ao gavião parelha,
Toma as Vulcânias coruscantes armas,
Do alto nevoso Olimpo se despenha.

LIVRO XIX

Do fluente Oceano a crócea Aurora
Surgindo, homens e deuses alumia;
E às naus Tétis baixando, o seu dileto
Em soluços encontra e os companheiros,
Que em torno de Patroclo o lamentavam;
Pega da mão do filho a clara deia:
"Do céu vontade foi; bem que saudosos,
Deixemo-lo em descanso, amado Aquiles.
Tu Vulcânias recebe ínclitas armas,
Quais não coube a varão jamais vesti-las".

Deposto aos pés do herói, o arnês retine.
De susto os Mirmidões fitar nem ousam
Tal maravilha, apartam-se espantados:

Ele, ao vê-lo, de cólera trasborda,
Olhos em brasa, as pálpebras em chama;
Folga de o manejar. De examiná-lo
Já saciado: "Minha mãe", profere,
"Certo a não fez mortal, obra é divina!
Armar-me irei; mas temo que entrem moscas
Nas chagas do guerreiro e criem vermes,
Que ah! sem vida, o cadáver deturpando,
Os dissolvidos membros lhe apodreçam".
E a genetriz: "Não cures disso, filho;
Enxotarei eu mesma o agreste enxame
Que imolados belígeros devora.
Jazesse um ano, que seria inteiro,
E inda melhor. Convoca os chefes Gregos;
Apaziguado, ao rei dos reis perdoa;
Do teu valor te escuda, ao prélio corre".
Disse, e brio audacíssimo lhe infunde;
Mas em Patroclo, a preservá-lo, instila
Pelas ventas ambrosia e rubro néctar.
Ao longo vai da praia o divo Aquiles,
E excitando os Grajúgenas vozeia:
Surdem mesmo os que a bordo permanecem,
Despenseiros, pilotos, contramestres,
A olhar o campeão que às armas torna;
Os fâmulos de Marte, Ulisses nobre
E Tidides belaz, das chagas inda
Vêm manquejando, n'hasta abordoados
E sentam-se diante; último assoma
O sumo cabo, na áspera contenda
Por Coon Antenórida ferido.
Começa Aquiles: "Poderoso Atrida,
Primeiro que a discórdia nos roesse,
Magoados corações por uma escrava,
Oh! Diana ante as naus a asseteasse,
No mesmo dia que abati Lirnesso!

Nem tanto Aqueu prostrado o pó mordera,
Nem do ódio meu tenaz Heitor folgara:
Há de lembrar nossa disputa aos Gregos.
Mas enfim o passado é sem remédio;
Curva-nos o destino. Amaino a fúria,
Justo não é perpetuar as iras.
Eia, os comados sócios, Agamêmnon,
Ao prélio anima; ensaiarei se os Teucros
Pernoitar junto às naus inda pretendem:
Algum, penso, escapado à lança minha,
Dobrar não deve os joelhos em sossego".
    Conciliado o magnânimo Pelides,
Os Dânaos alegraram-se, e Agamêmnon
Do próprio assento orou sem levantar-se:
"Márcios Gregos amigos, escutai-me,
Não me atalheis: quem há, facundo embora,
Que no alvorote ouvir ou falar possa?
Desfalece o arengueiro mais sonoro.
Dirijo-me ao Pelides; mas vós outros
Sede-me atentos. Os Aqueus me imputam
Quanto o meu fado e Júpiter obraram
E a noctívaga Erínis, que Ate seva,
Naquele dia que roubei-te o prêmio,
Lançaram-me na mente. E que remédio?
Ate o fez crua e atroz, que, intacto o solo,
Sobre as cabeças dos varões passeia,
A ofender, a enredar. Nem mesmo a Jove
Seu genitor poupou, que é proclamado
Potentíssimo entre homens e entre numes,
Quando, apesar do sexo, o enganou Juno,
Indo a parir Alcmena a Hercúlea força
Na turrígera Tebas. A jactar-se
Disse ele então: — Celícolas, agora
Vos declaro um segredo. Hoje Ilitia
Homem, dos partos árbitra, à luz manda

Que os vizinhos impere, e do meu sangue. —
Matreira Juno: — É falso, tal não cumpres;
Ou jura-me solene que os vizinhos
Há de imperar quem hoje nasça e caia
Aos pés de uma mulher, e de teu sangue. —
Ele jurou incauto, e arrependeu-se.
Voa do Olimpo Juno; busca em Argos
A alma esposa de Estênelo Perseides,
Prenhe de sete meses, e imatura
À luz fê-la brotar seu tenro filho;
De Alcmena tolhe o parto e as agras dores.
Veio contá-lo a Jove: — Altitonante,
Euristeu forte é nado, o Estenelides;
Merece, que é teu sangue, o império de Argos. —
Pungido n'alma, aos nítidos cabelos
O Satúrnio Ate agarra, jura à Estige
Não consentir no Olimpo e claro assento.
Ate nociva a todos, e a rodá-la
Do estelífero polo a precipita:
Ela o afligiu de cá; gemia o Padre
Vendo sob Euristeu sofrer Alcides.
E eu, quando às popas destroçava os Gregos
O galeato herói, não me esquecia
De Ate que esta só vez tirou-me o siso.
Pois Jove o permitiu, quero aplacar-te:
Corre ao combate, o exército afervora;
Tudo que ontem na tenda o nobre Ulisses
Te enumerou, terás. O ardor guerreiro
Sopeia, espera, e da nau minha servos
Presentarão mil dons que te contentem".
    Responde o velocípede: "Os presentes
Em teu poder está, rei soberano,
Ou retê-los, ou dar-mos, como é justo:
Agora, ao marte, não convém tardanças;
Há muito que fazer. De novo Aquiles

Se veja a derrotar falanges Teucras;
Batei-vos corpo a corpo, a exemplo dele".
E o cauteloso Ulisses: "Bem que exímio
Sejas, divino Eácida, à batalha
Sem comer nossos Gregos não constranjas;
Que, encetada uma vez, não será breve,
E um deus a instigará de parte a parte.
Vinho e pasto os restaure; o mais robusto
Em jejum té sol posto não resiste:
O brio o incita, mas de fome e sede
Pesado e mole, tremem-lhe os joelhos.
O repleto peleja o dia inteiro;
De ânimo audaz, não refocila os membros,
Antes que cesse totalmente a pugna.
Almoce a tropa, as dádivas o Atrida
Nos apresente em público, e tu folgues.
O rei nos jure, e em pé, que nunca a jovem
Teve em seu leito, ou se ajuntou com ela.
Mitiga-te com isto; e lauta mesa
Ele na tenda sua te aderece,
Para nada omitir-se. De ora avante
Sê mais reto, Agamêmnon; que um monarca
Em reparar a injúria não se avilta".
E o rei dos reis: "Agrada-me, Laércio,
Quanto em ordem e a ponto nos lembraste.
Jurar é meu desejo, e às divindades
Perjuro não serei. Contenha o fogo,
Nesta assembleia os dons espere Aquiles;
Sinceros a aliança aqui firamos.
Concordo, Ulisses, toma a flor guerreira,
Que nos traga os presentes e as cativas;
E pelos vastos arraiais Taltíbio
A toda a pressa um javali conduza
Que a Júpiter e ao Sol vítima seja".
Replicou-lhe o Pelides: "Agamêmnon,
Glorioso monarca, isso fizesses,

Quando, suspenso o ataque, menos ira
O fígado me inchasse. Tantos jazem,
De Heitor prostrados com celeste ajuda,
E instais pelo festim! Ao prélio, amigos;
Vingança, e a folgo à tarde cearemos.
Nem bebida ou comer pela garganta
A mim me há de passar; que em minha tenda,
Para o pórtico os pés, de agudo bronze
Está meu bravo sócio traspassado,
Entre saudoso pranto: hei só na mente
Sangue e estrago, e soluços e agonias".
Torna Ulisses: "Fortíssimo dos Gregos,
Exceles tu na lança, eu na prudência:
De um mais velho e instruído aceita o aviso.
Cansados os heróis que a muitos segam,
Messe maior derribam, das batalhas
Quando inclina a balança o árbitro sumo.
Com nosso ventre os mortos não choremos;
Diariamente os esquadrões sucumbem;
Como do luto respirar? Um dia
Sagre-se à dor, e enterrem-se os finados.
Quem se livrou, da sede e fome cure,
E em brônzeo arnês, indômito ao conflito
Retorne amaro. Incitamento novo
Nenhum de vós aguarde; ai do que inerte
Nas popas se ficar! Num corpo, todos
Marchemos, gente forte, aos inimigos".
Presto escolhe os Nestóridas e Meges,
Melanipo e o Creôncio Licomedes,
Merion e Toas; vão-se à tenda régia.
Dito e feito: uma dúzia de cavalos,
Mais vinte caldeirões, trípodes sete,
Guapas jovens prendadas apresentam,
Sendo oitava Briseida airosa e linda:
Os que pesou talentos mostra Ulisses,

E os moços após ele o mais traziam;
Tudo à vista se expôs. — O Atrida ergueu-se;
Taltíbio, um deus na voz, sustendo arrasta
O javali para o pastor dos povos:
Este puxa o punhal que pende sempre
Da bainha da espada, e ao cerdo o pelo
Em primícias raspado, alçando as palmas,
Se encomenda ao Supremo. Respeitosos
Os circunstantes em silêncio o escutam:
Ele o céu largo fita, e assim perora:
"O ótimo atesto onipotente Padre,
E a Terra e o Sol, e as Fúrias que no inferno
Punem falsários: nunca foi tocada
Por mim Briseida, ou compartiu meu leito,
Pura ficou. Se minto, os sacros deuses
O castigo me inflijam do perjúrio".
Disse, e a punhal o javali degola;
Taltíbio a volteá-lo às brancas ondas
O atira aos peixes, e o Pelides clama:
"Júpiter, que de angústias nos reservas!
No imo nem me ofendera, nem Briseida
Me arrebatara o Atrida, se de morte
Não quisesse ferir a tantos Gregos.
Ide agora almoçar; depois, aos Teucros".
E solve o ajuntamento, sem demora
O seu navio cada qual procura.
Aos de Aquiles as dádivas traspassam
Os Mirmidões, que em tendas as colocam;
Assentam-se as mulheres, e escudeiros
Metem na estrebaria os corredores.
Vê d'áurea Vênus êmula Briseida
O lacerado corpo, e em roda ulula,
Rasga os peitos e o colo e as pulcras faces,
Em pranto e a soluçar: "Patroclo amigo,
Vivo deixei-te e morto aqui te encontro,

Sublime herói! De mal em mal tropeço!
Vi num dia expirar quem me escolheram
Meus dignos pais, e os três irmãos dess'alma
Que gerou minha mãe; quando o marido
Matou-me a bronze Aquiles e ao divino
Mínete os muros destruiu, quiseste
As lágrimas reter-me, e asseveravas
Que, esposa eu transportada, em sua corte
Farias que ele celebrasse as bodas;
Choro-te, ó generoso, ó compassivo!"
E as mais, também o morto parecendo
Gemer e prantear, por si carpiram.

Que se alimente os príncipes lhe pedem,
Mas recusa o Pelides suspirando:
"Não me insteis, vos conjuro, ó camaradas:
A dor não me permite alimentar-me;
Espero pela tarde". E os reis despede.
Ficam por consolá-lo os dois Atridas,
Nestor e Idomeneu, Fênix e Ulisses;
Mas seu único alívio é na carnagem.
De saudades anseia e em ais prorrompe:
"Íntimo do meu peito, aqui na tenda
Lauto almoço me punhas, quando os Gregos
Marte aguçavam lagrimoso aos Teucros:
Ora tens roto o seio, e o nojo impede
Que eu beba e coma. Nem pior seria
Se morresse meu pai, que terno em Ftia
Chora talvez por mim, flagelo de Ílio
Da odiosa Lacena em desafronta;
Nem que em Ciro perdesse a prenda amada,
Se é que vive o deiforme Neoptolemo,
Contava o coração que eu só da pátria
Longe acabasse, mas que tu meu filho
Em fresca nau de Ciro conduzisses,
Para o meter de posse dos meus servos,

Do meu celso palácio e mais riquezas.
Peleu cuido sem vida, ou velho e enfermo
Se inda respira, aguarda a cada passo
Do meu final desastre o anúncio triste".
    Assim lamenta, e os próceres com ele
Dos longínquos penhores se apiadam.
Condoído o Satúrnio, a Palas chama:
"Filha, o exímio varão desamparaste;
Já não te importa Aquiles? Ante as popas
Sentado assíduo geme, e enquanto almoçam
Os Dânaos todos, ele só jejua.
Para estancar a fome, eia, lhe instiles
Nos órgãos doce ambrosia e néctar puro".
    Pronta por si, corta Minerva os ares,
Qual arguto xofrango de asas pandas;
Baixa ao campo, onde os Gregos já se armavam,
No Pelides instila ambrosia e néctar,
Por que a fome os joelhos não lhe afraque,
E à casa etérea de seu pai remonta.
Das naus fervia a gente: como as neves
Que Jove expede gélidas, soprando
Serenador e desenvolto Bóreas,
Broquéis surdem copados, malhas, elmos,
Fraxíneas hastas, côncovas lorigas;
Sobe o fulgor aos céus, ao lume aêneo
Ri-se a terra, ao tropel freme a campanha.
No meio, olhos em fogo, estruge os dentes
Sanhudo o herói, de mágoas devorado;
Veste as obras do deus: com prata as grevas
Às pernas afivela; o peito arnesa;
Ao tiracolo claviargêntea espada.
Embraça o belo primoroso escudo,
Cujo imenso esplendor, ferindo as nuvens,
Era como o da Lua, ou como a chama
Que arde elevada em solitário monte

Para guia dos nautas que a procela
Dos amigos alonga em mar piscoso.
Como estrela, à cabeça o casco brilha
De equinas sedas e áureo undante crino
Que em torno da cimeira pôs Mulcíber.
Nas armas, prova o maioral de povos
Se lhe iam bem: como asas o exalçavam.
Tira do forro a pátria enorme lança,
Que ninguém mais, só ele, manejava,
Do Pélion freixo, a tanto herói funesto,
A Peleu dantes por Quiron talhado.
    Alcimo e Automedon a biga jungem
Com circunfuso loro, ajeitam freios,
Para o assento incrustado as rédeas puxam;
Do hábil flagelo Automedon pegando,
Ao carro salta. Após, de ponto em branco,
Aquiles monta, e como o Sol fulgura;
Aos Peleios corcéis tremendo brada:
"De Podargo alta raça, ó Xanto e Bálio,
Fartos nós da peleja, de outro modo
Vosso auriga salvai no campo Graio:
Morto não me deixes, qual meu Patroclo".
    Xanto a cabeça inclina, e esparsa a coma
Cai entre o jugo em terra; assim responde,
Pois deu-lhe fala a bracinívea Juno:
"Salvo esta vez serás, fogoso Aquiles;
Mas perto a Parca tens, sem nossa culpa,
Sim de um nume e do fado. Se a Patroclo
Os Teucros despojaram, por inércia
Não foi dos teus corcéis; foi na vanguarda
Prostrado pelo filho de Latona,
Para Heitor gloriar-se. A ligeireza
De Zéfiro no curso igualaremos,
Que se diz mais veloz; contudo é força
Por um deus e um varão domado seres".

A voz lhe embargam neste ponto as Fúrias.
Clama o herói indignado: "A morte, Xanto,
Me vaticinas? Isso não te quadra.
Força é morrer, eu sei, de Ftia longe
E de meus pais queridos; mas aos Troas
Hei de saciar a sede de combates".
Nisto, à frente gritando, impele o carro.

LIVRO XX

Enquanto com o herói sedentos Graios
Se armam na frota, e na colina os Teucros,
Do Olimpo sinuoso expede Jove
Têmis, que gira tudo e chama os deuses
À Dial corte: menos o Oceano,
Rio algum não faltou, nem faltou ninfa
Que bosque habite ou fonte ou prado ervoso.
Já do Nubícogo em polidas selas,
Que lhe engenhou Vulcano, estavam todos,
Quando cortês o rei dos mares chega,
Toma seu trono e diz: "Senhor do raio,
Por que de novo os imortais convocas?
Sobre os Aqueus e os Teucros deliberas,
Prestos a arder em sanguinosa lide?"
Responde o irmão: "Netuno, em mim penetras;
Eu de Ílio curo, bem que já no extremo.
Mas, do espetáculo a gozar tranquilo,
No celso Olimpo ficarei; vós outros,
A bel-prazer, a Gregos ou Troianos
Auxiliai: se Aquiles só combate
Os que de o ver atônitos fugiram,
Nem por um pouco o susterão, mormente
Ora que pelo amigo enraiva e brame.
Temo que assole, contra o fado, o muro".

Com isto inflama os deuses, que discordes
Vão-se: às naus, Juno e Palas, mais Netuno,
O útil sutil Mercúrio, e o coxo nume
Duro e atroz, bem que as tíbias lhe vacilem;
Mas aos Troas, Gradivo de éreo casco,
O intenso Apolo, a madre, a irmã frecheira,
Xanto e a ridente Vênus. Longe os deuses
Da luta, ovantes os Aqueus floreiam
Da aparição de Aquiles, e os Troianos
Tremem do velocípede, que em armas
Lampeja e emula ao cru Belipotente;
Mas, do Olimpo ao descerem, num ruído
Ferve tudo: Minerva ora do fosso,
Ora da praia ressonante grita;
Qual negro furacão rugindo Marte,
Anima os Teucros, ou do sumo alcáçar,
Ou do Símois correndo os verdes coles.
Mal os celestes o conflito abrasam,
Troveja horrendo Júpiter; Netuno
Abala a terra ingente e os celsos montes,
Do Ida manante os cimos e as raízes,
A Troiana cidade e as naus Aquivas;
Pálido o inferno rei do trono salta,
Com medo exclama de que, o chão fendendo,
O Enosigeu aos vivos descobrisse
A hedionda mansão, terror dos homens,
De que as mesmas deidades se horrorizam:
Com tal fragor os imortais contendem!
Febo a Netuno opunha-se de setas;
Palas a Marte; a Juno a de arco de ouro
Do Longe-vibrador irmã frágueira;
Ao lucroso Mercúrio a mãe de Apolo:
A Vulcano o Escamandro, que os Supremos
Xanto nomeiam, vorticoso rio.
Deus a deus se afrontava: mas Aquiles

Busca entre a chusma Heitor, que no seu sangue
Da guerra o nume ceve. Apolo entanto
Esperta e incita o coração de Eneias,
Simula a voz de Licaon Priâmeo:
"Onde, ilustre Anquisiada, a promessa,
Que entre os copos fizeste ameaçadora,
De arrostar o Peleio?" — Eneias logo:
"Por que assim, Priamides, me constranges
A pelejar contra o soberbo Aquiles?
Já nos medimos, do Ida já de lança
Me afugentou, caindo em nossos gados
E arrasando-nos Pédaso e Lirnesso:
Jove deu-me asas e vigor nas pernas;
Senão, domado eu fora; porque avante
Minerva a derribar o acorçoava
Com bronze agudo a Lélagas e Troas.
Varão não se lhe atreve: um deus ao lado
Preserva-o sempre, e o tiro seu voando
Sem falência transpassa humanas carnes.
Tivesse eu patrocínio igual ao dele,
Que o Pelides não fácil me vencera,
Ser de metal embora se glorie".
        Febo tornou: "Depreca os Sempiternos.
De inferior deusa vem, que o dizem filho
Da filha de Nereu; por mãe tens Vênus,
Prole de Jove. De éreo pique, a ele;
De seus feros, herói, não te acobardes".
Assim o inspira, e o maioral de povos
Brioso à frente sai e armado brilha.
        Juno em busca do Eácida o percebe
Turmas rompendo, e ao bando seu previne:
"Olhai como isto irá, Netuno e Palas;
Contra Aquiles Apolo o Anquíseo impele.
Repulsemos o deus, e um de nós perto
Corrobore o Pelides; o herói sinta

Que deuses potentíssimos o escudam,
E outros em pró de Troia em vão se empenham.
Do Olimpo aqui baixamos, para que hoje
Não padeça: ao depois lhe estale o fio
Curto que desde o berço as Parcas dobam.
Se informado não for por nós Aquiles,
Temerá qualquer deus que infenso veja;
Que a presença de um deus sempre é terrível".
O Enosigeu responde: "Não te assustes,
Fica-te mal, Satúrnia. Por mais fortes,
Nos abstenhamos, e os mortais que briguem:
De atalaia espreitemos. Entre em liça
Marte ou Febo, de Aquiles a ação tolham,
Que travaremos guerra; e estou que em breve
À divina assembleia e sacro Olimpo
Terão de reverter, por nós domados".
Então sobe à muralha o azul monarca
Por Minerva e os Troianos construída,
Refúgio para Alcides, se a tremenda
Orca da praia o perseguisse ao plaino:
Sentam-se ali Netuno e os sócios deuses,
De insolúvel nublado circunfusos.
D'além, Arcitenente, nesses coles
Os teus com Marte urbífrago te cercam.
Uns e outros espaçosos deliberam,
Estrear duvidando o morticínio;
O Satúrnio de cima os esporeia.
Luzem no cheio campo homens e carros,
Treme e reboa do estrupido a terra;
Mas dois varões ao meio ardentes marcham,
O Anquíseo belicoso e o divo Aquiles.
De elmo a nutar pesado, avança Eneias,
Minaz agita o escudo e o peito cobre,
Brande êneo pique; vem de encontro o Grego.
Sevo leão, que um pago todo investe,

Primeiro desdenhoso encara a turba;
Se de azagaia o sangra ousado moço,
Torcido e hiante mostra espúmeos dentes,
Geme, de cauda açouta ilhais e coxas,
Raiva, olhos gázeos rola, aos dianteiros
Pular ensaia ou perecer com brio:
Tal fúria invade o coração de Aquiles
Contra o galhardo corajoso Eneias.
    Já fronte a fronte, o pé-veloz começa:
"Por que, Eneias, tão fora estás da linha?
Vens combater comigo, e imperar contas
Nos cavaleiros Teucros? Se venceres,
Príamo em tuas mãos não larga o cetro,
Que há prole e mente sã. Talvez esperas,
Por matar-me, vinhedo e férteis veigas?
Árdua empresa, pois cuido que esta lança
Talvez te afugentou. Lembras-te quando,
Longe dos bois, do Ida rechacei-te?
Nem para trás olhavas na carreira,
Até Lirnesso. Com Minerva e o Padre,
A Lirnesso abati, privei do livre
Dia as mulheres e comigo as trouxe;
Mas Júpiter salvou-te: hoje em vão pensas
Que ele te salve. Às linhas te recolhas;
Evita o meu furor, foge, que é tempo.
Do erro tarde o insensato se arrepende".
    Retorque Eneias: "Eu não sou, Pelides,
Criancinha que assustes com palavras.
Posso também de injúrias carregar-te;
Que sabemos de ouvida a estirpe nossa,
Bem que avós teus não conheci de vista,
Nem conheceste os meus. Prole te aclamam
Peleia e da pulcrícoma Nereida;
Nasci de Vênus e do grande Anquises:
Parte hoje destes chorarão seu filho;

Pois não creio daqui nos separemos,
De pueris bravatas satisfeitos.
Mas ouve, se te apraz ouvir quem somos,
Que Júpiter gerou, como é constante,
A quem Dardânia ergueu; pois Ílion sacra
Em pé não era, e do Ida fontanoso
À raiz os falantes habitavam.
Dárdano houve o riquíssimo dos homens
Erictônio, que em brejos lhe pasciam
Éguas três mil, da nédia raça ufanas:
Prenhes do amante Bóreas, na aparência
De um corcel negro de azulada crina,
Pariram doze poldros, que saltando
Pela alma terra, a messe nem feriam,
E a brincar pela vasta equórea espalda,
Leves no salso argento escorregavam.
Erictônio houve a Troa, que o príncipe Ilo
Teve e Assáraco após, e o mais formoso
Dos mortais o deiforme Ganimedes,
Para escanção de Jove arrebatado,
Celícola gentil. Foi de Ilo fruto
O exímio Laomedonte; o qual por filhos
Contou Clício e Titon, Príamo e Lampo,
Hicetoon mavórcio. Cápis, que era
De Anquises pai, de Assáraco foi nado,
Gerou Príamo a Heitor, gerou-me Anquises,
Gabo-me sim de uma prosápia ilustre;
Bem que, absoluto e onisciente, Jove
Alça ou baixa o valor no peito humano.
Mas loquela infantil cesse entre as armas,
Podemos ambos despejar opróbrios
Que uma nau de cem remos abarrotem;
Que a língua é solta e infindos os dictérios,
E troco é de um convício outro convício.
Mas para que ralharmos, quais mulheres

Que, na rua assanhadas altercando,
Se insultam com verdades e mentiras?
Pronto a pugnar, teus feros não me aterram.
Eia, as lanças de perto experimentemos".
E vibra a sua contra o escudo horrendo,
Onde fixa ressoa a cúspide ênea.
Turba-se Aquiles, e do peito o escudo
Com mão robusta afasta, receando
Que o magnânimo Eneias lho atravesse:
Deslembra estulto que divinas armas
Fácil ao braço de um mortal não cedem.
Lâminas cinco lhe dobrou Vulcano,
De cobre as duas, as de estanho em baixo,
Áurea a do meio: nesta embaça o tiro,
Que as de cima traspassa o herói Troiano.
Então sua hasta longa expede Aquiles,
E a rodela inimiga no alto fura,
Onde éreo fio em derredor corria
E tênue couro: o arnês rebrame ao choque
Do Pelíaco freixo; o corpo Eneias
De susto encolhe, e a tarja ao longe estende;
Ávido rasga o pique as orlas duas,
Por sobre o dorso vara e o solo espeta.
Livre do bote, os olhos se lhe ofuscam
De centúplice dor, sentindo a lança
Perto no chão pregada. Lesto Aquiles
De gládio o investe com terríveis urros.
Pega e meneia o Anquíseo pedra enorme,
A dois varões d'agora nímia carga:
Certo, por defender-se, o escudo ou casco
Eneias lhe fendera; mas à espada
O matara o Pelides, se Netuno
Aos deuses não bradasse: "Dói-me, ó numes,
Que às mãos de Aquiles o brioso Eneias
Louco desça a Plutão, por confiar-se

No Longe-vibrador, que o não socorre.
Por que inocente pagará por outros
Quem sempre aos imortais mil dons oferta?
Salvemo-lo, que Jove há de agastar-se
De o ver extinto. É fado que a progênie
Permaneça de Dárdano, a mais cara
Prole que de mulher teve o Satúrnio;
A geração de Príamo ele odeia:
Quer pois que Eneias reine, mais seus filhos,
E os que dos filhos procedendo forem".
A quem Juno olhitáurea: "Considera
Contigo, Enosigeu, se tu o resguardas,
Ou se acabe no instante o pio Eneias;
Que eu e Palas juramos ante os deuses
Nunca a um Teucro valer, nem que Ílio em cinzas
Caia abrasada pela Grega chama.
Isto ouvindo Netuno, entre o ruído
E furor do combate, a Eneias busca;
Derrama logo em torno do Pelides
Cego negrume; da rodela saca
Do bravo Teucro o freixo de érea ponta,
Põe-no aos pés do rival; com rude impulso
Faz o deus que de um salto Eneias vença
Muitas filas de heróis, de carros muitas,
E pare n'ala extrema, onde em batalha
Armavam-se os Caucomes. Face a face,
Presto Netuno exclama-lhe: "Insensato!
Que deus ora te excita contra Aquiles,
Mais do que tu valente aceito aos numes?
Ah! Foge de encontrá-lo, a não quereres,
Apesar do destino, ir aos infernos:
Mas, quando a morte o ceife, audaz propugnes;
De outro Aquivo nenhum temer-te podes".
Assim que instrui a Eneias, d'ante Aquiles
Desfaz a névoa grossa. Este vê claro,

Entre si diz gemente: “Hui! Que prodígio!
A hasta a meus pés, sumiu-se o herói que ardente
Com ela eu quis matar! Os deuses o amam,
Não é vanglória sua. E bem, comigo
Não mais se atreverá: salvou-se, basta.
Ora sus; aguçado o esforço Aquivo,
Os mais Teucros provemos. Logo às filas
Salta, exorta um por um: “Valentes Gregos,
Longe estais; barba a barba, arremessai-vos:
Por mais forte que seja, é-me impossível
A tantos perseguir, lutar com todos;
Nem Mavorte imortal, nem Palas mesma
Turmas tais acossando opugnaria.
Mas, quanto em mãos e em pés e em brio valho,
Tudo vos sagro, e sem respiro aos Teucros
Me enviarei; nem folgará, presumo,
Quem deste pique a tiro se aproxime”.

Também Heitor concita, aos seus promete
Ao Pelides marchar: “Bizarros Frígios,
Aquiles não temais. Eu de palavras
Posso aos deuses me opor, nunca de lança,
Que mais potentes são: nem tudo Aquiles
Tem de acabar; obtenha uma façanha,
Que outra será no meio mutilada.
Corro a encontrá-lo, embora ao ferro ou bronze
Imite seu valor, seu braço ao fogo”.

Animados os Teucros, de hasta em punho,
Em algazarra, em mó se precipitam
Mas a Heitor susta Febo: “Heitor, suspende,
Que se da linha sais, a estoque ou dardo
O Aqueu te prostrará”. Da voz divina
Heitor se abala, no tropel se esconde.

De coragem vestido, urrando fero,
Surge Aquiles. De lança em duas racha
A testa a Ifition, de imensos cabo,

Do turrífrago Otrinto insigne gérmen,
De uma Naida parido sob o Tmolo
Nervoso, de Hides no opulento burgo;
Ele baqueia, e orgulha-se o Pelides:
"Tremendíssimo Otrintes, aqui jazes,
Bem que a família e os agros tens paternos
Do lago Gíjes nas risonhas margens,
Ao pé do Hilo piscoso e túrbido Hermo".
Entanto, Ifition se imerge em trevas,
E a rodar Graios coches o espedaçam.
A Demoleon, belígero Antenórida,
Pela viseira a têmpora atravessa;
Nem éreo o elmo ao campeão defende,
Que ávida a choupa os ossos e os miolos
Quebra ou derrama: o temerário tomba.
A Hipodamas, que apeia-se e escapole,
No dorso enterra a cúspide: ele expira
A alma feroz, mugindo como touro
Que ante o Helicônio Enosigeu mancebos
Arrastam, com prazer do azul tirano.
Atira-se ao deiforme Polidoro,
A quem Príamo pai vedava a pugna,
Porque era o seu menor e estremecido;
Porém, sobre os irmãos de pés ligeiro.
Vaidoso na vanguarda ia correndo,
Quando Aquiles veloz lhe enfia às costas,
Onde encruzam do bálteo áureas fivelas
Em reforço da coura: pelo umbigo
Lhe sai a ponta; ajoelha-se ululando,
E em letal noite os intestinos colhe.
Heitor, que vê rolar o irmão por terra
Os intestinos a reter, os olhos
Ofusca em treva, do Pelides longe
Não pode mais estar; brandindo a lança,
Como chama arremete. Exulta Aquiles

E diz jactancioso: “Eis quem no peito
Mais me pungiu, matando-me o dileto!
Cessemos de fugir-nos mutuamente
Por atalhos do exército”. E prossegue
A olhar medonho: “Heitor, chega-te perto,
Para mais breve a morte receberes”.
O divo Heitor impávido responde:
“Não sou menino que falando assustes;
Prescindamos, Aquiles, de impropérios.
Conheço que és valente e que me excedes;
Mas dos deuses no grêmio a sorte pousa,
E inferior eu talvez te arranque a vida,
Pois também do meu dardo a ponta fura”.
Vibra o arremesso então, que ao leve sopro
De Palas, desviando-se de Aquiles,
Torna aos pés do senhor. Feroz bramindo
Presto o Pelides rui sanguissedento;
Mas Febo, como deus, rápido leva
E encerra Heitor em tenebrosa nuvem.
Três vezes o fogoso esgrime a lança,
Três verbera a espessíssima caligem;
Da quarta enfim como um demônio troa:
“Inda escapaste, cão; salvou-te Apolo,
Que entre o márcio estampido invocas sempre.
Mas noutro encontro, se me assiste um nume,
Certo mo pagarás: dos teus agora,
Quantos possa alcançar, farei matança”.
Nisto, a cerviz a Dríope lanceia.
Deixa-o, fere na rótula o famoso
Demouco Filetório, que detido
A gládio acaba. A Dárdano e Laogono,
De Bias prole, do seu coche deita;
Este cai de um revés, de um bote aquele.
Troe Alastório prostra-se, rogando
Que o deixe vivo, e igual idade alega

Por comovê-lo: estulto! É sem brandura
O atroz Peleio, e no ato em que aos joelhos
Ia Troe abraçá-lo, a espada irosa
Desentranha-lhe o fígado, que o seio
De cruor enche; inânime o coitado
Escuros olhos fecha. Ao perto em Múlio
De orelha a orelha embebe a choupa aênea.
De estoque vara do Agenório Equéclos
A testa, e o sangue a empunhadura aquece;
Fatal purpúrea morte o cega e rende.
A Deucalion dardeja onde se ligam
Pulso e cúbito; o braço a atormentá-lo,
Aguarda a instante Parca: degolado,
A medula da vértebra desparge,
E ao longe elmo e cabeça, o tronco estira.
A Rigmo estrênuo, de Pireu nascido
Lá na glebosa Trácia, o ventre passa,
De cima o arroja: ao fâmulo Arcitoo,
O coche ao revirar, perfura o dorso;
Derrui da sela, espantam-se os cavalos.

Qual, de árida montanha em fundos vales,
Amplo devora a mata imano incêndio,
A contorcer-se do Ábrego às rajadas;
Assim furente, como um deus, Aquiles
Arde, e no morticínio a terra ensopa.
Qual a junta de bois de larga fronte,
Na eira a separar branca cevada,
Mugindo os feixes pisa e os grãos debulha;
Assim vão os unguíssonos calcando
Corpos e escudos: sangue o eixo escorre,
Que das patas espirra; o assento em roda
Gotas aspergem que dos aros vertem.
As mãos o invicto herói, na glória aceso,
De suor sujas leva e pó cruento.

LIVRO XXI

Num vau do refluente ameno Xanto,
Gérmen de Jove, os Teucros divididos,
Parte à cidade Aquiles os rechaça,
Por onde à fúria do ínclito Priâmeo
Os Aquivos na véspera fugiram,
E ora, expandindo Juno um nevoeiro,
Detinha os outros: parte nas voragens
Se despenham do fundo argênteo pego,
E hórrido ao longe as ribas retumbando,
Entre abismos a nado esparsos fremem.
Se do fogo a um riacho os gafanhotos
Voando abrigam-se e os persegue o fogo,
N'água medrosos caem: assim de Aquiles
Vão de envolta correndo homens e carros,
E do sonoro Xanto o bojo atulham.

Sob uma tamargueira esconde a lança,
Como um demônio pula, e só de espada,
Rumina estragos, estoqueia e talha;
Gemidos e urros a seus golpes soam,
E rubeja a corrente. Qual de enorme
Delfim, que os vai tragando, em porto escuso
Com susto refugiam-se os peixinhos;
Tais os Teucros do Xanto impetuoso
Nos recessos das bordas se agachavam.
Já de matar cansado, escolhe doze
Que do Menécio aos manes sacrifique;
Do rio os tira, e como uns corçozinhos
Estupefatos, para trás os pulsos,
Ata-os com loros que gentis cingiam
Das túnicas em torno, e a bordo os manda.

Sedento na carnagem progredindo,
Aquiles dá com Licaon Priâmeo

A escafeder-se; o qual foi seu cativo,
De assalto à noite nos paternos prédios,
Onde uma baforeira a gume aêneo
Para chaços e cambas esgalhava.
De súbito empolgado, e na possante
Lemnos ao filho de Jason vendido,
Hóspede Eetion d'Imbro ali comprou-o
Por alto preço, e o pôs na sacra Arisba,
Donde ele fugitivo à casa veio.
Ao duodécimo dia que no seio
De parentes e amigos se alegrava,
Fê-lo um deus recair nas mãos de Aquiles,
Que a Dite sem refúgio ia enviá-lo.
Quando o avistou nu d'elmo e escudo e lança
(Do rio ao se escapar, tudo largara,
De suor e cansaço titubando),
Consigo o herói magnânimo se indigna:
"Oh! Que portento! Os que hei mandado aos mares
Certo ressurgirão do centro escuro,
Se este aqui surde que, vendido em Lemnos,
Foi da Parca poupado; nem reteve-o
O espúmeo salso mar, que enfreia a tantos.
Prove a cúspide nossa, a ver se torna
Desta vez, ou se a terra ultriz, que impede
Os mais valentes, impedi-lo sabe".

Enquanto o herói discursa, o triste anseia
Abarcar-lhe os joelhos e esquivar-se
Ao negro fado: mas esgrime Aquiles;
Prostra-se o moço trêmulo, e por cima
O pique vara e finca-se na terra,
Desejando fartar-se em carne humana.
Ele a sustém na destra, e com a esquerda
Abraçando-lhe os pés, rápido exclama:
"De Jove aluno, compaixão! Respeita
Um como suplicante; pois de Ceres

O pão já te comi, quando apanhado,
Longe do pai e amigos me vendeste:
Cem bois ganhaste, hoje haverás trezentos.
Depois de tanta pena, há doze auroras
Que de Ílio gozo, e a ti me entrega a sorte
E o rancor do Satúrnio! Curto em anos
Me produziu Laótoe, a de Altes filha,
De Altes que rege os Lélagas da margem
Do Satnióis em Pédaso escarpada:
Príamo a teve esposa e outras princesas;
Dela nascemos dois, e exício és de ambos:
Entre os peões da frente a Polidoro
Já tu sacrificaste; a vez me toca.
Um mau gênio me trouxe, e não me salvo;
Mas ouve ao menos: tem de mim piedade,
Que eu uterino irmão não sou daquele
Que do sócio privou-te e meigo e forte".
Assim perora, e imite voz escuta:
"Louco! Em resgate falas? Grato me era,
Antes que ao meu Patroclo urgisse a Parca,
Perdoar a alguns Teucros e vendê-los;
Hoje a nenhum, que me depare um nume,
Perdoarei, mormente aos Priameios.
Amigo, morre; por que em vão pranteias?
Também, melhor do que és, morreu Patroclo.
Vês-me aqui belo e bravo, de mãe deusa
E ilustre pai gerado? Pois violento
Fado me ocorrerá, quer manhã seja,
Ou tarde ou meio-dia, quando a vida
Alguém de hasta me tronque ou seta alada".
Esmorecido e de joelhos frouxos,
Larga o pique e sentado as mãos protende:
Logo o aucípite gládio puxa Aquiles,
Entre a clavícula e a cerviz lho enterra;
Ele de bruços tomba, em sangue negro

O chão regando. Por um pé no rio
O vencedor o arroja a gloriar-se:
"Vai-te, e ao golpe te lamba audaz cardume:
Nunca em fúnebre leito a mãe te chore,
Mas em vórtices rola ao vasto ponto;
Peixe entre a vaga turva em cima salte,
E o ceve Licaon de branco zerbo.
Hei de ir-vos trucidando e perseguindo
Até rendermos Troia, sem valer-vos
De argêntea veia o férvido Escamandro,
A quem frequentes imolais novilhos,
Vivos corcéis lançando-lhe às voragens.
Sim, com morte cruel pagareis todos
A de Patroclo, ó vós que em minha ausência
A alma a tantos Aquivos arrancastes".
O Xanto irou-se, e ali cogita o como
Remova tal flagelo e os Teucros livre.
De ávida lança entanto investe Aquiles
A Asteropeu, de Pélegon gerado,
Que o foi de Áxio profundo e amplo-fluente,
Com quem mesclou-se Peribeia, a filha
Maior de Acessameno: Pelegônio
Com duas lanças do Escamandro surge,
Que alento lhe infundiu, por indignar-se
De que em seu seio Aquiles despiedoso
Tantos jovens heróis sacrificasse.
Já fronte a fronte, o pé-veloz pergunta:
"Quem és para encarar-me? Os que se atrevem
São de infelizes malfadados filhos".
E Asteropeu: "Magnânimo Pelides,
Quem sou perguntas? Cabo vim de hastatos,
Há somente onze auroras, da longínqua
Fértil Peônia; entronco no Áxio rio
De larga veia, a mais louçã na terra,
No Áxio que é pai de Pélegon lanceiro,
E este gerou-me. Agora pelejemos".

Disse-o minaz; levanta o freixo o Aquivo.
Presto ambidestro esgrime o herói Peônio:
Uma hasta o escudo fere, e no ouro para,
Dom de Vulcano; o cotovelo destro
Esfola a outra, em sangue o tinge escuro,
Finca-se em terra, as carnes anelando.
Segundo Aquiles de matar ansioso,
Vibra o voante lenho, que erradio
Vai metade pregar-se à ribanceira;
Puxa de junto a coxa o ardente gládio.
Lidava Asteropeu com mão robusta
Por despregar a furibunda lança,
Três vezes tenta e as forças lhe falecem;
Mas da quarta, encurvando-a por quebrá-la,
Pronto, abaixo do umbigo, uma estocada
Vaza-lhe as tripas, e atra noite o cobre.
Salta-lhe em cima e o despe ovante Aquiles:
"Jaze aí: se de um rio a origem trazes,
Lutar é árduo com Dial progênie:
Provir dizias do Áxio amplo-fluente;
Eu me glorio de provir de Jove:
O rei dos Mirmidões Peleu gerou-me,
A este Éaco, a Éaco o padre sumo.
Quanto ele é poderoso mais que os rios,
De um rio a descendência à dele cede.
Eis perto o largo Xanto, e não te vale,
Pois nenhum ao Satúrnio se equipara;
Nem o régio Aqueloo, nem o imenso,
Flutíssono Oceano, donde os rios,
Os mares todos manam, fontes, poços;
Porque este mesmo do Tonante treme,
Do celeste fragor, do raio horrendo".
Então saca da borda o pique aêneo;
Deixa o morto na areia e turbas águas,
Onde enguias em roda e peixes fervem,

E dos rins a gordura ávidos comem.
Caído o exímio cabo, os seus nos coches
Do Xanto ao longo espavoridos fogem:
Segue-os o celerípede, e lhes mata
Astipilo, Ofelestes, Mneso e Trásio,
Medon, Ênio e Tersíloco. Outros muitos,
O herói prostara, se agastado o rio,
Em vulto humano de profundo pego
Entre voragens não falasse: "Aquiles,
Em crueza e denodo os homens vences,
E o Céu te ajuda. Se os Troianos todos
Exterminar concede-te o Satúrnio,
Sai do meu leito, ao campo o estrago leva;
De mortos plena e estreita a clara veia,
Não posso ao divo ponto abrir caminho,
E inda mais de cadáveres me atulhas!
Príncipe, é muito, o assombro meu te baste".
E ele: "Divo Escamandro, como ordenas
Será; mas eu não cesso, antes que encerre
Na cidade os fedífragos Troianos,
E a braços com Heitor, ou morra ou mate".
Ao tropel eis dispara o atroz demônio,
E a Febo clama o rio: "Argentiarcheiro,
Do Satúrnio os preceitos não te lembram
De assistires aos Teucros e amparares,
Té que o sol vespertino o prado obumbre?"
Da riba entanto se despenha Aquiles;
Mas, qual touro mugindo e a revolver-se,
Túmido o Xanto os apinhados mortos
De si furioso expele, esconde os vivos
Na alva corrente e vórtices profundos,
E o voraz homicida escarcéus turvos
Cerram, batem no escudo, os pés lhe embargam.
Ei-lo, extirpando com porção da margem
Olmo que ali viçoso ia crescendo,

Sustém na rama a cheia e em ponte o lança,
Por onde perturbado ao campo voa:
Após negreja o rio e alteia vagas,
Para impedir o exício dos Troianos.
　　O herói saltando como um dardo alcança;
Águia é fusca a dar caça impetuosa,
Fortíssima e celérrima entre as aves:
Troa-lhe o arnês medonho, e oblíquo foge;
Mas flutíssono o rio atrás o acossa.
Se de negro olho-d’água o fontaneiro
Arroio aduz por hortos e plantios,
E de enxada o regueiro desentope,
Decliva a linfa os seixos remexendo,
Murmura, e em breve se adianta ao guia:
Tal (pois os deuses mais que os homens valem)
Supera a enchente ao pé-veloz Pelides.
Sempre que arrosta e para, a ver se à fuga
Os celícolas todos o constrangem,
Incha o rio e lhe banha e embate os ombros;
Dá mesto um novo salto, e em roda o Xanto,
Progênito de Jove, o enerva e cansa,
Rouba-lhe às plantas a inundada areia.
Geme enfim e olha os céus: “Nenhum dos numes,
Ai! Júpiter, me livra deste rio?
Socorro, e apararei qualquer tormenta.
Não culpo outro imortal quanto a mãe culpo,
Que mendaz com morrer me acalentava
À frechada de Apolo ante Ílio sacra.
Oh! Matasse-me Heitor, o herói Dardânio
Fora de um bravo um bravo despojado.
Hoje inglório pereço, aqui submerso,
Como o zagal mesquinho que, ao passá-la,
A torrente invernal o engole e afoga”.
　　Netuno e Palas súbito aparecem
Em vulto humano, a mão nas mãos lhe tomam;

E o grande abalador: "Ânimo, Aquiles;
Jove o permite, ajudo-te eu com Palas;
No Xanto perecer não é teu fado,
Refluir o verás. Escuta agora
Prudente aviso: o braço não repouses
Nem te recolhas, sem que dentro encoves
Quantos possam fugir e Heitor suplantes;
Nós te aplainamos o triunfo e a glória".
Finda, juntam-se os deuses; propelido,
Ele ao campo alagado se arremessa,
Onde armas e cadáveres boiavam,
Com mor esforço, que lho influi Minerva,
Salva de um pulo as vagas. O Escamandro
Não desiste; sanhoso e intumescido,
Mais se encarneira, ao Símois vocifera:
"Caro irmão, reprimi-lo ambos devemos,
Ou, só por este esparsos os Troianos,
Desabará de Príamo a cidade.
Acode, acode; o álveo encham-te as fontes,
Os ribeiros concita, engrossa e estua,
Derriba troncos, desarreiga pedras,
Contra o imano varão, que assim campeia
E ousa igualar-se a deuses. Que lhe prestam
Garbo e vigor e pulcro arnês, se tudo
Vai sumir-se em meu seio reminhoso
E afundar-se no limo? Aquiles mesmo,
Hei de em saibro envolvê-lo e imensa vasa,
Por único sepulcro; nem seus ossos
Tem de colher-se, e exéquias celebradas,
Sobre o corpo deitar-se amiga terra".
Túrbido eis se encapela e avança urrando,
Subleva-se entre espuma e sangue e mortos;
Mas, do Xanto divino quando a vaga
Vermelha o assoberbava, um grito Juno
Dá, receando que o revolto rio

Na voragem profunda o herói sorvesse,
E recorre a Vulcano: "Sus, meu filho,
Combate o Xanto, e vasto fogo acende;
Zéfiro e Noto eu chamo, e uma borrasca
Soprem do ponto a propagar o incêndio,
Que aos Troas armas e cabeças queime:
As árvores do rio e o leito inflama,
Nem te retenha o impulso ameaça ou rogo;
Somente ao brado suspende a fúria".
Disse, e o fogo rebenta; os corpos queima
Empilhados no campo, e o campo enxuga
E estanca a inundação; qual, pelo outono
Desseca Bóreas encharcadas veigas
E alegra o lavrador. Ao rio as chamas
O Ignipotente inclina; olmos, salgueiros,
Tamargueiras, morraças, lotos, junças,
Quanto as margens lhe adorna, abrasa tudo:
Peixes e enguias, do hálito Vulcânico
Aflitos, pelos vórtices mergulham;
Violento o Xanto, abafa e diz: "Mulcíber,
Nenhum deus se te opõe; lutar não quero
Com tanto fogo, da contenda cessa;
Expulse Aquiles da muralha os Teucros.
De rixas e de auxílios que me importa?"
Mais a ígnea tormenta se exaspera:
Qual de um cevado a banha, a derreter-se
Em caldeirão que muita lenha aquece,
Crepita e bolha e espirra; assim fervia
Do Xanto o belo seio, e sem que as águas
Pudesse despejar, pois lhe vedavam
Labareda e vapor, depreca: "Ó Juno,
Por que teu filho contra mim só raiva?
Se é culpa, Ílio outros numes favorecem.
Pois o mandas, me abstenho, e ele desista;
Eu juro nunca mais socorrer Troia,
Nem que inteira a consuma o fogo Argivo".

Ouviu-lhe a prece a bracinívea deia,
A Vulcano bradou: "Bom filho, basta,
Por humanos um deus não mais flageles".
Ei-lo súbito apaga o imano incêndio,
E em regatos gentis reflui o Xanto:
Os rivais, bem que irosa, aparta Juno.
Ali nos corações dos outros numes
Cresce o furor, o burburinho cresce,
Reclama a larga terra e o céu remuge;
Porém no Olimpo Júpiter sentado,
Se regozija a rir-se do conflito.
Já, testa a testa, o fura-escudos Marte
Corre a Palas de lança: "Por que os deuses,
Varejeira audacíssima, discordas?
Lembras-te que, a Tidides instigando,
A hasta sua, orgulhosa, dirigiste,
E o meu corpo divino laceraste?
Ora me vingarei daquela afronta".
E na terrível égide, que ao raio
De Jove resistira, o desmedido
Pique lhe crava; a recuar, Minerva
Levanta negra pedra áspera e grossa,
Com que seu campo antigos demarcavam;
Fere ao pescoço o turbulento Marte,
E lhe enfraquece os membros: sete jeiras
Ocupa ao longo, e o pó lhe mancha a coma,
Com desusado ronco o arnês ribomba.
Rindo Minerva, gloriosa grita:
"Néscio! Atreves-te a mim que sou mais forte?
As maldições da mãe em ti caíram,
Furiosa de que os Dânaos desertasses
E os fedífragos Teucros auxilies".
Disse, e os numes arreda. Conduz Vênus
A Marte, que os sentidos mal cobrando,
Vai gemendo açodado. Avista-o Juno

E diz: "Prole do Egífero indomada,
Olha a mosca impudente, que inda leva
Pela destra o flagelo dos humanos
Entre o aceso alvoroto: a ela, filha".
Folga Minerva, e diligente parte;
Senta a pesada mão no peito a Vênus,
Que ajoelha e esmorece, e os dois prostrando,
Orgulha-se a Tritônia: "Assim caíssem,
Quantos protegem contra os Gregos Troia!
Firmes e ousados como Vênus fossem,
Grande minha rival, de Marte apoio,
Que há muito, finda a guerra, ao nosso esforço
A altanada cidade se curvara".
A deusa bracinívea aqui sorriu-se.
Fala Netuno a Febo: "Estamos quedos!
Já dado o exemplo, é torpe à casa aênea
De Júpiter voltarmos sem combate.
Enceta: sou mais velho e mais ciente,
Não me cabe o fazê-lo. Estulto, esqueces,
O que ambos sós em Troia padecemos?
— Fora do Olimpo, um ano a Laomedonte
Contratamos servir por justo preço,
E ele ordens arrogante nos passava:
Eu fundei-lhe à cidade inexpugnáveis
Largos muros; flexípedes armentos
Em vales do Ida e selvas lhe pastavas.
Gratíssimas o termo as Horas trazem,
E o tirano sem paga nos expulsa;
De algemas e grilhões vender-te ao longe
E as orelhas cortar-nos prometia:
Partimos da injustiça estomagados.
E em prêmio deste crime é que te negas
De falsos a extirpar filhos e esposas?"
Mas Febo rei: "Netuno, é coisa indigna
Eu contender contigo por humanos,

Que míseros, às folhas parecidos,
Ora viçam com fruto, ora emurchecem.
Retiremo-nos presto, os mais que briguem".
Em respeito a seu tio, ele se aparta:
A caçadora irmã lho estranha e exprobra:
"Foges, guapo frecheiro? Entregas fácil
A vitória a Netuno, e esse arco ostentas.
Nunca mais te ouvirei no eterno alcáçar
Blasonar, como outrora entre os celestes,
Que ao mesmo Enosigeu te afrontarias".
Nada contesta Apolo, e enfurecida
A esposa do Satúrnio veneranda
À fragueira Diana encara e ultraja:
"E atreves-te, cachorra, a ter-me rosto?
Essas frechas comigo não te valem:
Deu-te Jove, leoa entre as mulheres,
Feri-las a prazer; é menos árduo
Correr cervos e corços que aos potentes
Reagir com vigor. Provar se o queres,
Quanto mais forte sou conhece agora".
Com a esquerda eis lhe prende ambos os pulsos,
Do ombro a destra o carcás e o arco tira,
Com que rindo lhe bate pelas faces,
Fazendo-a voltear: por terra as setas,
Foge a deusa a carpir, qual voa a pomba
E ao gavião se esconde em oca penha,
De cujas garras a desvia o fado.
A Latona o Argicida mensageiro
Cauto exclamou: "Contigo não combato;
Esposa és do Nubícogo, e receio,
Prontíssima aos celícolas te gabes
De que à força de braço me venceste".
Vai Latona colhendo arcos e frechas
Envoltos na poeira, após a filha.
Esta chega do Olimpo aos éreos paços,

Pranteia e senta-se ao paterno grêmio,
O peplo a lhe tremer. Jove abraçou-a
Com suave sorriso a interrogá-la:
"Que deus, filha, atreveu-se a maltratar-te,
Como se um erro às claras cometesses?"
E a coroada caçadora: "Juno,
A tua bracicândida consorte,
Juno, que entre imortais lança a discórdia".
    Sobe Febo entretanto a Ílio santa,
Vela nos muros, por temer que os Dânaos
Contra o fado esse dia os subvertessem.
Entram no Olimpo os outros sempiternos,
Quais agastados, quais de glória ovantes,
Sentam-se em torno ao Padre. — Mas Aquiles
Homens talha e corcéis: bem como, em chamas
Por cólera celeste uma cidade,
Entre nuvens de fumo o vasto incêndio
Causa a todos fadiga e a muitos morte;
Ele os Teucros molesta, acossa e rende.
    Príamo ali do torreão divino
Os seus descobre sem defesa esparsos
Ante o herói giganteu; choroso o velho
Desce em terra, aos bravíssimos custódios
Ordem passando expressa: "Tende abertas
Nas mãos as portas, por que em fuga os nossos
Livrem-se do furor do atroz Pelides,
E assim que dentro em salvo respirarem
Trancai-as logo: o mal está no cume!
Hei medo que essa peste invada os muros".
    As barras e os batentes se descerram
Para abrigá-los, e de um pulo Febo
Vem socorrer os que a cidade buscam,
Sórdidos de poeira e ardendo em sede.
Hasta em reste, os encalça o velocípede,
Ira o esporeia e glória; e as rijas portas

Certo arrombara, se no peito Febo
De Agenor Antenórida mor brio
E audácia não vertesse: ao pé da faia,
Para o esquivar das graves mãos da Parca,
Em atra névoa se coloca perto.
Agenor, ao turrífrago avistando,
Pensoso para, o coração lhe ondeia,
Com quem fala magnânimo e suspira:
“Ai! Se fujo na turba ao fero Aquiles,
Há de alcançar-me, e acabarei cobarde;
Mas, se o deixo o tropel ir derrotando,
E pelo campo Ilíaco me deito
No Ida a matejar, então no rio
Lavado e fresco do suor, à tarde
Entro em seguro... Que profiro? Ao ver-me
Ir da cidade no fugaz empenho,
Há de apanhar-me e tenho certa a morte,
Que ele os homens em força muito excede.
Vou pois ante as muralhas encontrá-lo:
Seu corpo a corte aêneo é vulnerável,
E uma só alma tem; que é mortal soa,
Posto que lhe dê Jove eterna glória”.
Volto, o Eácida aguarda, e combatê-lo
Pede-lhe o coração. Qual sai pantera
Da mata ao caçador, sem que o ladrido
A afugente ou perturbe, inda que a punja
Pregada ou seta ou lança, não desiste,
Antes que lute ou morra; assim não foge
O divino Agenor, mas quer medir-se
Com o Eácida mesmo. Arrodelado
A hasta apontando, grita: “Ilustre Aquiles,
Aos Troas derribar a grã cidade
Contavas hoje: inda por ela, insano
Sofrereis muitas lidas; inda há nela
Muitos varões de pulso, que a defendam

Pelos queridos pais, filhos e esposas.
És tu que bebes hoje o mortal trago,
Bem que audaz campeão terrível sejas”.
Pronto, na perna o rigoroso tiro
Sob o joelho acerta, e em torno à greva
Ressoa o estanho; é repelido o bronze
Da arma recente por Vulcano obrada.
Contra Agenor deiforme rui Aquiles,
Porém Febo a vitória assim roubou-lhe:
Cobre de nuvem densa o herói Troiano,
Põe-no fora; tomando-lhe a figura,
Coloca-se ardiloso ante o Peleio,
Que o segue rápido e abandona a liça;
O Longe-vibrador entre as searas
O atrai às margens do Escamandro pingues,
Pouco avante correndo afasta Aquiles,
Que espera celerípede alcançá-lo.
Entanto, aforçurados os Troianos
Entram no muro; e, fora uns pelos outros
Nem esperar, nem conhecer querendo
Os mortos e os incólumes, se espalham
Pela cidade, lassos, impacientes,
Quantos em pés ligeiros se escaparam.

LIVRO XXII

Trépidos gamos na carreira os Teucros
À sombra dos merlões se refrigeram
Do suor e da sede, e os inimigos
De escudo sobre os ombros se aproximam.
Como atado em grilhões a Heitor a Parca
Demora às portas Ceias, e ao Pelides
Fala Apolo: “Por que te afanas tanto?

Cego de fúria, em mim não vês um nume?
Olha que és transviado, e os fugitivos
Dentro em seguro: um deus matar pretendes?"
Turvo o herói: "Crudelíssimo de todos,
Que assim me distraíste! O pó teriam
Muitos mordido: a glória me roubaste
Salvando aqueles vis, sem me temeres;
Mas de ti, se pudesse, eu me vingara".
Então voa à cidade, e os passos move
Qual vencedor ginete, que soberbo
Árdego pelo campo o coche leva.
Já nele avista Príamo essa estrela
Cão de Órion nomeada, que, nascida
No outono, os astros vence em noite bruna
Por grande e resplendente, e agoura morbos
Contra os homens calores dardejando:
Na rapidez seu peito lampejava.
Bate o velho na testa, eleva as palmas,
Soluça, roga ao filho, que ante as portas
Só por Aquiles brama: "Heitor, que fazes?
Sem auxílio a tal monstro não te oponhas;
Longe em forças te excede, e vai matar-te.
Oh! Quanto a mim fosse ele aos deuses grato,
Que, sendo em breve a cães e abutres cevo,
Este meu coração consolaria!
Trucidando ou vendendo em longes terras
Filhos tantos e tais, privou-me deles;
Nem Licaon enxergo e Polidoro,
Que Laótoe me pariu formosa e casta:
Se estão nos arraiais, com ouro e bronze,
De Altes famoso à filha inteiro dote,
Os remiremos; se a Plutão baixaram,
Dor é minha e da mãe que os procriamos;
Será breve a do povo, se de Aquiles
Não te prostra o furor. Entra, meu filho,

Não lhe dês glória tanta; para esteio
De Troia te reserva e das Troianas.
Pena há de mim que, são de mente ainda,
Sinto no cabo da velhice males
Por Jove amontoados: filhos mortos,
Filhas cativas, tálamos corruptos,
No tropel a esmagarem-se crianças,
Noras de rojo em brutas mãos profanas,
Quiçá, de alma arrancada a brônzeo fio,
Cães ao portal em peças me devorem,
Guardas que à minha mesa eu nutri mesmo,
E em meu sangue apagando a raiva e a gana,
Se espojem no vestíbulo! Em batalha
Jazendo um moço, lhe aparece tudo
Nédio e composto; mas, defunto um velho,
Já de cabeça branca e branca barba,
De vergonhas à mostra, o lacerarem
Torpes cães… Oh! Miséria das misérias!"
    Ele carpe-se e rasga-se ululando,
Sem demover-se Heitor. Hécuba em pranto,
Lastimosa do seio a mama tira:
"Esta respeita, ó caro, com que eu meiga
Teu vagir mitigava; a mãe to implora,
Asila-te, meu filho, desse monstro,
A sós não brigues. A matar-te a fera,
Nem eu que te gerei, nem tua esposa,
No leito funeral te choraremos:
Serás perante as naus de cães pastura".
    A lagrimar os velhos ambos rogam:
Mas Heitor inconcusso espera Aquiles,
Que agigantado assoma. Ao viandante
Se pascida em má grama espreita a cobra,
Fica assanhada e a vista acende horrível
A enrolar-se na toca: Heitor não menos,
Quedo e fogoso, à torre proeminente

O escudo apoia fúlgido, e sentido
Fala em sua alma grande: "Ai! Se entro agora,
Mo exprobrará primeiro Polidamas,
Que a recolher a gente aconselhou-me,
A noite em que aziago alçou-se Aquiles.
Fora melhor; a pertinácia minha
Danou do povo a causa! Os nossos temo
E as Troianas de peplos roçagantes;
Ouço em roda: — Ei-lo Heitor, que temerário
O exército perdeu! — Di-lo-ão por certo.
Mais vale ou triunfar do imano Aquiles,
Ou morrer pela pátria em luta honrosa.
E se elmo e escudo e lança ao muro encosto,
E indo encontrá-lo, dar prometo Helena,
Motivo desta guerra, e o que Alexandre
Nos trouxe em cavas naus, para os Atridas,
Para os outros Aqueus o que Ílio encerra;
Que de ancião com firmeza os Teucros jurem
Nada ocultar, e dividir ao meio
Quanta riqueza esconde a grã cidade…
Quê! Deliras, minha alma? Eu suplicante!
Sem mais dó nem resguardo, a mim sem armas,
Qual imbele mulher, há de imolar-me.
Do rochedo e carvalho não é tempo
De lhe ir falar como donzela e moço,
Quando moço e donzela entre si falam.
Combater, investir: saiba-se, e presto,
A quem o Olímpio agora entrega a palma".
    Entanto, igual a Marte, avança Aquiles
De elmo a nutar, e à destra o lenho ingente,
O arnês brilha em seu peito à semelhança
De vivo ardente fogo ou sol no eoo.
Trêmulo Heitor, ao vê-lo, as portas larga,
Deita a correr; em pés fiado Aquiles,
No encalço voa: açor montês imita,

Ave a mais lesta, que, ao fugir de esguelha
Tímida pomba, acerca-se guinchando
Faminto à presa, a redobrados chofres.
Precipita-se Aquiles, e o Priâmeo
Em susto move rápido os joelhos.
Vão, pela estrada ao longo da muralha,
Da atalaia à ventosa baforeira,
E às claras fontes chegam donde bolha
O férvido Escamandro: uma flui quente,
Como um lar acendido fumegando;
No verão mesmo a outra é sempre fria,
Tanto quanto a saraiva ou neve ou gelo.
Ali, na paz que os Dânaos perturbaram,
De pedra em largas elegantes pias
Cônjuges Teucras e engraçadas virgens
Roupa e vestes louçãs lavar soíam.
Transpõem-nas ambos: o que foge é bravo,
É mais bravo o que o segue: não bovina
Vítima ou pele, da carreira prêmios,
Do herói Priâmeo se disputa a vida.
Qual circulando a meta os corredores,
Para ganhar-se ou trípode ou cativa,
Ágeis galopam nos funéreos jogos;
Os dois assim de Príamo ante os muros
Giram três vezes. Contemplando-os Jove,
Aos mais deuses discursa: "Ah! Veem meus olhos,
Com pesadume, a voltear aflito
Varão que, em Pérgamo ou cabeços do Ida,
Multas coxas de bois me queima pio,
E atrás o Velocípede! Salvá-lo
Deliberemos se nos cumpre, ó numes,
Ou se antes convirá que o dome Aquiles".
A Olhicerúlea exclama: "Onipotente
Senhor do raio, à Parca já fadado
Livras um mortal! Seja; mas todos

Não to aprovamos". — Respondeu-lhe o Padre:
"Inda em nada assentei, sossega, filha,
Quero aprazer-te, ampla licença tenhas".
Isto, por si disputa, incita a Palas,
Que do Olimpo se arroja, enquanto Aquiles
Urge tenaz a Heitor. Se, em monte ou vale,
Do covil a cervato ergue o sabujo,
A estremecer na moita ele se oculta,
E o sabujo o rasteja até que o acha;
Tal na trilha de Heitor ia o Pelides.
Sempre que às torres e às Dardânias portas,
Cujos tiros de cima o socorressem,
Pende Heitor, ele aos muros mais vizinho,
Lhe vem de frente, para o campo o arreda.
Como em sonhos não pode ao fugitivo
Este alcançar, nem se livrar aquele:
Heitor assim de Aquiles não se livra,
Nem Aquiles o alcança. E Heitor o golpe
Evitara fatal, se ao lado Apolo
Não lhe aumentasse a força e a ligeireza?
Acena Aquiles de cabeça às tropas,
Que a dardos não o ajudem, nem lhe tirem
Ferir primeiro e só. No quarto giro
Juntos eles às fontes, alça o Padre
Áurea balança; numa concha o eterno
Sono libra de Heitor, noutra o de Aquiles:
Grave de Heitor a sorte a Plutão baixa,
E Febo o deixa. A deia olhicerúlea
Se avizinha ao Pelides: "Ora espero,
Ó caro a Jove, encher de glória os Dânaos,
Heitor aqui rendermos. De combates
O insaciável escapar não conte,
Nem que aos pés do Tonante o implore Febo.
Tu quieto resfolga, e entanto eu mesma
Vou suadi-lo a pelejar contigo".

Ele contente ao freixo de érea choupa
Se encosta; e Palas a Deifobo o vulto
E a voz toma indefessa: "Heitor", gritou-lhe,
"Fogoso ante a muralha o fero Aquiles,
Ó divo irmão, te acossa; alto façamos
Firmes a recebê-lo". — E Heitor: "Prezado
Me eras, Deifobo, sobre quantos filhos
De Hécuba teve Príamo: hoje em dobro
Te prezo, irmão, que, ao veres meu perigo,
Vens sustentar-me, e dentro os mais se ficam".
Então Minerva: "Nossos pais augustos
E os sócios, caro irmão, de medo frios,
De joelhos, não sair me suplicavam;
Mas dor interna o coração pungiu-me.
Lutemos dardo a dardo e rosto a rosto,
Sem pouparmos fadiga; às naus vejamos
Se ele nos leva o espólio sanguinoso,
Ou se desse teu pique hoje é domado".
Ei-la dolosa avança, e ambos já perto,
O galeato herói primeiro fala:
"Ante a cidade vezes três, Pelides,
Sem te suster girei; não mais te fujo;
Agora a te arrostar me força o brio,
Ou vencer ou morrer. Porém guardemos
Pacto que os deuses testemunhem todos:
Se da vida privar-te eles me outorgam,
Teu corpo restituo inteiro e puro,
E só das pulcras armas despojado;
Igual favor Pelides, me assegures".
E ele feroz: "Um pacto ousas propor-me,
Acerbíssimo Heitor! Pacto há sincero
Entre homem e leão, lobo e cordeiro?
Ódio nutrem recíproco e perpétuo.
Não, tratados jamais; de um de nós ceve
O sangue esparso ao belicoso Marte.

O valor todo envida; ora te cumpre
N'hasta acérrimo ser e audaz guerreiro.
Não tens refúgio, pune-te Minerva
Por minha destra; as agonias vingo
Dos meus que trucidaste". E aqui dispara:
Furta-se Heitor; Minerva às escondidas
Da areia arranca o pique, ao dono o entrega.
    Diz o Dardânio: "Erraste, herói divino.
De Jove, gabas-te, o meu fado sabes.
São dolos teus pra remeter-me susto
E embotar-me o valor. Se o quer um nume,
Não de costas, no seio a ponta aênea
Me cravarás. Evita agora a minha,
Que em teu corpo oxalá se enterre toda.
Será, tu morto, nosso afã mais leve;
És o maior flagelo dos Troianos".
    E desferida a lança, ao meio acerta;
O escudo a repulsou. Do bote inútil
Sentido o herói, demisso o rosto, enfia
Por não ter outra lança, e a gritos pede
Uma a Deifobo de alvo abroquelado;
Este ali não se achava, e conhecendo
A ilusão, clama Heitor: "Ai! Morte os numes
Me aprestam já! Deifobo ao lado eu cria;
Mas ele é dentro, e me enganou Minerva.
A Parca se apropínqua inelutável:
De longe o quis o Padre e o filho archeiro,
Meus custódios outrora. Urge-me o fado:
Sequer não morro imbele; a glória minha
Vá ressoar grandiosa nos vindouros".
    Da espada aqui puxou, que lhe pendia
Grande e fornida e aguda, e rui coberto,
Bem como águia altaneira entre nublados
Sobre tímida lebre ou tenra ovelha.
Iracundo e ferino investe Aquiles:

O escudo aos peitos brilha artificioso;
No elmo de quatro cores relumbrante
Áureo ondeia o penacho, que Vulcano
Pela cimeira derramou. Qual Vésper,
A mais donosa estrela em fusca noite,
Fulge na destra a lança a Heitor funesta;
Busca a jeito empregá-la, que a Patroclo
O arnês belo despido ao belo corpo
Todo guarnece, e a crava em mortal sítio,
Onde o pescoço ao ombro se articula;
Mas não lhe ofende a jugular o bronze,
Nem tronca a voz. No pó rola o vencido;
O outro blasona: "Impune, Heitor, cuidavas
Patroclo despojar? Não vias, louco,
Naquelas naus um vingador mais forte,
Que vim hoje esses membros dissolver-te?
Corvos te hão de roer e torpes gozos,
E ele terá pomposo enterramento".
    Balbuciante o herói: "Por teus joelhos
E por teus genitores, eu te obsecro,
Não deixes animal dilacerar-me:
Bronze e ouro aceites que meu pai te oferte
E minha augusta mãe; Teucros e Teucras
Ah! deem meu corpo à fúnebre fogueira".
    Torvo o Pelides: "Nem por meus joelhos,
Nem por meus genitores, cão, me implores.
Autor cru do meu mal, tivesse eu forças
De tragar-te essas carnes palpitantes!
Não tens remédio algum; de tais presentes
Nem que o décuplo e em dobro se me oferte
Com promessa de mais, nem que te pese
Príamo a ouro, tua mãe augusta
Há de em leito feral chorar seu filho;
Sê pasto e jogo de animais famintos".
    E a vasquejar Heitor: "Previ que os rogos,
Ó férreo coração, baldados eram:

Talvez que esta impiedade irrite os numes,
Quando, embora valente, às mãos caíres
De Febo e de Alexandre às portas Ceias".
A morte a voz lhe embarga; a Plutão baixa
A alma dos membros solta, a lamentá-lo
Murcho em flóreo vigor da mocidade.
Não vive mais, e o vencedor o insulta:
"Morre, venham meus fados quando Jove
E os outros imortais cumpri-los queiram".
Então lhe puxa a lança e a põe de parte,
Despe-lhe o arnês sanguento. Em roda enxame
De Argeus acode, que de Heitor pasmados,
Admiram-lhe a estatura e gentileza;
Vem cada qual feri-lo, e entre si dizem:
"Hui! Como Heitor é brando e mais tratável
Que ao deitar fogo às naus!" Com tais motetes,
Lhe ia o tropel o corpo vulnerando.
O espólio toma, e aos Gregos fala Aquiles:
"Chefes e amigos, por favor celeste,
Jaz o varão, que os Teucros todos juntos
Mais nocivo: à cidade arremetamos;
Toca saber se abandoná-la tentam,
Ou contrastar-nos, bem que Heitor perdessem…
Mas que resolvo? Está Patroclo morto
Ante as naus, insepulto e não chorado;
De quem, mova eu na terra estes joelhos,
Nunca me esquecerei, nem se no inferno
Memória desta vida se consente.
O peã entoai, mancebos Dânaos,
E às naus frio o cadáver transportemos;
Imensa glória sobre Heitor ganhamos
Que era dos Troas como um deus honrado".
Logo, para ultrajá-lo, aos pés lhe fura
Do calcanhar ao tornozelo as fibras,
Bovinos loro mete, ao carro o prende,
Cabeça a rastos: com o espólio monta,

Sacode o açoute, os corredores voam.
Rojado, o pó levanta, e o pó lhe afeia
A coma negra, o vulto, que era há pouco
Tão belo e nobre: Júpiter a injúrias
Hostis o vota nos paternos campos!
Da cena atroz à vista, a mãe coitada
Se carpe e rasga, o véu nítido expele,
E ulula e geme; triste o pai lamenta;
Pela cidade o miserando povo
Soluça em pranto, qual se Troia em peso
Do excelso cume em chamas desabasse.
O velho mal continham de sair-se
Pelas Dardânias portas; e ele a todos,
Rolando-se na lama, suplicava,
A chamar um por um: "Ir só deixai-me,
De mim não se vos dê, perante a frota
Ao cruel matador prostrado, amigos,
Implorar, comover: talvez respeite
Em mim o equevo de Peleu, que o teve
E o nutriu para exício dos Troianos.
Mormente a mim me cumulou de angústias:
Quantos filhos em flor me tem roubado!
Porém, dos que pranteio, um só de todos
Me dói mais e me arrasta ao centro escuro,
Heitor… Oh! Se em meus braços expirasse!
Em lágrimas eu mesmo, em ais e em luto,
Com a mãe que mo gerou desafogara".
Gemente o chora o povo; entre as mulheres
Hécuba rompe em lúgubres suspiros:
"Morreste, filho, e eu vivo! Dia e noite
Eras o meu orgulho e amparo d'Ílio,
Eras um deus aos Teucros e às Troianas
Já foste nossa glória, e és um cadáver!"
Entanto, aviso Andrômaca nem tinha
De que o marido só restasse fora.

Em cima e no interior, tecia tela
Dúplice e esplêndida, em folhagem vária;
E às servas ordenara emadeixadas
Um banho em ampla trípode aquecessem,
Para quando voltasse da batalha.
Néscia! De banhos longe, a gázea Palas
Domado o havia pelas mãos de Aquiles.
Mas da parte da torre ouviu lamentos
E alto alarido; a lançadeira solta,
Convulsa fala: "Duas me acompanhem.
Que será? Sinto a voz da augusta sogra;
Tremor no coração me salta aos lábios,
E os frígidos joelhos se entorpecem:
Algum dano sucede aos Priamidas.
Oxalá que eu não ouça infausto anúncio!
Mas temo que meu bravo Heitor sozinho
Fora esteja, e o persiga o fero Aquiles;
Que este lhe extinga a exicial coragem,
Com que longe da turba e à frente lida,
Nunca a ninguém cedendo em valentia..."
E das fâmulas duas escoltada,
Sai quase doida, a palpitar-lhe o peito;
Sobe à torre, aos guerreiros se aproxima,
E olha em torno do muro: a Heitor avista,
Que de rojo os corcéis ante a cidade
Para as naus cruelmente arrebatavam;
Enoitam-se-lhe os olhos, e de costas
Cai desmaiada, o espírito exalando.
A laçaria e fitas se lhe espalham,
Coifa e toucado, e o véu de Vênus prenda
Quando, com dote infindo, o esposo a trouxe
Da casa paternal. Para a conterem
Ansiosa de acabar, de seu marido
As irmãs e as cunhadas a rodeiam.
Enfim no coração recobra o alento,

Soluça e geme e chora: “Heitor, ai! Triste,
Com fado igual nascemos, tu nos paços
Do rei Príamo em Troia, eu na Tebana
Hipóplaco selvosa, onde criou-me
De menina Eetion para infortúnios,
E antes me não gerasse! Ora ao subtérreo
Orco desces profundo, e em luto e nojo
No viúvo aposento me abandonas;
Nem do nosso filhinho és mais o arrimo,
Nem ele o teu será. Da crua guerra
A escapar, não se escapa à desventura;
Mudado o marco, o esbulharão do prédio.
O pupilo no dia da orfandade
Perde os jovens amigos: baixo o rosto,
Água nos olhos, se o do pai segura,
Um pela túnica, outro pela capa,
Indigente é repulso; o mais piedoso
Bebida num copinho lhe escanceia,
Que os beiços banha e o paladar não molha.
O que possui os genitores ambos,
Fero da mesa o expulsa, espanca e enxota:
— Sai, conosco teu pai já não convive. —
Tal há de vir choroso à mãe viúva
O infante meu, que aos paternais joelhos
Com tutanos de ovelha se nutria,
E lasso de brincar, entregue ao sono,
Da nutriz afagado ao brando colo,
Contente em mole berço adormecia.
Órfão, misérias sofrerá meu filho,
Que Astianax os nossos denominam,
Porque eras, nobre Heitor, único apoio
Destas muralhas. Ante as naus rostradas,
Longe dos pais, hão de roer-te vermes,
Depois que nu te comam cães raivosos,
A ti, que hás finas e elegantes vestes,

Por tuas servas e por mim tecidas.
Já que para a mortalha nem te servem,
Em honra tua ao fogo vou queimá-las,
Dos Teucros em presença e das Troianas".
As mulheres ao pranto ecos faziam.

LIVRO XXIII

Gemia a grã cidade, e pelas praias
Do alto Helesponto às naus se encaminhavam.
Sem dispersar os Mirmidões, Aquiles:
"Équites caros", disse, "os corredores
Não soltemos; de coche, ao morto vamos
O tributo de lágrimas pagar-lhe.
Assim que em ais ali desafogarmos,
Desatem-se os cavalos e ceemos".

Após ele, os Aqueus nas crinipulcras
Bigas circundam vezes três Patroclo,
E Tétis exacerba o luto e o pranto;
Do afugenta-esquadrões saudosos todos,
O chão regam do choro, as armas regam.
Em soluços Aquiles, urra impondo
As homicidas mãos do sócio aos peitos:
"Salve, Patroclo, na Plutônia estância!
Hei de a palavra encher: Heitor em pasto
A cães dar; em vingança, doze ilustres
Jovens de Ílio ante a pira degolar-te".

Aqui, no pó de bruços, obra indigna!
Roja à tumba do amigo o herói Troiano.
As éreas deixam coruscantes armas,
Os cavalos altíssonos desjungem:
Da capitânia em roda, o lauto aprestam
Feral banquete: a ferro bois sangrados

Mugem, balem ovelhas, berram cabras;
Tostam-se ao fogo de Vulcano os pelos
De gordos porcos de alvejantes presas;
Mana em torno a Patroclo o sangue em ondas.
Entanto, ao sumo Atrida o rei Pelides,
Iroso e consternado, os mais conseguem
A custo conduzir. Chegados sendo
Ao real de Agamêmnon, este arautos
Canoros aquecer trípode manda,
Para expurgar-se da sangueira Aquiles.
Este o recusa: "Pelo Deus supremo
E ótimo, juro não tocar em banho,
Antes que ao meu Patroclo a pira ateie,
Sepulcro erija, este cabelo sagre:
Pena igual não terei, por mais que viva.
Ora ao festim odioso nos prestemos.
N'alva ordena, Agamêmnon, que à fogueira
Cumulem grossa lenha, a elevem digna
Do herói que baixa a Dite, e aos olhos nossos
Hão de sumir infatigáveis chamas;
Depois, o exército às muralhas marche".
Obedecem-lhe e comem, nem se queixam
De quinhões desiguais; já bem ceados,
Vai cada qual se repousar na tenda.
Só nas praias flutíssonas Aquiles
No meio jaz dos Mirmidões, num sítio
Onde a vaga rugia; e, quando o sono
Meigo lhe esparge o alívio do cansaço,
De perseguir Heitor perante os muros
E de tanto chorar, espectro em sonhos,
Ao mísero Patroclo parecido
Em trajo, em voz, no talhe e belos olhos,
Põe-se-lhe à cabeceira: "Aquiles dormes?
E o morto esqueces que na vida amaste:
Sepulta-me, que junto às portas erro

Da ampla casa Plutônia; dos finados
Repulsando-me as almas, não permitem
Com elas misturar-me além do Estige.
Dá-me essa mão, que em lágrimas eu lave;
Combusto apenas, do Orco mais não torno
Em segredo não mais consultaremos!
Tragou-me a sorte que de berço tive;
A tua é perecer, divino Aquiles,
Aos muros dos belígeros Troianos.
Peço-te e recomendo que os meus ossos
Unas aos teus, Pelides, já que unidos
Criados fomos, dês que lá de Opunte
Mocinho com Menetes vim a Ftia,
Porque, ao jogo irritado, involuntário
Matei sem tento o filho de Anfidamas.
Teu pai me recolheu benignamente,
Alimentou-me e nomeou teu pajem;
Nossos ossos encerre a de asas de ouro
Urna pela mãe deusa a ti doada".
"A mim, dileto irmão", responde Aquiles,
"Vens com tais ordens? Vou cumpri-las todas.
Ah! Chega-te, e sequer nos abracemos,
Desabafo ao pesar". E as mãos lhe estende,
Mas nada abraça, alteia a sombra um grito,
Como em fumo soterra-se. O Pelides,
Palma com palma atônito batendo,
Mesto profere: "Oh! Certo há no Orco fundo
Vácuas imagens, não tangíveis corpos:
A alma do meu Patroclo, de estupenda
Semelhança com ele, aqui me intima
Tristíssima e chorosa expressas ordens".
Com isto o luto acende, e a rósea Aurora
Acha-o carpindo em cerco do cadáver.
Da tenda gente e mus, que tragam lenha,
Expede o Atrida, e Merion com eles,
De Idomeneu guapíssimo escudeiro.

Munidos vão de cordas e machados,
E os mus diante; encostas, morros, vales
E azinhagas transpondo, às matas chegam
Do Ida multimanante; a bronze afiado
Carvalhos de alta grenha à pressa abatem,
Que estrepitosos roncam; sempre alerta,
Carregam logo os mus, que o solo calcam
Entre espinhais, do plaino desejosos;
E eles, prescreve-o Merion, carretam
À praia troncos, onde o herói sepulcro
Erigir a Patroclo e a si traçara.
Em torno ao lígneo monte se apinhoam.
Armar-se aos Mirmidões ordena Aquiles
E as parelhas dispor; alvoroçados
Revestem-se de bronze, aos carros montam
Combatentes e aurigas; seguem nuvens
De infantaria; o esquife amigos trazem,
Que o morto cobrem de aparadas crinas;
O herói mesto a cabeça atrás sustenta,
Que a Dite envia com funérea pompa.
Deposto o esquife no lugar marcado,
A lenha empilham sobre. — O divo Aquiles
Al medita: afastando-se da pira,
Corta o louro cabelo, que florente,
Votado ao rio Espérquio, lhe crescia;
Geme, olha o negro mar: "Debalde, Espérquio,
To consagrou Peleu por meu retorno,
Prometendo imolar uma hecatombe
E cinquenta carneiros junto às fontes,
Onde ara tens odora e santo luco;
Pois do ancião desatendeste as preces,
Nem torno à doce pátria. Assim, permite
Que este cabelo o amigo a Plutão leve".
Ao metê-lo nas mãos do seu Patroclo,
Mais ateava o luto; o qual durara

Além do sol cadente, se ele mesmo
Não dissesse a Agamêmnon: "Para choros
Fica assaz tempo. Às tropas te compete
Fazer cear: o funeral nos deixem;
Os cabos sós conosco permaneçam".
O Atrida a gente pelas naus desparze,
Das exéquias restando os funcionários.
De pés cúbitos cem fogueira alçando,
O corpo em cima contristados pousam.
Esfolam pretos bois, ovelhas pingues:
Da gordura o Pelides unge-o todo
Em derredor as carnes lhe acumula.
Ânforas de óleo e mel no esquife emborca;
Árduos quatro corcéis com pena lança
À fogueira, e dois cães também degola,
Dos nove à sua mesa apascentados;
Os nobres filhos doze, obra inumana!
De Troianos magnânimos imola,
E para os consumir atiça o fogo.
A soluçar enfim o amigo invoca:
"Salve, Patroclo, na Plutônia estância!
A palavra cumpri: queimei contigo
Os doze Teucros, não a Heitor Priâmeo,
Que só destino a famulentos perros".
Ameaça em vão; de dia e noite Vênus
De Heitor aparta os cães, e por que a rojo
Não se espedace, untou-o de rosado
Óleo divino: adensa em roda Apolo
Nuvem cerúlea, impede que o sol forte
Os músculos e nervos lhe desseque.
Não arde a pira entanto. O nobre Aquiles
Cogita a parte, belos sacrifícios
A Bóreas vota e a Zéfiro; suplica,
Libando em áurea taça, que animada
O cadáver consuma a voraz chama.

Íris o escuta e voa; encontra os ventos
Na caverna de Zéfiro sonoro
Em banquete solene. A núncia ao verem
Queda à entrada lapídea, erguem-se todos,
E cada qual o encosto lhe oferece;
Mas ela: “Não me assento, porque às margens
Do Oceano e aos Etíopes retorno:
Quero participar das hecatombes,
Que aos imortais prodigam. Pede Aquiles
A vós, Zéfiro e Bóreas, com promessas
E egrégios votos, que inflameis a pira
Ante a qual a Patroclo os Dânaos gemem”.
Foi-se; os ventos rugindo impelem nuvens,
Com sopro hórrido e ríspido encapelam
O clamoroso pego, a Troia arribam,
Encostam-se à fogueira, o esforço dobram:
Toda a noite respira e estala a chama;
De áurea cratera toda noite Aquiles,
Em taça duplicôncova exaurindo,
O chão de vinho ensopa, evoca a sombra:
Qual pai queimando os ossos do esposado
Filho, com mágoa da família extinto,
O herói chora ao queimar os ossos,
Roja-se em crebros ais perante a pira.
Quando anuncia Lúcifer que os mares
Veem desdobrar seu manto a crócea Aurora,
O fogo langue e morre; ao Trácio ponto,
Que freme inchado, os ventos se retiram.
Distante, lasso o herói, no sono pega;
Mas acorda ao rumor dos que se agregam
De Agamêmnon em roda, e em pé discorre:
“Atrida, e vós ó príncipes da Grécia,
Com roxo vinho o fogo apaguei todo;
Os ossos do Menécio recolhamos,
Fáceis de conhecer, porque ele em meio

Da pira estava, e os outros nos extremos,
Mistos combustos homens e cavalos.
Em duplo zerbo envoltos, urna de ouro
Guarde-os, até que a Dite eu mesmo desça.
Túmulo alto não quero, mas decente:
Amplo no-lo alçareis, quando aqui, Dânaos,
Nas cavas naus partindo, me deixardes".
Prontos, com roxo vinho o fogo apagam
Da pira inteira, e ao fundo abate a cinza;
A chorar do bom sócio os brancos ossos,
Com duplo zerbo, em urna de ouro colhem;
Metem-na em véu sutil, na tenda a fecham;
Terra ao pé da fogueira amontoando,
Ao circular sepulcro as bases lançam.
Feito o que, já voltavam; mas detém-nos
E assenta-os o Peleio em vasto corro:
Das naus vêm caldeirões, trípodes, vasos,
Vêm cachaçudos bois, ginetes, mulas,
E airosas moças e polido ferro.
Para o curso dos carros mostra os prêmios:
É primeiro, formosa hábil cativa,
E capaz de medidas vinte duas
Trípode asada; é outro, égua bravia
De seis anos, que um mu no ventre encerra;
Terceiro, um caldeirão nunca servido,
Luzente e limpo, de medidas quatro;
Áureos talentos dois seguem-se; é quinto,
Biaurito boião da chama ileso.
Aquiles se ergue: "Atrida e Graios chefes,
Eis os Prêmios dos rápidos aurigas.
A ser diversa a causa do certame,
Certo o primeiro à tenda eu levaria;
Tenho imortais corcéis, que a todos vencem,
Dom Netunino, que Peleu passou-me:
Eu descanso e os corcéis. Ah! Que lhes falta

Quem, lavando-os em límpida corrente,
Os ungia e afagava as belas crinas;
Ora, espalhada a coma, aqui lagrimam,
Com dor no coração! Vós outros, eia,
Aparecei; do exército concorram
Os que em seus coches e cavalos fiam".
Disse, e lestos aurigas se apresentam.
Filho de Admeto o maioral Eumelo,
Afamado cursor, surgiu primeiro.
Surgiu Diomedes na parelha ganha
Ao salvo Eneias por mercê de Apolo.
Surgiu no seu Podargo o louro Atrida
E em Eta, égua veloz, que em paga houvera
De Equepolo Anquisíada Agamêmnon,
Por dispensá-lo da Troiana guerra,
E o deixar na opulenta Sicíone
Fruir delícias, do Satúrnio dadas.
Foi quarto o nobre Antíloco, do grande
Nestor filho, e agitava amplo-crinita
Biga de Pilos em voante carro.
Então seu pai desperta-lhe a prudência:
"De pequeno te amou Jove e Netuno,
Que todo equestre jogo te ensinaram;
Pouco hás mister. Girar as metas sabes,
Só dos lentos corcéis temo a tardança:
Nenhum rival te excede em manejá-los,
Bem que os tenham melhores. Sê, meu filho,
Destro e previsto, não te fuja o prêmio.
Mais vale arte que força ao carpinteiro;
Arte guia o piloto em lenho frágil
Da tormenta açoitado: assim, com arte
Cursor vence a cursor. Quem tudo libra
Em cavalos e coche, anda às guinadas,
A vagar pelo estádio sem governo:
Quem dos seus desconfia, atento à meta

Rente a circula, as bridas retém firme
Ou laxa a tempo, olhando ao que o precede.
Observas? Uma braça está de fora
De lariço ou carvalho o seco tronco,
Pelas chuvas não podre; há brancas pedras,
Uma de cada parte, onde o caminho
Da planície no meio a boca estreita,
São feral monumento, ou priscos marcos:
Lá pôs Aquiles da carreira o termo;
Lá dirige o teu carro. À esquerda um pouco
No assento inclina; ameaça, grita, inflama
Da direita o cavalo, afrouxa as rédeas;
Cerre-se o outro à meta, que pareça
I-la o meião rascando, sem que esbarres,
E ofendas os corcéis e o coche rompas:
Opróbrio teu seria e alheio gáudio.
Filho, cautela: a meta se urges perto,
Nenhum pode apanhar-te ou preterir-te;
Nem que após te viesse Arion ginete,
Raça imortal, possuído por Adrasto,
Nem os que Laomedonte aqui nutria".
    Ao filho assim adverte, e ao posto volve.
Quinto apronta Merion comantes brutos.
Montam; sacode Aquiles no elmo as sortes
Primeiro sai Antíloco Nestório;
Segundo Eumelo; é Menelau terceiro;
Merion quarto; é último o sublime
Tidides forte. Em linha se colocam;
Indica o herói no plaino as longes metas;
Onde era o de Peleu divino pajem
Fênix, que tudo imparcial decida.
    A gritos e a chicote a ponto incitam
Os corcéis que da praia ao campo arrancam.
De pó nuvens aos peitos se enovelam,
Crinas ao vento a flutuar: os coches

Ora tocam no chão, ora alto pulam;
Têm-se firmes nas selas os cursores;
Pelo triunfo os corações palpitam;
Cada qual seus ginetes estimula.
Que a terra a esboroar, não correm, voam.
Girada a meta, a toda brida voltam
Ao mar encanecido, e mais o afogo
Dos heróis se distingue. Longe avançam
As éguas agilíssimas de Feres:
Depois, Diomedes nos cavalos Troicos
A respirar tão próximos, que o bafo
De Eumelo o dorso aquenta e os vastos ombros,
Ao coche as ventas protendidas bufam.
Vencera ou fora dúbio o vencimento,
Se infesto Apolo o açoute luzidio
Não sacasse a Tidides. Este brame,
D'água os olhos arrasa, ao ver as éguas
Mais desenvoltas, os cavalos menos,
Por lhes faltar o estímulo. De Apolo
Sente a fraude Minerva, e de repente
Restitui o chicote, alenta a biga:
De Admeto ao filho a deia quebra o jugo:
O temão rola, as éguas se extraviam:
Cai junto à roda Eumelo; aos cotovelos,
Boca e nariz, ao pé das sobrancelhas,
Fere-se, coalha a voz, lagrima irado.
Fulge avante o rival: prestou Minerva
Aos sonípedes força, e deu-lhe a palma.
Insta o Nestório atrás do flavo Atrida
Brada ao paterno tiro: "Eia, estirai-vos
Em celérrimo curso. Não pretendo
Com Diomedes lutar, a quem Minerva
Afogueia os corcéis, reserva a glória,
Mas segui-me incessantes os do Atrida:
Eta fêmea é vergonha preterir-vos.

Por que desfaleceis? Prometo e faço:
Não mais Nestor vos tratará com mimo,
Antes mortos sereis a brônzeo gume,
Se obtenho um prêmio vil por vossa incúria.
Precipitamente arrebatai-me:
Infalível ardil maquino, esguardo
Como no estreito a Menelau supere".
Da ameaça com medo, eles disparam;
O incansável Antíloco no instante
O passo viu: barranco era precípite,
Pela invernada aberto no caminho.
Cose-se a ele o Atrida, um choque evita;
Mas o rival torcendo empuxa os brutos
Um pouco fora, e desviado segue.
Em susto Menelau: "Suspende, insano,
Enfreia o curso teu na augusta via;
Deixa que alargue, e passarás a folgo:
Os carros entre si não se espedacem".
Surdo aguilhoa Antíloco a parelha:
Correram quanto solto abrange o disco
De atleta jovem, que o vigor ostenta.
Recua Eta o Podargo: o Atrida cessa,
Teme os coches e arreios se embaracem,
Por terra da vitória os contendores.
"Antíloco", bradou, "sábio eras crido,
E ninguém há mais pérfido; prossegue,
Mas sem jurares não terás o prêmio".
Logo afala os corcéis: "Bem que arrojados,
Não demoreis; das patas e joelhos
Primeiro aqueles cansarão por velhos".
Dóceis, à desfilada, eis se apropínquam.
De circo espectadores aguardavam
Os férvidos alípedes poentos.
O Cresso cabo os avistou primeiro,
Na atalaia sentado, e a voz sentia

Do mais próximo auriga; reconhece
Baio ginete que na testa malha
Branca tinha e redonda como a Lua;
Ergue-se e diz: “Amigos chefes Graios,
Olhai vós: outro coche, outro escudeiro,
Fora do que pensávamos, descubro.
Certo as éguas de Eumelo estão feridas,
Que mais lestas eu vi dobrando a meta,
E enxergá-las não posso, inda que os olhos
Por tudo espalhe. As rédeas lhe escaparam,
Ou girou mal o guia, ou não conteve
Na meta o coche; que é talvez em peças,
Derribado o seu dono, extraviadas
As éguas em furor. Em pé vós outros
Atentai: não discirno, mas suponho
O chefe Etólio ser, do cavaleiro
Tideu prole condigna, Diomedes”.
O Oilíades o argui: “Falas às tontas,
Idomeneu? Pela ampla arena as éguas
Aerípedes vêm. Não és tão moço
Para teres a vista mais aguda.
És temerário; não te cabe à toa
Pronunciar, outros juízes temos:
Elas marcham diante, e as rege Eumelo”.
Retorque Idomeneu: “Sempre insolente,
Maledico e rixoso, és entre os Gregos
Inferior no demais. Ora apostemos
Uma caldeira ou trípode; Agamêmnon
Nos julgue, Ajax, à tua custa aprendas
Que essas rápidas éguas se atrasaram”.
O Oilíades replica exasperado;
E azedara a contenda, se o Peleio
Não se interpõe: “De injúrias vos abstende,
Ajax e Idomeneu; por certo em outros
Escandecência tal estranharíeis.

Ora tranquilos esperai por todos;
Conhecereis em breve quais ginetes
Primeiro são no páreo, e quais segundos".
Não acabava, e relumbrou Tidides,
Fustigando entonados vencedores,
Que empoeiram seu guia, o espaço tragam;
De ouro e estanho luzindo, o leve coche
Na fina areia as rodas mal sinala;
Queda no circo a biga, dos pescoços
E peitorais em bagas escorria.
Diomedes pula da brilhante sela,
Encosta ao jugo o açoute; sem demora
Toma Estênelo a trípode e a cativa,
Que entrega aos sócios, e os corcéis desprende.
Antíloco Neleio, mais por dolo
Que por destreza, a Menelau precede:
Quanto um cavalo da rodagem dista,
Lambendo-a em círculo a peluda cauda;
Ao bater a campina em curso alado,
Assim distava o Atrida, bem que a tiro
De disco esteve já: mais se alentava
Eta criniluzente, e, houvesse espaço,
Fora certa a vitória. Atrás o estrênuo
Merion Cretense vinha, de hasta quanto
O bote alcança; que era larga a biga,
E ele mesmo o cursor menos perito.
De Admeto o filho, derradeiro, as éguas
E ornadíssimo coche a pé tirava.
De vê-lo comisera-se o Pelides,
E aos Aquivos exclama: "Vem prosterna
Do mais prestante a unguíssona parelha!
Justo é lhe darmos o segundo prêmio,
E o filho de Tideu guarde o primeiro".
Soa o aplauso, e de Eumelo a égua fora,
Se não reclama Antíloco: "Pelides,

Essa iníqua sentença me exacerba!
Negas meu jus com pena de que um nume,
Frustrando-lhe a destreza, lhe ofendesse
O coche e leve tiro! Aos céus rogasse,
Não seria o postremo. Se hás piedade
E o amas, tens rebanho e ouro e cobre,
Tens escravas contigo e bons cavalos,
Com que ao diante, ou já, brindá-lo possas;
Então a gosto aplaudem-te os Aquivos.
Meu prêmio não darei; se alguém o anela,
Ora de armas na mão buscá-lo venha".
    Sorrindo Aquiles, ao querido sócio
Disse afável: "Será como desejas;
De Asteropeu lustrosa Eumelo tenha
Érea couraça de alvo estanho orlada,
Que ele há de apreciar". Da tenda manda
Que a traga Automedon seu camarada.
Na posse do presente, Eumelo folga.
    O divo Menelau, sentido iroso,
Do arauto, que silêncio impôs aos Gregos,
Tomado arvora o cetro: "Que é da tua
Honra e prudência, Antíloco? Infamaste
Meu valor, meus corcéis, de encontro a eles
Os teus de menos brio atravessando;
Príncipes Gregos, sem favor julgai-nos;
Ninguém diga: — Mentindo e prepotente
O Atrida obteve do Nestório o prêmio;
Pois, se ronceiros os cavalos tinha,
Em violência e furor o avantajava. —
Eu mesmo o julgarei, nem cuido que haja
Dânao que o desaprove: ao rito nosso,
De Jove aluno Antíloco, ante o carro,
O flagelo empunhando que agitavas,
Tange os cavalos, por Netuno jura
Que o meu curso impediste involuntário".

Responde o sábio Antíloco: “Perdoa,
Rei Menelau; na idade e na valia
Me vences muito, os erros não ignoras
Da cega juventude irrefletida;
Sê comigo indulgente. A égua é tua,
De mim recebe-a; se do meu quiseres,
Tudo, ó ramo de Jove, aqui te oferto;
Contanto que não saia do teu peito,
Nem perjure as deidades”. Nisto, a égua
Ao rei trouxe o magnânimo Nestório.
Qual derrama-se orvalho nas espigas
Da crescida seara ao vento crespas
No coração do nobre Atrida aspersa
A alegria o repassa, e verteu fora:
“Quebro, Antíloco, as iras, pois que nunca,
Menos hoje, iludiu-te a mocidade;
Cauto os melhores enganar evites.
Graio nenhum mais presto me aclamara;
Por mim tens padecido amargos transes,
E teu bom pai e irmão. Rendo-me e dou-te
Esta que é minha; testemunhem todos
Que alma ingrata não tenho e empedernida”.
E a égua a Noemon, do moço pajem,
Remete, e aceita o caldeirão fulgente.
Levanta Merion em quarto prêmio
Os dois áureos talentos. Resta o quinto,
Biaurito boião, que entre o concurso
Leva a Nestor Aquiles: “Velho augusto,
Não mais verás Patroclo; por memória,
Esta fúnebre dádiva conserves.
É prêmio de honra, não de cesto ou luta,
Dardo ou carreira: os anos te acabrunham”.
Cala, e entrega o boião. Nestor contente
Pega-lhe, e ajunta: “Bem discorres, filho:
Nem fortes membros tenho ou pés ligeiros,

Nem movo ágil na espádua o frouxo braço.
Fosse eu na flor, como um Burpásio, quando
Ao régio Amarinceu com ricos prêmios
Funeral seus herdeiros celebraram!
Nenhum valente ali se me igualava,
Nem de Epeus, nem de Pílios, nem de Etólios;
Venci no cesto o Enópio Clitomedes;
Na luta, o desenvolto Anceu Pleurônio;
O celérrimo Ificlo, na carreira;
No arremesso, a Fileu e a Polidoro.
Os Actóridas sós me antepassaram,
Que eram dois, e invejavam-me a vitória
De mor preço: os corcéis um destes gêmeos
Regia sempre sempre, outro açoitava.
Tal fui; toca aos mancebos imitar-me:
Hoje à cruel velhice a fronte curvo,
Dante sobre os heróis me distinguia.
Conclui os funerais do sócio egrégio.
Teu benévolo dom me regozija;
Porque de mim te lembras, nem prescindes
De acatar, como justo, o idoso amigo.
Largo o Céu te agradeça a cortesia".
    Depois de ouvir os gabos do Neleio,
Rompe Aquiles a turba, indica os prêmios
Do pugilato cru: no circo amarra,
Primo, indefessa de seis anos mula,
Braba e quase indomável; em segundo,
Põe bicôncava copa: "Atridas, clama,
Vós grevados Argeus, que os punhos vibrem
Dois prestantes varões determinemos:
A quem triunfo Apolo der às claras,
Esse a mula obtenha laboriosa;
A bicôncava copa haja o vencido".
    Surge o varão, nervudo e corpulento,
Panopides Epeu, no cesto exímio,

E agarra a mula: "Quem deseje a copa,
Venha; esta cuido que nenhum me ganhe;
De primeiro púgil eu me glorio.
Não basta ser obscuro nas batalhas?
Mas não é de um mortal primar em tudo.
Ouse qualquer, e com certeza afirmo
Que hei de os ossos moer-lhe. Assistam muitos,
Que o retirem daqui por mim domado".
    Reina mudo silêncio; mas deiforme
Só levantou-se Euríalo, do régio
Talaionides Mecisteu renovo,
O qual nos jogos fúnebres de Édipo
Rendera em Tebas os Cadmeios todos.
O lanceiro Diomedes o acorçoa,
E lhe almeja a vitória; ata-lhe um cinto,
Guantes lhe calça de silvestre couro.
A ponto, ambos no circo se oferecem;
Punho a punho engalfinham-se e rebatem;
Bolha em cópia o suor, os queixos rangem.
O divo Epeu de chofre o rosto esmaga
Ao circunspecto Euríalo, que ter-se
Mais não podendo, abate os pulcros membros.
Qual, ao sopro do norte, em praia algosa
D'água à tona enrugada salta o peixe,
E o serve a negra vaga; assim ferido
Rolou, mas generoso Epeu levanta-o
Com rijo braço. Amigos o transportam,
Rojando inúteis pés, cruor cuspindo,
A nutar a cabeça e desmaiado;
Da bicôncava copa não se esquecem.
    Da luta prêmios dois presenta Aquiles:
Apta ao fogo, uma trípode é primeiro,
Preço de doze bois; outro, uma serva,
Que se estimava em quatro e boa em tudo.
Alçado aos Gregos diz: "Surgi, valentes,
Vosso esforço provai neste certame".

Soberbo o Telamônio ofereceu-se,
Depois Ulisses nos ardis fecundo.
Nus, mas tangados, mão por mão se atracam
Da liça em meio, como escoras mestras,
Na cumeeira traveja artífice hábil
Contra aquilões; constritos os costados
Pelo válido braço, harto rouquejam;
Pinga o suor; cruentas roxas bolhas
Crescem nos ombros e quadris; cobiçam
Tamanha glória, a trípode excelente:
Ulisses derribar a Ajax não pode,
Nem este a Ulisses de vigor pasmoso.
O tédio já lavrava, e Ajax vozeia:
"Divo astuto Laércio, ou me levantes,
Ou eu to faça: o resto incumbe a Jove".
Nisto, acima o levou; com treta Ulisses,
De um cambapé na curva, o laxa e estira,
E sobre ele supino cai de peitos:
O povo os admirava estupefato.
Vai também levantá-lo, e a custo um pouco
Move-o do chão, nos joelhos implicado;
Sujos enrolam-se ambos na poeira.
Tentavam nova luta, quando Aquiles
Os coibiu: "Cesse o cruel certame,
Tais forças não gasteis. Vencestes ambos,
E o prêmio igual será. Fique aos mais Gregos
A liça franca". Os dois heróis o escutam,
O pó limpam do corpo e se revestem.

Para o pedestre curso, ostende insigne
Capaz de seis medidas uma argêntea
Cratera, em todo o mundo a mais formosa:
Pela indústria Sidônia elaborada,
Por mar chatins Fenícios a importaram,
Dádiva a Toas; mas Euneu Jasônio,
Que houve-a depois, de Licaon Priâmeo

Solveu com ela o preço ao bom Menécio.
Então com ela premiava Aquiles
A quem fosse mais leve na carreira.
Pôs ao segundo um gordo boi vistoso;
Áureo meio talento, ao mais tardio:
“Sus”, grita, “neste páreo assinalai-vos”.
Surde o Oilíades bravo, o Ítaco sábio,
Surde Antíloco o jovem mais ligeiro;
Postam-se em fila: o termo Aquiles marca,
E lhes acena. Da barreira atiram-se:
Reluz avante Ajax, Ulisses perto,
Quanto a que tece da petrina airosa
Afasta a lançadeira, que hábil joga,
Trama extensa no urdume entrelaçando.
Antes que o pó se apague da pegada,
Ele a calca, e o pescoço lhe bafeja
No alado curso. Aclamações e vivas
Sustentavam-lhe o afogo da vitória.
No extremo quase, em mente o Laercides
Ora: “Auxílio, Minerva olhicerúlea!”
A deusa o atende; os membros lhe agilita,
Pernas e mãos; já já no fim, transvia
A Ajax, que sobre o esterco das mugentes
Vítimas imoladas ao Menécio,
Resvalando, enlameia a boca e as ventas.
Leva a cratera o paciente Ulisses;
Ajax do boi silvestre aferra os cornos,
A bosta escarra: “Os pés falsou-me a deusa;
Ah! de Ulisses mãe terna o assiste sempre”.
Com doce gargalhada o receberam.
Toma o Nestório o derradeiro prêmio,
E diz sorrindo: “Amigos, estais vendo,
O céu honra os provectos: pouco em anos
Me sobra Ajax; aquele, bem que nado
Com nossos pais, é verde, e na carreira
Ninguém há que o supere, exceto Aquiles”.

O herói folgou do encômio, e respondeu-lhe:
"Este louvor, Antíloco, não perdes".
E outro meio talento ao moço oferta,
Que ledo e contentíssimo o recebe.
Depois o pique trouxe e o elmo e escudo
Que Patroclo a Sarpédon arrancara:
"Dois valentes agora se aparelhem
E provem seu denodo. Quem primeiro
Com choupa aênea, à vista da assembleia,
O arnês do seu rival tingir de sangue,
Esse terá de Asteropeu rendido
Bela Treícia claviargêntea espada;
Comuns serão as armas de Sarpédon:
Lauto festim na minha tenda aceitem".
Surge o grão Telamônio e o grão Tidides.
Preparando-se à parte, à pugna investem
Com cenho que aterrora e espanta os Gregos;
Ardendo as lanças vezes três sopesam,
Cerram-se três: o escudo Ajax perfura,
A couraça ao rival defende a pele;
Por cima do pavês a cúspide ênea
Busca Diomedes lhe embeber no colo.
Temendo por Ajax, partir os prêmios
E o combate fechar determinaram;
Mas a Diomedes um montante Aquiles
Deu com sua bainha e bálteo insigne.
Bruto, qual sai da forja, um disco expõe-se
Que jogava Eetion, e o trouxe Aquiles
Entre a riqueza ao forte rei tomada:
"Em pé", grita, o Grajúgena robusto;
"Por vastos que haja o vencedor seus campos,
Assaz ferro terá para cinco anos,
Sem quinteiro ou pastor ir ao mercado".
Polipetes pugnaz, Leonteu deiforme,
O Telamônio e Epeu, se perfilaram.

Epeu roda-o, nervoso e pouco destro,
Com risada geral. De Marte ramo,
Foi segundo Leonteu. Rijo e forçudo,
O gigantesco Ajax transcende as marcas.
Já Polipetes o torneia e expede;
Quanto o báculo voa do boieiro
A revoltões por cima da manada,
Supera o tiro seu: ressoa o aplauso;
Do rei braçudo ovantes camaradas
Aquele enorme disco às naus recolhem.
De ferro, aos sagitários, dez bipenes,
Dez machadinhas põe; na arena, ao longe
Um mastro erige da cerúlea proa;
Alvo das frechas, num cordel apensa
Do tope, atada aos pés, tímida pomba:
"Quem", disse, "nela acerte, haja as bipenes;
Quem, aberrando, os fios lhe desfaça,
Como inferior, as machadinhas leve".
Com ímpeto o rei Teucro se levanta,
Mais o escudeiro Merion. De Teucro
Sai do elmo a sorte; incontinente a vira
Dispara, sem que a Febo uma hecatombe
Sagre de primogênitos cordeiros:
Cioso o deus o arreda, mas a farpa
Corta os laços dos pés, que ao chão vieram;
Ei-la nos céus adeja, e os vivas soam.
O arco verga Merion e a seta aponta;
Ao Longe-vibrador um sacrifício
Vota solene; à revoante pomba
N'asa entre as nuvens percutindo a seta,
Ante o que a desfechou fisga-se em terra;
A ave recai no mastro, o colo pende,
A envergadura estira; a veloz alma
Evola-se, e distante o corpo tomba.
Fica espantado o povo. As dez bipenes

Ganha Merion, e Teucro as machadinhas.
De atiradores prêmio, um longo pique
Presenta, e um caldeirão todo escultado,
Puro das chamas, do valor de um touro.
Ergue-se o amplo-reinante e o Cresso pajem
Merion; mas atalha-os o Pelides:
"É sabido, Agamêmnon, quanto em forças
E em dardejar exceles. Para bordo
Manda o vaso, eu te rogo, e o pique demos
Ao bravo Merion, se tu o consentes".
Não se opôs Agamêmnon: dado o pique
A Merion, Taltíbio arauto aceita
Para seu amo o caldeirão formoso.

LIVRO XXIV

Findo o certame, às naus dispersos correm;
Cuidam na ceia, em brando sono pegam.
Reluta à quietação, que enleia a todos,
O Pelides saudoso a revolver-se,
Ou supino, ou de bruços, ou de ilharga;
Lembra-lhe a valentia, o ardor daquele
Com quem tanto empreendeu, curtiu fadigas,
Em duro marte, em perigosos mares,
E debulha-se em lágrimas. Levanta-se,
Vaga ao longo da praia, até que as ondas
A aurora purpureia: então, jungindo
O alado coche, atrás liga o Priâmeo;
Roja-o três vezes do sepulcro em giro,
Torna ao leito, e no pó deixa o cadáver.
Dói-se Febo de Heitor, conserva-o puro,
De égide áurea coberto, a fim que a rastos
Lacerado não seja indignamente.

Do mau trato os celícolas ditosos
Compadecendo-se, o Argicida incumbem
De subtrair o divo herói defunto.
O arbítrio aprouve, menos a Netuno,
À irmã Satúrnia, à virgem de olhos garços:
Elas a Príamo e seu povo odeiam
Pela injúria e sentença de Alexandre,
Que, em paga da lascívia e amor infesto,
Em seu tugúrio a Vênus dera o pomo.
Na duodécima aurora exclamou Febo:
"Numes cruéis, Heitor seletas coxas
Não vos queimou de bois e nédias cabras?
Morto, ingratos, vedais que o veja a esposa,
Mãe, filho e genitor, que o povo inteiro
Alce-lhe a pira e o funeral celebre?
Só vos agrada o iníquo atroz Pelides,
Leão que, em si fiado, ama cevar-se
Na triste grei, sem pejo ou consciência,
Que humanos corações compensa ou pune.
Quem perde irmão, conjunto, ou mesmo a prole,
Suspira e chora, mas o nojo enfreia,
Que é dos humanos sorte o resignar-se:
Este, roubada ao nobre Heitor a vida,
O arrasta pela campa do consócio;
Contra insensível barro afronta inútil,
Bruto furor que nos irrita e inflama".
Grita em cólera Juno: "Argentiarcheiro,
Sócio dos maus, tais homens não compares:
Heitor foi por mulher amamentado;
Por deusa Aquiles, que, por mim nutrida,
Esposei com Peleu, dos Céus dileto:
Vós à boda assististes; ao convívio
Tu, pérfido, na lira a decantaste".
Logo o Tonante: "Não te enfades, Juno.
Diferem muito em honras; mas aos deuses

E a mim esse era o Teucro predileto;
Nem dons poupava, libações, banquetes,
Nidor e fumo, recompensas nossas.
Furtado não será, pois dia e noite
Vela Tétis assídua. Aqui ma chamem;
Discreto lhe direi que aceite Aquiles
A remissão de Heitor e o renda a Príamo".
A núncia procelípede, por Samos
E Imbro fragosa, ao pélago descende,
E o salso lago freme; cala ao fundo
Qual plúmbea péla que em selvagem corno
Aos crudívoros peixes leva a morte.
Numa gruta acha a Tétis e as Nereidas,
Chorando o exímio Aquiles, n'alma Troia
Longe da pátria a falecer fadado:
"Vem, Tétis, que te chama o Onipotente".
A argentípede acode: "Que pretende?
Ir aflita me pesa à etérea corte;
Mas Júpiter o manda, é quanto basta".
Eis cinge a deusa augusta o véu mais negro,
De todos lugubríssimo, e dispara;
Íris de aérea planta a precedia,
E em derredor as ondas se apartavam.
Tomam terra, ao céu voam: lá sentou-se
No feliz coro Tétis; a cadeira
Do Altitonante ao pé lhe cedeu Palas.
Juno a consola, e em ouro passa o néctar;
Bebe a Nereida e restitui o copo.
E o pai de homens e deuses: "Cá vieste,
Bem que indelével mágoa em ti concentres;
Conheço-o, Tétis, mas te exponho a causa.
Há nove dias sobre Heitor e Aquiles
Urbífrago se alterca: instam que a furto
O Argicida sutil salve o cadáver:
Eu, por nossa amizade e o que te devo,

Deixar quero a teu filho a glória toda.
Anda, informa-o da cólera dos numes,
Da minha indignação, pela crueza
De reter ante as naus de Heitor o corpo;
Remido o renda, se me teme e acata.
Íris despacha ao Troico rei brioso;
Vá resgatar seu filho à Grega frota,
E com largueza ao vencedor contente".
    Frecha do Olimpo Tétis, e acha Aquiles
Em ais na tenda; os íntimos cuidosos
Para o festim lanuda rês degolam.
Senta-se Tétis perto, a mão lhe afaga:
"Filho, tua alma em lágrimas consomes?
Enjeitas a comida, o leito esqueces?
Busca alívio em amante carinhosa,
Já que te acena a Morte e vou perder-te.
Núncia de Jove, a indignação declaro
Dele e de todo o Céu, pela crueza
Com que reténs Heitor e a Troia o negas".
Responde Aquiles: "Se é querer do Olímpio,
Venha quem traga o preço e o corpo leve".
    Enquanto a mãe e o filho assim discorrem,
A Príamo o Satúrnio Íris deputa:
"Sem demora, prescreve ao rei Troiano
Que generoso rima o seu mais caro;
O vencedor as dádivas contentem.
Ele que vá sozinho, e idoso arauto
Governe andejas mulas e a caleça
Onde o morto carreie; e vá sem medo,
Guia-lo-á Mercúrio aos pés de Aquiles.
Do herói não tema em casa ofensa alguma,
Nem de qualquer: sisudo, humano e atento,
Um suplicante poupará benigno".
    Disse; Íris procelípede ao palácio
Real chega: o alarido e o luto encontra,

Filhas de choro umedecendo as vestes
Em cerco ao velho no seu manto envolto,
Sujos cabeça e colo em cinza imunda,
Que a rolar-se aos punhados esparzira;
Filhas e noras ululando, errantes,
Seus valentes invocam, tais e tantos,
Pelos Aquivos golpes derribados.
Ao rei trêmulo a núncia, em voz depressa
Para o não abalar: "Coragem", disse,
"Nada receies, Príamo. Aqui Jove
Benévolo me envia, e longe embora,
De ti se compadece e tem cuidado.
Que resgates Heitor ele te ordena,
E o Pelides com dádivas comovas;
Que vás às naus sozinho, e idoso arauto
Governe andejas mulas e a caleça
Onde o morto carreies: e vai sem medo,
Guiar-te-á Mercúrio aos pés de Aquiles.
Do herói ofensa alguma ali não temas,
Nem de qualquer: sisudo, humano e atento,
Um suplicante poupará benigno".
    Partiu-se: aos filhos manda o rei que aprestem
Mular caleça, e uma arca em cima liguem;
Desce à fragrante câmara cedrina
De excelso teto, encerro de tesouros;
Chama por Hécuba: "Infeliz de Jove
Me veio núncia prescrever que parta
A remir nosso filho com presentes.
Teu coração que diz? No meu resolvo
Ir já buscar os arraiais dos Gregos".
    E ela em soluços: "Onde o siso d'antes,
Que estrangeiros e Teucros te louvavam?
Sozinho ires às naus e ao cru verdugo
Dos teus guerreiros numerosos filhos!
De ferro entranhas tens. Se ele te empolga,

Sem dó, respeito ou fé, será contigo.
No interior destes paços o choremos;
Pois ao pari-lo eu mesma, a feia Parca
Fiou que, de seus pais ele apartado,
Fartasse a gula dos sanhudos perros
Do cruel, cujo fígado eu trincara
Para vingar ultrajes do meu filho…
Ah! Nem fugiu, nem se esquivou cobarde;
Morreu firme, por Troia e pelas Teucras
De regoado seio combatendo".

Replica o divo esposo: "Ave agoureira
Tu não me sejas, nem me aqui demores:
Não me convencerás. Fosse um terrestre
Arúspice, adivinho ou sacerdote,
Hesitar ou não crê-lo nos coubera;
Mas ouvi mesmo a deusa e a vi presente,
Não baldarei meu rogo. E se é destino
Junto às naus Gregas acabar, acabo:
Mata-me Aquiles; mas sequer meu filho
Nestes braços estreite, e em choro apague
Meu amargo pesar, minha saudade".

E destampando as caixas, doze aparta
Peplos louçãos, mantas singelas doze,
Doze tapetes, opas doze e estas
Conformes várias túnicas; talentos
Áureos dez, duas trípodes luzidas,
Caldeirões quatro, e um copo superfino
Que embaixador em Trácia lhe ofertaram:
Nem reserva este em casa; a todo custo
Redimir seu Heitor almeja o velho.
Do pórtico o tropel gritando arreda:
"Fora, vis; dor não tendes nem tristeza,
Para aqui virdes agravar a minha?
Ou folgais de que Jove me roubasse
Meu bravo Heitor? Senti-lo-eis, perversos;

Ele por terra, sois dos Gregos preia.
Antes que Troia aos olhos meus desabe,
Do Orco me sorva o tragador abismo!"
Disse, e os toca a bastão; mal que os expulsa,
Os filhos nove increpa, Heleno, Páris,
Divo Agáton, Antífono, Pamones,
E Deifobo, e Hipotoo e o nobre Agavo,
E Polites belaz: "Sus, preguiçosos,
Paterno opróbrio! Em vez de Heitor, vós todos
Jazêsseis ante as naus. Em Ílio, ai! Triste,
Fortes gerei, nenhum dos quais me resta:
Mestor deiforme, o campeão Troílo,
Heitor, que entre os humanos parecia
Não de um mortal nascido e sim de um nume,
Perdeu-os Marte; ignavos sós me ficam,
Falsos, hábeis na dança, ou na rapina
De cabritos do público e de ovelhas.
Como! Tardais em preparar as mulas,
Pôr tudo na caleça, a fim que eu parta!"
Humildes e submissos, leve e nova
Caleça, arca, de buxo tiram jugo
De embigo e anéis fornido, mais de um loro
Jugal de nove cúbitos, que agitam
Ao cabo do temão, por cuja argola
E chaveta passando, com três voltas
No embigo o enleiam de uma e de outra banda,
Em nó sumindo por debaixo as pontas;
Na caleça, da câmara trazido,
O resgate acumulam precioso;
As solípedes mulas emparelham,
Com que a seu pai os Mísios regalaram;
Ao velho os brutos férvidos conduzem,
Que ele mesmo criara à manjedoura:
Estes o arauto e o rei, no altivo pórtico,
Jungem, n'alma conselhos fomentando.

    Chega-se Hécuba triste, e em áurea copa
Vinho tendo suave, e junto para
Dos corcéis: "Toma, liba, ao grão Satúrnio
Roga feliz tornada, já que à frota,
A meu pesar, o ânimo te impele;
Suplica e exora a Júpiter nimboso,
Que do Ida em nós atenta, anúncio fausto:
Voe à destra sua águia a mais dileta;
Vejam-na os olhos teus, e afouto partas.
Mas, se o Altitonante o agouro nega,
Bem que ardas em desejo, eu não te exorto
A ir às naus dos furibundos Gregos".
    "Sim", responde o bom rei, "concordo, esposa;
Cumpre, a Jove implorando, alçar as palmas".
Nisto, água pura à despenseira pede;
Ela queda sustêm bacia e jarro.
Depois que lava as mãos, recebe o copo;
No átrio em pé, liba e ora, os céus fitando:
"Potente sumo deus, que do Ida imperas,
Dá que benigno se apiade Aquiles;
Tua águia mais dileta envia à destra;
Vejam-na os olhos meus, para que afouto
Às naus eu vá dos furibundos Gregos".
    Próvido o escuta Jove, e a caçadora
Morfon manda infalível nos augúrios,
Percnon também chamada. Quanto é largo
Portão soberbo de opulenta régia,
Tanto ela à destra expande as asas fuscas;
Troia com regozijo a viu librar-se.
Do ruidoso vestíbulo, montado,
O rei despede o coche; Ideu prudente
Rege de quatro rodas a caleça;
Príamo atrás pela cidade excita
E os ginetes flagela. Os mais conjuntos,
Qual se andasse a morrer, chorando o seguem;

Tanto que da muralha ao campo desce,
Mestos genros e filhos se recolhem.
Os dois compadecido avista Jove,
E ao seu Mercúrio fala: "É-te agradável
Os homens frequentar e a gosto ouvi-los:
Príamo às naus conduze, e o não pressintam,
Antes que aos pés de Aquiles o introduzas".
À voz do excelso pai se inclina e apresta:
Calça os áureos talares, com que adeja
Sobre as terras sublime ou sobre ondas,
Como rápido sopro; a vara empunha,
Com que aos olhos mortais carrega o sono
Ou desperta o prazer, e os ares tranca.
À vista já de Troia e do Helesponto,
Num príncipe galhardo se disfarça
Em venusta e pubente juventude.
Aqueles, de Ilo o túmulo passado,
Corcéis no rio e mulas abeberam;
A Mercúrio, ao crepúsculo noturno,
O arauto enxerga: "Para nós caminha,
Dardânida, um varão; cogita o meio
De nos salvarmos: ou fugir no carro,
Ou de joelhos suplicar piedade".
Confuso o velho, atônito, hirta a coma,
Retêm-se a estremecer. Mercúrio avança,
A destra lhe segura e o interroga:
"Quê! De noite, ancião, corcéis e mulas
Chicotas, quando o sono os mais procuram!
De inimigos cercado, não te assustas?
Se algum te visse carretar no escuro
Tesouros tais, que alvitre buscarias;
Não és mancebo, e um velho te acompanha,
Para a qualquer ataque resistires.
Tu não me temas, defender-te quero,
Pois te assemelhas a meu pai querido".

Príamo respondeu: "Bem dizes, filho:
Mas protege-me um deus, que me apresenta
Guia esbelto e gentil, prudente e afável;
Ditosos os mortais que te geraram!"
"Cordato falas", torna-lhe o Argicida;
"Mas sê sincero: onde as riquezas levas?
Por ventura a estrangeiros, que tas guardem?
Ou todos Ílio abandonais com medo?
Ah! Teu filho bravíssimo perdeste,
Nada inferior aos Gregos no conflito".
E Príamo: "Quem és, de quem procedes,
Ótimo jovem, que do extinto filho
Falas-me assim cortês?" — Então Mercúrio:
"Informações de Heitor obter ensaias.
Muitas vezes o vi, mormente quando,
Com assombro geral de lança botes
Contra os baixéis os Dânaos rechaçava.
Iroso Aquiles nos continha ignavos;
Sou Mirmidon, na mesma nau viemos:
Rico, velho também, de sete filhos,
Me expediu Polictor por seu companha,
Feito o sorteio. O acampamento exploro;
Pois, na alvorada, os olhinegros Dânaos
Ílio acometerão, que já não podem
Os reis conter o exército fogoso".
Príamo inda: "Se fâmulo és de Aquiles,
Dize, ante a frota jaz meu filho, ou preia
Dos cães do vencedor foi lacerado?"
"Jaz ante a frota", replicou Mercúrio;
"Aves nem cães o corpo lhe tocaram;
Há doze dias, puro está sem vermes,
De que os mortos na guerra são comidos.
Ímpio, ao luzir da aurora, em torno o roja
Do sepulcro do amigo: admirarias
Quão fresca se acha a carne, estanque o sangue,

Sem mais lesão, fechadas as feridas,
Que lhe pregaram tantos. Já defunto,
Gratos os deuses do Priâmeo curam".
Jubiloso o Dardânida: "Meu filho,
Bom é render o que se deve aos numes;
Em vivo nunca Heitor os esquecia;
Dele extinto os celícolas se lembram.
Toma este copo, e com favor supremo,
Guarda-me e guia ao pavilhão de Aquiles".
"Sou moço", torna o deus, "mas não me tentas;
Na ausência do Pelides nada aceito;
Muito o venero, desfalcá-lo temo
E em seu ódio incorrer. Na via de Argos,
Vás por mar ou por terra, hei de ir contigo;
Eu sendo o condutor, ninguém te ofende".
Eis pula ao carro; o açoite e as rédeas pega;
Fogo inspira aos corcéis, às mulas fogo.
Junto às navais trincheiras o Argicida
Na ceia às ocupadas sentinelas
Sono infunde, a porteira abre e destranca,
Introduz a caleça e o real coche.
Apropínqua-se à tenda, que de abeto
Os Mirmidões para seu rei teceram,
De híspida agreste cana a cobertura,
Em derredor extensa paliçada.
Sustinha a porta, que cerrava o claustro,
Lígnea barra, a três homens grave peso,
Do só Pelides facilmente alçada;
O deus do lucro a Príamo a franqueia,
Introduz a caleça, e em terra salta:
"Velho, guiar-te aqui me ordenou Jove;
Sou Mercúrio. O Pelides não me sinta,
Volto; a mortais favorecer às claras
Não cumpre às divindades. Entra, ajoelha,
Pela mãe Tétis, pelo pai, depreca,
Para amansá-lo o filho seu memora".

Mercúrio se ala; Príamo se apeia,
Deixando fora a Ideu corcéis e mulas
Seguiu direito; achou de Jove o aluno
Dentro sentado, à parte os sócios, menos
Alcimo e Automedon, ramos de Marte,
Que à mesa diligentes o serviam,
Onde satisfizera a sede e a fome.
Não visto passa o corajoso velho,
Até que prosternado, humilde beija
A mão terrível que imolou seus filhos.
Quando por homicídio alguém se exila,
E em país estrangeiro e nobre albergue
Refúgio encontra, espectadores pasmam:
Pasma Aquiles assim, e os circunstantes
Olham-se estupefatos. O Dardânio
Súplice roga: "Lembre-te, ó Pelides,
O idoso pai, como eu posto à soleira
Da pesada velhice. Por vizinhos
Talvez opresso, defensor não tenha;
Vivo ao menos te sabe, e folga e espera
Ver tornar cada dia o egrégio filho.
Ai! Gerei tantos bravos na ampla Troia,
Dos quais eu penso que nenhum me resta.
Cinquenta ao vir o assédio, eram de um leito
Dezenove, os demais de outras mulheres:
Morte nos tem segado quase todos.
O único esteio nosso, pela pátria
A combater, acabas de roubar-mo,
Heitor... Venho remi-lo à frota Argiva
Com magníficos dons. Respeita os numes;
Por teu bom pai, de um velho te apiades:
Mais infeliz do que ele, estou fazendo
O que nunca mortal fez sobre a terra:
Esta mão beijo que matou meus filhos".
De Peleu mais saudoso, o herói suspira,
Pega-lhe a destra e brando afasta o velho:

Um de joelhos por Heitor pranteia;
Outro chora seu pai, chora a Patroclo:
De ambos o soluçar na tenda estruge.
Desafogada em lágrimas a pena,
Ergue-se da cadeira o divo Aquiles,
Por si levanta a Príamo, e o compunge
Branca a régia cabeça e branca a barba:
"Ai mísero, sobejo hás padecido!
E a mim que te privei de extremos filhos,
Buscas sozinho? Entranhas tens de ferro.
Senta-te; ao luto agora devemos tréguas.
Viver sempre em tristeza é lote humano:
Existir sem cuidados é dos deuses.
Há dois tonéis ao limiar de Jove
De males e de bens: se misturados
Os derrama o Tonante, o que os recebe
Ora sofre e ora goza; mas, se entorna
Somente males, em penúria o triste
Vaga de pesadume em pesadume,
Dos imortais ludíbrio e dos mundanos.
Assim teve Peleu mil dons celestes,
Brilho, opulência, império e uma deidade
Por consorte; mas Júpiter negou-lhe
Ao trono sucessor, porque imaturo
Devo longe acabar, sem que de arrimo
Lhe seja na velhice, em Troia estando
Para desgraça dela e teu flagelo.
Também lograste já de quanto abrange
Lesbos ao sul, de Mácaris morada,
A Frígia eoa e amplíssimo Helesponto;
Brilhaste, velho, em filhos e riquezas;
Mas, dês que o Céu mandou-te a crua guerra,
Geme Ílio de matança e horror cingida.
A alma em luto perpétuo não consumas;
Com te afligir Heitor não ressuscitas;
Quiçá maiores danos te ameaçam".

Mas Príamo: "Sentar-me, herói, não faças;
Dentro sem sepultura está meu filho.
Redimido, o mais breve mo apresentes;
Os dons que trago aceita numerosos;
Logra-os, à pátria volvas, tu que à vida
E a luz do sol gozar hoje me outorgas".
Minaz Aquiles: "Não me irrites, basta;
Heitor hei de render, que prescreveu-mo,
De Jove em nome, a genetriz Nereida.
Sei, não mo ocultes, Príamo, às naus Graias
Conduziu-te algum nume: entrar no campo
Nunca ousara mortal, por mais florente;
Nem iludira os guardas, nem das portas
As barras facilmente descerrara.
Não me comovas mais com teus queixumes;
Inda que és suplicante, eu posso, velho,
Expulsar-te, infringindo a lei de Jove".
Ei-lo, em susto, obedece; fora Aquiles
Pula como um leão, mais seus dois pajens
Alcimo e Automedon, que sobre todos,
Morto o Menécio, honrava. Eles desatam
As mulas e os corcéis; na tenda assentam
Ideu canoro; da caleça tiram
Do resgate os presentes preciosos;
Dois mantos e uma túnica luzida
Reserva o herói de Heitor para envoltório.
As criadas mandou lavá-lo e ungi-lo,
Sem visto ser do pai; receia que este
Aflito rompa em cólera, e o constranja,
Contra o querer de Jove, a assassiná-lo.
Já perfumado, a túnica e um dos mantos
Lançam-lhe; Aquiles o ergue e o põe num féretro,
Que os dois com ele na caleça metem.
Gemendo invoca o sócio: "Não te agraves,
Patroclo, se constar no reino escuro

Que Heitor a Príamo entreguei remido;
Pois tive egrégios dons, e a melhor parte
Ser-te-á consagrada, alma querida".
Volve à tenda e à cadeira artificiosa,
Donde saíra, na parede oposta:
"Fiz, Príamo, o teu gosto, jaz teu filho
No féretro; ao partir, na aurora o vejas.
Porém da ceia agora nos lembremos.
Níobe de comer também lembrou-se,
A quem seis filhos e seis filhas jovens
O Arcipotente com a irmã frecheira
Prostrara a setas, porque a mãe formosa
Se afrontava à pulcrícoma Latona,
Tendo esta só dois partos, e ela doze:
Os dois porém dos doze deram cabo.
Nove dias sanguentos e insepultos,
Pois Jove o povo em pedra convertera,
Celestes ao dezeno os enterraram.
Enfim comeu, de lágrimas cansada.
Ora em Sípilo, entre ásperas montanhas,
Onde as ninfas, que às margens do Aqueloo
Guiam coreias, como é fama, alverga.
Já transformada em rocha, inda sensível
Estila a dor que os deuses lhe infligiram.
Tratemos pois da ceia: ao transportá-lo,
Divo ancião, prantearás teu filho.
Tens muito que chorar, sossega um pouco".
Súbito sacrifica branca ovelha:
Esfolam-na, esquartejam-na, e a preceito
Assam de espeto no brasido as postas;
Em canistréis na mesa o pão reparte
Automedon, e Aquiles trincha as carnes.
Às viandas se deitam; e saciados,
Príamo admira o talhe do Pelides
E a divina beleza, admira Aquiles

A facúndia e presença do Dardânio.
Depois de mutuamente se esguardarem,
O ancião começa: “De Jove aluno,
Repassar pelo sono me permite:
Dês que às mãos tuas expirou meu filho,
Não preguei mais as pálpebras; na cinza
Rolo, em pranto recozo os meus pesares.
Ora um bocado engulo a vez primeira,
E em roxo vinho as fauces umedeço”.
Estender manda ao pórtico o Pelides
Belos colchões vermelhos, e por cima
Tapetes e felpudos cobertores;
Saem fora de tocha e diligentes
As cativas preparam duas camas.
O herói com falso medo: “Hospede amigo,
No pórtico estarás, porquanto os Gregos
Soem vir consultar-me n’alta noite;
Se algum te enxerga e informar-se Agamêmnon,
Ser-te-ia o resgate retardado.
Que tempo dize aos funerais precisas,
Para eu conter o exército em repouso”.
E o Troico rei: “Se em funerais consentes
Ao meu bom filho, esse favor me é grato.
Em sítio nós, a mata longe temos,
Ílio aterrada: ao luto nove dias,
À sepultura o décimo e ao banquete,
Ao túmulo o seguinte se consagre;
Já que é força, ao dozeno combatamos”.
“O que pedes será”, tornou-lhe Aquiles;
“O ataque sustarei todo esse tempo”.
E por mais segurança, a real destra
Na sua aperta. Ao pórtico dormiram
Príamo e Ideu, cuidados revolvendo:
Mas dentro Aquiles e a gentil Briseida.
Numes e campeões do sono logram;
Velando só Mercúrio negocioso,

Cogita como às naus subtraia o velho,
E das portas iluda as sentinelas.
Põe-se-lhe à cabeceira: "Entre inimigos
Repousas, por te haver poupado Aquiles,
Por excessivo preço Heitor vendendo?
Por ti vivo os que restam lhe dariam
Presentes em tresdobro, se Agamêmnon
E outros Gregos aqui te lobrigassem".
O rei, sobressaltado, o arauto acorda;
Mesmo aparelha o deus corcéis e mulas,
E sem que o sintam pelo campo os guia;
No vau já do de Júpiter progênie
Rápido Xanto, o vasto Olimpo sobe,
Ao desferir seu manto a ruiva Aurora.
Ambos chorosos e em suspiros trotam,
Nem dos varões nem damas percebidos;
Porém, montando a Pérgamo, Cassandra
Áurea e venusta, o amado pai descobre
E o defunto na tumba e Ideu canoro;
Pela cidade soluçando ulula:
"Vede, eis Heitor, ó Teucros e Troianas,
Que em vivo, ao regressar de horrível pugna,
De júbilo e esperança o povo enchia".
Nem homem nem mulher nas casas fica,
Todos em nojo à entrada se apinhoam
Do cadáver em torno; avante a esposa
E augusta mãe ao féretro se arrojam,
Carpem-se a coma, tocam-lhe a cabeça.
A turba lastimava, e até sol posto
Em pranto ali seria, se do assento
O rei não grita: "Às mulas deem passagem,
Depois de mestas lágrimas fartai-vos".
Arredam-se, e a caleça ao paço roda.
Em recortado leito o herói colocam,
E músicos ao pé entoam nênias,

A que o femíneo gemebundo coro
Triste responsa. A bracinívea Andrômaca,
A cabeça ao bravíssimo sustendo,
O luto enceta: “Esposo em flor troncado,
Viúva me abandonas, e o filhinho
Que em mim geraste por desgraça dele!
Púbere não será, sem que primeiro
Do fastígio arruíne a excelsa Troia;
Pois acabaste, ó guarda e certo apoio
De castas mães, de míseras crianças,
Que arrastadas às naus serão comigo.
Tens, meu Astianax, de acompanhar-me,
Sob um cruel senhor escravo indigno;
Ou ser de horrível torre despenhado
Por Graio a cujo irmão, genitor, prole,
Fez morder a poeira em cem batalhas
Teu valoroso pai, na guerra acerbo:
É por isso que o povo inteiro o chora.
Dos parentes, Heitor, é grave a pena;
Mas a dor que me punge é inda mais crua.
Ah! Moribundo a mão nem me estendeste,
Nem adeus me disseste e os bons conselhos,
Que dia e noite em pranto eu recordasse!”
O lamento femíneo então redobra,
E Hécuba em ais prorrompe: “Heitor, meu filho
O mais amado, em vivo aceito aos numes,
És seu valido em morto. Os mais Aquiles
Tomados os vendia além dos mares,
Em Samos, Imbro, em Lemnos de árduo porto:
A ti, cortada a vida a brônzeo gume,
Te rojou pela campa de Patroclo,
Se do inferno evocá-lo a que o mandaste;
Mas fresco e belo estás, como a quem Febo
Do arco argênteo vibrou rápida seta”.
Exaspera-se o luto, e Helena exclama:
“Heitor, ó meu cunhado e o mais querido,

Pois, consorte me trouxe o divo Páris,
E oxalá que primeiro eu perecesse!
Quase há vinte anos sou da pátria ausente,
Nunca te ouvi dictério e um só remoque;
E, se irmã tua ou cunhada minha,
Irmão teu, minha sogra (pois no sogro
Meigo pai sempre encontro) me increpava,
Manso e humano e indulgente o coibias.
Choro-te pois e a mim, que, odiosa a todos,
Não tenho quem me ampare e me perdoe".
    Seu suspirar maior tristeza infunde;
E ao povo imenso Príamo: "Troianos,
Ide, lenhai, sem susto de emboscada;
Que, ao despedir-me, Aquiles prometeu-me
Só na dozena aurora o saltear-nos".
    Ligam presto às carroças bois e mulos,
Juntam-se ante a muralha. Ingentes cargas
De lenha acarretando nove dias,
Ao décimo entre lágrimas levantam,
E no cimo da pira Heitor colocam,
E ateiam fogo. A dedirrósea Aurora
Veio raiando, e a gente refervia.
Depois que em roxo vinho apagam todos
Em roda a chama, seus irmãos e amigos,
De arroios d'água as faces alagadas,
Em urna de ouro os brancos ossos colhem,
De finos mantos carmesins coberta,
Na cova a metem, que por cima forram
De grossas lajes. Do sepulcro ereto
Em roda há sentinelas, que previnam
Dos de greva louçã qualquer ataque.
Já tumulado, aos paços reverteram,
Onde Príamo rei, de Jove aluno,
Lhes deu funéreo esplêndido convívio.
Heitor doma-corcéis tais honras teve.

NOTAS DA EDIÇÃO

LIVRO I

1. Peleio: filho de Peleu.
2. lutuosa: fúnebre.
5. Jove: Júpiter.
8. morbo: doença.
11. remir: libertar.
13. ínfula: guirlanda.
15. Atridas: Menelau e Agamêmnon, filhos do rei Atreu.
    Aqueus: gregos.
    grevas: as partes da armadura que cobriam as pernas do joelho para baixo.
16. Priâmeo: de Príamo.
19. Tonante: Júpiter.
23. doesta: insulta.
34. pulcrícoma: de belos cabelos.
35. Arcitenente: aquele que porta o arco.
38. colguei: enfeitei.
39. pingues: gordurosas.
46. carcás: aljava.
49. bracinívea: de braços alvos.
59. arúspice: sacerdote que predizia o futuro por meio do exame das entranhas das vítimas sacrificadas.
64. nédias: reluzentes.
65. áugures: adivinhos.
87. destra: a mão direita.
93. merencório: melancólico.
94. afuma: escurece.
109. Peleio: filho do rei Peleu.
116. Satúrnio: Júpiter, filho de Saturno.
126. pélago: abismo oceânico.
129. egrégio: notável.
134. Vulpina: astuta.
136. Teucros: troianos.

139. atriz: aquela que nutre.
141. protervo: insolente.
144. cominas: ameaças.
147. opimo: rico.
157. pugnas: travas combate.
167. hirsuto: de pelos longos e grossos.
174. flava coma: cabeleira loira.
177. Egífero: Júpiter, o que porta a égide (escudo mágico).
progênie: a filha de Júpiter, Palas Atena, a quem ele cedeu a égide.
181. olhicerúlea: de olhos azuis, da cor do céu.
188. cordura: qualidade de cordato.
192. gládio: espada curta.
195. acérrimo: muito azedo.
197. à liça: em ação, em combate.
214. auricravado: cravejado de ouro.
239. estrênuo: destemido.
243. cetrígero: que porta o cetro.
266. baixel: navio.
270. lustrações: cerimônias de purificação.
273. pego: abismo no mar.
288. núncios: mensageiros.
292. sevo: cruel.
305. Altipotente: muito poderoso; refere-se a Júpiter.
309. anoso: velho.
áqueo: aquoso.
311. salsa: salgada.
316. celerípede: que caminha com rapidez; refere-se a Aquiles.
317. val: vale.
320. pulquérrima: muito bela.
332. rechinando: chiando, estalando.
333. vate: vidente.
335. nume: divindade.
336. minaz: ameaçador.
344. alvergue: abrigo.
345. blasonavas: jactavas, bravateavas.
346. nubícogo: aglomerador de nuvens.
347. opróbrio: desonra.
356. troas: troianos.
362. infausta: infeliz.
372. aênea: relativa ao bronze.

377. atro: negro.
378. enxárcias: conjuntos de cabos e polias que sustentam os mastros de embarcações a vela.
381. arciargênteo: arco de prata.
390. ara: altar pagão.
398. farro: variedade de bolo de farinha de trigo.
400. cérceas: rentes, pela raiz.
404. fressuras: vísceras dos animais.
405. tassalhos: grandes pedaços.
410. almo: que alimenta.
413. ledo peán: hino prazenteiro.
417. dedirrósea: de dedos rosados.
418. pandas: abauladas.
419. enfuna: enche-se.
422. páramo salobre: planalto salgado.
435. semoto: afastado.
437. sestra: a mão esquerda.
438. mento: queixo.
454. deidades: divindades.
464. argentípede: que tem pés de prata.
465. invectiva: ataca com palavras enfáticas.
491. olhitáurea: de olhos de touro; refere-se a Juno.
495. ínclito fabro: artesão excepcional.
502. antoja: afigura.
507. anojo: repulsa.
514. exânime: desfalecido.
520. cachinada: gargalhada.
521. escancear: repartir o vinho.
523. opíparos: opulentos.
526. dês: desde.
532. auritrônea: de trono de ouro.

LIVRO II

8. crinitos: que têm muito cabelo.
28. melífico: doce como o mel.
38. claviargêntea: que tem cabo de prata.
40. bucos: cascos dos navios.
46. longânimos: corajosos.
49. increpa: repreende.
59. evolou-se: dissipou-se.

95. fâmulos: criados.
107. decúrias: grupos de dez soldados.
110. sobejamos: excedemos.
123. maretas: ondas pequenas.
125. Zéfiro: vento oeste.
128. remuge: estrondeia.
130. porfiam: teimam.
140. eriarnesados: com armaduras de bronze.
143. olhigázea: de olhos garços, ou seja, esverdeados.
162. dulcíloquo: que se expressa de maneira doce.
171. Ímprobo, cal-te: desonesto, cala-te.
172. Néscio e ignavo: incapaz e covarde.
173. alvitre: conselho.
174. empece: prejudicar.
183. bestunto: estúpido.
187. falripas: cabelos curtos e ralos.
196. Équite: cavaleiro.
204. baldões: injúrias.
224. azorragado: açoitado.
232. instruto: instruído.
235. escarmentado: punido.
242. labéu: desonra.
264. Drago: dragão.
289. Gerênio: que nasceu em Gerena; refere-se a Nestor.
293. libações: rituais em que aspergem líquidos em oferenda a uma divindade.
328. hastas: lanças.
rodelas: escudos.
334. soga: corda grossa.
338. rostrada: pontiaguda.
340. equórea: referente ao mar.
341. Noto: vento sul.
348. conspícuos: claramente visíveis.
374. perora: discursa.
380. mavórcios: belicosos.
392. edaz: voraz.
399. colilongos: de pescoço longo.
420. Celícolas: habitantes do céu.
424. infrangível: que não se pode quebrar.
442. postrema: última.
485. Jungidos: colocados lado a lado.

538. transfretano: de além-mar.
603. horríssonas: que produzem sons aterradores.
653. márcio: marcial, bélico.
660. pulcra: bela.
712. cole: colina.
717. Priamides: filho de Príamo.
747. amentos: correias presas à lança para ajudar a arremessá-la.
750. Plafagônios: originários da Plafagônia.
761. deiforme: que se assemelha a uma divindade.
763. faldas: os sopés de uma colina.

LIVRO III

17. hastis: cabos de lança.
27. brenha: mata cerrada.
53. aprestos: quilhas, mastros e o mais necessário para um navio fazer-se ao mar.
54. exprobes: censures.
56. alvedrio: livre vontade.
89. Supremo: Júpiter.
93. Trojúgenas: troianos.
102. bracicândida: que tem braços muito brancos.
110. Sus: (interjeição) eia.
137. exício: prejuízo, morte.
149. toro: leito conjugal.
193. facúndia: eloquência.
224. loros: correias que sustentam o estribo.
284. adarga: proteger-se com um escudo.
289. torvos: terríveis.
300. lhano: afável.
356. Ledeia: filha de Leda; refere-se a Helena.
369. estulto: estúpido, tolo.

LIVRO IV

43. soverte-as: faz desaparecerem.
62. ostende: ostenta.
83. destojou: tirou do estojo.
brunido: lustroso.
95. arcipotente: potente com o arco.
96. anhos: cordeiro.
107. sopita: serena.
117. ginete: cavalo novo.

124. consócios: aliados.
154. boldrié: tira de couro passada de um ombro ao quadril oposto para sustentar armas.
165. lorigadas: encouraçadas.
188. eri-incrustado: incrustado de cobre.
202. balhesta: besta (arma).
228. pícea: de cor escura.
243. acorçoa: encoraja.
268. prélio: luta.
273. Cecrópios: habitantes de Atenas.
283. antessignanos: soldados encarregados da guarda e da defesa da bandeira.
340. grevados: dotados de grevas, partes da armadura que cobriam as pernas abaixo do joelho.
362. gázea Palas: Palas de olhos esverdeados.
363. sitibunda: sedenta.
381. morrião: capacete encimado por plumas.
388. ênea: o mesmo que aênea; relativa ao bronze.
401. rebolca: faz rolar.
404. aceirado: temperado para adquirir resistência.
419. árdegos: impetuosos.
449. hastatos: armados com hastas.

LIVRO V

1. robora: dá mais forças.
2. exalce: exaltar.
8. antiste: grande sacerdote.
   probo: honesto.
17. nera: negra.
25. eversor: destruidor.
30. veigas: várzeas.
34. biga: carro puxado por dois cavalos.
40. caligem: trevas.
46. tergo: as costas.
51. ignaro: ignorante.
61. toutiço: nuca.
62. tronca: corta.
64. divo: deus.
74. sanhoso: raivoso.
77. vergéis: jardins.
84. cruentada: banhada em sangue.

86. Aquivo: aqueu; grego.
101. alesta: apressa.
109. choupa: ponta aguda.
118. ovante: triunfante.
137. cerviz: nuca.
150. arnesados: providos de armadura.
159. louçãs: enfeitadas.
175. infensa: inimiga.
188. arrostá-lo: encará-lo.
195. solípedes: que têm um único casco em cada pata.
199. amoesta: repreende.
217. Altíssono: que soa alto e com força; refere-se a Júpiter.
221. poldros: potros.
223. ingente: enorme.
226. vergôntea: prole.
251. acetábulo: cavidade do osso do quadril na qual se articula a cabeça do fêmur.
257. peplo: túnica feminina sem mangas, presa ao ombro, típica da Antiga Grécia.
268. nitentes bridas: brilhantes rédeas.
269. unguissonantes: que faz barulho com as unhas.
271. inerme: desarmada.
274. chusma: multidão.
278. icor: líquido que escorre das feridas não cicatrizadas.
281. atra: de cor negra.
301. desjunge: desatrela.
ambrósio: que tem as qualidades da ambrosia, alimento dos deuses do Olimpo.
332. açulado: incitado.
344. mordentes: excitantes.
364. rojas: arrastas.
396. tremebundos: trêmulos.
397. vorticoso: que se move em espiral.
405. preia: presa, caça.
412. perlustra: percorre com os olhos.
415. denodo: bravura.
423. proceloso: tempestuoso.
450. talim: tira de couro; boldrié.
464. zarguncho s: lanças.
487. vascas: convulsões.
498. viandante: viajante; caminhante.
538. Orco: inferno.
545. quadriga: carro puxado por quatro cavalos.

546. fraxínea: feita de freixo.
552. Parca: a morte; cada uma das deusas (Cloto, Láquesis e Átropos) que determinam o curso da vida humana.
606. cambas: peças da roda.
609. meiões: peças da roda.
611. tornéis: argolas.
613. Auripulcro: bonitos e da cor do ouro.
615. alípedes: que têm asas nos pés.
659. javardos: javalis.
690. sem rebuço: abertamente.
705. lesto: ágil.
708. cornípedes: que têm patas córneas; refere-se aos cavalos.
709. carnagem: matança, carnificina.
728. bulcão: nuvem de tempestade.
729. estuoso: tempestuoso.
770. exício: ruína.

LIVRO VI

52. ilharga: lateral do corpo.
65. libram: equilibram.
74. alcáçar: fortaleza, castelo, palácio.
76. crinipulcra: de cabelos bonitos.
87. sanhudo: colérico.
112. Driâncio: refere-se a Licurgo, filho de Drias.
128. vernais: primaveril.
132. pascigosa: em que há muitos pastos.
151. novenal: que dura nove dias.
159. serpe: serpente.
178. opugnava: combatia.
192. puníceo: vermelho-vivo.
207. cambeia: troca.
212. obsecrai: implorai.
218. lapídeas: de pedra.
227. melífluo: muito doce.
237. poluto: maculado.
240. deia: deusa.
276. renui: recusa.
283. onze cúbitos: onze vezes o comprimento do antebraço.
288. insignes: ilustres.
307. afundira: afundara.

315. escano: estrado alto.
329. albinitente: branca e reluzente.
338. despenseira: encarregada da despensa.
375. pasciam: pastavam.
385. baforeira: espécie de figueira.
393. roçagantes opas: capas que se arrastam.
416. nuta: oscila.
450. engala e emproa: se ergue altiva.
452. bizarria: elegância.
458. remisso: negligente.
461. denodado: corajoso.
463. exprobrarem-te: criticaram-te.
466. Grajúgenas: gregos.
468. sempiternos: eternos.

LIVRO VII

6. olhipulcra: de belos olhos.
11. azagaia: lança.
53. turrígera: guarnecida de torres.
54. vogando: navegando.
64. Longe-vibrador: Apolo.
95. Mirmidões: integrantes de antigo povo da Tessália, região da Grécia.
110. carreiro: caminho estreito.
112. ressupino: deitado de costas.
122. conculcar: esmagar com os pés.
173. pavês: escudo longo e largo.
176. nédios: brilhantes de gordura.
179. Dardânios: troianos.
180. Graios: gregos.
187. imbele: fraco.
205. pique: lança.
207. amolga: amassa.
211. cruor: sangue derramado.
212. galeato: provido de gálea, um capacete de guerreiro.
215. tergos: dorsos.
247. bálteo: boldrié, talim.
267. mus: burros.
285. al: outra coisa.
286. excogitar: refletir.
293. esparza: espalhe.

313. denega: recusa.
360. ênea loriga: armadura de cobre.
381. açacalado: luzidio.
385. aziago: agourento.
provido: previdente.
388. sem prelibar: sem antes fazer libações.

LIVRO VIII

3. Fulminador: aquele que lança raios; refere-se a Júpiter.
20. orbe: globo.
35. sidéreo: sideral, pertencente aos astros.
38. umbroso luco: bosque sombrio.
42. guedelhuda: cabeluda.
63. testos: testa.
125. gemebundos: gemedores.
160. Enosigeu: epíteto de Netuno.
163. fautores: defensores, protetores.
202. Dial: divina.
furentes: enfurecidos.
243. rábide: repleto de raiva.
282. bem-crinitos frisões: cavalos com vasta crina.
310. solho: assoalho.
324. ímpia: deplorável.
329. vezeira: reincidente.
359. boquejavam: murmuravam.
361. lassas: cansadas.
363. íncolas: habitantes.
390. impudência: descaramento.
495. apoltronada em pulcro sólio: acovardada em belo trono.

LIVRO IX

12. penha: penhasco.
42. equevos: de mesma idade.
109. ubérrima: muito fértil.
131. não despiciendos: não desprezíveis.
137. deprequemos: imploremos.
139. linfa: água límpida.
166. cúpreo: que tem a cor do cobre.
170. esposteja: esquarteja.
172. rúbido brasido: brasas avermelhadas.

176. canistréis: pequena cesta com alças.
247. armento: rebanho.
opimas: abundantes.
271. cibato: o alimento que buscam as aves bravas.
298. profligo: derroto.
357. contrista: entristece.
387. canjirões: jarros de boca larga para vinho.
394. pecorosa: com muitas cabeças de gado.
418. exoram: suplicam.
541. ovelhumes: de ovelha.

LIVRO X

5. lampeja crebro: lança relâmpagos com frequência.
9. turbado: aflito.
34. nímia: demasiada.
46. coorte: tropa.
64. cúbito: o antebraço.
68. apropínques: aproximes.
98. incúria: desleixo.
108. abrocha: prende com broche.
146. redil ovelhum: rebanho de ovelhas.
molossos: cães de guarda.
284. charrua: arado.
322. frisões: cavalos.
390. restrugem: tornam a soar com força.
399. trezeno: décimo terceiro.
409. temão: peça longa à qual se atrelam os animais nos coches.
460. presepe: estábulo.

LIVRO XI

21. iriando: colorindo-se.
40. auriga: cocheiro.
48. teso: área mais alta de um campo.
62. clade: matança.
76. anela: deseja com ardor.
107. estrênuo: corajoso.
121. belaz: de espírito belicoso.
133. pulvéreas: feitas de pó.
140. nitrir: relinchar.
147. prisco: antigo.

150. polvorento: que se desfaz em pó.
154. tardonho: vagaroso.
204. coira: espécie de armadura de couro usada por soldados.
269. imbrífero: que causa inundações.
270. multívago: que não para de vagar.
mareta: onda pequena.
280. apresta: prepara.
298. efúgio: meio de escapar.
322. taful: janota, afetado no vestir.
431. lariços: espécie de árvore.
550. dessedenta: mata a sede.
571. pubente: que está na puberdade.
578. greis: rebanhos.
579. vacuns: bois.
581. mamotes: filhotes que ainda mamam.
587. talando: devastando.
690. inconcusso: inabalável.

LIVRO XII

26. álveo: cavidade em um terreno, leito de rio.
41. transcursar: transpor.
42. nitrir: relinchar.
45. hirtos estrepes: espinhos duros.
53. defeso: proibido.
58. despenhados: derrubados.
69. celso: sublime.
77. egrégio: notável.
81. em preço: em apreço, em estima.
95. de par em par: totalmente abertas, escancaradas.
99. empecem: impedem.
103. renitindo: persistindo.
113. brenha: matagal.
114. bulha: gritaria.
de esguelha: de lado.
125. broquéis: escudos.
130. nidificam: fazem ninho.
131. fuscas: sem brilho.
133. crestadores: aqueles que queimam.
144. cúspide érea: ponta de cobre ou bronze.
150. rábido: cheio de raiva.
ressupino: deitado de costas.

158. à sestra: à esquerda.
181. minaz: ameaçador.
185. aliespalmadas: de asas abertas.
202. merlões: parte saliente dos parapeitos de uma fortificação.
207. ameia: parapeitos de uma fortificação.
209. increpam: repreendem.
231. dúcteis: flexíveis.
236. zagais: pastores de gado.
244. herdades: fazendas.
267. restrugiam: retumbavam.
283. arciperito: perito no arco.
349. verga: peça horizontal da ombreira de uma porta.

LIVRO XIII

3. fúlgidos: brilhantes.
70. exício: prejuízo, morte.
71. concita: convence, persuade.
95. corusca: cintila, faísca.
102. cimeiras: ornatos da parte superior dos elmos e capacetes.
103. undantes: ondeantes.
106. acre: rude.
197. túrgida: inchada.
116. repeda: recua.
122. robora: revigora.
183. tíbios: fracos, indolentes.
186. ludíbrio: zombaria.
192. meneia: move.
201. languir: enfraquecer, afrouxar.
220. poltrão: medroso.
230. jactâncias: bravatas.
239. coruscante: reluzente, fulgurante.
241. à sinistra: à esquerda.
243. avexa: humilha.
247. formidando: que mete medo, terrível.
253. penedos: pedras grandes.
304. ultriz: vingador.
308. lesto: ágil.
312. estruge: range.
323. manúbrios: cabos.
325. frustrâneos: malogrados, fracassados.

333. gabo: bravata.
380. colmilhos: presas (dentes).
428. horríssona: que produz um som aterrador.
439. supino: deitado de costas.
467. eira: terreno onde se secam e debulham legumes e cereais.
ervanços: grãos-de-bico.
473. brunido: lustroso.
480. aberra: desvia.
486. oleagíneo: da oliveira.
terso: lustroso.
494. fedífragos: traidores, desleais.
535. opróbrio: desonra.
536. tetro morbo: moléstia terrível.
537. laxos: frouxos, fracos.
538. hórrida caligem: escuridão horrível.
544. eriadargadas: com escudos de cobre ou bronze.
566. charrua: arado.
567. maninho: terreno estéril; terreno não cultivado.
576. crebros: frequentes.
644. o pego flutíssono encapela: o abismo marinho ruidoso se agita.
647. erifulgentes: com o brilho do cobre ou do bronze.
652. turbá-las: perturbá-las.
667. veneranda: venerável, respeitável.
671. arrostares: encarares.

LIVRO XIV

10. eriaguda: com ponta de cobre ou bronze.
119. pulverosa: poeirenta.
126. auritrônia: que tem o trono de ouro; refere-se a Juno.
127. multimanante: que jorra de várias fontes.
131. concúbito: união carnal.
150. louçã: enfeitada.
159. matreira: esperta.
176. blandícias: carícias.
184. serros: cadeias de montanhas.
185. traces: trácios, habitantes da Trácia.
199. sopitara: adormecera.
236. lobrigue: aviste.
238. tope: cimo, cume.
239. gárrulo: ave que gorjeia (canta) muito.

252. pedimento: pedido.
271. criniflava: de cabelos loiros.
290. rosciado: coberto de orvalho.
loto: a flor de lótus.
305. iracundo: furioso.
334. esgarrar: sair do caminho.
344. roble: carvalho.
345. trescala: exala.
360. progênito: descendente.
368. náiada: ninfa das fontes e dos rios.
405. depreca: suplica.
416. dormideira: planta que se fecha quando é tocada.
426. esguardam: acautelam-se.

LIVRO XV

2. espavoridos: apavorados.
7. tino: discernimento.
8. vulnerado: ferido.
13. insídia: traição.
22. proceloso: tempestuoso.
26. improfícuo: improdutivo.
32. toro: leito.
35. moto próprio: iniciativa própria.
51. remeiras naus: embarcações a remo.
57. traça: artifício.
60. nuto: movimento de consentimento com a cabeça.
93. Celícolas: habitantes do céu.
96. derribe: abata.
100. sólio: trono.
109. contristado: mortificado.
126. onividente: que tudo vê, tudo sabe.
137. bazófia: vaidade desmedida.
138. enfreio: colocar freio
142. Crinicerúleo: de cabelos azuis.
156. pélago: abismo oceânico.
167. Fúrias: deusas da Vingança e do Castigo, que puniam os crimes em nome de Júpiter.
178. Graios: gregos.
187. égide fimbriada: escudo denteado.
199. esmoreces: ficas sem forças.

221. galgos: cães conhecidos por serem muito velozes.
292. destorroando: desmanchando-se os torrões de terra.
294. sopesa: equilibra.
318. fustes: cabos de lança.
319. bojos: parte mais abaulada de um navio.
325. carpe: chora.
386. burla: engana.
390. ínvido: invejoso.
446. puníceo: vermelho-vivo.
458. acoimado: censurado.
476. prosternas: prostras.
484. venábulo: lança de caça.
488. mosca-se: desaparece.
489. rafeiro: cão pastor.
em pinha: em grupos, aos magotes.
505. lanceiro: soldado armado de lança.
509. torvo: terrível.
526. tituba: titubeia.
527. paludoso: pantanoso.
553. custódio: protetor.
554. obsecra: implora.
555. labéu: desonra.
570. volantim: criado que acompanhava a pé os amos que viajavam de carruagem ou a cavalo.
580. riba: margem, ribanceira.
596. secures: machados.
602. aplustre: ver nota do tradutor.
627. cavas: ocas.
apropinquava: aproximava.

LIVRO XVI

52. ourela: beira.
57. opugnado: atacando.
89. anélito açodado: respiração ofegante.
106. tolha: prive.
115. nutante: que se mexe conforme o movimento da cabeça.
117. Eácida: descendente de Éaco; refere-se a Aquiles.
125. Podarga: de pés brancos.
155. auriarcheira: de arco de ouro.
207. ilharga: lateral do corpo.

224. prorrompem: irrompem.
234. trépidos: trêmulos.
237. efúgio: meio de escapar.
296. talha: interrompe.
297. roazes: vorazes.
308. nimboso: tempestuoso.
314. temões: timões.
331. chuveiros: chuvas fortes.
359. armipotente: poderoso.
383. exéquias: cerimônias fúnebres.
384. cipó: pedra tumular.
391. imo: baixo.
394. vascas: náuseas.
413. flexípede: de pés tortos.
482. argentípede: que tem pés de prata.
489. açor: ave falconiforme.
495. primipilares: os soldados que iam na frente.
515. proclina: inclina-se à frente.
541. experto: especialista.
545. tarros: vasilhas nas quais se recolhe o leite da ordenha.
618. exalçar: exaltar.
628. exânime: desfalecido.
630. piscoso: repleto de peixes.
632. ostrinhos: moluscos.
639. tetérrimos: muito tétricos.
654. rechinando: estalando.
674. venusta: formosa.
689. opresso: oprimido.

LIVRO XVII

4. primípara: fêmea que pariu ou vai parir pela primeira vez.
8. galhardo: elegante.
   Pantoides: refere-se a Euforbo.
25. estultos: tolos.
27. ufania: orgulho.
28. tálamo: leito nupcial.
47. pegão: ventania.
   desarreiga: arranca pela raiz.
70. eribrilhante: que tem o brilho do cobre ou do bronze.
96. galeato: provido de gálea, um capacete de guerreiro.

105. cachorros: filhotes; ver nota do tradutor.
110. acerbo: duro, penoso.
116. houveram: obtiveram.
147. Dárdanos: troianos.
228. molossos: cães de guarda.
239. fulmíneo: com o poder do raio.
262. Grajúgenas: gregos.
280. comilitões: companheiros de armas.
290. ubertosa: fecunda, fértil.
320. companha: companheiro.
341. arcano: grande segredo, mistério.
397. preia: presa, caça.
415. fido: fiel, leal.
436. descose: destroça.
458. procela: tormenta, tempestade.
495. fímbrias: franjas.
496. égide jaspeada: escudo avermelhado.
531. excogitemos: imaginemos.
552. cevar-se: alimentar-se.
621. azinhaga: caminho estreito por entre muros, sebes, valas.
624. nemoroso: coberto de árvores.
627. mó: grande quantidade.
628. mormente: sobretudo.
632. alarida: gritaria, algazarra.

LIVRO XVIII

21. olorosa: perfumada.
31. áqueo pego: mar profundo.
45. miseranda: lamentável.
70. pasmoso: espantoso.
88. hectóreas: relativas a Heitor; no caso, as mãos de Heitor.
122. Nereidas: as ninfas do mar, filhas de Nereu.
159. Vulcânias: relativas a Vulcano, o deus do fogo.
181. Tritônia: Palas Atena.
190. cérula: o mesmo que cerúlea, da cor do céu.
199. féretro: caixão, esquife.
227. crástino: de manhã.
242. despraz-me: desagrada-me.
320. trípodes: vasos de três pés.
324. pegas: alças.

349. opíparos: opulentos.
354. utensis: utensílios.
356. cachaço: nuca.
403. incude: bigorna.
448. avena: flauta pastoril.
460. alqueive: terra lavrada em que não se semeia há muito tempo.
474. paveia: monte de feno.
481. tanchões: estacas.
488. vinhateiros: aqueles que cultivam vinhas.
498. láceras: dilaceradas.
510. alfanjes: sabres.
512. oleiro: aquele que produz cerâmica, ceramista.

LIVRO XIX

23. genetriz: mãe; refere-se a Tétis.
36. despenseiros: encarregados da despensa.
55. comados: com muito cabelo.
64. facundo: eloquente.
66. arengueiro: fofoqueiro.
94. agras: árduas.
102. estelífero: estrelado.
137. lauta: farta.
169. segam: dar fim, ceifar.
177. indômito: que não se deixa vencer.
188. airosa: elegante.
196. primícias: os primeiros animais de um rebanho.
214. solve: dissolve.
231. asseveravas: asseguravas.
239. insteis: peçais com insistência.
295. nautas: marinheiros.
315. auriga: cocheiro.
332. vaticinas: profetizas.

LIVRO XX

46. Aquivas: aqueias, gregas.
55. tragueira: incansável.
56. lucroso: proveitoso.
123. reboa: retumba.
estrupido: estrondo, estrépito.
132. hiante: de boca aberta.

162. pulcrícoma: de belos cabelos.
188. mavórcio: belicoso.
191. prosápia: linhagem.
197. dictérios: gracejos, gozações.
218. rebrame: ressoa.
284. sagro: dedico.
305. turrífrago: que destrói torres.
gérmen: embrião.
312. túrbido: turvo.
341. dileto: querido.
370. gládio: espada curta.
388. desparge: derrama.
396. imano: muito grande.

LIVRO XXI

1. vau: parte rasa.
4. ínclito: ilustre.
16. tamargueira: espécie de arbusto.
21. escuso: escondido.
35. baforeira: espécie de figueira.
36. chaços e cambas: peças das rodas de madeira de veículos como carroças.
112. férvido: entusiástico.
133. hastatos: armados com hastas.
182. voragens: turbilhões.
183. denodo: bravura.
215. celérrima: muito veloz.
220. regueiro: sulco por onde a água escorre.
282. borrasca: vendaval acompanhado de chuva.
294. morraças: terras barrentas.
lotos: lótus.
junças: uma espécie de planta.
320. irosa: cheia de raiva.
362. altanada: altiva.
374. armentos: rebanhos.

LIVRO XXII

39. remiremos: libertaremos.
70. pastura: pastagem.
82. aziago: agourento.
83. pertinácia: persistência.

113. lesta: ágil.
154. cervato: cervo muito novo.
sabujo: cão de caça.
181. resfolga: toma o fôlego.
185. indefessa: incansável.
236. demisso: voltado para baixo.
238. abroquelado: pequeno escudo.
256. Vésper: o planeta Vênus.
287. vasquejar: agitar.
304. motetes: gracejos.
326. afeia: enfeia.
377. exicial: mortífero.
412. escanceia: serve.
426. rostradas: pontiagudas.

LIVRO XXIII

4. Équites: cavaleiros.
65. combusto: queimado, incinerado.
Orco: a região dos mortos.
93. carpindo: chorando.
101. grenha: ramos emaranhados.
108. lígneo: lenhoso.
119. al medita: pensa em outra coisa.
122. debalde: em vão.
137. desparze: espalha.
155. famulentos: esfomeados.
170. lapídea: de pedra.
175. prodigam: esbanjam.
204. zerbo: gordura.
219. cachaçudos: de pescoço grande.
225. mu: burro.
285. meião: ver nota do tradutor.
294. comantes: com crinas espessas.
311. esboroar: desmoronar.
334. sonípedes: que fazem ruído quando andam; refere-se aos cavalos.
351. precípite: em risco de precipitar-se.
352. invernada: chuvas prolongadas.
353. cose-se: junta-se.
374. alípedes: que têm asas nos pés.
396. aerípedes: que têm asas nos pés.

411. escandecência: irritação.
423. jugo: peça que atrela o cavalo à biga.
474. ronceiros: vagarosos.
554. púgil: lutador.
574. algosa: que tem algas.
590. tangados: ver nota do tradutor.
592. traveja: coloca traves.
593. aquilões: ventos do norte.
594. harto: forte.
620. chatins: negociantes.
636. urdume: conjunto de fios dispostos no tear.
655. provectos: os mais velhos, idosos.
659. encômio: elogio.
690. assaz: muito, demais.
691. quinteiro: caseiro.
699. báculo: cajado.
boieiro: aquele que guarda ou conduz os bois.
728. bipenes: machadinhas de dois gumes.
736. exceles: destacas-te.

LIVRO XXIV

8. marte: guerra.
11. jungindo: colocando lado a lado.
25. infesto: nocivo.
26. tugúrio: cabana.
29. nédias: gordas.
44. argentiarcheiro: arqueiro de prata; refere-se a Apolo.
61. fragosa: repleta de rochas.
98. lanuda rês: ovelha.
115. andejas: que andam muito.
146. cedrina: de cedro; ver nota do tradutor.
147. excelso: sublime.
167. regoado: sulcado.
174. baldarei: frustrarei.
356. híspida: encrespada.
412. sobejo: muito, demasiado.
578. mestas: tristes.
621. remoque: insinuação maliciosa.

NOTAS DO TRADUTOR

NOTAS AO LIVRO I

As repetições de Homero se reduzem a duas classes: ora, por exemplo, manda Júpiter um recado, que o mensageiro dá pelos mesmos ou quase pelos mesmos termos; ora juntam-se epítetos, que por continuados às vezes podem enfastiar. Conservo as primeiras como próprias da singeleza do autor, e porque nelas se assemelha aos antigos da Bíblia. Quanto às segundas, procedo assim: trato do verter os epítetos com exatidão e nos lugares mais apropriados; isto feito, omito as repetições onde seriam enfadonhas. Ainda mais: vario a forma de cada epíteto, ou me sirvo de um equivalente: em vez de Aquiles *velocípede*, digo também *impetuoso*, *rápido*, *fogoso*; e assim no demais. Note-se que os adjetivos gregos, terminando em casos diversos, não têm a monotonia dos nossos, que só variam nos dois gêneros e nos dois números. — Rochefort apoda do pueril o empenho de variar: não sei como quem andava sempre agarrado ao rabicho da cabeleira de Boileau e de Racine se levantou contra a variedade no estilo, que um recomenda e pratica o outro. Se vertêssemos servilmente as repetições de Homero, deixava a obra de ser aprazível como é a dele; a pior das infidelidades. Com isto não quero fazer a apologia das paráfrases: aspiro a ser tradutor.

1-2. Falando de Aquiles, ou de Eneias, ou de Heitor, indiferentemente uso de *Pelides* ou *Peleio*, de *Anquisíada* ou *Anquíseo*; de *Priamides* ou *Priâmeo* ou *Priameio*: a razão é que *Pelides*, por exemplo, significando o *filho de Peleu*, e *Peleio* o *que pertence a Peleu*, segue-se que Aquiles é *Pelides* por ser filho de Peleu, e é *Peleio*, por ser pertencente a Peleu; segue-se mais que o *Pelides* é sempre *Peleio*, porém não vice-versa. O mesmo raciocínio se aplica exatamente aos mais nomes semelhantes, inumeráveis em Homero. — *Menin*, por onde principia o poema, é *ira tenaz, ira não passageira*; o nosso termo desacompanhado não o verte cabalmente. *Rancor* é *ódio encoberto*, que não vai bem com a franqueza de Aquiles. *Cólera* é *ira súbita com amarelidão no rosto*; não indica a permanência da paixão do herói. *Ressentimento*, além de poder ser oculto, não exprime a constante irritação. *Despeito*, que em certo modo se lhe aproxima, tendo contraído uma acepção mais usual, carece da energia do grego. *Furor*, ou *fúria*, por impetuoso não é durável. *Raiva* é mais dos outros animais e pareceria dizer que estava como um cão danado. *Sanha*, segundo Fr. Francisco de S. Luiz, é *ira que se mostra nos gestos e nas contorções do rosto*. Assim, posto que em dados casos qualquer destes vocábulos se possa aplicar a Aquiles, não o pode ser à paixão que nutriu longamente e às claras. Foi-me pois necessário ajuntar o objetivo *tenaz*.

Não creiam porém que as principais línguas da Europa (não falo da alemã, da qual nada pesco) possuem um termo que salve a dificuldade: o *correaux* dos franceses é porventura o que mais se lhe chega; mas como dele não se tem servido os seus tradutores, temo que lhe falte alguma coisa imperceptível a um estrangeiro. — O mais notável é que nisto falha o mesmo latim: Virgílio, devendo enunciar a ideia, criou o seu *memorem* Junonis *ob iram*; de sorte que a pobreza da sua língua neste ponto o fez inventar uma expressão admirável, como o são a maior parte das que se encontram neste mestre incomparável do estilo.

30-48. *Antioõsan* tem o ambíguo sentido de *participar* ou de *tratar* do leito; o nosso *compor*, igualmente. — *Argous* traduzo por *moles*, contra os que enxergam aqui uma antífrase e o tomam por *ligeiros*. Não vejo precisão de antífrase; pois, sendo a moleza o primeiro sinal da peste nos animais, o adjetivo, não de simples ornato, exprime a observação de Homero. Veja-se a pintura da peste do 3º das *Geórgicas*.

196. — Verteu Rochefort: *Rei embriagado de orgulho, cuja audácia pérfida junta aos olhos de um leão o coração de um cervo tímido.* A mudança de *cão* em *leão*, como o disfarce do verso correspondente ao 159 do original, vem do decoro de convenção, que às vezes esfriava os melhores engenhos do século de Luís XIV, exceto Molière e La Fontaine. O poeta não dissimulava que a ira, mesmo nos heróis, quebra todas as barreiras; não compassava as paixões pelo tom adotado nas cortes e salões modernos; via com olho igual veados, leões e cães, nem chamava o porco *animal que se nutre de bolotas*. M. Giguet, Monti e poucos mais não se deixaram levar deste fútil escrúpulo.

287. — *Salve*, do verbo *salveo*, nós o adotamos nas saudações, mas invariável para o singular e para o plural. Os Latinos diziam *salve*, *salvete*, *solveto*, *salvetote*; conforme o número e a pessoa; nós usamos da fórmula *salve* em todos os casos, tomando-o como se fosse uma interjeição: desagradáveis seriam em nossa língua as outras vozes, nem há exemplo do seu uso.

491. — *Boõpis*, mui repetido, significa de *olhos grandes* ou de *olhos bovinos*, bem que a última acepção falte em vários lexicógrafos. A segunda refere-se à primeira: Juno é de *olhos bovinos*, por tê-los bonitos e rasgados; pois tais são os da novilha. *Olhitáurea* ou *olhitoura* chama Filinto a Juno, à imitação do poeta Grego. Sirvo-me do epíteto em todos os sentidos, por variedade.

NOTAS AO LIVRO II

148. — Na *Eneida* quis servir-me de abordar no figurado, mas receei que cheirasse a galicismo: aqui aventurei-me. Este verbo significa em português *pôr a borda de uma embarcação contígua à de outra*, ou *abalroar*, e figuradamente *acometer*: Barros e outros clássicos o trazem a miúdo. Será galicismo na significação de *chegar*, se quem chega não vem com ânimo de hostilizar ou de repreender; mas se vem com esse ânimo, então o figurado facilmente corre do sentido próprio, e é admissível. Não sou dos que fogem do verbo *exigir*, que é do latim e tem um sentido muito especial,

só porque os franceses dele usaram primeiro. Em semelhantes palavras, o essencial é lançar mão delas discretamente: *exigir*, em vez de *pedir*, em vez de *requerer* é abusivo; *garantia* (para darmos outro exemplo) é indispensável no sentido das constituições modernas, e é insuportável na significação de *abono* ou *fiança* ou *segurança*; e assim por diante. Aspiro a ser puro e não a ser purista.

170. Minerva manda Ulisses impedir a partida e recomenda-lhe bons termos e doçura; mas o sábio entendeu que isso era para os magnatas e levou o povo a golpes de cetro. É antiquíssimo haver duas justiças, uma para os figurões e outra para os pequenos. É aqui Homero fiel historiador.

238-246. *Glaukópis* é quem tem olhos verde-mares ou cor de azeitona. Os nossos o vertem por *de olhos gázeos* ou *garços* ou *zarcos*: deixo-me ir com a maior parte, posto que tenha por mais exato o primeiro sentido. Creem outros, não sei com que fundamento, que o adjetivo quer dizer *cor de olhos de coruja.* — *Qual* no singular torna-se invariável nas comparações; vem em Moraes, que cita a Camões: — *Qual para a cova as próvidas formigas.* — Não o traz Constâncio, sem embargo de ser útil por abreviado e elegante.

262-273. Francisco Manuel, em nota aos *Mártires*, verteu esta passagem admiravelmente. Adotei-lhe os versos com leve diferença; e fi-la porque ele omitiu alguma coisa que se refere aos antecedentes, e eu nada podia omitir.

319. Alguns tradutores não se lembraram de que em Homero, se às vezes podemos sem inconveniente alterar a ordem em que vêm os nomes próprios, nem sempre é isso permitido. Aqui não se poderia pôr Febo em primeiro lugar que Palas, porque esta ocupava as honras depois logo de Júpiter, e só lhas disputava Juno. Diz Horácio: *Proximos illi (Jovi) tamen occupavit Pallas honores.*

429. Começa a enumeração das naus, difícil de verter pelos muitos nomes próprios de homens e terras. Os Italianos ordinariamente não omitem os epítetos; o que lhes levou a mal Rochefort, afirmando que, sendo a passagem excelente em grego, é impossível trasladá-la em francês em muitas particularidades, e ralha com eles por ousarem fazê-lo: ao mesmo tempo tachou a língua toscana de inconsistente e não sei de que mais, quando na verdade é sonora, doce, poética e locupletíssima. Para o francês mostrou M. Giguet, na sua tradução em prosa, que se podiam traspassar os epítetos gregos. Se ideias há que mais sobressaem numa língua do que em outra, não é menos certo que o belo o é em todas e em todos os séculos: quando uma boa obra no original torna-se má na versão, culpa é do tradutor. — Este lugar, cheio de adjetivos compostos e de nomes individuais, para agradar aos modernos deve ser sustentado com harmoniosa versificação ou com prosa à Chateaubriand. Outros constam de miudezas, interessantes aos antigos e fora do gosto presente; outros parecem vulgares ou baixos. O meio de acabar o tradutor com essa vulgaridade ou baixeza é exprimir-se em termos precisos e frisantes; por exemplo, quando se fala da matança ou talho das reses, dos golpes em certos membros ou partes do corpo. Que há de mais comum

e simples que preparar um chá e convidar para ele um amigo? Porém Garção pintou com tão vivas cores todos os pratos, que é esse um dos seus admiráveis sonetos: o espírito, ocupado em confrontar a expressão com os objetos, sente um grandíssimo prazer; não nos deleitamos somente com o sublime e com o patético, e no mundo de pensamentos e imagens que se chama epopeia bom é haver de tudo.

— Não sou pois daqueles que desprezam formosos pedaços de Homero sob o pretexto de serem contra o paladar moderno. Cumpre lutar com o original, temperando a iguaria com os adubos que nos ministra cada língua, ou pedindo-os às estranhas em caso de necessidade: o mais não é traduzir; é emendar ou corrigir o que não há mister emenda nem correção; é tirar aos leitores o gosto de penetrar na antiguidade.

571. O epíteto *hecatômpola*, que ouso introduzir, quer dizer *de cem cidades*: não se confunda com *hecatômpila*, isto é, *de cem portas*, introduzido por Francisco Manuel; do qual me servirei também nesta versão.

NOTAS AO LIVRO III

16-48. *Pardo* por *leopardo* é de Sá de Menezes. — *Láinon esso chitóna* não diz *foras sepultado*, sim *apedrejado*: o vocábulo *seixos* aclara o pensamento.

125-127. À página 299 do meu *Virgílio Brasileiro*, edição de 1858, falando eu da torre que Eneias fez desabar sobre os gregos, aprovei a opinião de Delille de ser dali que Helena a Príamo nomeava os capitães inimigos: hoje, refletindo nesta passagem de Homero, vejo que é falsíssima aquela opinião. O palácio era dentro da cidade, longe do teatro das batalhas; tanto assim que, vindo firmar a convenção, num carro com Antenor desceu o velho às portas Ceias, e à torre que ali formava uma das defensas é que o veio encontrar a nora, e foi donde ela nomeou os gregos. É claro, pois, a quem estudar os lugares de Homero e de Virgílio, que trata cada um de uma torre diferente. — À vista do que, injusta é a censura de M. Bignan, concebida assim: *Comment se fait-il qu'après un siège de dix ans, Priam, au troisième chant, soit obligé de demander les noms des heros grecs, et qu'Helène ne sache pas si ses deux frères Castor e Pollux sont venus combattre devant Troie?* — Examinemos. O decrépito Príamo nunca assistia às batalhas, e os gregos nunca se aproximavam senão para atacar: abrigado o velho no seu palácio, não os podia ver senão de longe, isto é, da torre que Eneias fez desabar, a qual dominava toda a cidade e o acampamento, e dali não se distinguiam as pessoas, mas somente o todo do exército. A vez primeira que esteve perto dos inimigos, foi esta em que as tréguas lhe permitiram vir com segurança. — Quanto a não ter Helena alguma notícia dos irmãos, com Mme. Dacier e com o marquês de Fortia d'Urban, membro do Instituto de França, respondo que Páris sem dúvida lhe tinha ocultado a morte dos irmãos para não a magoar.

130-138. Homero tem por suave a estrídula voz da cigarra, e lhe compara os bons discursos. Rochefort, que certamente não gostava de tal canto, opina que o poeta assemelha a monotonia das arengas dos velhos à monotonia das cigarras: se assim fosse, a comparação tivera sido em desabono da eloquência de Antenor e dos demais, quando é evidente que os louva. Ora, posto que aspérrimo o tal ruído, ao longe todavia, sendo menos áspero, pode alguma vez agradar a um viandante depois de longo e fastidioso caminho por solidões silenciosas; o que teria experimentado Homero nas suas peregrinações. — É sabido que este elogio a Helena, de velhos que reprovavam o rapto e a insistência de Príamo, é talvez o maior que se tem feito à formosura; elogio tanto mais admirável quanto mais simples é nas expressões e palavras.

216. Contra o parecer de alguns, uso de *frígios* por *troianos*. Sendo a cidade na Tróada e a Tróada na Frígia, podemos chamar frígios ou troas os que pelejavam contra os gregos, assim como chamamos Europeu ou Italiano a qualquer Genovês. Em certos casos porém cumpre fazer a diferença; *v.g.* quando, ao enumerarem-se os capitães de Príamo, assinam-se a cada um as tropas do seu comando. Quanto aos nomes *Aquivo* ou *Aqueu*, *Argivo*, ou *Argeu*, *Tessalo*, *Mirmidon*, *Heleno* e outros, milita a mesma razão: ora podem-se tomar uns pelos outros, ora devem-se especificar. Obrando assim, vou com Virgílio, que só por só, no meu conceito, entendia melhor a Homero que os modernos críticos e tradutores: sem escrúpulo o sigo às mais das vezes, preferindo o seu juízo ao dos sábios dos nossos tempos.

364. *Egífero*, adjetivo latino, corresponde a *egíaco* adotado por Monti no italiano: sirvo-me de ambos, segundo o pede a eufonia: *egíaco* no Grego é *o que traz escudo de pele de cabra ou égide*. Nos livros antecedentes, já tenho usado deste epíteto.

NOTAS AO LIVRO IV

7. *Alalcomênia*, epíteto de Minerva, ou porque venha de *alátó* ajudar e de *menos* força, significando *ajudadora poderosa*; ou porque se refira ao herói Alalcomêneo, que na Beócia ergueu à deusa um templo e uma estátua. Monti adotou a palavra.

25. Por *Endiabrada* verto o grego *Daimonin*, que o intérprete latino mal traspassou por *Ímproba*; e nenhum dos tradutores quis ir com o original: Monti mesmo, que acerta quase sempre, deu por equivalente *Feroce Diva*, crendo ser indigno do senhor dos trovões chamar diabo à sua esposa. Mas o Júpiter de Homero, se é grandioso e terrível nas cenas em que ostenta seu poder, é familiar e caseiro com sua mulher; e tal contraste, muito agradável ao meu gosto, caracteriza o de Homero e o do seu tempo.

83. *Destojar é tirar do estojo ou da caixa*: vem nos dicionários o simples *estojar*, não o composto, que é verbo excelente.

105-115. *Echepeykes* diz *untada de pez ou resina*, em português *empezada*: vertem a palavra por funesta, quando Homero a toma no sentido próprio. Na seta enrolavam-se as penas com um cordel enresinado para maior segurança. Os selvagens da América, que têm muitos costumes dos tempos Homéricos, hoje em dia fazem a mesma coisa. — *Cãibas* (*paréion*) são peças do freio: Moraes adverte que não confundamos o termo com cãibras, de sentido mui diferente.

134-202. Príamo às vezes é dito *beloso* ou *bélico*, por tê-lo sido em moço e pela coragem com que ainda se portava. — O intérprete latino faz corresponder a *iomoroi* o seu *sagittes addicti*, adotado geralmente; não por Monti, que aclara o sentido vertendo: O guerrier *da balestra*. E acertou, como de ordinário, pois o grego diz *guerreiros que só usam de besta*, arma que atira de longe; e assim Agamêmnon de fracos apoda os Aquivos, por não se atreverem a pelejar de perto. Sirvo-me de *balhesta* e não de *besta*, porque, menos vulgar, mais enobrece a expressão; e de *valentões*, porque encerra uma ironia, bem assente no lugar.

404. Uso de *ferro* para *sidéros*, nunca para verter *chalkos*, que é ou *cobre* ou uma composição de cobre de que faziam armas defensivas e ofensivas. Possuíam já ferro; mas, sendo pouco, empregavam-no só em alguns instrumentos de artífice ou de agricultura, e raramente em pontas de setas e em maças. Uso de *aceirado*, que julgo ser o correspondente ao adjetivo grego: tanto sobre isto, como sobre o emprego do cobre em vez de ferro entre os antigos, remeto o leitor à curiosíssima obra respectiva de M. Mauduit, extraída da que sobre a Tróada publicou em 1840. Quanto à sua opinião de nunca se empregar *bronze*, mas sempre *airin*, será isso bom em francês, não em português, onde *arame* tem contraído uma acepção especial: ninguém ousaria dizer que a lança de Aquiles era de arame, nem que ele com seu arame feria os inimigos. Traduzo pois *chalkos* por *cobre*, quando a coisa pode ser de cobre sem mistura, *v.g.* o forro dos navios; traduzo por *bronze* a composição antiga, reconhecendo que não era como a do bronze moderno. Sempre que vir esta palavra, entenda-se do cobre temperado com mais ou menos liga de que fala Homero. Tendo a nossa língua felizmente os adjetivos *éreo*, *êneo* e *aêneo*, da nossa mãe latina, deles me sirvo para evitar o vocábulo *bronze* em certas ocasiões, e deste contudo lançarei mão sem escrúpulo quando houver de significar alguma obra artificiosa. — Afirma-se, e com argumentos não despiciendos, que *sidéros* nunca é tomado por *ferro* nos poemas de Homero; que era uma composição metálica semelhante ao bronze dos nossos dias, ou um produto mineral em que entrava também ferro em pequena quantidade: como porém tudo são conjecturas, e os gregos ao depois tomaram *sidéros* por *ferro*, contento-me com a distinção que fiz.

NOTAS AO LIVRO V

82. Os nossos dicionários mal explicam o que é *armo*: Constâncio o dá por antiquado e como sinônimo de *ombro* e de *braço*. *Armo* é a juntura do braço com a espádua, e portanto é termo especial e necessário: veja-se Noel.

113-151. *Bardo é curral mudável para ovelhas*. — Alguém estranhou-me *ginete* para verter *ippos*: convenho que *cavalo* é mais genérico, bem que derive de um termo latino mais restrito; porém, como tratamos do cavalo de guerra, *ginete* é propriíssimo, para significar o de casta fina e brioso.

162. Também me advertiram que *alcáçar*, do árabe, não era para traduzir o que em Homero corresponde a *palácio*. Não aceitei a advertência; porque, a proceder-se

conforme a esta crítica, fora mister evitar mesmo *palácio*, visto que naquele tempo não conheciam os gregos o monte Palatino, ou pelo menos este nome, donde veio o das nossas casas nobres; e até fora impossível traduzir os antigos nas línguas de hoje, cujos vocábulos não existiam. Servirmo-nos das línguas atuais é coisa diversa de atribuirmos aos antepassados ideias que eles não tinham.

336. *Pappasonsin* não se pode exprimir sem o nosso *papai*: dir-me-ão que é baixo; direi que é familiar, como o verbo grego.

433. Quase nunca uso das licenças poéticas: aqui usei, por causa da brevidade e energia, da figura *elipse*, que se acha muito em Camões e amiúde em Sá de Miranda e em Ferreira, e que no verso latino é como de rigor. — Por esta ocasião, permita-se-me defender os nossos bons quinhentistas, e principalmente a Ferreira, das durezas que lhes notam; defesa esta que devo ao poeta, cujas obras, caindo-me nas mãos quando eu apenas contava treze anos, foram as primeiras que me fizeram amar a alta poesia, e tiveram tanta parte na minha educação moral. Ferreira, depois de Miranda e mais amplamente, foi quem em português propagou os hendecassílabos (a opinião de que poetas anteriores deles tivessem usado é pelo menos duvidosa), tendo que se modelar pelos Italianos, cujas liberdades adotou. As palavras *rio*, *boa*, *ua*, *meã* e várias outras, contraídas numa sílaba — a sinalefa com a primeira vogal acentuada —, são imitações de Dante, Petrarca e Ariosto. Camões ao princípio igualmente os seguiu; mas seu delicado ouvido sentiu ao depois a desarmonia, e fugiu do escolho mormente nos *Lusíadas*. E porque, fazendo assim Camões, o Tasso, como ele excelente metrificador, continuou com o exemplo dos seus três grandes antecessores? A razão nasce da índole dos dois idiomas: o italiano, ainda mais doce que o português, toca de efeminado e mole; o português, mais enérgico e presso, torna-se áspero às vezes nas bocas de má pronúncia ou debaixo de penas mal aparadas. O verso italiano há mister certas contrações para se fortalecer, o que otimamente conheceu e praticou Alfieri em nossos dias; e Ferreira ficava escabroso, quando assim fazia em assuntos que requerem estilo suave. Daqui podemos tirar esta ilação: que nem sempre se hão de reprovar tais liberdades; as quais até podem vir a propósito em algumas ocasiões, como ao pintarmos um combate, ao descrevermos o ruído de uma tempestade ou de uma catarata, e em muitos outros casos. E observe-se que as contrações ou sinalefas duras o são menos vindo nas primeiras sílabas, e o são mais vindo depois da sexta: o que tudo se deve considerar, porque o poeta precisa de todas as tintas matizes, à maneira do pintor, para quem não há cor desprezível; o ponto é sabê-las misturar. — Se Camões fosse quem entre nós, como Sá de Miranda, introduzisse os hendecassílabos, é provável que imitasse muitas formas duras no português; mais felizmente veio para os aperfeiçoar. Fernão Surrupita, crítico sem critério — seguido pelo parcial e voluntário Manuel de Faria, com quem fez coro o padre Thomaz de Aquino e outros —, escolheu de pensado em Ferreira alguns versos mal soantes, e ainda os estropeou, para estabelecer uma comparação entre ele e Camões; como se não se pudesse respeitar a imunidade do nosso épico sem se deprimir a justa fama do autor da *Castro* e

de outras obras seletas. Acrescentarei que num homem do cunho de Ferreira ou do Dante ou de Young, autores em quem se notam algumas durezas, não se hão de catar pequeninos defeitos, sumidos na multidão de belezas de primeira ordem: guarde-se tão miúda censura para aqueles que, não sabendo jamais elevar-se ao grandioso ou ao sublime, só poderiam agradar pela doçura e melodia. — Sem embargo de reconhecer em Ferreira esses defeitozinhos, o falecido Garret disse que, mesmo na sua versificação, muito havia que aprender: juízo precioso, por ser de outro poeta exímio, dos melhores que têm metrificado em nossa língua.

545. — *Klytopōlōs*, célebre em cavalos, foi omitido por Monti, e M. Giguet o traduziu pelo adjetivo *ilustre*; os demais tradutores que consultei não se explicam melhor: Homero alude ao carro de Plutão com seus dois tiros negros e medonhos; o que busquei exprimir claramente.

606-611. — Posto quo Moraes e Constâncio tenham confundido *cambas* com *cãibas*, estas, como já disse atrás, são peças de freio, e *cambas* são peças das rodas do coche que ficam junto aos chaços. Estes fazem parte da roda e fecham o círculo. — *Meião* é o aro por onde entra a mecha do eixo. *Correões* são os sustentáculos da caixa. *Tornéis* aqui são argolas por onde saem as bridas.

769. — *Uranidas*, segundo Monti, que do termo se serviu, e segundo M. Giguet e outros, são os habitantes do céu, não os Titãs, como quer o intérprete latino.

NOTAS AO LIVRO VI

30. Tomei a liberdade, aqui e já no segundo livro, de usar do nome *Leuto*, e não *Leito*, cujo som traz à memória uma cama.

147-156. Esta passagem, mostrando que antes da guerra de Troia já se comunicavam por cifras e sinais, parece opor-se aos que afirmam que no tempo de Homero ainda não se conhecia a escritura. Note-se que as tais cifras iam num rolo, como ao depois se fazia com as letras.

205-208. Tenho por um pouco fora de propósito este cálculo comercial de Homero, de que a troca era contra Glauco.

356. A Escamândrio, o filho de Heitor, o povo chamava *Astianax*, porque seu pai era *ãsteos anax*, isto é, *defensor de Troia*.

376-378. Flexípede, do latim, responde ao grego no verso 424.

380. *Artemide*, outro nome de Diana, adotado por Monti.

385. Digo *baforeira*, e não *figueira-brava*, porque é o vocábulo português mais próprio e que melhor traduz *éphineós* ou o latim *caprificus*: *figueira-brava* é mais genérico. Veja-se a este respeito o dicionário de Moraes.

388. *Ajaces*, no plural, é precedido quase sempre do artigo *os*, juntam-se muitos sons sibilantes, coisa desagradável quando não serve à harmonia imitativa; assim, gosto

mais do plural *Ajax*, como em francês. Temos outros nomes próprios que não mudam; e, se muitos dizem *cálices*, a maior parte usa de *cálix* em ambos os números.

413-427. *Euzonoio, de belo cinto*, é epíteto que se não pode omitir; mostra que naqueles tempos, como nestes nossos, as mães traziam as amas enfeitadas; e o mesmo consta do epíteto *bem velado*, correspondente ao do verso grego 330, que vem acima. — *Juba* comumente se aplica às guedelhas do leão; mas com o adjetivo *equina* pode aplicar-se às crinas do cavalo, como em latim. — A interpretação do verso 484 do original, no meu 427, é que Heitor pôs o menino entre os braços da mulher, a qual no meio das lágrimas sorriu; e não que chorava o menino, coisa que na passagem nada acrescentava: do meu parecer foram o intérprete latino, Monti e outros mais.

430-440. *Daimonin* é tanto o mau como o bom espírito; em português *demônio* só significa o mau, chamando-se *anjo* ao bom. Sei que *anjo* tem uma aceitação particular entre cristãos e muçulmanos; mas aqui o tomo no sentido genérico, bem que figuradamente, de *bom espírito* ou *gênio tutelar*. — Homero, no verso 497 correspondente ao meu 410, chama *cômoda* a morada de Heitor, e assim contrasta os gostos modestos do protetor de Troia com o luxo de Páris, cujo palácio era custoso e magnífico. Este epíteto está bem longe de ser supérfluo, posto que tenha sido omitido pela maior parte dos tradutores.

NOTAS AO LIVRO VII

79-132. Certo crítico do meu amigo Lopes de Moura, não há muito falecido, em minha presença lhe censurou o verbo *arreiar* na acepção do *enfeitar*, *ornar*, ou *adereçar*; e, como aqui sou réu da mesma culpa, advogarei a nossa causa. *Arreiar* por *guarnecer de arnês* as bestas é em sentido restrito, sendo o mais antigo e genérico o de que ambos nos servimos. Constâncio, uma das boas autoridades para os afrancesados que desamam a genuína língua portuguesa, diz que *arreio* é verdadeiro sinônimo de *adereço*, por vir este de um radical arábico de significação idêntica à do verbo *arreiar*, o qual deriva do grego *aro*, isto é, *ornar*. Escreveu Barros: *Joias de que se eles (os Mouros)* arreiam. Escreveu Camões: *Mombaça que se* arreia *de casas suntuosas*; — *Escandinávia ilha que se* arreia *das vitórias*. Escreveu Diniz: *De preciosos rubis a fronte* arreia. Além destes exemplos, acham-se outros em Castanheda, em Fernão Alves do Oriente, em Fr. Luís de Souza, em Vieira, em Pinto Ribeiro, em Elpino Duriense, em Filinto Elísio. Logo, apesar da crítica, posso eu usar aqui do verbo, e não fez mal o Dr. Lopes de Moura. — *Corinete*, adotado por Monti e por M. Giguet, é *o que se arma de clava ou maça*. — *Eniálio*, também adotado por Monti, é sobrenome de Marte, ou de qualquer deus da guerra; quer dizer *batalhador*.

255-257. *Quinquene* quer dizer cinco anos e foi adotado por Monti e outros Italianos. — Note-se que, assim neste como em outros livros, quando fala Homero dos assados, ajunta um advérbio ou coisa que recorde quão difícil é consegui-los bons. Em nossos dias, Brillart-Savarin, na sua *Physiologie du Goût*, escrevia que os cozinheiros fazem-se, mas que os assadores nascem; o que vai com o pensamento do poeta. Posto que os Ingleses na Europa são os que melhor sabem apreciar a iguaria preferida pelos heróis da *Ilíada*, é nos sertões do nosso Brasil, principalmente nos do Ceará e do Rio Grande do Sul, que os assados formam a comida principal. Não é só nisto que os sertanejos têm semelhança com os tais heróis; têm-na em muitos pontos: na simplicidade e singeleza, na hospitalidade, no amor da vingança bem como no costume de discursarem antes de se travarem em duelo; costume que há também entre os selvagens de toda a América, ainda mais parecidos com os homens de Homero.

357. *Enosigeu*, isto é, *abalador da terra*, epíteto de Netuno, está admitido no italiano; e em nossa língua ainda mais afeita às palavras compostas e ainda mais ousada, cabe ele otimamente.

NOTAS AO LIVRO VIII

201. *Panonfeu*, epíteto de Júpiter, quer dizer *o que ouve todos os votos*, ou *aquele a quem todos invocam.*

302. *Glaucopide*, epíteto de Minerva, muito repetido nas obras de Homero, tenho-o traspassado pela frase *de olhos garços*, ou *gázeos*, ou *zarcos*; se é que não deva antes verter-se por *de olhos verde-mares* ou *cor de azeitona*, como eu já disse em outro lugar; mas aqui parece-me, com Monti, que o bom gosto manda que se adote o adjetivo grego.

306. *Zerbo* ou *zirbo* é o redenho ou teagem celular dos animais: veja-se Moraes ou Constâncio.

331. *Procelípede*, epíteto imitado a Homero, mas de cunho latino, quer dizer *de pés tão rápidos como a procela.*

NOTAS AO LIVRO IX

181-198. *Cabecear*, no sentido de *acenar com a cabeça*, como o tomou Pereira na *Elegíada*. — *Aplustres*, ornamento nas proas, corresponde a *horumba* do original: Monti usou desta palavra, tirando-a do latim, e enriqueceu com ela o italiano, se é que não seja mais antiga nesta língua.

257-266. Este discurso de Aquiles é longo, por ser a primeira ocasião em que desabafa as iras tanto tempo recozidas. Note-se que principia exprobrando a Ulisses a usual velhacaria, sendo que este, no fim da sua arenga, afirma que Heitor gabava-se de que nenhum Grego, e portanto nem mesmo Aquiles, era capaz de lhe resistir; ardil para excitar o herói, o que, não obstante o reparo, foi a coisa que mais o abalou, como se colige do seu terceiro discurso em resposta ao de Ajax. — No Verso 266, aparto-me de M. Giguet, e vou com Monti: Aquiles não pode queixar-se dos gregos por morrer de igual maneira o fraco e o forte, pois que na morte os gregos não tinham poder; mas queixa-se de que o fraco e o forte honrados fossem com iguais exéquias.

318-324. Em quase toda essa passagem, tomei a Francisco Manuel uns versos que traz em nota aos Mártires. Quanto ao epíteto *Hecatômpila*, veja-se a 571 do livro II. O verso 324 é quase um de Ferreira, na tradução belíssima do *Amor fugido* de

Moscho, elegia em que vem o mesmo pensamento de Homero; e, posto que não seja uma versão literal, adotei a fórmula consagrada no português por um dos sábios que melhor o têm falado.

333-334. Diz M. Giguet: *Ah! Oui, mon coeur généreux m'inspire de borner lá mes souhaits, de m'unir à une femme gracieuse, et de jouir des possessions que Pélée a acquises.* Creio que os versos de Homero contêm uma observação própria de quem havia tanto visto e peregrinado, como diz a interpretação latina: *Illic autem mihi plurimum appetit animus / generosus, Ducta legitima uxore, apta conjuge, / Possessionibus delectari quas semex quosivit Peleus.*

Assim, põe Homero na boca do herói o desejo de casar com uma que se acomode (*apta*) que se deleite (*delectari*) nas possessões de Peleu, e não com senhora de corte pomposa, como então era Argos e Micenas, a qual não se habituasse a uma vida simples e caseira. Na verdade, quem mora no campo, e mesmo em pequena povoação, faz mal em casar em grande cidade, e pior em corte: a boa da consorte nunca está satisfeita em casa; suspira pelos teatros, bailes mascarados, passeios e carruagens de luxo, pelas bonitas lojas, pelo tumulto das ruas, e não cessa de inspirar ao marido a ideia de ir gastar em seis meses o poupado em dez anos. — Tenho, cá na Europa, notado que os nossos brasileiros ou portugueses, casados com Francesas ou Inglesas, e mesmo com Alemãs ou Italianas, não podem mais viver no Brasil e em Portugal, em razão das instâncias de suas mulheres, que desfazem de tudo que há nas terras dos maridos, e choram pela sua Londres, Viena, Milão, Florença, e principalmente por Paris; e, o que é mais de lamentar, inspiram aos filhos a repugnância ao ninho paterno. Uma tal é que não desejava encontrar Aquiles.

399-404. Este excelentíssimo conceito foi censurado por vários; e o mesmo Pope, tão judicioso ordinariamente, nesta passagem se extraviou, dizendo que a tinha por grosseira e indigna de Homero: é tributo pago aos refinamentos e delicadezas dos Ingleses. Como Pope não pensava Chateaubriand, que nos Martyres imitou este lugar do poeta Grego. Que ternura e singeleza nas palavras de Fênix! Seu discurso, primor de eloquência, é sim longo, porque devia conter as recordações da meninice de Aquiles, dos trabalhos e paciência do aio, exemplos e preces. Tem redundâncias e repetições, que os seus não sentiam envoltas nos sons harmoniosos da língua. Servi-me também nesta fala de alguns versos de Francisco Manuel.

NOTAS AO LIVRO X

53-54. Os selvagens do nosso Brasil e da América toda, à maneira dos tempos heroicos, honram-se de ser chamados pelos nomes de seus pais: Chateaubriand amiúde lembra este costume na *Atalá* e nos *Natchez*. Agravam-se quando se lhes falta com semelhante cortesia, e perguntam se os creem filhos das ervas.

90-91. Neste lugar diz a interpretração latina: *Horum enium naves absunt longissime, nec valde prope.* Os tradutores desatendem esta última circunstância: os navios de

Idomeneu e de Ajax não só ficavam longe do pavilhão do Nestor, mas não perto um do outro. A ser como dizem os tradutores, fora de uma redundância viciosa o segundo hemistíquio de Homero.

203. *Phasganon* significa uma espécie de punhal, e era de dois gumes. Alguns o vertem por *espada*; mas Diomedes esqueceu a bordo não a espada, sim o punhal, e deu-lhe um Trasimedes. Com ele mata a Dólon, que estava entre suas mãos, e com a espada mata a Reso e seus companheiros. Esse punhal traziam-no à direita. Servi-me de *adaga*, porque a adaga *talhante* ou de *dois* gumes assemelha-se ao *phasganon*. Veja-se em Moraes e Constâncio.

294. *Escapula*, de uso comum no Brasil, tem o acento na penúltima, ainda que na antepenúltima o ponha Constâncio: não é a primeira vez que lhe noto erro no lugar do acento. Moraes, que não acentua a palavra, traz em exemplo de Jorge Ferreira, no qual, pelo toante, conhece-se que o acento é onde o pomos nós os brasileiros; é o seguinte: *Aos mortos sepultura, aos vivos escapula.*

390-402. É incrível que ninguém despertasse no meio desta matança. Virgílio, que a imitou no episódio de Euríalo e Niso, para torná-la verosímil, faz um dos mortos vomitar sangue e vinho, mostrando que os inimigos dormiam embriagados; mas, não obstante a cautela, tem sofrido censuras, da parte de muitos que nada boquejam contra Homero. Pode-se dizer que tudo foi obra de Palas, que assistia a Diomedes e Ulisses; mas, além de que, a ser assim, era coisa que devera expressar-se, muito perderia de valor a façanha dos dois heróis. Injustíssimo é louvar-se no poeta Grego o mesmo que se repreende no Latino.

462. Censuram dar Homero trigo por sustento a cavalos, porque trigo lhes é danoso. Não admira que assim fizessem naqueles tempos, quando eu vi os arrieiros, dentre Coimbra e Lisboa, darem aos seus pão branco e vinho, mal os sentiam estafados ou frouxos de caminho.

469. *Riches baignoires*, como traduzem alguns franceses, assim como *lavacri* de Monti, pela sua generalidade, não traspassam o *asaminthores* de Homero. Esta palavra indica bem que as tais banheiras eram cubas ou tinas, como as que em meu tempo serviam no Maranhão para o mesmo fim: serravam pelo meio uma pipa, às vezes de vinho ou de aguardente, e depois de a rasparem por dentro e por fora, dela formavam duas tinas ou duas banheiras. O adjetivo *enxestes* acaso se refere a semelhante operação? Seria um belo estudo aquele que nos levasse a conhecer como os usos e arte dos gregos e dos romanos, modificados ou quase os mesmos, foram passando principalmente para as famílias Greco-latinas.

NOTAS AO LIVRO XI

195-211. Em Troia era permitido o casamento do sobrinho com a irmã de sua mãe: omitindo vários tradutores que Cisseu era o avô materno de Ifidamas, desaparece a indicação daquele costume. — Dizemos hoje *férreo sono* por *morte*; Homero dizia *sono éreo* ou *brônzeo*: a diferença vem de que os instrumentos de morte eram de bronze ou de certa liga de bronze, e posteriormente foram de ferro; sendo mui natural ser tirada a metáfora do metal dominante na guerra. M. Giguet nesta passagem trocou de metáfora; e Monti, pondo *férreo sono*, cometeu um repreensível anacronismo.

224. Diz M. Giguet: *armé d'une javeline impetueuse comme la tempête;* porém Monti: *Colla salda dagli Euri asta nutrida*. Sigo a Monti, ou antes o original, cujo verdadeiro sentido está nestas palavras da interpretação latina: *tenens ventis auctam et firmatam hastam*.

261. *Ioeidéa* significa *roxo* ou *escuro* ou também *cor de ferrugem*: a interpretação latina o tomou no último, e otimamente a meu ver; porque o mar, quando a atmosfera se carrega de eletricidade, fica às vezes *ferrugíneo*. Não se deve perder esta observação de Homero; o qual não era somente um assombroso poeta, mas um sábio conhecedor dos fenômenos da natureza, quanto se podia ser em seu tempo.

336. O arco era às vezes de corno, e daqui vem que Homero e Virgílio amiúde ao arco chamam corno. Neste lugar deve-se conservar a palavra; porque, pretendendo-se meter a ridículo a Páris, isto melhor se consegue lembrando-lhe a vil matéria de que se servia na guerra. E *parthenopipa* creio que fica bem traduzido por *rufião de moças*, frase própria da ira de Diomedes.

413-495. Nem me agrada a comparação do valentíssimo Ulisses com um cervo tímido; nem ao depois, a do grande Ajax com um burro tardio, nem dos *valorosos* troianos com fracos meninos: parecem-me não ser de bom gosto, por não se ajustarem com o objeto. Mas é admirável a pintura, que segue imediatamente à última comparação, de Ajax posto só entre os dois campos a aparar no seu largo pavês os tiros de todo o exército inimigo, *desejosos de se lhe embeber nas carnes.*

NOTAS AO LIVRO XII

22. *Lavor* ou *labor* vem do latim *labor*; mas em português há uma diferença: *lavor* significa as mais das vezes uma obra artificiosa; *labor* é sempre trabalho penoso.

37. Digo eu — bem que o mate o brio —, tomando o *dé* do verso 46 de Homero no sentido de *posto que*, como o fez Monti; no sentido de *mas* ou *porém*, que é usual, fica o lugar ininteligível. Creio que o poeta quer dizer que o leão ou o javali, ainda que morra ou se exponha à morte, não recua nem foge, mas acomete com brio.

134-135. *Prin g'n'é kataktamen nó álónai*, é interpretado pela *Clavis* Homerica: *Antequam vel interficiuntur vel capiantur*. A interpretação latina diz assim: *Antequam vel interficiant alios vel ipsi capiantur.* A última explicação, adotada por M. Giguet, posto que aspire a ser mais literal, não apresenta um sentido claro e natural: sigo a primeira com Monti. Rochefort, por fugir à dificuldade, omitiu a passagem.

290. Homero, mais Virgílio, usam *arcos* no plural por *arco* no singular, elegância própria do grego e do latim; mas aqui parece-me que se deve conservar o plural: o pajem

Pandion leva mais de um para o caso possível de quebrar-se o que Teucro trazia nas mãos. Quantos conheço, não se importaram desta miudeza.

359. Alguns, não Monti, que foi exatíssimo, omitiram a particularidade exprimida no texto pelas palavras *Eu diabás*, com as pernas firmes e separadas, *firmiter divaricatis cruribus stans*, como diz o intérprete latino; não refletiram que era uma circunstância muito atendível. Heitor alargou as pernas para melhor firmar-se; ação naturalíssima: os lutadores, para não serem facilmente derrubados, costumam fazer o mesmo. Pode bem um tradutor, e até creio que é seu dever, como já opinei em outro lugar, passar em silêncio epítetos em demasia repetidos, contanto que saiba escolher as ocasiões em que tais epítetos nada acrescentem à situação; mas nunca deve pôr de parte a mais leve observação do autor, se aspira à honra de ser fiel.

NOTAS AO LIVRO XIII

3-5. Os Hipomolgos chamam-se *Glatófagos*, porque viviam de laticínios. — *Abiõnte*, do original, foi traspassado em latim por *longoevorunque*, e neste sentido o verteram Monti e outros. Creio porém, com M. Giguet e com o doutíssimo Calepino, que o poeta fala dos Ábios, antigos Citas ou Traces, e que não usa de um mero epíteto; posto que, tomada a palavra como epíteto, se possa aplicar aos mesmos povos.

22-23. Imitou Virgílio este lugar no décimo livro, do mar fazendo surdir as naus transformadas em ninfas a festejar a Eneias, que transportava auxiliares; mas na *Eneida* é mais interessante a aparição, porque entra no desenvolvimento do poema. Também o nosso grande poeta Antônio Ferreira, com feliz êxito, imita e amplifica esta passagem na sua écloga primeira, opulentíssima de pensamentos e de belas expressões.

146. Na enumeração das naus, livro II, diz Homero que Anfímaco era filho de Cteato, e que Tálpio o era de Eurito Actoriônio: aqui se diz que o mesmo Anfímaco era filho de Cteato Actoriônio, confundindo-se os pais desses dois cabos dos Epeus: ou foi este um descuido do poeta, ou mais provavelmente um erro introduzido no texto. M. Giguet, no livro II, diz que Tálpio era filho de Cteato e que Anfímaco o era de Eurito nascido de Actórion; mas neste livro diz que o mesmo Anfímaco era filho de Cteato e descendente de Netuno: enganou-se no primeiro caso. Monti foi exato no livro II, mas neste seguiu o erro do texto. Eu, com o diligentíssimo Calepino, que duas vezes ao menos o afirma no seu laborioso dicionário, e com os olhos nos versos da enumeração das naus, tenho para mim que o pai de Anfímaco era Cteato, e não Actórion. E nesta fé, opino que não é puro o texto no livro XIII. Assim, traduzi com Monti a passagem da enumeração, e com M. Giguet suprimi a palavra *Aktoriõnos* do verso 185 correspondente a este meu.

210. Advirta-se que o adjetivo *copados* unido a *broquéis* é para exprimir o *umbigo* ou *diamante* ou *copa* dos escudos, isto é, uma proeminência de metal que há no meio de alguns: esta proeminência tem em português três nomes, *umbigo*, *diamante*, *copa*, e

deste último forma-se o adjetivo de que me sirvo. É coisa diversa de *copado*, que se aplica às arvores bem arramadas.

352. Diz o texto que a loriga de Alcatoo, que dantes o livrava dos golpes, desta vez de nada lhe valeu, porque, por obra de Netuno, ficou ele estático e não se defendeu; e assim conserva-se-lhe a fama que tinha de bravo, pois ninguém pode resistir a um deus. Quase todos os tradutores entendem bem este lugar: Monti, contudo, posto que de ordinário acerta, chama inútil a loriga do guerreiro, sem mais explicação; o que pode nele imprimir o ferrete de cobarde, contra a intenção de Homero. Atente-se em toda a passagem de que faz parte o verso 352.

469. O verbo *ventejar*, de cunho inteiramente português, usual nas fazendas e plantações de arroz no Brasil, não o traz Constâncio, nem Moraes mesmo, que certamente o ouviu amiúde. Posto que *ventilar* encerre igual sentido, *ventejar* aplica-se particularmente à operação de sacudir os diferentes grãos em peneira ou joeira, para ao vento se lhe separar a palha ou a casca; e *ventilar* tem outras significações, e toma-se no translato, como se pode ver nos dois lexicógrafos.

494. *Fedífragos*, quebrantadores da fé ou da aliança, é de Francisco Manoel na tradução de Silio Itálico, e penso que ainda em outros lugares das suas obras.

620-622. No verso 770 do original há um *toi*, de que os tradutores não fizeram caso; mas Heitor com esse *toi* (a ti), perguntando a Páris pelos heróis mortos ou feridos, lança-lhe a culpa de tais desgraças, e recorda-lhe o seu crime para com Menelau: não é palavra que se possa omitir, como fizeram alguns, e eu a torno bem saliente no meu verso 622.

NOTAS AO LIVRO XIV

165. *Atrygetoio* foi vertido em latim por *infructuosum*; é melhor *infrugiferum*, isto é, *o que não produz messes nem frutos da terra. Infructuosum* é mais genérico, assim como o é em latim *fructus* em comparação de *fruges*: o mar é infrugífero, porque não produz messes nem frutos da terra; mas não é infrutuoso, porque produz muitos frutos que lhe são particulares. Servi-me de *insemeável*, que não deixa dúvida alguma.

342. A *revoltões*, das odes de Francisco Manoel, bem que não venha em dicionário, aqui parece-me que exprime cabalmente a ideia de Homero.

362. Aparto-me de Monti e de M. Giguet: o primeiro diz que Heitor *girò le luci intorno*; o segundo, que *entr'ouvre les yeux*: cuido que o autor disse *olhou para o céu.*

415-416. *Elmada* quer dizer *coberta com o elmo*. Creio ter lido este adjetivo em autor nosso; mas, se me engano, por minha conta vá, sendo usado por Monti, cuja língua nos acudia muitas vezes nas pressas, nos melhores tempos da nossa poesia, nos de Camões e Diogo Bernardes. — Quanto ao *kodeia* do verso 499 do original, penso, com Monti, que o poeta compara a caída da cabeça de Ilioneu com a cabeça de dormideira: muitos omitiram esta circunstância, nisto seguindo a *Clavis* de Samuel Patriolo.

NOTAS AO LIVRO XV

14. *Um gibão de açoites*, em português, significa *muitos açoites nas costas;* o que sem disfarce traduz a ameaça de Júpiter. Alguns vertem esta passagem com certo ar de decoro, que não lhe podem prestar quaisquer ambages e circunlocuções: esta é uma das várias em que os deuses em Homero são grosseiros e miseráveis, como os supunha o paganismo. Muitos se apegam vãmente ao sentido alegórico para o desculparem em tais passagens; mas, posto que a base daquelas crenças fosse a alegoria, os poemas de Homero não a sustentam sistematicamente. Quando ele pinta os deuses tais quais o vulgo, ou antes o povo todo, os considerava, são pela maior parte injustos, bárbaros, devassos e criminosos; quando, com incomparável imaginação, os realça, aproximam-se da perfeição inerente à natureza divina: no primeiro caso, é um fiel historiador desses tempos; no segundo, como que se adianta ao seu século mostrando melhores ideias, que talvez tinha dentro da alma e não ousava declarar. Para mim está justificado Homero, sem recorrer a alegorias e subterfúgios, pois não fez mais que historiar as incoerentes crenças populares. E, quanto ao seu engenho e fantasia e força criadora, que poderei dizer que não tenha sido apregoado pela voz de tantas gerações?

179. Este verso é de Bocage, no seu idílio *Tritão*: verte e exorna o presente lugar de Homero.

229. *Cair o coração aos pés*, diretamente vindo do grego para o português, exprime um súbito e grande medo. M. Giguet procurou aproximar-se do poeta, quanto lhe permitia a sua língua. Salvini e Monti foram fiéis, sem a graça do original, por não terem adotado no italiano a locução grega. Ignoro se foi adotada em outra língua; mas não a tenho encontrado em versão alguma.

276-289. Traduções há em que Polidamas imola a Mecisteu e a Polites Équio; mas enganaram-se: Polidamas imolou a Mecisteu, e Polites a Équio. Polites, filho de Príamo, do partido de Polidamas, imolou-o Pirro em presença do mesmo Príamo, como se lê no segundo da *Eneida*. — O que vem do verso 286 a 288 é louvado por Longino, por causa de uma repentina transição em que, mudando-se de pessoa, imprime-se um grande movimento ao discurso: a mudança começa no verso 286. Uso de *pá* no sentido geral pela *omoplata* e não segundo Moraes copiado por Constâncio. Diz um adágio: "É como a carne da pá, que nem é boa nem má". Se a pá fosse, como querem os dois lexicógrafos, a parte mais alta e carnuda da perna da rês junto à articulação com o tronco, o adágio não dissera que não era boa nem má; porque, pelo contrário, é uma das mais saborosas e estimadas.

351-372. Vários tradutores vertem somente que o filho de Clício acaba de sucumbir no conflito; eu creio que Heitor, para mais excitar os troianos, lhes diz que não deixem despojar aquele guerreiro, morto no recinto em que seus bravos sócios estão combatendo: o intérprete latino foi da minha opinião. — O verso 435, verti-o no meu 358, eu o entendo com M. Giguet, não com Monti e outros, que foram mal guiados pela interpretação latina, a qual diz: *Navis a puppe humi cecidit*. A preposição *apo*, bem que signifique *de* ou a parte donde vem a ação, tem sentidos mui diversos, como se pode ver nos dicionários antigos e no moderno de M. Alexandre; e o primeiro sentido é inadmissível. Por conselho de Toas, a soldadesca se tinha refugiado às naus, ficando fora somente os principais campeões, que formavam um batalhão sagrado contra o inimigo; Ajax, como era seu costume, brilhava na primeira fila: caindo a seu lado seu amigo Licofron e de costas, não podia cair de cima de uma das popas, sim ante ela, ou ao pé da que Ajax mais defendia. — Os franceses não ousaram verter o epíteto *polustonos*, lutuoso ou lagrimoso, dado à seta porque a sua ferida causa lágrimas e luto, mas a nossa língua admite esta elegância e arrojo, como admitiu a italiana.

488-490. O rei do estilo poético assim imitou a Homero: *Ac velut ille priusquam tela inimica sequantur, / Continuo in montes sese avias abdite altos, / Occiso pastore lupus, magnove juvenco, / Conscius audacis facti, caudamque remulcens. / Subjecit pavitantem utero, silvas que petivit.* É uma excelente versão, com acréscimo de circunstâncias aqui marcadas em grifo: a primeira, *conscius audacis facti*, é felicíssima, por mostrar o instinto com que o lobo (assim o faz o gato e outros animais) conhece que obrou de modo que lhe pode ser danoso; a segunda, *caudamque remulcens subjecit pavitantem utero*, é a observação de um naturalista, qual era Virgílio, que descreve e pinta os efeitos do medo na raça lupina e canina, um dos quais é recolher a cauda. Rochefort, que dificilmente aceita o que não vem nas imperiosas regras de Boileau, censura a última circunstância como baixa; e, para lograr o seu intento, o de ridicularizar o modelo do decoro do estilo, ajunta à sua explicação as palavras *entre les jambes*, estranhas ao texto, buscando assim afear a expressão com que o poeta enobrece o pensamento. Censura tal nasce daquele mesmo depravado gosto, que, para as comparações, tem escolhido certos animais privilegiados, e veda ao escritor o servir-se de toda a natureza (excluído o que é obsceno e indecente) para bem declarar o que lhe dita o coração, a experiência e a fantasia.

526. Homero coloca no peito a alma humana: nem sempre verto eu o seu pensamento à letra; mas algumas vezes o faço, para não omitir uma opinião daqueles tempos. Uso do singular *peito Argivo* significando os gregos todos, como diz Camões *o peito Lusitano* por todos os portugueses.

602. *Aplustre* em latim, vocábulo que nos falta, é o mesmo que chamavam os gregos *acrostolon*, a saber, o alto quer da popa quer da proa, incluídos os ornamentos; mas o alto da popa chamavam especialmente *aphlaston*, que é o termo de Homero neste lugar. Porém como, à vista do que antecede, se conhece bem que o aplustre de que se trata é o da popa, quis adotar antes o termo da mãe latina do que o grego *aphlaston*. M. Jal, no *Virgilius nauticus*, cita esta passagem, mas o seu impresso vem errado: em vez de livro V da *Ilíada*, estou certo de que o autor escreveu livro XV.

NOTAS AO LIVRO XVI

77-81. Confesso que não gosto deste lugar da fala de Aquiles: primeiro, pelo ciúme de que o amigo pudesse vencer Troia sem ele; segundo, pelo manifestado desejo de sobreviver só com Patroclo a todos os outros gregos, entre os quais havia muitos seus devotos, como eram Ajax, Ulisses e principalmente Fênix. Tão desmedida exageração contradiz os bons sentimentos habituais do herói.

125-127. Esta passagem demonstra que Homero tinha conhecimento de coisas das terras à direita ao sair-se das colunas de Hércules; porque só às éguas da Galiza e da Lusitânia, segundo Varrão e outros, é que se atribuía a propriedade de emprenharem sem coito, apenas recebendo no útero os sopros do vento oeste. Veja-se a *Geórgica III* e as notas do sábio La Rue.

234-260. Vários tradutores a Patroclo referem o *auton theraponta* do original, quando se deve referir a Automedon, bravo então cocheiro de Menécio, e que tem de representar um grande papel no livro XVII. — O Toas do verso 260 é dos troianos, e não o célebre Toas Andremônio do partido grego. Em tamanhos exércitos, muitos homens tinham o mesmo nome: quando em Homero aparece vivo um do nome de outro guerreiro já morto, não se lhe deve estranhar; alguns porém sem razão lho têm levado a mal.

362. Rochefort, em uma nota, assim discorre: "Homero dá aos abutres dois epítetos, *gampsonuches* e *ankulocheilai*, que fazem seu verso pomposo e magnífico. La Fontaine, a seu exemplo, diz com graça: *Le peuple voitour, Au bec retors, à la tranchante serre*. A nossa língua é suscetível de muitos rasgos agradáveis ou fortes, de imagens de todos os gêneros; mas nela o estilo heroico é em geral o mais tímido e o menos pitoresco". E por estas razões omite na sua tradução os tais dois epítetos. Mas M. Giguet e outros acharam maneira de os exprimir otimamente, provando que a língua francesa, apesar da sentença de Rochefort, é enérgica e pitoresca, se a manejarem bem: em Corneille, em Racine, em André Chanier, Chateaubriand, como em alguns dos contemporâneos, a língua não é pobre, é riquíssima, não obstante os seus defeitos: um deles certamente é o apontado por Rochefort, mas os bons modernos a vão tornando menos tímida; timidez aliás que oferece algumas vantagens à exatidão na linguagem das ciências.

403. O que vem no verso 476 do original, correspondente a este meu, alguns o referem aos cavalos Xanto e Bálio; mas com Monti e com o intérprete latino, a quem seguiu Mancini, eu o refiro a Sarpédon e Patroclo.

483-484. A cidade por Homero dita *Boudeion*, segundo Calepino, em latim se diz *Budea* com a penúltima longa; adotei o termo da língua mãe. *Anepsion*, em todos os dicionários e no moderno de M. Alexandre, é o primo coirmão, ou primo em geral; mas há quem o tome por *cunhado*, que é em grego *daer* ou *andradelphos*, e raramente *tambrõ*.

544-545. A falsa delicadeza de certos modernos tem condenado esta comparação das moscas, por julgarem que estes animalejos são vis, nem possuem o privilégio do leão ou do tigre ou do lobo ou da pantera para entrarem num poema heroico: eu porém acho a comparação adequada, e não reconheço privilégio de semelhante aristocracia.

591. Vários tradutores tomam aqui *torre* por uma qualquer e não usam do artigo: parece-me um descuido; porque a torre de que se trata é a que estava junto às portas Ceias, a mesma donde Helena via os heróis gregos os nomeava a Príamo, no livro III.

702-707. As expressões de Homero, *dia livre*, *dia servil*, cuido que não devem ser vertidas simplesmente pelas palavras *liberdade* e *escravidão*: a primeira parece lembrar que o escravo não tem bastante ar, bastante luz, para respirar; a segunda completa e continua a declarar o mesmo pensamento. *Roubar o dia livre*, *afastar o dia servil*, são imagens que se devem conservar. Notem-se as palavras de Heitor, verdadeiramente de um cavaleiro perfeito e de um amigo dos bons costumes: para defender a honra e a liberdade das mulheres troianas, é que ele é tão valente e animoso. Esta linguagem é bem diferente da de Aquiles, como logo veremos no livro XIX. De todos os heróis de Homero é Heitor o mais simpático, pela sua piedade, pelo seu amor para com seus pais e mulher e filhos; pelo sacrifício que fez da vida, pugnando por uma causa que sua justiça condenava, só para obedecer à vontade de Príamo; enfim, pela compaixão que tinha de Helena, sem embargo de reprovar o proceder e a traição de Páris. Heitor é um antecipado exemplar dos campeões da Idade Média, não segundo a verdade histórica, mas segundo os mentirosos livros de cavalaria; pois os tais senhores, que juravam defender as damas, eram uns déspotas e corruptores do belo sexo, como são todos aqueles que põem a sua glória em conquistas e matanças, tanto entre os antigos como entre os que hoje perturbam o mundo.

NOTAS AO LIVRO XVII

37-16. *Gola* é propriamente a parte inferior da garganta, e traspassa com exatidão o lugar do autor. — Do verso 43 a 46, com pouca mudança, pertence tudo a Francisco Manuel, que verteu esta passagem, em nota ao livro I dos *Mártires*.

87-105. Quase todos vertem *eugeneios* por *cornado* ou *jubado*; mas o leão, além da juba, tem barbas, e destas é que fala Homero. — *Cachorros* são os filhos dos cães, e também dos leões, dos lobos e de alguns outros animais.

427. Aqui traduzi literalmente, com Monti: porque não se deve perder esta bela imagem de estar sentada a sorte humana aos joelhos dos deuses. Muitos substituíram a imagem por coisa diferente.

482-501. A palavra *demou* do verso 577 do original tem sido mal traduzida. Com ela nos mostra Homero que os príncipes daqueles tempos não se dedignavam de ter à sua mesa um homem do povo, de virtude e mérito; ideia que desaparece nas versões do meu conhecimento. — Pode parecer estranho o que se lê no verso 501, correspondente ao 599 do original, isto é, que a ferida foi leve e contudo escarnou o osso; mas reflita-se que em cima do ombro fica a pele extremamente chegada ao osso. Homero é admirável ao descrever principalmente as partes externas do corpo humano.

NOTAS AO LIVRO XVIII

303-311. *Novene, de nove anos*, do latim e do italiano. — *Vulcânia* chama Virgílio, no livro VIII, a oficina de Vulcano.

431. Diz Mme. Dacier que o prêmio não era para os juízes, mas para o que melhor se defendesse. O texto porém é imperioso, e à letra significa *para o que entre eles desse a mais justa sentença*; ora, as partes não proferem sentenças, limitam-se a mostrar o seu direito. Vou pois com Rochefort, que assim discorre: "Pretende Mme. Dacier, com Eustatio, que o prêmio era para quem vencesse a demanda; o que é pouco verosímil; pois, nos tempos antigos pela história conhecidos, vemos uma certa paga aos juízes, módica sim, mas dada sempre no fim da audiência; e não conhecemos na antiguidade prêmio algum particular concedido aos litigantes que vencessem a demanda".

454-478. Do verso 454 a 457, entendo com Monti, e não com M. Giguet e outros, por me parecer que o texto favorece mais a opinião do poeta italiano. Quanto ao que vem do verso 475 a 478, parece-me, também com Monti, que se trata de dois repastos: um foi preparado ao rei pelos arautos; o outro, mais parco e simples, mulheres o prepararam para os ceifeiros. Não poucas versões confundem a ceia do rei com a dos trabalhadores.

NOTAS AO LIVRO XIX

45-48. Parece-me que o poeta não deveria pôr na boca do herói estas palavras odiosas. Como! Depois de confessar que amava apaixonadamente a Briseida, agora deseja que a tivera asseteado Diana! Briseida não era pessoa ordinária, mas a filha de um príncipe, e Patroclo a considerava tão boa que lhe prometeu fazer o possível para casá-la com o próprio Aquiles, circunstância que mais agrava o seu cruelíssimo desejo. Isto mostra quão infelizes eram as mulheres naqueles tempos, e quão miserável tem sido sempre a condição de escrava.

63-113. É com efeito longa a fala de Agamêmnon. Porém não é supérfluo o que diz a respeito de Ate e de Juno e Júpiter. Os que têm achado inútil este pedaço, e que mesmo o têm suprimido nas traduções, não advertiram que, mostrando Agamêmnon ser Ate fortíssima a ponto de poder eficazmente auxiliar a Juno contra o deus supremo, diminui a sua culpa em se deixar vencer por aquela deusa. No verso 107 vêm as palavras *esta só vez*, correspondendo ao *proton* do verso 133 do original, que muitos omitem; mas é evidente que esta palavra concorre para ser desculpado Agamêmnon, que alega ter-se deixado levar pela discórdia *uma só vez*.

228-334. M. Giguet não é claro neste lugar: o texto não diz somente que o herói esposaria a Briseida, mas também que Patroclo para isso concorreria; o que melhor explica o pranto e lágrimas dela nessa ocasião. Monti exprimiu-se mais precisamente. A promessa de Patroclo de ser a favor do casamento, como acima fica dito, agrava a crueza de Aquiles para com Briseida. A intenção do Homero foi na verdade mostrar o caráter fogoso e exagerado do seu herói; mas duvido que seja este um suficiente motivo para o justificar.

313-316. Verte M. Giguet: *Songez à ramener votre maître dans les rangs des Grecs, lorsque nous cesserons de combatre; et, comme Patrocle, ne l'abandonnez point, s'il vient à succumber*. Mas diz o texto: *Não salveis o vosso auriga no campo grego, deixando morto o senhor vosso; do mesmo modo que salvastes Automedon e deixastes morto a Patroclo*. Monti, Mancini e outros igualmente se afastaram do original, sem lembrarem o que obrou o valentíssimo Automedon quando se salvou por entre os inimigos fazendo proezas.

NOTAS AO LIVRO XX

28. *Tíbias* por *pernas delgadas*; quando são magras, mostram os ossos principais ou as tíbias.

129-134. *Pago* não vem em Constâncio, sim em Moraes, que cita as Pindáricas de Diniz. — Nem Buffon, nem o *Dictionnaire d'histoire naturelle*, dá-nos a cor dos olhos do leão, que são azulados ou azul-claros, como o notou Homero. Dos tradutores do meu conhecimento, fiel só foi M. Giguet.

307. O intérprete latino pôs *Idoe* por *Idès* do verso 385 do original; mas é evidente que Ifition não podia nascer no Ida e sob o Tmolo: *Idès* foi uma vila ou povoação, Hydes ou Hyla, nas abas do Tmolo, monte da Lídia.

323. *Helicônio*, epíteto de Netuno, que tinha um templo em Hélice da Acaia, destruído por um terremoto.

373-384. Tomo *Troe* por nome próprio e não por um troiano qualquer: assim o fizeram alguns tradutores. — Creio já ter advertido que *porpureos thanatos* do original deve traduzir-se à letra *purpúrea morte*, por ser violenta e com sangue a de que se trata: mais de uma vez serve-se Homero desta expressão, que foi imitada por Virgílio.

NOTAS AO LIVRO XXI

17. Já falei da palavra grega *daimōn*, que os tradutores se obstinam em nunca a verter por *demônio*: nesta passagem, enfim, Monti ousou, e disse: *Comme demón lanciossi.* Adiante, verso 81, como verá o leitor, uso de equivalente *mau gênio*. *Daimōn* deve ser traspassado em português por diversos modos, segundo a ocasião.

38-48. *Iésonos* é *Jason*, posto que o poeta neste lugar o escrevesse com um eta: M. Giguet escreveu *Jêson*; ignoro se este exato e bom tradutor crê ser Jêson diferente pessoa, ou qual seja a razão quo teve para deixar o nome adotado em francês. — Confundem alguns Eetion d'Imbro, do partido da Grécia, com Eetion de Tebas, o pai de Andrômaca. Ora, se o pai de Andrômaca fosse quem a Jason comprou Licaon filho de Príamo, tê-lo-ia restituído ao seu consogro e amigo; e Licaon não se veria na precisão de fugir para a casa paterna. Eetion d'Imbro foi hóspede de Jason, e a este comprou o jovem Licaon, levando-o para a cidade de Arisba; a qual, tendo pertencido a Troia, a esse tempo tinha sido conquistada por Aquiles, segundo consta deste mesmo poema. — Usa Homero da palavra *Idros*, *suor*: Monti, crendo porventura que [não] podia suar quem estivera dentro do rio, omite a circunstância; e M. Giguet, para conservá-la, dá um sentido diverso à passagem, dizendo: *Lorsque, baigné de sueur, rompu de fatique, il s'est plonge dans le fleuve.* Mas o texto é imperioso, Homero diz que Licaon suava ao sair do Xanto: *ek potamou* quer dizer *do rio* e não *dentro do rio*. Eu sigo o texto e opino que muitas vezes um homem pode suar mesmo em um banho frio, quanto mais quem estava já suado e cansadíssimo quando se meteu no Xanto. No meu conceito, nem há precisão de omitir a circunstância, nem de torcer o texto.

67. *Como suplicante*, e não simplesmente *suplicante*; porque só tinha este nome quem vinha espontâneo suplicar, e Licaon esteve constrangido em casa de Aquiles.

208-218. Penso que o olmo arrancado por Aquiles não estava no auge da sua grandeza, não obstante o *megaten* do original, que é modificado pelo *euphúea*, que o intérprete latino traspassa por *Feliciter crescentem*: era um olmo já crescido sim, mas não inteiramente feito. Por mais forte que fosse Aquiles, não podia arrancar um olmo que estivesse no último grau do seu crescimento. — O termo *fontaneiro*, *o que trata das fontes*, não vem nos dicionários; é português, assim como é, com leve modificação, francês, italiano e espanhol: seria frigidíssimo vertê-lo aqui por um circunlóquio.

230-244. Entendo que o rio, à medida que fugia Aquiles, ia ganhando a areia, de sorte que era inundado pelo Xanto o terreno em que o herói acabava de pisar; e neste ponto não sigo a M. Giguet na sua versão: *et enleve la poussière de ses cnémides.* — Chamo aqui a Netuno o *grande abalador*, como o fez Monti, para variar o epíteto *Enosigeu*, tantas vezes repetido.

328. Marte chama a Palas *canina mosca*, em português *varejeira*, *moscão*, *moscardo*, *atavão* ou *tavão* ou *atabão*, inseto importuníssimo aos animais: não sei por que os tradutores fogem do termo próprio e fazem Marte chamá-la *sem vergonha*; o que é maior insulto, porque ser importuna e trêfega é menos que ser descarada. Adiante, verso 351, verto a mesma palavra pelas duas *mosca impudente*, porque Vênus, cujos amores com Marte causavam escândalo no Olimpo, então ia levando o amante pelo braço, e a esses amores parece aludir o poeta.

398. A soberana do céu chama a pobre Diana *cadela atrevida*. Como entre nós dizem *cadela* a mulher de costumes devassos, a palavra *cachorra* exprime o insulto sem a ideia contida no termo português, insulto não contido no termo grego. Estas amenidades são do uso dos deuses em Homero.

467. *Matejar* neutro, *meter-se no mato ou na mata*, é termo antigo: faz uma pequena diferença de *embrenhar* e de *emboscar*, quanta é a que vai de *mata* a *brenha* ou a *bosque*. Ora, Agenor queria esconder-se numa selva ou mata do Ida; mas não lhe era preciso ocultar-se numa brenha, que é mata áspera e dura entre fragas e penhascos; nem podia ser um bosque, a querer-se tomar no sentido restrito e próprio, sendo bosque um arvoredo manso e ameno: dizemos um *bosque* de laranjeiras e de oliveiras, e não *mata*, *selva* ou *brenha*.

NOTAS AO LIVRO XXII

101-103. Diz Heitor que não é tempo de contar histórias a Aquiles, como as do rochedo e do carvalho, isto é, como então contavam moços e moças, crendo que homens antigamente nasceram dos carvalhos e dos rochedos. É o mesmo que se hoje em dia disséssemos que não era tempo de falar de histórias da carochinha.

184-200. Por mais que tenham justificado esta passagem, confesso que não gosto de ver a deusa da sabedoria enganar a Heitor com tanta perfídia. Se Virgílio assim tivesse escrito, como gritariam certos críticos franceses e alemães, vãmente apostados em rebaixar o poeta latino! Eles, que opinam ser bastante para enterrar a *Eneida* o riso malicioso de Vênus perante Juno, acham excelente este engano de Minerva!

247-249. O verso 247 é, com leve mudança, um de Francisco Manuel nos Mártires. — Monti omitiu a circunstância exprimida pela palavra *aleis*, isto é, envolto ou coberto; mas esta circunstância aumenta a justeza da comparação: quer dizer Homero que Heitor, de espada na mão, *cobriu-se com seu broquel*, assim como a águia, dando sobre a lebre ou a cordeira, cai *envolta em negras nuvens*.

316-317. O primeiro é um verso de Camões num dos seus mais belos sonetos; exprime aqui o original, mas com certo mavioso toque, de que me quis aproveitar. No segundo, uso da palavra *peã*, renovada por Francisco Manuel com muita razão; porque *peã* não é um canto qualquer, mas o canto em honra dos deuses. Já, na tradução de Virgílio, mostrei que o termo vem nos dois nossos melhores dicionários, Moraes e Constâncio; e Moraes cita a *Eneida Portuguesa* do grande mestre da língua João Franco Barreto.

361-365. Monti serve-se da palavra *rabesco* na passagem correspondente ao meu verso 361; o que é um anacronismo injustificável: *rabescos* ou *arabescos* são, como diz Constâncio, *ornamentos de folhagens de flores, de figuras de arquitetura, imitados dos árabes ou mouros, cuja lei proíbe as pinturas e esculturas que representam figuras de homens e de animais*; e portanto não podia Homero conhecer isto, que não era do seu tempo. Monti só pudera justificar se o termo fosse exclusivo e único no italiano para exprimir o conceito: nesse caso, prescinde-se da origem. — *Trípode* não é somente uma tripeça ou assento de três pés; é também uma espécie de caldeira de três longos pés, de que se serviam os gregos para aquecer água. No Maranhão (ignoro se ainda é assim), todas as casas tinham, para o cozido principalmente, um ou mais caldeirões de ferro batido e fortíssimo, que passavam de pais a filhos; e estes caldeirões tinham três longos pés, de sorte que, no meio mesmo de um campo, sem ajuda de fogão, podiam servir, metendo-se-lhes por baixo a lenha: era uma coisa bem semelhante ao vaso grego, sendo este porém de certa composição de cobre, e não de ferro. — M. Giguet, na passagem correspondente ao meu verso 365, em vez de *longe de banhos*, diz *loin de ses tendres soins*, referindo-se a tudo que fazia Andrômaca; mas parece-me que a repetição da palavra *banhos* aqui traz à lembrança o estado em que se achava Heitor, ensanguentado pelo pó arrastado, longe na verdade do banho que lhe preparava a mulher.

393-404. Monti aqui põe somente *le cognate*, e M. Giguet *les soeurs de son époux et les femmes de ses frères*: o segundo foi exato, porque verteu fielmente as palavras *galõo* e *einateres* do original. — O lugar de Homero correspondente aos meus versos 403 e 404, diz unicamente que nem Heitor será mais o apoio de Astianax, nem Astianax será o de Heitor; verte Monti que nem o pai será o sustentáculo do filho, nem o filho vingará seu pai; e eu, com outros, cinjo-me ao sentido literal. Creio que a pobre Adrômaca não fala de vingança, mas, com seu conjugal afeto, lembra-se de que o filho não será no futuro o apoio de seu pai na velhice: isto é, mais terno, mais conforme ao todo do seu discurso, onde reinam sem mistura os sentimentos maternais e de consorte.

418-432. Não quis Monti (contra a sua ordinária ousadia) traduzir o grego *myelon*, *medula* ou *tutano*, e disse: *egli che dianzi d'eletti cibi si nudrìa*. Eu usei da palavra *tutanos*, usada por Camões em uma das suas melhores odes, e desta maneira conservo a declaração do costume, que naqueles tempos havia, de alimentarem-se as crianças com tutanos e gorduras de ovelha; somente omiti a palavra *gordura* porque em *tutanos* está suficientemente memorado o costume. — Os meus versos 431 e 432 cuido que exprimem os do autor, posto que mais concisamente: Homero diz, por boca de Andrômaca: *Irei queimar todas as vestes em fogo ardente, já que não te servirão nem jazerás nelas*; e eu, aclarando o pensamento, verto: *Já que para a mortalha nem te servem, em honra tua ao fogo vou queimá-las*. A negativa *nem* já mostra que as vestes não eram unicamente destinadas para Heitor *nelas jazer* ou para *sua mortalha*, mas também o eram para outros usos. Veja-se *Nem* em Constâncio e o fim do seu artigo.

NOTAS AO LIVRO XXIII

229. *Phiate* não pode ser traduzido sempre da mesma maneira: acima, verso 212, eu o verto por *urna*, porque trata-se do vaso em que se depositaram os ossos de Patroclo; aqui chamo-lhe *boião*, porque trata-se de um vaso apto para o fogo. E porque escolhi boião? M. Alexandre, no seu copioso dicionário, explica *phiate* por *tasse*, *bol*: *tasse* ou *taça* aqui não pode servir; *bol*, que é uma tigela, pode ir ao fogo, e nesta acepção é que tomo *phiate*. Mas, como as tigelas que vão ao fogo chamam-se comumente *púcaras* e também *boiões*, escolhi este último: Moraes o define *vaso para conservas*; mas, citando a Couto, diz que nos boiões se cozinhava o arroz, o que não traz Constâncio. Ora, boiões há com duas asas, como o vaso de que se trata nesta passagem.

285-308. *Meião* vem em Moraes e não em Constâncio: é peça da roda do coche, do meio onde entra a mecha do eixo. — *Gáudio*, palavra não apontada nos dicionários, no meu tempo era de uso em Coimbra (ali por ventura a nossa língua tem sido melhor conservada) na mesma acepção latina. Talvez os dicionaristas a omitam, por não a terem achado em algum escrito; como se o bom uso da gente culta, quais são os que naquela universidade servem-se dela, não equivalesse a autores, alguns dos quais pouco ilustres, os nossos dicionários os citam com nímia seguridade. — *Sela* não é só o assento em que se monta a cavalo: é também o do cocheiro, e tem outras acepções análogas, sendo uma delas a de *cadeira de braços*.

490. É belo que Antíloco, tendo falado com tanta força ao quererem sem razão pospô-lo a Eumelo, agora se humilhe e fuja de jurar falso, confessando o seu erro. Em jogos infantis, lembra-me que muitas vezes algum se obstinava em mentir, e diziam-lhe os companheiros: "Se és capaz, jura o que afirmas". O mentiroso abstinha-se, não ousando jurar falso. Mas, na verdade, eram coisas de crianças: os bárbaros juram, trijuram e perjuram. E se é em constituições e negócios políticos? Então isso é da moda e de bom gosto.

590. Sirvo-me de um termo do Brasil e da Ásia portuguesa, *tangar*. Vem já nos dicionários, nem temos outro verbo que exprima a ideia com particularidade. É *tangar* ocultar as partes pudendas com um pano: *cobrir* ou *cingir*, sem declarar-se o quê, segundo o fazem tradutores, é evidente que não especifica o pensamento original. Bom é saber que, se gregos ao depois combateram inteiramente nus, assim não acontecia nos tempos de que trata Homero.

634-644. Pensam uns que se fala aqui da mulher que afasta a roca do peito para fiar; outros se referem à tecedeira. Sou da última opinião, porque julgo serem imperiosas as palavras *kanon*, *pénion*, *miton*, ainda que para mim seria mais bela a comparação, a se poder torcer para o primeiro sentido. — O verso correspondente ao meu 644 traz a palavra *mãos*, que alguns têm omitido; mas Homero com ela quis mostrar que o movimento das mãos ou dos braços influi na rapidez e segurança da carreira.

683-684. Não obstante clamarem todos que findasse a luta e se repartissem igualmente os prêmios, Monti e outros fazem que dê Aquiles a Diomedes a espada de Asteropeu, isto é, o primeiro prêmio; mas, se Diomedes o alcançasse, então se lhe dava o triunfo sobre Ajax, e fora uma contradição. Eu creio que a espada concedida a Diomedes foi outra, e que os prêmios ao depois seriam divididos, segundo a equidade, ou segundo o arbítrio do mesmo Aquiles; e neste sentido é a minha versão.

720. Querem alguns que Merion tomasse a Teucro o arco para disparar a seta contra a pomba, que já cortava os ares: tenho por mais natural que tivesse cada contendor o seu arco; pois, ao tempo que tomasse Merion o do seu rival, a ave podia remontar o voo e desaparecer. M. Giguet é do meu sentir.

NOTAS AO LIVRO XXIV

36-64. Entendo com Monti que o autor fala da consciência, que ou com a satisfação da alma ou com o remorso nos recompensa ou nos pune. Nao compreendo bem a versão de M. Giguet, que é nos termos seguintes: *De même Achille a perdu toute pitié et ne connait pas la conscience, salut ou perte des humains.* — *Nidor* é o cheiro que exalam principalmente as carnes assadas, para o que não temos um termo especial: já possuímos o adjetivo *nidoroso*; possuamos também o substantivo. — *Crudívoros* do verso 64 é deduzido do latim, como já o fez Monti para o italiano: *carnívoro*, que é já nosso, não é o mesmo; porque *devorar carnes* não é o mesmo que *devorar carnes cruas*.

102-103. Por mais que tenha excogitado uma desculpa a esta passagem, não a encontro, nem posso aprovar que uma mãe e deusa diga ao filho que busque uma mulher para distrair. Isto mostra que naqueles tempos os costumes não eram melhores que os deste século.

146. Diz o autor que Príamo desceu à sua câmara, o que faz ver que ele estava num andar cimeiro. M. Giguet desprezou esta circunstância; mas outros, em vez de *descer*, dizem *subir*, o que é muitíssimo contrário ao texto.

213-219. Este lugar, segundo os comentadores, é dificílimo, pois não se pode bem determinar como era passada e repassada a correia: não sei na verdade se acertei. Advirto que a palavra *embigo*, do original e da interpretação latina, vertida à letra por alguns, é para significar uma saliência no meio do jugo: não quis sair do texto.

270-275. Sirvo-me quase dos próprios versos com que traduzi um passo de Virgílio no IV livro da *Eneida*; e busquei fazer sobressair a imitação ou versão latina.

367-368. Mercúrio a Príamo o recomenda que rogue ao vencedor, não só invocando a Peleu, mas também a Tétis e a Pirro filho de Aquiles. Se não falta algum verso ao texto, falta que julgo provável, é para notar que Príamo, no seu eloquentíssimo discurso, invoque somente a Peleu, esquecendo-se da recomendação do deus que lhe acabava de prestar um grandioso serviço.

580. O leito em que depuseram Heitor era aberto e recortado: alguns tradutores o chamaram magnífico, rico, etc., mas é mister exprimir-se melhor um adjetivo que mostra o estado em que então se achava a arte do marceneiro ou do entalhador.